韵海拾珠

——中国古体诗词独特神韵赏析

下卷

萧 秀◎著

人民东方出版传媒
東方出版社

目录

中卷 理之幽

一、理趣和理趣诗作的溯源

二、理语、议论入诗和诗具理趣

三、哲理诗和诗中哲理

四、景理诗

五、物 理 诗

六、咏史·怀古·兴叹

七、人生纵横咏和生活理趣吟

丨下卷丨 意之美

一、意境美

二、绚丽美

三、恢宏美

四、质朴美

五、别致美

六、奇幻美

七、神韵美

中卷 理之幽

一、理趣和理趣诗作的溯源

为探求“理趣”这词语的准确定义，笔者几乎查遍了手头上和图书馆能查到的所有汉语辞典，包括文学词典。除上海辞书出版社出版的《辞海》外，均不见有“理趣”词入典。上海辞书出版社 1999 年版《辞海》，显是第一次在辞书中列入和增设了“理趣”的词目。

该词典在“理趣”词目下云：“中国古代美学范畴之一。指理融于趣，趣合乎理。”紧接又指出：“‘理’意为道理、规律、法则、伦理；‘趣’意为情趣、兴趣、趣味。在美学和艺术理论中，有的偏重于将美与‘理’相联系，认为文者，‘通理而已’；有的一味强调‘趣’，‘诗有别趣，非关理也’。‘理趣’说则主张两者的融合，在强调‘理’的意蕴的重要性的同时指出应把文艺中的‘理’与审美情趣的传达结合起来。”

《辞海》的诠释，无疑是权威而准确的。然笔者仍略感繁难，特简而读之。

理趣，顾名思义，当为言理而有趣。只不过，这里的所谓“趣”，如本书前言，非人们通常所言的一般意义上的趣味和兴趣，更非庸夫俗子，街头巷尾绳营狗苟的那种庸俗低级的趣事和趣味。而是相对于枯燥乏味、干巴说教吟咏，实为文艺创作、诗词写作所必须具有的形象思维和审美情趣，亦即诗人在写作时精心构思、妙笔生花所致成的浓浓旨趣（意趣），崇高雅趣，神奇妙趣和别致风趣。这也是古诗词中所持有的“趣”和趣味。

理趣作，则应为诗中涉理，且“理”、“趣”和谐，相得益彰，相映成趣的篇章。

不过，在古诗词中，通篇言理成趣者有之，但不是很多。多为句、段涉理成趣者。或一段，或两段，或多段；或一句，或两句，或多句。或突发奇思，夹叙夹议，议论风生；或理语、锦句珠凿其中，启人心智。更有妙者，字面根本不见“理”，不见“议”，也不见“趣”；而“理”、“议”、“趣”在景中，在情中，在物中，在事中。凡此种种，似皆为诗具理趣作，或曰涉理成趣作。

“诗缘情”，何以又言“理”？“情”和“理”，二者似无矛盾，且相辅相成。“诗言志”，“志”包括“情”，也蕴含“理”。“志”在“情”中，更在“理”中。有“理”方有“志”。“情”和“理”，在某种意义上，似乎可以说，是“志”在诗中纵横驰骋、形象展现的双翼。诗以情胜，以理胜，皆诗词拨人心弦、感人肺腑、引人入胜的魅力所在。在某种意义上，似乎还可说，诗具理趣是诗中更见高雅、更具神韵和更富教益的情趣。

诗言理，溯其源，似从诗始。早在我国第一部诗歌总集《诗经》中，理语入诗便隐然可见。正如清著名词人袁枚所言：“或云：‘诗无理语。’予谓不然。《大雅》：‘于缉熙敬止’；‘不闻亦式，不谏亦入’：何尝非理语？何等古妙？”（上两句皆赞文王语，上句赞文王奋发前进；后句赞文王虚心纳谏。）

屈原《离骚》：“彼尧舜之耿介兮，既遵道而得路。何桀纣之猖披兮，夫唯捷径以窘步”、“挚鸟之不群兮，自前世而固然。何方圆之能周兮，夫熟异道而相安”等，似也皆理语入诗之句。

晋陶渊明，诗以夹叙夹议称著。深刻的思想内涵，精湛的锦言、理语，质朴而洁简的叙说、议论，几乎遍及他的所有诗作。他的诗，堪称理语、议论入诗的典范。

谢灵运诗作，也多锦语、丽句。锦中有理，丽中见趣，别具神韵。

诗人刘熙载说：“陶谢用理语各有胜境”（《艺概》），确如是。

然，尽管如此，“理趣”说却非诗起始，而始于宋。

宋人包恢《答曹子华论诗》：“古人于诗不苟作，不多作。而成一诗之出，必尽天下之至精，状理则理趣浑然，状事则事情昭然，状物则物态宛然。”（《敝帚稿略》），便是现今能查到的“理趣”词的最早出处。这也说明，理语、议论入诗和诗具理趣不完全是一码事。

漫步诗丛，我们还可看到，自唐杜甫，特别是韩愈提出“以文为诗”后，言理、涉理诗作便日见增多。但此类诗作真正在诗坛上占有重要位置，真正成为诗坛靓丽风景的，还是宋代。与唐诗以抒情为主的特点不同，宋诗是以言理为主要特点。有“宋人主理”（明 · 李梦阳《缶音集序》）说。宋代许多诗人都擅长诗中言理。尤其是苏轼。他许多诗词皆“理趣浑然”，开创了理趣诗作的卓越境界，堪称理趣诗作的杰出代表。宋一些道学家的诗作也多禅理、禅趣。

不过，如同许多事物在发展进程中常常会出现这样那样问题，有时甚至会走向反面一样。在诗词创作中，有人由于过分强调“诗以理胜”，有时便自觉不自觉地走到了背离诗歌创作规律的歧路：放弃或否定诗歌创作必需的形象思维，一味追求理语入诗，使诗歌成为抽象的理语堆积的教条；无视或忽视诗歌本身应具的美的特质和审美情趣，使诗歌沦为枯燥乏味、概念化的“语录讲义之押韵者”。以上情况，用诗人和诗评家们自己的话说，便是坠入了“理障”，或曰“理臼”。其要害是背离诗歌创作的特殊艺术规律。

“理趣”和“理趣”说，便是在当时的上述情况下，堂而皇之登上了诗坛的大雅之堂，而成为诗词创作中一项重要的构思理论。其实质就在于，在涉理的诗词写作中，必须遵循诗歌创作的特殊艺术规律。

南宋著名诗评家严羽对“理趣”的这种实质有过较为明晰的阐述。他针对江西派以议论、文字为诗的倾向，提出了“别材”、“别趣”，亦即“理趣”说。他说：“诗有别材，非关书也；诗有别趣，非关理也”（《沧浪诗话》）。其意就是说，诗不同于“书”和“理”，它有自己的规律。这规律就是写诗要有形象思维，要有“趣”。他反对理学家以理语为诗。

宋以后，诗坛对理趣关切愈炽，“理趣”说也愈理性。

针对程颢、程颐、邵雍等道学家们的诗歌只有干巴巴的理学说教和缺乏美的形象问题，明诗评家胡应麟在《诗薮》中尖锐指出：“程邵好谈理，而为理缚、理障也。”

清“老名士”沈德潜在《说诗碎语》中还列举杜甫六句诗和邵雍的两句诗作对比，明“理趣”“理障”之别。他分析说：

杜诗：“江山如有待，花柳自无私”、“水深鱼极乐，林茂鸟知归”、“水流心不竞，云在意俱迟”。俱入理趣。邵子则云：“一阳初动处，万物未生时。”以理语成诗矣。实言邵诗坠入了“理障”。

邵诗是否完全不可取，似尚可商榷。但上引杜诗“俱入理趣”，则显然可见。

“江山”“有待”，“花柳”“无私”，大自然的慷慨对世人何尝不无心胸寥廓的启迪。启迪因为有理。

“水深”“鱼乐”，“林茂”“鸟归”，宽松幽雅的环境，宜于万物生存和自由驰骋，对身居高位的领导者，又何尝没有实行开明政治的教益。

“水流”、“云在”句，似也可启迪人们，要雍容大度，不可逆时势而动。

尤可贵的是，上六句中的“理”，又都蕴嵌在幽美极致的景色、景貌中，蕴嵌在人赏自然山水的情致、情趣中，毫无生硬、干涩和概念化弊端。杜诗的浓浓理趣岂不显然可见！沈氏之说，恐也是对“理趣”作最具说服力的推崇和论证。

近代和现代诗坛，诗具“理趣”作，也不乏优秀篇章。

本书第一部分末赏读的“鉴湖女侠”秋瑾《致徐小淑绝命书》，便是一首以死言“责”的诗具理趣的佳作。

谭嗣同《狱中题壁》：“我自横刀向天笑，去留肝胆两昆仑”；《绝命词》：“有心杀贼，无力回天。死得其所，快哉快哉”，革命的豪情，死生的哲理，融于一处，岂不更见浓浓理趣。

毛泽东、陈毅等无产阶级革命领袖的诗作中，也多脍炙人口的诗具浓郁“理趣”的篇章。《沁园春·雪》、《人民解放军占领南京》、《和柳亚子先生》、《到韶山》（皆毛作），《青松》（陈毅）等，深刻的革命思想、革命理论连同伟大的革命斗争实践，一齐融于古诗词的文学创作中，开拓出了划时代篇章，无疑会对诗具理趣的创作有新的、具有发展意义的启迪。

然而，又颇令人遗憾的是，“理趣”这词，长期来，似不如“情趣”词那样被人们所熟知、所关注和看重，以至在以往的辞典中，均无这词的条目。甚至一些有关古诗词的专论和专著，似也少见有这方面的专门论述。有鉴于此，特在赏读众多各类言理、涉理诗作前，将言理和涉理诗作的历史渊源、“理趣”词和“理趣”说的出笼和面世，以及“理趣”、“理障”争的实质及其在诗词中引申出的认识和思考等，简述如上，作为赏读“理趣”诗作的前导，也为“理趣”词和“理趣”说更能享誉诗坛而呼吁。

还需指出的是，诗具理趣作，如诗具情趣，也是姿致繁茂、丰富多彩的。有理语、议论入诗之风韵和异彩；有哲理诗和诗中哲理之睿智和深邃；有景与理、物与理、事与理融汇幻化、相映成趣之和谐；有咏史、怀古、兴叹之深沉和厚重；还有人生纵横咏和生活理趣吟之质朴和幽默。如此等等，不一而足。本卷正文，便是就笔者上述感悟所得，聊赏理趣在诸多言理、涉理诗作中发人心智、撼人心扉的绚丽风采。只不过，后面赏读的诗词，又不可能仅为言理和理趣方面的吟咏，而多是具有多种风格、风韵于一炉的佳作。为领略诗具理趣的风采，这里，权从言理角度赏读和品味之。

二、理语、议论入诗和诗具理趣

如前言，理语、议论入诗和诗具理趣不完全是一码事。理语、议论入诗不见得就诗有理趣，也确有坠入“理障”者。但诗中理趣又离不开理语、议论入诗，否则理趣便无从谈起。两者必须紧密结合在一起，融汇在一起，方能真正达成诗具理趣之妙境。

两者究怎样结缘和联姻？前面提到的杜甫的三句诗，读者似可从中获得某种启迪。而要更多和更好地洞察蕴藏其中的奥秘，则须从我国历史上众多的理趣佳作中，细心品味其精巧构思和神奇妙笔。下面不妨赏读几首这方面堪称经典的诗具理趣的佳作。

先赏两首我国早期的这方面的杰作。

（一）汉乐府民歌《长歌行》

青青园中葵，朝露待日晞。阳春布德泽，万物生光辉。常恐秋节至，焜黄华叶衰。百川东到海，何时复西归？少壮不努力，老大徒伤悲。

这是一首劝人及时努力、奋发进取、不可蹉跎岁月的诗。

劝，自离不开理。理明理透，方能醒人耳目，达成催人奋进之功。可令人略感奇异的是，这诗的主要篇幅，字面看，似又非言理句，而多为自然景观和自然物象的描述。

涉理诗，何以见景见物不见理？如前言，盖“理”在景中，在物中，在景观和物象中矣。看似写景、状物、图像，实则通篇言理。“理”寓景（物、景观、物象）中，景（物）与“理”化。这种景（物）语，实也是理语。是字面不见“理”、不见议的理语，如前面转引的杜诗六句。

还需指出的是，上诗恐还不仅句句嵌“理”，还有更形象、更巧妙构思展示出的“理”：景观和景观、景观和物象相连，使人能从生命演进的长河中，感悟人生当奋斗的要义，从而焕发出昂扬向上的活力和斗志，岂不更见催人奋进的浓浓理趣。且赏这诗原文。

“青青园中葵，朝露待日晞。”

“晞”，干，同照耀。《诗·秦风·蒹葭》：“蒹葭凄凄，白露未晞。”

诗起，一株株青翠欲滴的园中葵，便欣欣向荣地展现在读者面前，使人顿感到青春和生命的活力，联想到人生当奋斗的要义。

自然，生物的生长是有条件的。这条件就是阳光和雨露。一个“待”字，更见对阳光的希冀。

“阳春布德泽，万物生光辉。常恐秋节至，焜黄华叶衰。”

这是言万物的生长规律：春荣秋衰。

“时在中春，阳和方起。”（《史记·秦始皇本纪》）

“阳春白日风花香”（晋·乐府古辞《晋白纻舞歌诗三首》）。

万物得阳春德泽而生气蓬勃，闪耀着生命的光辉。这是人们最乐意见到的景观，也是世人最乐于享受的时光。可到了秋天，“秋风起兮白云飞，草木黄落兮燕南归”（汉·刘彻《秋风辞》）。那焜黄（“焜”，光明；“黄”金黄的颜色）的华叶，也一变而为枯萎、衰落。人们又怎能不“长恐”呢？然而，自然时序之变换是不以人的意志为转移的。珍惜美好时光，珍惜最富生命活力的宝贵青春，才是顺应时序转换规律的明智抉择。

人的兴衰盛落和自然界的“春荣秋衰”何其相似！只不过这“春”和“秋”不是自然界的时序，而是人的境遇。“长恐”似也在提醒人们：当处境兴盛时，要时刻想着和提防在某个时期可能陷于衰落和失势。既要百倍珍惜兴盛时的宝贵时光，积极进取而毫不懈怠；又要有应对衰落和失势的准备，以免到时会惊慌失措，不能进退裕如。

认识和掌握“春荣秋衰”规律，对于启迪人的积极思维，促进人的健康成长，大有裨益。

然而，“离离原上草，一岁一枯荣”。自然界的“万物”——生物，春荣秋衰，尽管有其残忍的一面，但“野火烧不尽，春风吹又生”，来年会“又绿江南岸”的。这种残酷性，似还有再生再荣之望——生命复苏和繁荣之望。这对那些陷于困境、特别是濒临绝境的人说，无疑也是一种振奋精神、激励斗志的良药，一种勇于奋进的兴奋剂。可值得关注的是，自然界还有种更严酷、更令人震惊的景观：一去不回头，一去不复返的景观。这就是“百川”。

“百川东到海，何时复西归？”

这不禁使人又想起大诗人李白《将进酒》中头两句：

“君不见黄河之水天上来，奔流到海不复回！君不见高堂明镜悲白发，朝如青丝暮成雪。”

上面头一句，和“百川”句如出一辙。一个“黄河”，一个“百川”，皆言江水东流不复返。后句“高堂明镜”，似和“百川”无联系。其实不然。“百川”后两句“少壮不努力，老大徒伤悲”。“老大”“伤悲”和

“高堂”“悲白发”，又何其相似！

还有孔圣人两句名言：“子在川上曰，逝者如斯夫”，似也和“百川”句意境近似。

孔圣人语，言于2500年前的春秋末年；李白叹，发于1200多年前的唐代。而不知名作者写作上诗的时间是2200多年前的东汉。前有圣人语为先导，后有伟大诗人慨叹以传承，不知名作者上两句诗（“百川”句）蕴意之厚重，也可想而知。

两历史巨人（孔子和伟大诗人李白）和不知名作者上三复句的共通点是以流水喻人生。流水的急疾性、无间断性和不可回复性，昭示出人生的严峻性：青春速逝，人生易老，韶华不再。面对岁月的无情，作为现实中的人，应如何把握前进的坐标？孔圣人上两句后似无明白了当的回答；伟大诗人上两句后，也只有含蓄的豪迈；而不知名诗人上两句后平朴无华的两警语，却使人从生命的长河中能明白无误地感悟到人生奋斗当及早努力的要义，岂不更见深刻和厚重！

“少壮不努力，老大徒伤悲”。

努力从少壮起，是人生短暂的要求。否则，美好年华虚度，峥嵘岁月蹉跎，老而无成，便会追悔莫及。一个“徒”字，既唱出了虚度和蹉跎岁月的悲歌，也唱出了及早努力、早据要律的欣悦。难怪两千多年的今天，人们还把这两句诗作为教育和鞭策青少年奋发上进的最佳用语。不知名诗人的上两句诗，在青少年思想战线发挥的巨大作用和产生的巨大影响，岂不也是功不可没！

上诗通篇言理，且理理相连。既有从众多景观、物象中引申出的景理和物理，又有细味景理、物理而感悟出的人生哲理。既有深刻思想内涵的理语于其中，又有表面看并非理语而实际却有更深刻的议论于诗外。如此众多的“理”集于一诗，是否会使人有某种概念化和生硬说教的感觉呢？否。不但毫无概念化和生硬说教感，相反，那阳光雨露沐浴下茁壮成长的青青“园中葵”，那“春荣秋衰”、有荣有衰的“万物”，那奔腾不息、东流到海不复返的“百川”，以及那奋发进取、昂扬向上、不肯虚度年华、蹉跎岁月的“少壮”，带给人们的，除了蕴藏其中的深刻思想内涵外，又何尝没有那令人欣羡的形象和令人心旷神怡的美的享受，还有那昂扬向上的浓浓情趣。而所有这些，又绝非抽象说教和干巴、概念化的语言所能成功。这也说明，理语、议论入诗和诗具理趣，两者非但无矛盾，而且完全可以融会贯通，可以完美地结合在一起，相得益彰，相映成趣的。理语、议论入诗，诗具理趣不可或缺的前提条件。

（二）曹操《龟虽寿》

为深化上认识，下面不妨再赏读一首魏晋诗歌：曹操《步出夏门行》之四：《龟虽寿》。

> 神龟虽寿，犹有竟时；腾蛇乘雾，终为土灰。老骥伏枥，志在千里；烈士暮年，壮志不已。盈缩之期，不但在天；养怡之福，可得永年。幸甚至哉，歌以咏志。

关于曹操，国人并不陌生。由于种种原因，尽管过去人们对他的认识存在严重偏颇。但历史事实无可辩驳地证明，他确是我国三国时期堪称我国历史上伟大的政治家和军事家之一式的人物。他字孟德，小名阿瞒，三国沛国谯（今安徽亳州）人。他不但有卓越的治国和指挥作战的才能，而且诗文俱佳，在文学上有突出成就。他的诗继承汉乐府民歌反映现实的优良传统，风格悲凉慷慨，有的还反映了他的政治思想和远大抱负。他的散文清竣质朴，豪迈雄健，体现了“建安风骨”的基本特征，对于建安文学的发展和建安风格的形成起了重大作用。

《步出夏门行》，又名《陇西行》，汉《相和歌·瑟调曲》，共五章。“艳”，即前奏曲，一章；正曲四章，前三章为《观沧海》、《冬十月》、《土不同》，上为尾章：《龟虽寿》。皆曹操建安十二年（207 年）北征乌桓时作。

乌桓，汉末辽东半岛上的少数民族。也作乌丸。东胡族的一支。秦末东湖遭匈奴击败后，部分迁乌桓山，因以为名。

官渡战，曹操打破袁绍割据势力，其残部逃到乌桓那里，妄图凭借乌桓势力东山再起。曹操率师北征，便是为消灭袁绍残余势力而采取的重大军事行动。《步》正曲前三章，似均为沿途所见之感怀，也见劳师远征之苦。《龟虽寿》则是诗人辽阔胸怀和雄豪心境的展示，也是他决心统一天下雄心壮志的集中展现。

述志抒怀，自也离不开理。如前诗《长歌行》，《龟》也是通篇理语、议论入诗。只不过，它不似前诗，是以植物（园中葵）、景观（春荣秋衰的“万物”）、物象（东流到海不复回的“百川”）为实体，启迪世人要珍惜美好年华，莫要蹉跎岁月；而是以神奇的爬行动物（神龟·腾蛇）、和志向崇高的人（“烈士”）为依托，极言永葆昂扬斗志和进取精神的重要，彰显自己统一天下的雄心和壮志。同时也告诫人们：永葆乐观愉悦精神，才是真正延年益寿之道。言志、言寿集于一诗，更见浓浓理趣。下面也赏原文。

“神龟虽寿，犹有竟时；腾蛇乘雾，终为土灰。”

龟和蛇，均爬行动物。多并称。挚虞《思游赋》：“探龟蛇于幽穴兮，暇网养之潜育。”武汉有龟、蛇二山，隔江而峙。“一桥飞架南北，天堑变通途。”

神龟，古时传说，能活几千年。

腾蛇，传说中一种能飞的蛇。《韩非子·南势》：“慎子曰：‘飞龙乘云，腾蛇乘雾’。”裴骃集解引郭璞注：“腾蛇，龙蛇也。”

诗从龟·蛇起，便见旺盛的生命活力；神龟，腾蛇，更见生命神奇。

然而，再富活力、再具神奇的生命，也还是“犹有竟时”，还会“终成土灰”。“竟时”，“土灰”，皆言生命终结。

神龟、腾蛇尚如此，那人的生命呢？人的生命延续的时间，肯定要比神龟、腾蛇短暂得多。

不过，也有种东西，虽和生命相连，却和人及动物的肉体生命不同，是可以长久、可以永存的。这就是雄心和壮志。理想，精神，抱负等，都属同类。

“老骥伏枥，志在千里；烈士暮年，壮心不已。”

“骥”：千里马；“老骥”，即老千里马。

“枥”：马棚。

千里马老了，其“志”不老。它俯卧在马棚里，其志仍在千里之外。否则，恐也不能称其为千里马了。

人，何尝不是一样！

一心建功立业、决心成就人生辉煌的人（“烈士”，古时泛指有志功业或轻生的人。《史记·伯夷列传》有“贪夫殉财，烈士殉名”句），他的雄心壮志，他的理想抱负，即便到了晚年，甚至肉体生命终结，也不会泯灭。虽死犹生，便有精神不死隐。

上，四种动物（人也是动物，只不过是高级动物），两种生命（肉体的生命和精神的生命），两种结果（“有竟时”和可以长久，可以永存），它告诉我们，动物，特别是人，其肉体生命和精神生命（如果“骥”的“志”也算精神的话。准确说，应是千里马的特殊属性）是可以分开的。肉体生命有限，有“竟时”；而其思想、精神，包括动物（千里马）的特殊属性，是可以长久、可以永存的。

人的雄心、壮志、理想、抱负等，均属精神范畴，它们自然皆可长久和永存。这有限（肉体）无限（精神）的道理，对于激励人的进取精神，永葆人的崇高品德，弘扬人类优良道德传统，无疑是大有裨益的。

多么深刻而富教育意义的哲理！可这哲理就蕴藏在八句以四种有生命活力的动物为生动形象的理语和议论中。这也说明，理语和议论是相融共通的。凡是理语，必有深刻议论于其中；而诗中议论，很多时候、很多情况下又以理语形式出现。上面赏读的两诗，皆可证明此情况。而更重要的是，无论是理语入诗还是诗中议论，又皆须以鲜活形象为实体，用鲜活、优美形象感人。如此，方可诗具理趣而非“理障”，方不致陷诗作于枯燥乏味的概念化泥坑。这也是上两诗之所有能引人入胜的原因所在。

不过，这里还需指出的是，上八理语，恐还不仅是向世人诠释出了这有限无限的道理，似还更有隐潜的深意。八理语中的生动形象，恐也不仅是神龟、腾蛇、老骥等动物和泛指的“烈士”，似还有更鲜活、更崇高的形象。深意者何？理中有人。更鲜活、更崇高的形象呢？恐就是曹操自己。

据《三国志·魏志·武帝操》等史籍载，操少时“任侠放荡，不治行业”，但“机警”而“有权数”。天下纷争、群雄并起时，他并不轻率行动；而一旦时机成熟，便机断专行，且屡获成功。面对东汉政权行将崩溃关头，他推行一条统一中国的政治路线。经过长达 20 余年的艰苦奋斗，终于逐个消灭了黄河流域的割据势力，实现了北方的基本统一。

曹操卓越之才能和神通之广大，岂不也能和神龟、腾蛇、老骥等神奇动物的神奇相衬比。

此时，他率师西出夏门（夏门，时为洛阳城西北的一个门。洛阳，时为东汉都域），“东临碣石”（碣石，山名。有二碣石山。此指大碣石山，在河北乐亭县西南。也有说是河北昌黎县之碣石山），誓师消灭袁残部，实现北方的完全统一。此时此刻，他怎能不心潮澎湃、激愤有加呢？《步》是他当时心情的记录。“老骥伏枥，志在千里；烈士暮年，壮志不已”，又何尝不是他当时真实感情的流露，是他一心统一天下的雄心壮志和豪旷情怀的真实展示。曹时年 50 岁，他 65 岁逝世，言“老”骥伏枥，言烈士“暮年”，似无不可。

“老骥”四句，后来成为国人鼓舞雄心、激励斗志的经典语汇，也见后人对曹操其人的敬重。

曹操心高志广，才华横溢。他不仅有远大政治理想和宏伟抱负，对人的寿命长短的原因和延年益寿之道，也有自己的独特见解，这也是难能可贵的。下面便见这独特的养生长寿道：

“盈缩之期，不但在天；养怡之福，可以永年。”

“盈缩”，犹长短。这里指人的寿命长短。

曹操认为，人的寿命长短，不完全是由上天决定；后天保养得法，愉快乐观（“怡”，愉快；喜悦），也是可以永葆生命活力，可以延年益寿的。这就和几千年流传下来的“生死有命，富贵在天”说以及当时一些炼丹方士大肆鼓吹的神仙和仙药可以使人“长生不老”的荒诞谬论划清了界限，从而开拓了健康养生长寿的新境界。应该说这也是很有积极意义的。

在畅抒“老骥伏枥，志在千里”的豪旷情怀后，又以超凡脱俗之笔，纵论人生寿命之“盈缩”和养生长寿道，言志、言寿集于一诗，岂不更见诗人那“壮志不已”的浩荡雄心！诗人显是在探寻超乎凡俗的养生术，谋求超乎凡人的旺盛生命和热血，藉以铸造人生的辉煌，谱写人生更加光辉灿烂的篇章。诗人的一生及其在人类历史上创建的丰功伟绩，也足以说明，诗人在写作上诗时心中滚动的那如汤如沸情和美好希冀并未付诸流水。

《龟》，不朽的言志壮怀作。

（三）陶渊明《饮酒》

如本卷首章言，陶渊明的许多诗词，夹叙夹议，谈笑风生，堪称理语、议论入诗的典范。他的《归田园居》五首，几乎每首皆有理语佳句入诗。如“羁鸟恋旧林，池鱼思故渊”（其一）、“常恐霜雾至，零落同草莽”（其三）等。他的《拟挽歌辞》，理语和议论交相辉映，嘲讽、幽默、诙谐齐展，尤富理趣。下面不妨再赏一首他这方面的代表作：《饮酒》其五。

> 结庐在人境，而无车马喧。问君何能尔，心远地自偏。采菊东篱下，悠然见南山。山气日夕佳，飞鸟相与还。此中有真味，欲辨已忘言。

《饮酒》诗共30首，皆诗人归田后作。上面这首其五，应是归田后不久作。是20篇中最脍炙人口的篇章。

这诗的写作构思，似又和前面赏读的两诗不同。它不是理语、议论贯穿首尾，而是情、景（境）、理（理语、议论）、味（真味）水乳交融，构成一幅别致图画，一幅怡然自得的隐居图，一首可以酣高楼的理趣佳作。

其具体框架是，起笔四句，似为顺势(境）言情、论理，理中见人；接下来四句，人入景中，景中有情、有理、有味（真味）。情、理、味交融，令人陶醉；结尾，欲言而止，欲说还休，给人留下一个可以漫天遐想的空间，令人无穷回味。

“结庐在人境，而无车马喧。问君何能尔，心远地自偏。”

“结庐”，谓构室居住。也可简言居住。

“人境”，犹人间、尘世，相对于天上和仙境。

“车马喧”：车马疾驶喧嚣嘈杂貌。南唐李煜《望江南》中有“车如流水马如龙”句，状昔日上苑车马喧阗、时人熙攘之甚。上指人世间各种烦人尘杂，实是世人为荣华富贵而奔竞不息的写照。

“心远”：指心远离尘俗。《饮酒》其六有“远我遗世情”句。

“地自偏”，上四句诗的归结，也是四句诗的中心蕴含所在。即：诗人谓自己虽居住在喧嚣繁华的人世间，但因心已远离尘俗，所以自然觉得如同住在荒僻偏野一般——“地自偏”。这恐也是诗人当时——初归田时心情心境的真实流露。

值得注意的是，四句诗是以问答形式出现。之所以有问，说明心中仍有纠结。回答却见深刻哲理。似有二义：

喧嚣尘世不一定会有喧嚣感。陶氏身居尘世，并无喧嚣感，说明两者不能画等号。陶氏弃官归隐，避的是官场，并非尘世。他并非厌世。上诗也可证明。

“心”最重要，心是可以超越地域、超越凡俗的。“心远地自偏”，看似言地，实是言心。心远离尘俗，便会觉得居住地远离尘俗；反之，如果一心仰慕豪华，一心追名逐利，即便住在荒郊野外，也会心烦气躁，浮郁不安。这道理，尽管有某种唯心歉，但也不无辩证哲理——意识对客观存在的反作用。

陶氏何以如此推崇“心”的超越？恐又和他归田不久心绪欠宁有关。《饮酒》序言有云：“余闲居寡欢，兼比夜已长，偶有名酒，无夕不饮……”，可见陶当时心绪。“心”的超越，是他当时唯一能凝固其归隐志的神奇宝石。

“心”的超越，根植于诗人“心远地自偏”的归隐理念中，更展现在归隐后的田园生活中。下面便见其田园生活之行印证田园归隐之理的超越：

“采菊东篱下，悠然见南山；山气日夕佳，飞鸟相与还。”

“水陆草木之花，可爱者甚蕃。晋陶渊明独爱菊”（宋·周敦颐《爱莲说》）。确如是。陶的许多诗词，皆可见对菊的吟咏。

“采”，像兽指抓分别形，义为辨别，“采”即“辨”字的古文，见《说·收部》“采”。《荀子·荣辱》：“目辨白黑美恶，耳辨音声清浊。”辨别菊之颜色姿致，当与赏菊无大区别。

“篱”，即篱笆，用竹、木、芦苇等编成的围墙或屏障。刘克庄《岁晚书事》：“荒苔野蔓上篱笆。”

“采菊东篱下”，换句话，也就是说在住宅东面的篱笆旁饮酒赏菊。这恐也是诗人当时隐居生活的真实写照。

“南山”，有人考，可能是庐山。不无道理。庐山位九江南，诗人归隐浔阳柴桑，即今之九江。“归卧南山陲”。东篱把酒赏菊，“悠然见南山”，完全合乎情理。

值得咀嚼的是“悠然见”三字。

“悠然”，闲适貌。怡然自得之情跃然纸上。

“见”，不是看，也不是望。望有意，见无心。无心更见悠扬自得。有读本作“望”南山，未免有减悠扬神韵。

“悠然见南山”，那么，诗人又见到了什么呢？不是“横看成岭侧成峰，远近高低各不同”，也不是“万木霜天红烂漫，天公怒气冲霄汉”，而是“山气日夕佳，飞鸟相与还”。

“山气”为何物？何以“日夕佳”？

山，这个大自然无比神奇的宏浑之物，在不同境遇、不同抱负的人眼里，会呈现出不同的貌和姿；在不同人的心里，也会涌现出不同的“山气”。

“秩秩斯干，幽幽南山”（《诗经·小雅·斯干》），那是古人心中苍茫浩渺、古朴情深的“山气”；

“造化钟神秀，阴阳割昏晓。荡胸生层云，决眦入归鸟”（杜甫《望岳》）。那是初出茅庐、雄心勃勃的有志之士“会当凌绝顶”的“山气”；

“山，快马加鞭未下鞍。惊回首，离天三尺三；山，倒海翻江卷巨澜。奔腾急，万马战犹酣；山，刺破青天锷未残。天欲堕，赖以柱其间”（毛泽东《十六字令三首》），那是无产阶级革命领袖决心改天换地、气壮山河的“山气”。

诗人陶渊明，不满官场束缚，毅然弃官归隐。此时，他刚回到田园不久，心绪不宁，“采菊东篱下，悠然见南山”。“飞鸟相与还”不正是和他此时的心情、心境相吻合的“日夕佳”的“山气”吗！

“日入群动息，归鸟趋林鸣。啸敖东轩下，聊复得此生。”《饮酒》其六，更真切地道出了他当时的这种心境。

“此中”，显是“南山”中。更准确说，是“南山”“日久佳”的“山气”中。

“真味”，究何味？长期来，读者多有揣摩。笔者认为，应是“日久佳”的“山气”——“飞鸟相与还”中泛出的一种能引人遐思的特殊气味。这气味的本质是淡泊名利，回归自然、崇真向善。其落脚点，恐又是他那篇旷古妙文《归去来辞》的核心——“归去来兮”。

可何以又“欲辨已忘言”呢？

“忘言”，常见的有两种：一是失记忘言；二是“得意”忘言。“欲辨”显非失记，那自然是“得意”忘言了。

“久在樊笼里，复得返自然”（《为田园居五首》其一），宁无得意！

“采菊东篱下，悠然见南山”，更见悠扬自得。

“得意”忘言，也更见“心远地自偏”的神韵和风采。

“忘言”得意意无穷。“忘言”二字，真乃绝妙之极。

（四）杜甫《自京赴奉先县咏怀五百字》

理语、议论入诗，贵在理语佳句和精辟议论水乳交融，涉理成趣。上面赏读的几首我国早期的古诗词，理语佳句和精辟议论融于简洁、凝练和具有深刻思想内涵的诗句中，无疑堪称理语、议论入诗的典范。古诗词中，还有更富深刻思想内涵、更具多姿言理风采于一炉的绝唱，尤值得认真赏读。

杜甫在755年亦即唐天宝十四年十一月从长安回奉先（今陕西省蒲城县）探家时写的一首诗：《自京赴奉先县咏怀五百字》，便是这样的绝唱，姑再赏之。诗如后：

杜陵有布衣，老大意转拙。许身一何愚，窃比稷与契。居然成濩落，白首甘契阔。盖棺事则已，此志常觊豁。穷年忧黎元，叹息肠内热。取笑同学翁，浩歌弥激烈。非无江海志，潇洒送日月。生逢尧舜君，不忍便永诀。当今廊庙具，构厦岂云缺。葵藿倾太阳，物性固莫夺。顾惟蝼蚁辈，但自求其穴。胡为慕大鲸，辄拟偃溟渤。以兹误生理，独耻事干谒。兀兀遂至今，忍为尘埃没。终愧巢与由，未能易其节。沉饮聊自遣，放歌破愁绝。

岁暮百草零，疾风高冈裂。天衢阴峥嵘，客子中夜发。霜严衣带断，指直不能结。凌晨过骊山，御榻在嵽嵲。蚩尤塞寒空，蹴蹋崖谷滑。瑶池气郁律，羽林相摩戛。君臣留欢娱，乐动殷胶葛。赐浴皆长缨，与宴非短褐。彤庭所分帛，本自寒女出。鞭挞其夫家，聚敛贡城阙。圣人筐篚恩，实欲邦国活。臣如忽至理，君岂弃此物？多士盈朝廷，仁者宜战栗。况闻内金盘，尽在卫霍室。中堂舞神仙，烟雾蒙玉质。煖客貂鼠裘，悲管逐清瑟。劝客驼蹄羹，霜橙压香橘。朱门酒肉臭，路有冻死骨。荣枯咫尺异，惆怅难再述。

北辕就泾渭，官渡又改辙。群冰从西下，极目高崒兀。疑是崆峒来，恐触天柱折。河梁幸未坼，枝撑声窸窣。行旅相攀援，川广不可越。老妻寄异县，十口隔风雪。谁能久不顾，庶往共饥渴。入门闻号咷，幼子饥已卒。吾宁舍一哀，里巷亦呜咽。所愧为人父，无食致夭折。岂知秋禾登，贫窭有仓卒。生常免租税，名不隶征伐。抚迹犹酸辛，平人固骚屑。默思失业徒，因念远戍卒。忧端齐终南，澒洞不可掇。

从诗题和诗起兴之源说，这诗无疑是长篇纪行叙事诗，而且是在纪行的夹叙夹议中理语、议论入诗的佳作。可细味蕴潜其中之内涵，却又发现，这诗绝非一般纪行诗，也非一般言理、述志吟，而是一首立意极高、思想极深，主要通过诗人自身遭遇和探家途中所见，所闻，所思，所感，用诗的语言，对当时社会——唐皇朝由盛趋衰，亦即安史乱前夕，面临的形势及其动乱前景，进行形象解剖、深刻揭露和无情抨击，同时极展诗人心中无与伦比的忧国忧民情的这样一首应为政理、政议诗一类的杰作。这是诗人长安十年困顿的总结，也是诗人在政治上和在现实主义创作道路上走向高度成熟的标志，具有划时代意义。如果仅从诗具理趣层面而言，这诗似也堪称言理诗作之极品。

这诗的基本情事是赴奉先探家行，故诗的结构也基本是以“行”的行程和“赴”的先后顺序依次布局。大致可分三段：诗起至“放歌破愁绝”，首段，诗人自述抱负、长安十年经历以及思想演变过程，实为长安十年不得志而愤，愤中隐示出唐皇朝由盛趋衰的现实；二段，“岁暮百草零”至“惆怅难再述”，纪骊山行，为最高统治者国难当头仍纵情享乐而愤，进而揭示唐皇朝当时社会阶级严重对立，矛盾无法弥合，预言唐皇朝动乱必将到来；“北辕就泾渭”至尾为第三段，纪抵家前和至家时所见感怀：“忧端齐终南，澒洞不可掇”，更见唐皇朝政局之危，也更见诗人忧国忧民心之炽。三阙一整体，情浓，理直（直抒胸臆，直击时弊），趣雅（崇高、高雅），不失为地道的理趣佳作。

1.“杜陵有布衣，老大意转拙。许身一何愚，窃比稷与契。居然成濩落，白首甘契阔。盖棺事则已，此志常觊豁。穷年忧黎元，叹息肠内热。取笑同学翁，浩歌弥激烈。”

诗起，便见一“布衣”老者，性倔而迂。无疑，这是诗人自己。

“布衣”，即平民百姓。《史记·李斯列传》：“夫斯乃上蔡布衣，闾巷之黔首。”《盐铁论·散不足》：“古者庶人耋老而后衣丝，其余则麻枲而已，故命曰布衣。”后多以称未做官的读书人。

“杜陵”，地名，在今陕西西安市东南。原为汉宣帝陵。杜甫本河南巩县人，为图宦达，漫游十数年后来到长安，曾居此处。杜出生世代“奉儒守官”封建官僚家庭。祖父杜审言是初唐著名诗人。本非平民。但后来家道中落，无官，故以“布衣”称。

身为布衣，竟常暗自（“窃”即暗自意）用远古时尧舜的两个最显赫的贤臣——稷（主管农事，教民稼穑，后尊为农神）和契（主管教育，教民礼仪，后为商始祖）要求自己（“比”，比拟。这里言用稷契要求自己），还以身相“许”，要做像稷、契那样在皇帝身边，能为皇帝做大事、为社稷作大贡献的人。岂非奇怪！更奇怪的是，明知这想法大而无当（“濩落”：空而无用，大而无当），不能实现，却仍愿为此勤苦到老（“契阔”犹勤苦；“白首”谓年老）。甚至下了这样的决心：有一天命丧黄泉，盖棺定论，也就罢了；只要一息尚存，就不放弃这目标（“觊豁”：希望达到的目的）。多倔强的老者！

诗人何以如此之倔？诗人自己说，就因为心中时刻（“穷年”，犹言一年到头，也是时刻的意思）想着那饱经苦难的黎民（“黎元”即黎民百姓），常为他们而忧心忡忡，哀叹不已。为此，也常被同辈先生们取笑，可自己的理想和信念却愈来愈坚定：“浩歌弥激烈”（“弥”，更）。

多么崇高的志向呀！可遗憾的是，在当时社会，这志向肯定无法实现。明知不能变现，还痴心不改，岂不愚而又愚、拙而又拙！“老大意转拙”，“许身一何愚”，显是诗人当时启程赴奉先探亲前，回首往昔，壮志未酬，头脑里首先泛起的一种思绪：自责，自怨，自讽——责自己志不量力，怨自己想法大而无当，讽自己不识时务。

“拙”，笨拙。《老子》：“大巧若拙”。

“愚”，愚蠢，愚忠。封建社会臣子对皇帝尽忠，自称“愚忠”。

那么，上面这“拙”和“愚”，就仅是诗人自责、自怨和自讽吗？恐又非仅然。

秦末农民起义领袖陈胜有言：“王侯将相，宁有种乎”。历史上，平民百姓，一跃而登皇祚者，并非仅有。刘邦、朱元璋皆平民出身的皇帝。平民出身的王侯将相，更难胜数。仅西汉便有陈平、周勃、灌婴、樊哙等。诗人出身官宦世家，且才华超群，“窃比稷与契”，“许身”要做稷、契那样的贤臣，有何不可！不可，完全是由于当时唐皇朝最高统治者荒淫误国和朝中掌权者妒贤嫉能，对诗人百般排挤、打击所致。

杜到长安时，正值唐皇朝趋向衰落而表面尚维持繁荣假象。时，唐皇纵情声色，已基本不理国事。朝中大权，被“口腹蜜剑”的李林甫独揽。整个朝政被弄得一团漆黑。杜到长安第二年，玄宗诏一技之长者应试，择优录用。杜参加考试。由于李把持朝政，竟无一人录取。杜受打击，知朝廷腐败，便向达官贵人投送诗稿，祈求引进。也因官场腐败已深入骨髓而无效果。直到40岁，逢唐玄宗举行祭祀大典，杜进三大礼赋，获玄宗赏识，令集贤院录用，仍因李杜甫从中作梗未果。直到李林甫死后，亦即这次赴奉先前，诗人才谋得一个管理军械库房的小官：后卫率府胄曹参军。何其凄惨！

“愚”和“拙”，又何尝不是对当时唐皇朝的愤！这恐也是诗人赴奉先前，回忆长安十年，心中泛起的又一种更为激越和更见深沉的思绪：怨和恨当朝。怨和恨还会引发诗人心中更隐秘的情思：

“非无江海志，潇洒送日月。生逢尧舜君，不忍便永诀。当今廊庙具，构厦岂云缺。葵藿倾太阳，物性固难夺。”

“江海志”：云游山河、隐遁江湖之志，亦即弃官退隐愿。

“潇洒送日月”：自由自在地打发日子，送走日月。

“尧舜君”，即古尧帝和舜帝。这里借誉唐玄宗，说他是尧、舜一样的贤明君主。

“廊庙”，指朝廷；“具”，才具，犹言人才济济。“廊庙具”即言朝廷为官者人才济济。

“构厦”，即构建大房子。“构厦”全句，意为满朝人才济济，并不缺少像他这样的人。

“葵藿”即葵花。葵花向太阳，比喻对皇帝忠诚。“物性固难夺”，即言对皇帝忠诚的本性难以强行改变。“夺”即强行改变。

如本书前多处言，时，唐皇朝已趋衰落。诗人同时期或前或后的许多文人学士、诗人、才子，包括李白、王维、李颀、常建、顾况等，慑于或厌于朝廷腐败，或弃官归隐，或浪迹江湖，或半官半隐，或干脆出家为僧，不一而退。可杜甫却未像上面许多士人那样，退隐朝野，何也？诗人自己说，并非没有隐逸志，也不是不想“潇洒送日月”，而是因为当今皇帝圣明，不忍心和他诀别呀！还说，尽管当今朝廷人才济济，并不缺少像我这样的人，但葵花向太阳，自己作为人臣，对皇帝的忠诚是不会改变的。多么虔诚的对皇帝的“忠”啊！

必须指出，诗人上面对皇帝的美化（“尧舜君”），完全不符合当时皇帝唐玄宗李隆基的真实。尽管李是唐“开元之治”的君主，其政绩备受史家称道。但其时宫廷生活奢侈腐化，官吏贪渎，豪弱相并，民日贫困。开元后不久，便由盛而衰。就足以说明，唐玄宗并非“尧舜君”。

可诗人在上诗中，何以要肉麻吹捧唐玄宗呢？有释者言，这是诗人在向唐皇表忠心，幻想李隆基能在某个时候，突发善心，助他圆稷、契梦。也有的说，“这充分暴露出他（指杜甫）的思想和阶级局限”（见中国青年出版社出版的《历代诗歌选》第二册上诗的注释）。

果如是吗？果如是，则笔者认为，杜上诗基调，究是褒还是贬，是重在揭露批判还是重在讴歌赞美，需重新界定；杜诗的时代意义，这诗究是精品佳作还是挟嫌糟粕的诗，似尤需重作估量。甚至连杜本人，作为伟大诗人的“伟大”二字，似也有叫人打折扣的迟疑。

可笔者遍查手头、包括网络上有关杜上诗的鉴赏文字，甚至包括上言“暴露”杜“思想和阶级局限”的注释，莫不认为杜上诗的基调是贬而非褒，是揭露批判而非讴歌。《自》是划时代的精品佳作。

事实上，杜上诗：长安十年回顾，过骊山行，“朱门”句，以及探家前后的见闻思感等，也皆为对唐皇朝腐败弊政的鞭笞。诗中并无对唐皇和唐皇朝赞美的任何史实。

可何以又确有上肉麻吹捧句呢？笔者追溯诗人长安十年的真实境遇和其心路历程，感悟到，上肉麻句极可能是诗人长安十年前和初入长安时的幻想、幻觉和认识，并非长安中期、后期，更非诗人启程赴奉先的真实思想和真实认知。之所以要将这谀句在和“潇洒送日月”者的对比中推出，恐又是诗人故意将其作为讥讽自己“拙”（笨）和“愚”的讽语，绝非对唐皇的赞美和要效忠唐皇的表白。笔者上说非凭空臆测，而有其真实史实为依据。

诗人入长安前和初入长安时，对唐朝庭腐败虽已有切身感受。应试未第和求进无门便是切身感受。但对唐皇本人并无本质认识。相反还有诸多不切实际的幻想。“致君尧舜上，再使风俗淳”和“立登要路津”（均《奉赠韦左丞二十二韵》），便是诗人初入长安时对唐玄宗存有不切实际幻想的吟咏。进《三大礼赋》，也是对唐皇心存幻想的表征。可五年后，这不切实际幻想便不见了，代之是对最高统治者穷兵黩武鞭笞的《兵车行》，和“儒术于我何有哉，孔丘盗跖俱尘埃”的《醉时歌》。《兵》作于751年，《醉》作于754年，说明此时诗人对唐皇本质已有较清楚认识。十年后，正值安史之乱前夕，唐皇荒淫误国愈甚，诗人对其本质认识自会愈清晰。“老大意转拙”，“许身一何愚”，诗起的两句，恐就是对唐皇本质认识愈清后对自己的讽语。“生逢尧舜君，不忍便永诀”，“葵藿倾太阳，物性固难夺”，都是诗人讽自己“拙”（笨）和“愚”的吟咏。不是对唐皇的赞美和效忠。据此认定这吟咏“暴露”出诗人“思想和阶级局限”，似有失偏颇。

难圆稷、契梦，壮志未酬，诗人的心无疑是苍凉而凄楚的。然而，可贵的是，诗人仍始终保持高尚情操，不为世俗所累。

“顾维蝼蚁辈，但自求其穴；胡为慕大鲸，辄拟偃溟渤。以兹悟生理，独耻事干谒。兀兀遂至今，忍为尘埃没。终愧巢与由，未能易其节。沉饮聊自遣，放歌破愁绝。”

“蝼蚁辈”，比喻目光短浅、自私自利的为官者。

“大鲸”，即大鲸鱼。《庄子·逍遥游》：“北海有鱼，其名为鲲（也作鲸）”。这里借喻作者理想中的“有为”之士。“渤”，大海；“偃”，偃仰，犹俯仰自如。

“干渴”：奔走权门，营谋富贵。唐时盛行的一种谋官途径。

“巢与由”，即巢父和许由，传说是唐尧时两隐士。

“兀兀”，勤苦貌。

诗人对朝中那些鼠目寸光、自私自利的为官者非常反感，指斥他们专为自己图谋私利；而对那些有识有为之士，则由衷钦佩，称他们为大鲸。但又慨叹：何必总是仰慕他们能在大海里俯仰沉浮，遨游不息呢？诗人笃信，人生当奋斗。而奋斗，贵在自己奋发图强，而以奔走权门为耻。

也正因为如此，才使得诗人自己处境维艰：虽兀兀以穷年，只谋得一个只能管理军械仓库的小官。“忍为尘埃没”，又怎能不有愧于巢与由呢？现在也只能“沉饮”以“自适”（自我安慰）、“放歌破愁绝”了。

以上，便是诗人赴奉先探家前长安十年回顾，也是长安困顿十年的总结。这总结有情有理，有事有议，情、理、事、议，融而为一，典型的自传性和政治性相结合的言理吟咏。这恐也是《自》这诗理语、议论入诗首具的特色和风采。接下来，则又见另样言理特色和风采——行中见政理，政理寓行中。

2. 诗人起程赴奉先时，安禄山叛乱已在范阳起兵，标志唐皇朝由盛而衰的转折实已开始。只不过，这消息当时尚未传到长安，可诗人已预见到动乱的必然到来。伟大诗人的高度政治敏感和知微见著的政治预见确令人五体诚服。不过，值得注意的是，伟大诗人的预见，并非心血来潮，更非空穴来风，而是建立在对社会矛盾深刻分析基础上对形势作出的正确估量。下面过骊山行便见严重阶级对立必致动乱的社会基础。这恐也就是上面所言行中见政理中之政理，特别值得认真赏读。

“岁暮百草零，疾风高冈裂。天衢阴峥嵘，客子中夜发。霜严衣带断，指直不能节。”

年末岁终，百草凋零。凛冽的寒风，将高冈上坚硬的岩石都刮裂了。多么严酷的天候呀！可诗人就是在这阴云密布（“峥嵘”，本为山高耸貌，这里喻阴云密布）的中夜（即午夜，约为夜一时）起程的。因为寒冷，诗人身上用来系衣的带子都被严霜冻裂了。诗人想用手将它接上，可没等接上，手指又冻僵了。可见寒冷已极。

这是对当时自然天候的描绘，似也有当时唐皇朝政治形势隐。气运将尽，百业凋零，天寒地裂，民不聊生。诗中还特别穿插了一个衣带被冻断、手指被冻僵、系带难以接续的细节，似在暗示当时唐皇朝处境维艰，已难以为继了。细节意深，岂不也见诗人精到的选材构思工夫。

“凌晨过骊山，御榻在嵽嵲。蚩尤塞寒空，蹴踏崖谷滑。瑶池气郁律，羽林相摩戛。君臣留欢娱，乐动殷胶葛。”

可就在这国难民艰关头，最高统治者（唐明皇、杨贵妃）竟不顾国家安危和民众疾苦，在纵情寻欢享乐，何其荒诞！

就在诗人凌晨过骊山时，诗人亲眼看见，皇帝的行宫就落坐在这高高的山顶上（“嵽嵲”，山高貌）。山顶大雾漫天（“蚩尤”，传说中制造兵器的人，又传为主兵之神。一说为东方九黎族首领，与黄帝战于涿鹿，作大雾。这里借指大雾），诗人当时就是在这地冻天寒的大雾里，连踢（“蹴”，踢）带踏，一步一滑地挣扎在冰封的崖岩上；可另一面，从华清宫（“瑶池”，传说中西王母宴会处，这里借指华清宫）温泉中冒出来的热气却蒸腾直上（“气郁律”，温泉热气蒸腾貌），温暖如春。羽林军（皇帝卫队）出出进进，兵械碰撞声很远可闻；君臣们寻欢作乐，开怀畅饮，伴和着音乐吹奏声响彻云霄（“殷”，乐声繁盛貌；“胶葛”，天空广阔貌），更是豪盛无比。

多么明显的反差呀！不过，这还仅是诗人个人的遭遇。并非社会阶级矛盾的反差。社会阶级矛盾反差在下面的实情实况中。

“赐浴皆长缨，与宴非短褐。”

蒙皇帝赐浴温泉的都是皇亲贵族（“长缨”，即系在领下的长冠带。古时皇亲贵族公众场合必系冠带。这里借指权贵）；能进去参加饮宴的绝非平民百姓（“短褐”，平民百姓穿的粗布衣服，这里借指百姓）——分明的阶级对立。

“彤庭所分帛，本自寒女出；鞭挞其夫家，聚敛贡城阙。”

“彤庭”即朝廷。宫殿多用朱红涂饰，故言“彤”。

“彤”，红色。

朝廷分赐给群臣的高级丝绸织物，原本出自贫苦人家妇女之手，官府用皮鞭、棍棒逼迫，才将这些精品聚敛到宫里——显见的阶级压迫和阶级剥削。

可尽管如此，诗人对皇上和朝中大臣仍心存规勉。他好心劝大臣们说：

“圣人筐篚具，实愿邦国活。臣如忽至理，君岂弃此物。多士营朝廷，仁者宜战栗。”

“圣人”即皇帝。唐时称皇帝为“圣人”。

他对大臣们说：皇帝将一筐筐精美绢帛赐给你们，实指望你们能为国多作贡献。你们应该懂得这道理才对。否则，那皇帝还不如把这些东西扔掉呢！朝中的为官者们，你们如果真是有良心的仁者，那就应该时刻感到诚惶诚恐（“战栗”，诚惶诚恐貌）。

多天真的诗人呀！他以为这样劝，大臣们就会回心转意！然而，当他将眼前正在骊山之巅纵情享乐的君臣和荒郊野外因衣食无着冻饿而死的穷苦百姓联系起来，他的心便“惆怅”难言了。

“况闻内金盘，尽在卫霍室。中堂舞神仙，烟雾蒙玉质。暖客貂鼠裘，悲管逐清瑟。劝客驼蹄羹，霜橙压香桔。朱门酒肉臭，路有冻死骨。荣枯咫尺异，惆怅难再述。”

况听说，皇宫内的金银财宝，现在都到了杨家国舅的厅堂上了(“卫霍”，本谓卫青和霍去病。二人皆汉武帝时外戚。这里借指杨家)。而杨氏姐妹（“神仙”：舞女。这里指杨贵妃姐妹），现在就在这堂上翩翩起舞。那冰肌玉骨迷蒙闪烁在轻烟薄雾中，何其娇娆荣宠！

前来参加宴会的宾客，穿的都是貂皮做的衣服，华美无比；厅堂上吹奏的音乐，尽管优美动听，但也透露出悲凉的余韵（“悲管”，隐射时局之悲）。用来款待宾客的是用骆驼蹄做的羹汤，还有那从遥远南方运来的香橙和金桔。多么豪华而奢侈的欢宴呀！

面对如此豪奢盛宴，“穷年忧黎元”的诗人，怎会不泛起异样遐思？此时，他突然将眼前所见和荒郊野外那冻饿而死的穷苦百姓联系起来，慨然喷吐出了两句令千古震惊的诗：“朱门酒肉臭，路有冻死骨”。

两句毫无渲染、完全是实情实况的诗，究是怎样的诗呢？它不仅一针见血地揭露了当时唐皇朝社会贫富悬殊的严峻现实，而且极其深刻地揭示出了阶级社会阶级矛盾和阶级斗争不可调和的根源，是世人认识阶级社会、阶级斗争的最佳词语。尽管阶级、阶级斗争这词近代才得以面世。但千百年来，无论何时何地，人们只要吟哦起上两句，便会立刻想到那水火不相容的阶级矛盾和阶级对立，想到那令人惊骇的、天上地下般的贫富悬殊，进而萌发出寻求社会公平正义的企盼和斗争。诗人基于对社会的深刻认知，通俗、形象而又高度凝练、高度准确地概括出了两句最能反映阶级社会本质特征的诗联，诗人形象言理之工，亦堪称非凡和卓越。仅此两句，《自》这诗便不愧为划时代杰作，诗人也不愧为伟大的现实主义诗人。

3. 诗人继续此行时所见和抵家时所遇，更见唐皇朝当时政局之衰，也更见诗人心中忧国忧民情之炽，还更见《自》这诗行中见政理理趣之浓、之深邃。

“北辕就泾谓，官渡又改辙。群水从西下，极目高崒兀。疑是崆峒来，恐触天柱折。河梁幸未拆，枝撑声窸窣。行旅相攀援，川广不可越。”

过骊山后，诗人继续北行（“车辕”，车向北行），来到了泾、渭二水汇合处（泾渭二水汇合于昭应县，即今陕西临潼）。未料，原渡口已改道（“改辙”，即改道）。只见无数冰块簇拥着洪水从天而降。老远看去，就像一座座巍峨险峻的山峰，排山倒海般扑来（“高崒兀”，山高险峻貌，这里喻波涌如山）。这是哪来的大水呀？怎会这样汹涌澎湃？莫不是从崆峒山中冲泄而来（“崆峒”即崆峒山，在甘肃境内。泾渭二水系陇西下，故有出自崆峒疑）？其气势简直像神话传说中的工共头触周山（不舟山）崩，天柱要折了一样。幸好，河梁（即河上桥梁）尚未断裂，来往行人（“行旅”，指行旅之人）还可相互攀扶着走在上面。但桥梁松动，已隐约可闻吱吱声（“窸窣”，象声词，形容折裂摩擦等轻微的松动声），真担心来往行人能否平安地走过这宽阔的河面！

以上，显是诗人抵家前行中所见。如前面衣带被冻断、手指被冻僵、系带难以接续等细节一样，这里恐也有当时唐皇朝趋衰和动乱即将发生之隐。

渡口改道，似隐唐皇朝即将改朝换代。

无数冰凌拥洪水而下，“恐触天柱折”，也似喻唐皇朝“天柱”将“折”之哀！

“河梁幸未拆，枝撑声窸窣。行旅相攀援……”，似也暗示动乱虽尚未发生（实已发生，只不过当时消息尚未传到长安），但唐皇朝衰塌之声已依稀可闻。一个“幸”字，似又暗示：虽动乱不可避免，但唐帝国的躯壳，它的构架，还不致毁灭殆尽。人们还可以相互攀援于其上，只不过已岌岌可危、“川广不可越”罢了。

诗人对形势的判断和预测，应该说是很准确的。

“老妻寄异县，十口隔风雪。谁能久不顾，庶往共饥渴。入门闻号眺，幼子饿已卒。吾宁舍一哀，里巷亦呜咽。所愧为人父，无食致夭折”。

诗人天宝五载（746 年）来到长安时，妻子和儿女，均寄居奉先县（“异县”即奉先县）。全家十口，分居多处，不能团聚。诗人只身长安，读书，写作，谋官，非常繁忙，根本无法顾及家事。从下面诗句看，似乎连幼子饿死，诗人也未能回去示哀，不然似不会有“入门闻号眺（‘号眺’犹嚎啕）”才知“幼子饿已卒”句。

“吾宁舍一哀”。“一哀”，古士大夫丧礼规定，主家守灵时，每有人来祭奠，必先哭一场，以示悲痛，然后行礼，谓之“一哀”。实是逢人便哭意。“舍一哀”，即舍去一哀之礼，但心中的悲痛是不言而喻的。“所愧为人父”，更见诗人心中之悲刻骨铭心。

然而，诗人毕竟不是凡夫俗子。他不会也没有长久沉浸在个人悲痛中而不能自拔。他心系黎民。极度悲恸中也不会淡忘“忧黎元”之心。相反，个人的悲和广阔社会、广大黎民百姓的悲相连，便会升华出更高境界的情感，幻化出更深沉、更凝重的忧思。

“岂知秋禾登，贫窭有仓卒。”

“秋禾登”即言秋收后；“贫窭”即穷人。“窭”也作贫讲。“仓卒”：突然和意外的死亡。

现已是秋收后了，怎么还会出现饿死人的事呢？秋收后还饿死人，那非秋收季节又会怎样呢？那穷人还能活下去吗！“路有冻死骨”，在这里得到了印证。

这里，诗人显然又将自己摆在了和穷苦百姓同一行列的位置上（诗起，“杜陵有布衣”。诗人便将自己摆在了和平民百姓相并列的位置），由幼子的死想到了广阔社会黎民百姓的悲。可接下来，这位置似又发生了微妙变化。

“生常免租税，名不隶征伐。抚迹犹酸辛，平人固骚屑。”

唐制，凡皇亲贵戚，有品爵官职者，本人及子孙均有豁免赋税和兵役的特权。诗人出身封建官僚家庭，自也享有上特权。可诗人家还出现幼子被饿死这样辛酸凄惨的事，那平民百姓呢？岂不更要衣食无保、生命难以为继了（“骚屑”，骚动不安貌，这里谓困苦难继）。当时唐皇朝趋衰之弊，已危及享有特权的阶层，更可见问题严重。

一会儿将自己置于和普通百姓相并列的地位，一会儿又说自己比“平人”条件优越。或平或优，或高或低，都见诗人对贫苦百姓的忧虑和关切。“穷年忧黎元”，岂不更见诗人感情之浓烈！

然而，诗人的忧，还远非此止。此时，他那浩渺忧思，似又飞到了另两人群身上。

“默思失业徒，因念远戍卒。”

“失业徒”，即失去家业，长年流离失所的人们；

“远戍卒”，即远戍边陲、常年无归的士卒。

较之一般贫苦百姓来，这是两种处境更艰、更令人怜哀的人群。诗人对其给予了特殊的关心，岂不更见诗人“忧黎元”之激越！

由幼子被饿死，想到“秋禾登”后的“贫窭”，又想到比自己条件差的“平人”，又想到处境更艰、更令人可怜哀的“失业徒”、“远戍卒”，诗人“忧黎元”之情，之心，何其浩荡！唐皇朝趋衰之忧，何其难以尽述！

“忧端齐终南，澒洞不可掇。”

“终南”，即终南山，在长安南。一称南山，即狭义的秦岭。诗人“忧黎元”之“端”（“端”：顶端），也是唐皇朝趋衰之“端”和终南山同高，岂非无以复加！

“澒洞”，亦作“绛洞”、“洪洞”、“鸿洞”。弥漫无际。“忧黎元”之情，也是唐皇朝趋衰之势，如洪洞般弥漫无际，岂非无法遏止（“掇”，拾取，引申为摘取。这里意为遏止。“不可掇”即无法遏止）！

如果说，诗上面过骊山行，揭示的唐皇朝阶级矛盾、阶级对立的严峻社会现实和对社会动乱必然到来的预见，还仅是赴奉先途中近距离所闻得出的认知，那么，诗人抵家时所见，便远非近距所闻有感了，而是从切身承受的切骨之痛中感悟到唐皇朝社会矛盾之尖锐和时局之危了。诗人对时局的预见建立在对社会矛盾的准确认识的基础上，何其令人信服！

始言“志”，志中有愤，愤中有理；中纪“行”，行中不但有深刻议论于其中，还有精辟锦语、理句撼人心扉；后叙“悲”，悲中更有对社会矛盾的深刻揭示和对时局的准确判断。而且全诗自始至终以鲜活形象感人，毫无概念说教感，岂不更见理语、议论入诗绚丽风采之极！

三、哲理诗和诗中哲理

大千世界，千姿百态，千形万状。大千世界的“理”——道理，也是千头万绪、千门百类的。天地、四季、日月星辰之理，可谓天理；景、物、事、势方面的理，可谓景理、物理和事理；治国安邦、从政方面的理，当为政理；修身、养性、齐家、道德方面的理，可为伦理。还有那为人处世之道，生产经营之理，为文从艺之道，为师执教之理，用兵谋战之道，健康长寿之理等，不一而足。不过，上述种种理，皆某个领域、某个方面或从事某项专业所必须通晓和遵循的理，非一切领域和所有情况下皆能共通共用之理。尽管其中许多理，不同领域和不同情况下可以互相借鉴。

可也有种理，各行各业、各领域和各种情况下，皆可共通共用，可以放之四海而皆准，这就是哲理。

哲理，即哲学道理。哲学是关于世界观的学说，亦即人们对于整个世界，包括宇宙、自然界、人类社会、思维意识等方面的根本观点。由此引发和引申出的“理”，自可放之四海而皆准。

哲理诗便是诗人发自上面这种可以放之四海而皆准的哲学思想、哲学道理或用哲学语言吟成的诗篇，抑或吟成的诗篇中饱含深刻哲理的篇章。

不过，也有的诗，从整体看，似非哲理诗。可其中一段、两段甚至多段具有深刻哲理内涵。抑或在并无浓郁哲理气味中，巧妙嵌入了一句、两句或多句极具深刻哲理内涵的诗句。这样的诗，似也应视为诗具哲理作，或曰哲语入诗作。

（一）苏轼的《题西林壁》

说到哲理诗，人们首先会想到的，恐是苏轼的那首七言古诗：《题西林壁》了。

横看成岭侧成峰，远近高低各不同。不识庐山真面目，只缘身在此山中。

这确是一首脍炙人口的理趣佳作，是一首哲理蕴含极丰、哲学气味极浓，甚至可以说是一首从头至尾、从表到里皆充盈哲学思想、哲理内涵的哲理诗，堪称哲理诗中之佼佼者。

诗因庐山而发（题为《题西林壁》。西林，即庐山乾明寺。故这诗必为游庐山作），可令人颇感新奇的是，诗的字句表面，并不见秀美如画的庐山景，也不见诗人感景而发的庐山古今情。唯一能见到的就只有庐山的“横”“侧”概貌观——“岭”和“峰”，“远近高低”的模糊视感——“不同”，以及诗人身在庐山“不识庐山真面目”之叹。可就在这概貌观、模糊视感和“不识”中，却更见庐山的绚美多姿，风光无限，岂不新奇！

不是吗？请看——

“横看”，“侧”看，一会儿是崇山峻“岭”，连绵起伏；一会儿是巨

“峰”耸立，叠嶂巍峨。庐山风光，何其宏伟！

“远”看，“近”看，“高”看，“低”看；或“远”，或“近”，或“高”，或“低”，景色都各有“不同”。庐山景貌，又何其绚丽！

身在其中，眼花缭乱，目不暇接，以至庐山究竟美在何处，秀在何方，也说不清楚，倒有茫然“不识”之叹，岂不更见庐山雄奇！

不说庐山雄，更展庐山雄；不言庐山美，更见庐山美。宏伟在“横”“侧”中；绚丽在“不同”中，雄奇在“不识”中。《题》中之庐山，何其玄妙！

然，《题》中之妙，恐又远非此止。联系诗的出笼背景，细品诗的内涵，似更见诗的神奇。

诗成于宋神宗元丰七年（1084 年）。

那是诗人经“乌台诗案”残酷折磨后，贬黄州团练副使时。诗人就在奉诏赴临汝途中，与庐山相逢。

初入庐山，他本“不欲作诗”（参见清王文浩辑注《苏轼诗集》，中华书局 1982 年版，第 1210 页）。可后来不知怎的，竟在庐山盘旋了十余日，而且一连写了 20 多首诗。其中两首是写庐山的。《题》是第二首，第一首是《初入庐山》，原诗是：

青山若无素，偃蹇不相亲。要识庐山面，他年是故人。

“青山”即庐山；“无素”即不识。素昧平生。“偃蹇”，夭矫上申、威严高耸貌。

这诗显是说，庐山，过去素不相识；初入庐山，一看，夭矫高耸，煞是威严，实在很难与之相亲。要与之相亲，就得多和它接触，待他年真正变成了它的故交才行。

初入庐山，不观赏庐山风光，不说庐山怎么秀美，而先提出了一个识与不识、怎么识，亲与不亲、怎么亲的问题，岂不奇怪！可如果联系诗人当时情况，似也不难理解。

原来，诗人21岁进士从政后，正值北宋社会急速发展动荡期。时，诗人虽是地方官，却很快卷入了正在兴起的政治改革热。熙宁二年（1069年），政治形势剧变。王安石变法，由于触犯了享有特权的地主阶级利益，一些守旧的封建士大夫们便联合起来，反对新法。诗人由于和那些旧臣故相关系密切，也加入了反新法行列。写了许多反新法的文章。

斗争深入，诗人自感继续待在京城不利，便主动请求外调。被通判杭州。继而又续任密州、徐州、湖州等地刺史。

熙宁九年，王安石罢相。一场严肃的政治斗争部分地变成了统治集团内部争权夺利的斗争。苏轼成为不幸者。就在元丰三年（1078年），一些人出于某种政治需要，便将其诗中一些讽刺新法的诗句摘出，予以弹劾，终使其被捕入狱。这就是历史上有名的“乌台诗案”（“乌台”，即御史府，宋朝专司弹劾百官的监察机关）。出狱后贬黄州团练副使。

劫后余生，诗人心中百味杂陈。突遇庐山，面对莽莽苍苍的庞然大物，自会泛出种种异样情思。此时，他似乎觉得，他罹难前曾纵横驰骋的那个社会——官场、宦坛，和这莽莽苍苍的庐山十分相似。都是那样神奇诡异，变化多端，幽深莫测。身临其中，神情恍惚，扑朔迷离，又怎能不连连碰壁，直至身陷囹圄呢！身罹磨难，显非偶然。不识不亲之叹，盖源于此。

不过，这慨叹，似还略感粗犷和浅薄。几天后，诗人和友人参僚同游西林寺，对庐山的认识和感悟，便更见深刻和深邃了。《题》便是这深刻而深邃的吟咏。

细味《题》，四句两联，实为双重景观的双向思维和双重感悟。

前联，仰（眼）观山势，感悟宏浑，认识局限；

后联，俯（心）思就里，洞察玄机（当局者迷），重在防“迷”。

一仰一俯，一观一思，一外一内，尽展庐山雄姿。

也隐展官场奥秘。深刻而深邃的哲理便巧寓其中。

“横看成岭侧成峰，远近高低各不同。”

这是庐山外观。

外观告诉我们，庐山是一个多姿多彩、千俊万秀的实体：每个朝向有每个朝向的风光；不同方位，不同视角，不同距离，皆有不同的景色和景貌。“横看”“侧”看，“远近高低各不同”。不能将庐山某个侧面的风光当成庐山风光的全貌，更不能因为观赏了庐山某个侧面、某个点上的风光，就认为尽赏了庐山风光、就可以做庐山通了。那是不可能的。只有多角度、多景点、全方位地观赏，方能说对庐山风光的全貌有基本的了解和把握，才有可能尽享庐山之美。

人世间，官场，宦坛，何尝不是这样。浑然全局，包罗万象，千头万绪，千变万化。置身其中，既不能以偏概全，以点代面，以一当十；又不能抱残守缺，因循守旧，顾此失彼。胸怀全局，眼观四路，耳听八方，因时、因势、因情、因地而动，方能正确认识和把握全局，正确抉择取舍，从而避免和减少犯大的错误。否则，就会像一只无头苍蝇，到处碰壁，以至丢了性命还不知为何因。这恐也是诗人此前宦海遨游频频碰壁、直至被捕入狱后从庐山中获得的感悟。是劫后游的感悟。

庐山外观，感悟良多。俯思就里，则更令人发聩。

身在山中，按说应更识山性，更晓山事，更能清识山的真面目。可有时也不尽然。有时越是深入山中，还往往越容易被山的葱茏表象所迷惑，被山的五光十色弄得眼花缭乱，扑朔迷离，以至认不清山的本来真面目。

“不识庐山真面目，只缘身在此山中。”便是上景况的庐山吟。这恐更是诗人此前宦海遨游招致惨痛后发出的慨叹。

平心而论，诗人并非真是反对改革的顽固守旧派，可何以初登政坛，便一屁股坐在反对改革的一边呢？原因就因为他和那班旧臣故相有密切联系。他一时又看不清整个社会发展的必然趋势，“不识庐山真面目”，于是便跟着反对起改革来。碰了钉子，感到不利，便主动要求外放。杭、密、湖州任上，他对自己的倒行逆施言行有所觉察，有所反省。实际工作中对新法的推行也表示了一定程度的支持。但仍无法跳出旧势力包围的圈子，以至成为一些人必欲致之死地而后快的目标，几近丧命。

惨痛劫后遇庐山，自会萌发出种种异样情思。面对莽莽巍峨，诗人千言万语化一语：“只缘身在此山中”。

“只缘身在此山中”，和上句连在一起，其平实内涵，用常人概括的话说，便是“当局者迷”。这也是宦坛为官者经常会遇到的问题。诗人在回顾自身经历的悲惨遭遇时，既未愤恨言怨，又未开脱推诿，而只自责迷茫，自罪恍惚，此种豁达情怀和宽宏气度，也难能可贵，值得称赞。

这里还需特别指出的是，四句题壁诗，虽纯系信手拈来的口语，其深刻哲理内涵，竟非一般哲学论著所能比拟。且对人们在日常生活和工作中分析矛盾、处理问题，具有非常现实的意义。

庐山的千姿百态，引申出观察、认识事物，处理矛盾须具全面观：要全面，不要片面；要多方考察，不要只攻一点，不及其余；要以点带面，点面结合，不要顾此失彼。仅前两句便不失为一堂生动哲学课。

后两句则更具现实针对性。

身在山中“不识庐山真面目”，何尝不是告诉人们，事物还具有复杂性，有可隐蔽性，表里非同一性。与其相连的则是人的认识有局限性，有陷入迷茫和误区的可能性。引申出的则是在观察、分析、处理矛盾时，务必警惕：不要被表面现象所迷惑，不要陷入复杂情况的圈子；要善于通过现象看本质，在形形色色的假象中求真。不要“当局者迷”。

尤可贵的，这丰富而深刻的哲理，还不是空洞说教于干巴巴的说理条文中，而是深嵌在游观庐山风景的几句浅白诗中，情景水乳交融，文理“珠联璧合”，表达严丝无缝，岂不更是难能可贵。这也说明，文、理是相通的，只要巧具匠心，精心构思，完全可以做到寓深刻哲理于形象的文学思维中。《题》就是证明。

诗人非哲学家，竟能吟哦出如上具有丰富深刻内涵的哲理佳作，也说明诗人确是具有极高思想修养和多方面文学才能的诗坛巨匠，值得特别崇敬。

苏轼赋诗，善于以理取胜，尤擅长诗咏哲理。上诗是以观庐山所感，咏叹客观世界的多样性、多变性，可隐性和复杂性，启迪世人要胸怀全局，心思整体；要透过现象看本质，谨防“当局者迷”。是认识理念层面、亦即世界观层面的哲理。

（二）苏轼《和子由渑池怀旧》

此前，诗人刚步入政坛时，在回复其弟苏辙写给他的一首诗时，还写过一首极富哲理的诗：《和子由渑池怀旧》。这诗如上诗，也是通篇哲语言情，哲语叙事，哲语明理。不同的是，它主要不是言认识层面，即世界观层面的理，而是言人生哲理。是用物（飞鸿）、景和事寓咏奔波人生，要人们不忘“崎岖”，不忘奋斗。是一曲豪雄旷逸、顽强奋斗者的人生哲理歌，也值得认真赏读。

诗如后：

人生到处知何似？应似飞鸿踏雪泥。泥上偶然留指爪，鸿飞那复计东西。老僧已死成新塔。坏壁无由见归题。往日崎岖还记否？路长人困蹇驴嘶。

这诗的写作背景是：

宋仁宗嘉祐元年（1056 年）三月，诗人和其弟苏辙（字子由），一同赴京（汴京，即今河南洛阳）应试，过渑池。

渑池，在今洛阳西。

嘉祐五年，即诗人写作上诗的前一年，苏辙被任命为渑池县主簿。未到职，但他对渑池仍怀有深厚感情。

越年，即诗人写作上诗同年，诗人被任为凤翔(今陕西凤翔）签判。渑池是他赴任必经之地。

苏辙送兄赴任，至郑州分手。郑州再往前便是洛阳和渑池。兄弟分手后，苏辙大概是想起了五年前和兄苏轼一同赴京应试过渑池和一年前渑池任职事，感慨系之，便写了一诗寄兄长，题为《怀渑池寄子瞻兄》(苏轼字子瞻——笔者注)。诗的原文是：

相携话别郑原上，共道长途怕雪泥。归骑还寻大梁陌，行人已度古崤西。曾为县吏民知否？旧宿僧房壁共题。遥想独游佳味少，无方驻马但鸣嘶。

苏轼读到弟弟苏辙的诗后，无疑是高兴的。但高兴中似又觉察其弟思想深处有某种欠积极进取的情愫，觉得有必要提醒其注意，于是便依韵和诗回复。这便是前面的那首人生哲理诗。

和诗自也是八句。然细味这八句诗，似又可见一虚一实的双重人生。

前四句，直言奔波人生，重在“鸿爪雪泥”、“那复计东西”，实是豪雄旷逸人生的形象展示；

后四句，对往昔往事的回顾，重在不忘“崎岖”，不忘奋斗，实言豪雄旷逸人生的落实和途径。

古人言人生，多“若梦”、“如寄”说。

李白《春色宴桃李园序》，起笔便是：“人生若梦，为欢几何，古人秉烛夜游，良有以也。”——人生“若梦”说。

诗人后来的名作《念奴娇·赤壁怀古》，尾句是：“人生若梦，一樽还酹江月。”也是人生“若梦”。

《古诗十九首》，有“人生寄一世，奄忽若飚尘”和“人生忽如寄，寿无金石固”句，皆言人生“如寄”。

“若梦”、“如寄”说，从哲学上分析，应是不可知论在人生问题上的表述。人生“若梦”，虚无缥缈，恍恍惚惚，若有若无；人生“如寄”，天地间一小物，随风飘摆，沉浮靡定，不能自主。如此人生，岂非不可知、不可驭乎！

苏上诗言人生，则和上两说完全不同。

起笔是“问”，问“人生到处知何似”；答，不是“若梦”，也不是“如寄”，而是如“鸿”，如“飞鸿”。“人生到处……”？“应似飞鸿踏雪泥”。

人生如“鸿”。“鸿”为何物？何以能和人生搭界？

《孟子·告子上》：“一心以为有鸿鹄将至。”鸿，即鸿鹄。鸿鹄飞得高，故世人常用以喻志气远大者。诗人以鸿鹄喻人生，足见其有非凡志，绝非浑浑噩噩者。此其一。

其二，鸿飞千里，到处都会留下奔波的足痕，这便是“鸿爪雪泥”。这和“若梦”、“如寄”说的虚无缥缈、若有若无也截然不同。以此喻人生，似更有积极效应。

尤值得注意的是，在诗人眼里和心里，这飞鸿的足痕还是“偶然”和不经意间留下的，并非故意作秀而为，更非有意要留下什么千古不朽的纪念之物。飞鸿志在千里，纵横驰骋，不断铸造辉煌，是它永恒不懈的追求。一心进取，哪还有心思去计较征途上会留下什么足迹、会有什么“东西”留下来作纪念呢？这种崇高精神和品德——人心目中高等动物“鸿”的品格，对于人培植和铸造豪雄高雅人生，何其具有现实针对性！

自然，上是诗人自我人生志向、志趣和情趣的写照，恐也是对其弟苏辙有针对性的提醒和规勉。因为苏辙诗中有两句似和豪雄高雅情趣不相符。“曾为县吏民知否，旧宿僧房壁共题”，尽管是实情实事，但似有对往昔隙小经历看得过高过重。尤其是“民知否”，似还有某种傲居人上的自我陶醉感。诗人兄弟手足情深，常相互提勉。此处用“鸿爪雪泥”醒其心志，既有鼓励，又有规导，当是最恰切不过了。

“鸿爪雪泥”，后人常用来谦称自己或誉赞他人四处奔忙留下的足迹，成为人们喜爱的成语佳喻，足见其有旺盛的生命力。

而人生如“鸿”说，一反古往今来的“若梦”、“如寄”说，开启了世人人生观上的新境界和制高点，其意义尤不可低估。诗人在人生问题上的理论贡献，功不可没。

人生如“鸿”，“鸿”志贵在变“现”。可如何能变“现”？恐也是人生仍需要和应该回答的问题。而要用诗的语言，用形象思维，回答这纯属理性方面的问题，似也非易事。弄不好会使人有生硬和枯槁感。值得赞誉的是，在这诗里，诗人下面的回答，非但未使人有半点生枯感，还使人倍感亲切、生动、形象而有风趣，不能不佩服诗人别致的以情言理功夫。

“老僧已死成新塔，坏壁无由见旧题。”

苏辙诗中注：“昔与子瞻应举，过宿县中寺舍，题老僧奉闲之壁。”诗人上面两句和苏辙诗中的“旧宿僧房壁共题”，似皆言此实。不过，又值得注意的是，兄弟俩咏，虽系同一往事，但其关注点却大不相同。苏辙上句是只有“旧”，不见“新”，说明他当时思想还只停留在对往事的回忆上。他关注的是旧。而诗人上两句是有理(老僧已死）见“新”(新塔)，无由见“旧”（旧题)。一个有理，一个无由，便见诗人对新和新事物的敏感和喜爱，以及对旧事物必然消亡的认可。而一心图新还是总是恋旧，是向前看还是向后看，也正是衡量一个人有无进取精神和“鸿”志能否变“现”的重要标尺。诗人巧用其弟诗中提及的往事(“壁共题”)，翻旧出新，达成“鸿”志变现的重要条件，引导其弟向前看，时时着眼新，诗人巧妙导人术，又何其高超别致！僧死，建新塔，壁坏，不见旧题。多寻常的小事呀，一般人不会在意。诗人常中见理、随笔成句功夫，恐也非常人所能及。

不过，纵观全诗，最具文彩，最有风趣，最能使人从中获得人生当奋斗教益的，恐还是两尾句。

“往日崎岖还记否？路长人困蹇驴嘶。”

诗人自注：“往岁马死于二陵，骑驴至渑池。”二陵是河南崤山，在渑池西，秦岭东段支脉。蹇：跛。蹇驴，即跛脚驴。

上两句显是倒叙诗人和其弟苏辙嘉祐元年三月一同赴京应试过渑池时的一段经历。

时，兄弟二人，在漫漫长路上，经历了一段极其艰难的困苦。特别是当行至河南崤山时，人困马乏到了极点。后来马终于累饿而死。兄弟二人无奈，便只得从附近村里找来一头跛驴。两人硬是换骑着这跛驴，一步一拐，撕心裂肺，好容易才到了渑池。

上两句便是以上面这段经历为内涵的问答。

问：当时的那种艰难和困苦，那种在漫长崎岖道路上“人困蹇驴嘶”的凄惨，你是否还记得呢？“你”，自然是弟弟苏辙，恐也包括诗人自己。“问”也是诗人对自己的提醒。

用“问”的方式提醒自己和他人，往往最能唤起自己和他人对所提问题的关切和震醒。古诗词中多有此手法。李煜《虞美人》：

“问君能有几多愁？恰似一江春水向东流。”“问”使人不由得想起那浩渺汪洋、长流不息的一江春水，立增愁的浓度和震撼度。《和》这诗的上问，不但会使人联想到那艰难的行程，还会使亲历者屯即回到那曾经经历的困苦中，益增感情的激越。下句便是这激越的形象展示。

“路长人困蹇驴嘶”。三个主谓结构的复合词连在一起的“答”，无疑是告诉人们：由“路”、“人”、“驴”（跛驴）和“长”、“困”、“嘶”组成的这条路，是一条艰苦卓绝的求进图强路；在这条路上奔驰和行走的人，是要付出高昂代价的。只不过，这付出会有收获，会带来美好前程。诗人兄弟二人汴京应试考取进士后，得以进入政坛，为国为民效力，就是证明。尽管诗人一生磨难不离身。

一“问”一“答”，实是在提醒其弟，诗人自己，恐也包括世人：要不忘“崎岖”，不忘起步的艰难，莫忘顽强奋斗。用现时话说，也是不忘初心。不忘后面是振作，是奋起，是艰苦努力，是昂扬奋进。这也是隐嵌在一“问”一“答”后的人生真言，是更能令人心胸寥廓的人生哲理。

“鸿爪雪泥”，豪雄旷逸人生的形象展示；不忘“崎岖”，莫忘奋斗，昂扬奋起人生的实际行动。豪雄飘逸，昂扬奋起，《和子由渑池怀旧》

的主旋律，也是铸造辉煌人生的乐章！好一首昂扬向上的人生哲理诗。

苏氏上二诗，前者，侧重认识理念层面的哲理，可谓认识论即世界观层面的哲理诗；后者，侧重人生理念层面的哲理，可谓人生哲理诗。两诗皆哲理诗中之奇葩。

（三）王之涣《登鹳雀楼》

然而，哲理诗，贵在哲理入诗，哲语咏诗。似也无须严格区分、有时也很难区分：究何者是认识理念层面的哲理，何者为人生理念层面的哲理。古诗词中，有些脍炙人口的佳作，融认识理念层面的哲理和人生哲理于一炉，写景，言意，状事理，励人生，交相辉映，更见高绝。

尤值得注意的是，还有这样的诗。题为登临揽胜的言景诗，可诗人当时心中之思主要不在景上（而且所言之景，也非纯实景，而是融目视、推想、遐思于一炉的有实有虚、又实又虚的景），而在情上。情中有理，理中见志。既有朴素自然理，更有豪雄旷逸的人生人世理，有不同凡响的攀登高峰志。这样的诗，岂非更见妙绝。唐诗人王之涣的五言诗：《登鹳雀楼》，恐就是这样的好诗，故赏之。四句诗如后：

白日依山尽，黄河入海流。欲穷千里目，更上一层楼。

随着对这千年古诗的吟赏，笔者曾专门驱车，来到这诗的诞生地——古鹳雀楼所在地——山西永济蒲州古城西的黄河岸边，想寻觅古诗和古楼的蛛丝和遗踪。

遗憾的是，这古楼痕迹已荡然无存——早在几百年前，就被洪水冲没一尽了。重建的新鹳雀楼完全是在新原野上拔地而起的。但古蒲州昔日的辉煌，却有记载可考；古楼的风流余韵，也息息可闻。

据载，古蒲州系尧舜都城。唐代曾两度设中都于此。其时，此地之盛，可与东都洛阳、西京长安媲美。土地肥沃，物产丰盛。尤盛产食盐、粮食、棉花。这些物资通过古蒲津桥源源不断运往京城、各地。是以商贾云集，十分繁华。更兼周围方圆三五里，又集鹳雀楼、普救寺、蒲津桥、逍遥津等众多胜景于一域，达官贵人、文人墨客自会常来观光览胜，更增这盛地之幽。

尤其是这鹳雀楼，曾与江西南昌的滕王阁、湖南的岳阳楼、湖北武昌的黄鹤楼并称华夏四大名楼。楼高三层，“前瞻中条（山），俯瞰大河（黄河）”（沈括《梦溪笔谈》），其建筑之精，结构之巧，外形之美，堪称楼中精品。古往今来游览者络绎不绝。诗人王之涣是在开元盛世，在古蒲州鼎盛时，前往登临览胜的。

王，字季陵，本为晋阳(今太原市）人，后徙绛郡(今山西新绛县)。出身官宦家庭，但本人并未及第。只做过几任小官。性豪放，常荷剑悲歌，遍游名胜。登鹳雀楼时，他的心情应是蓬勃向上的。反映了开元盛世他昂扬进取的精神风貌。可这诗起的两句，究是怎样的诗呢？又让人颇生疑窦。

“白日依山尽，黄河入海流。”

“白日”即太阳。太阳“依山”而“尽”，岂非黄昏乎！可夕阳西下的黄昏时分，在古诗词中，在诗人笔下，从来是落幕的象征。是行走在征途上的人（文人、学士，特别是宦坛为官者）遭遇挫折、失败，甚而濒临衰颓、没落的时分表述。

“黄河入海流”，从地理方位说，鹳雀楼确座落在黄河东岸。但立在鹳雀楼上，是看不见黄河的，更看不见大海。况还是黄昏时分。一个“流”字，和上句“尽”相连，似也易给人以时光流逝感。

那么，上两句诗真是黄昏落幕吟吗？显然不是。一是开元盛世和诗人当时的愉悦心情，决定上两句不会是黄昏落幕一类的吟咏；二是诗的总体基调，特别是后两句：“欲穷千里目，更上一层楼”，完全是一种昂扬向上、奋发进取的理性呼唤，这上两句又怎么会是黄昏落幕吟呢？

那又是怎样的吟咏呢？笔者潜心揣摩诗人当时的处境及其登上鹳雀楼时之心绪，仿佛看到，诗人当时，心潮澎湃，几乎到了难以遏制地步。

原来此前，诗人在人生路上也经历过大起大落的曲折。少豪侠，放荡不羁。及长，始知进取。专心创作，致声名大振。曾任冀州衡水县主簿。正当豪情满怀、跃跃欲进之时，未料突遭诬陷。诗人性本豪刚，一怒之下，便愤然弃官而去。漫游黄河南北，竟长达十五载之久。时逢盛世，诗人自会心思自振图进。登鹳雀楼，便见他欲登高望远图进之愿。此时（也可能确是黄昏时分），他站立在鹳雀楼上，目睹眼前实景，心潮澎湃，可又不能穷耳目之欲，于是，便放飞心思，漫天畅想。一时间，眼睛看见的，看不见但能想到的，能推测出的；近的，远的；明的，暗的；动的，静的……宇宙乾坤，大自然所有景物，景貌，景色，便一齐涌上心头。诗人迅速巧妙构思，于是，两句有虚有实，又实又虚，虚实结合、千形万状、千姿百态的诗，便在诗人的生花妙笔下，自然而然地流淌、脱颖而出了。这就是上两句诗。可见，两句诗虽出自鹳雀楼上，但绝非仅为鹳雀楼上目力所能及的纯实景，也非某一局部景观之美景，而是宇宙乾坤奔腾不息、天旋地转、千变万化、千姿百态的缩影。

不是吗？请看：

“白日依山尽”。“白日”亦红日。红日出东方，便不由得会使人想到，早晨，那从东方冉冉升起的太阳，“逐退群星与残月”（宋赵匡胤《咏初日》），直上“天衢”（即天街），直达中天（天的中央）。接着，便徐徐下落。红日的颜色也逐渐由红变白，故有“白日”称。白日继续下落，眼看要被远方的群山吞没，这不就是“白日依山尽”了吗！不过，这被群山吞没的白日，也并未停止运转。他还在继续运行。它被西边的群山“吞没”，还会从东边的群山中冉冉升起。“依山”而“尽”，而没，而无；“离”山而出，而起，而升，多么神奇——宇宙乾坤永恒多变的神奇！恐也是诗人心中激腾翻滚的神奇！

至于“黄河入海流”。立在鹳雀楼上，确看不见黄河。但会想到，前面不远处就是母亲河。“黄河之水天上来，奔流到海不复回”。母亲河那汹涌澎湃、一泻千里、直奔大海而去的雄姿，又何尝不也是宇宙乾坤天旋地转、永恒不歇的缩影！恐也是当时诗人心中奔腾旋转的缩影！

“尽”和“流”其实恐都是宇宙乾坤，也是诗人自己当时心潮澎湃奔腾旋转的缩影。

细味两句诗，读者似还会看到和感觉到，蕴藏在诗人眼中和心中，似还有更多的美丽和神奇。

“白日依山尽”，太阳由红而白、最后淹没在“青”（山）中，由降而没（“尽”）而出，诗人由高（天空）而远（远山）的眺望何其绚美！

“黄河入海流”，大江由黄（黄河）而蓝（海），由长而深，由奔腾咆哮而汪洋浩瀚，诗人由近（楼前的黄河）而远（大海）的俯瞰，又何其壮观！

“眺望”“俯瞰”尽收眼底：红、白、黄、青、绿，五颜六色，应有尽有；上（天空·白日）下（黄河·大海）、高低、远近、东（黄河东流）西（日落西山），大自然的各种方位，兼而具之；眺望，俯瞰，沉浮，升降，奔腾，一去不返……物质运动的各种形态，也均有展现。这又是怎样的景观呢？宇宙乾坤多角度、全方位、多姿多彩的聚景。可这聚景就凝聚在只有十字的两句诗中，两句诗的非凡魅力，岂不也可想而知。两句诗如果说是“江山如画”（苏轼《念奴娇·赤壁怀古》）、“江山如此多娇”（毛泽东《沁园春·雪》），似亦无不可。这恐也是当时激励诗人愤发图进的精神动力所在。接下来，便见这宇宙乾坤美景在诗人思想欲念上的感情升华。

“欲穷千里目，更上一层楼。”

无疑这首先是“景”欲——耳目之欲。要目及千里，目“穷”千里。“穷”，穷尽，也有极致意。

“千里”，非实数，泛指遥远。而要看得远，必须站得高。

楼高三层，时诗人极可能在二层。但“更上一层楼”，似又非仅言登三楼，而有不断攀登意境。登高望远。站得越高，看得越远。只有不断攀登，方能尽饱眼福，“足以极听视之娱”。

不过，诗人当时心中之“欲”，恐又远非仅为耳目之“欲”，更有深沉、深远、深邃的人生之“欲”，前程进取之“欲”。

如前述，诗人一生，大部分时间在漫游中度过。时逢盛世，自不想再虚度年华，蹉跎岁月了。他要展翅飞翔。“欲穷千里目”，似有欲穷千里“志”之隐。“更上一层楼”，更上鹳雀楼外，何尝不无更上人生楼之愿。这恐也是诗人当时登鹳雀楼的主要心机所在。赏读《登》这诗，似也只有紧紧把握这重心，方能理解这诗何以前两句写宇宙乾坤景而后两句重叙登楼情。前两句宇宙乾坤景和后两句又叙登楼情，应是动力源和决心、行动以及要达成之目的之间的关系。似也有如前面提到的苏轼《赤壁怀古》中“江山如画”和后句“一时多少豪杰”、毛泽东《沁园春·雪》中“江山如此多娇”和后句“引无数英雄竞折腰”前后句中所揭示的必然联系。至于诗人后来的发展，那还要受许多情况和条件制约，不会以吟咏定。据考，诗人后来还出任过文安县尉，天宝元年卒。

这里，还值得指出的是，《登》，特别是后两句，流传后世，在世人心目中产生的影响和引发出的思考，似也主要非耳目之欲，而是人生之愿，即人生之“欲”——对人生的美好希冀和昂扬奋进的人生哲理。不甘平庸，不甘自馁；积极进取，勇往无前；心雄志广，高瞻远瞩。“不畏浮云遮望眼，只缘身在最高层”（王安石《登飞来峰》）等，便都是上两句能够派生出的崇高品格，并和两句诗的高雅情怀相匹配。

特别是当你在人生旅途中遇到某种麻烦，某种挫折，甚或招致失败而一筹莫展、一蹶不振时；当你陷于某种纷纭复杂情况而不能自拔，或被某些复杂表面现象所迷惑而难以决断时；当你心烦气躁、思绪恍惚、神情不宁而难以超越时，两句诗在耳边流淌，便不由得会产生出一种无形力量，敦促你站得高点再高点，看得远点更远点，想得开点再开点。这时你马上就会觉得“天朗气清，惠风和畅”，“山穷水复疑无路，柳暗花明又一村”。顿时眼界开阔，心胸豁朗，进而精神振作，欣欣然昂扬奋进。这便是人生“楼”上“欲穷千里目，更上一层楼”的魅力所在。也是人生哲理的崇高境界。

和前面赏读的苏轼《题西林壁》相似，上两句诗，也是诗人以常人眼中谁都能看见、谁都知道或谁也能感觉到的景观、常识，甚或语言（站得高便能看得远和“横看成岭侧成峰，远近高低各不同”等，皆为谁都知道的常识和群众日常口语）作为诗的语言，吟成脍炙人口的哲理诗。而且既有朴素自然理，又有深刻、深邃的人生哲理。诗人的这种用常成诗、常语出彩之工，也是非常值得称道的。同时也说明，哲理就在生活中，在群众最熟悉、最常见的事物中。群众日常生活中惯用的许多精辟理语，在诗人笔下，也常常是最佳诗语。两句诗给予人的启迪，也是多方面的。

《登鹳雀楼》，千古难觅的好诗！

上面赏读的三佳作，皆通篇哲语言诗，诗以哲理取胜。这类诗作无疑是地道的哲理诗佳作。如前述，也有的诗作，就其主要篇幅言，似非哲理篇什。可其中一、两句，哲理神圣，千古传颂而不朽。这类诗作，似也应以哲理诗视之，或曰哲语入诗，诗具哲理。如刘禹锡的《酬乐天扬州初逢席上见赠》和陆游的《游山西村》。估赏之。

（四）刘禹锡《酬乐天扬州初逢席上见赠》

巴山楚水凄凉地，二十三年弃置身。怀旧空吟闻笛赋，到乡翻似烂柯人。沉舟侧畔千帆过，病树前头万木春。今日听君歌一曲，暂凭杯酒长精神。

诗作于唐敬宗宝历二年，即 826 年。时为“永贞革新”后。

永贞，唐顺宗年号。805 年，唐朝廷兴起一场革新政治浪潮。主要内容是豁免民间旧欠，停止地方进奉和取消扰民宫市。革新的中心人物是曾侍读东宫的王伾、王叔文（简称二王）。诗人和其挚友柳宗元，是最积极的支持者和参加者。由于革新触犯了宦官利益，遭到宦官们激烈反对，致二王被贬至死。诗人和柳宗元等八人也被贬僻远。柳宗元被贬永州（今湖南零陵）。十年后又贬柳州，至死。诗人则先贬朗州（今湖南常德），继贬连州（广东连县）、夔州（四川奉节）、和州（安徽和县），后调洛阳，至文宗太和二年（828 年）返京城，前后达 23 年之久。上诗系诗人罢和州刺史返洛经扬州时作。

时，恰逢白居易苏州归洛。二诗人途中相遇，感触良多。席间，白赋诗一首赠刘，题为《醉赠刘二十八使君》（刘禹锡，字梦得，姓字共 28 画），刘奉和作答，便是上诗。

平心而论，上诗如果没有颈联两句极富哲理的诗联，恐也难成脍炙人口的佳作。

首联，概言23年被贬经历。“巴山楚水”，隐夔州（属巴）、朗州、和州（均属楚），纯系纪实之言，似无特别引人入胜处。

颔联，用晋人向秀闻亡友邻人吹笛而作《思归赋》和晋人王质入山观弈、及归故里已过百年两典，伤悼亡友柳宗元等，叹时局之变，虽情真意切，也属惯常之情，并无超常之新。

尾联，应答对方赠诗，更属和诗常规。

上诗最令人提神醒目，最能发人缥杳遐思的，恐就是颈联的两句：“沉舟侧畔千帆过，病树前头万木春”了。

两句诗的深刻内涵，诗人的用心、用意所在，以及人们又能从中引申出怎样的深刻思维？诗坛上见仁见智，纷纭不一。

有说是“认命”言。如清人沈德潜说：“见人事不齐，造化亦无如之何。悟得此旨，终身无不平之心矣。”（《唐诗别裁集》卷15，中华书局1975年版）

有说是“安命”语。如近人俞陛云：“久推名句，谓自安义命，勿羡他人。试看沉舟病树，何等摧颓，若宇宙皆无情之物。而舟畔仍千帆竞发，树前仍万木争荣。造物非厚千帆万木，而薄于沉舟病树，盖行所不得不行，止所不能不止，造物亦无如之何。”（《诗境浅说·丙编》，上海书店1984年版）

也有“自怨自艾”和“伤己妒人”说。如今人林东海云：“应当说这一联与白居易赠诗第三联‘举眼风光长寂寞，满朝官职独蹉跎’，立意相近，都是为他人得志我独坎坷而感叹”（《古诗哲理》，学林出版社1988年版）。今人梁守中云：“这两句比喻自己在政治上遭受打击，而别人却纷纷在仕途上得意……作者以沉舟、病树自喻，便见伤感之意。末二句表示借酒提神，也仅仅是聊以自慰地回答白居易一番好意罢了。情调还是不高的。”

上数说，似皆言上诗颈联两句格调不高：多悲观沮丧情，乏昂扬振奋气。

果如是么？《文史知识》2002年第12期《诗文欣赏》栏有篇文章：《“沉舟侧畔千帆过，病树前头万木春”辨意》（作者刘石），通过对诗人一生“铮铮硬骨”和“不屈之志”的解剖，比照刘（禹锡）白（居易）二人另两组酬赠诗的不同情致后，认定上联“是乐观而非悲观”，“是积极而非消极”，是“爽朗刚健的心境而非摧颓伤感的心境”。笔者认为是很有见地的。

不过，笔者还需略作补充。笔者认为，如果再连及上诗面世后，上两句在世人心中所引发和泛起的思维波澜和所产生及形成的思维效应分析，恐还不仅是一般意义上的“乐观豪旷”和“积极进取”，而是两句对世界、对社会、对人类历史发展总趋势，有极其深刻认识，襟怀极其寥廓，思绪极其缜密，信念极其坚定，情志极其昂扬，极富辩证唯物哲理的哲理佳句。是说是否有人为拔高嫌？下面不妨将两句诗，依其本身所隐嵌之实景，精心绘成一写生画，尔后再诗画对照细心品味。那样，两句诗的真正内涵，便会在形象中清晰展现。

请看下面用文字“绘”成的写生画——

在茫茫苍穹下，一浩瀚而绵长的大江，在汹涌澎湃，放纵奔流。江的一侧，一艘不知是载人还是运货的船，也不知是何原因，沉没在江底。可就在这沉船的另一侧，在那广阔的江面上，却见“千帆”竞发，百舸争流，浩浩荡荡，一派蓬勃景象。

在江的另一侧，有片密密的森林。森林后面，一“病树”形容枯槁，奄奄一息。可在这树的前面，也是“万木”葱茏，郁郁苍苍，春色无边。

多么精彩而又意味深长的风景画呀！对照两句诗，我们能从中获得什么和怎样的感悟和启迪呢？

感悟和启迪，自首先在大的方面，在对人类社会总趋势的认识上。

人类社会如同大江大河。

大江大河，滚滚向前，奔腾不息。人类社会也是勃勃向前，永无止息的。就像“千帆”竞发，“万木”争荣一样。这便是人类社会的大潮流，是历史发展的总趋势。这趋势是不以人的意志为转移的。

但在前进道路上，也会遇到或出现这样那样的问题。也会有人，有些东西，会因为某种原因而受到损害或招致祸殃，甚至会被社会和历史所淘汰，就像“沉舟”和“病树”那样。只不过，这些受损害、遭祸殃、被淘汰的东西，和社会大潮流、和历史发展总趋势比较，是少数而非多数，是局部而非全体，是支流而非主流。我们万不可总为这些受损害、遭祸殃的东西过于悲伤。更不可因为总是沉浸在悲痛中，而对大潮流、总趋势视而不见，以至丧失信心，迷失前进的方向。尽管那些受损害、遭祸殃、被淘汰的东西是值得同情的。上面便是上两句诗和据诗而成的画给予我们的最重要启迪。

启迪和感悟还会具体落实到人、落实到像诗人这样受损害、遭祸殃的人身上。

具体到人，特别是深受损害、身遭祸殃的人，面对不幸，又当如何应对和处置呢？诗和画给予人的启迪尤深。

“沉舟”、“病树”，显系诗人自况。自况不无凄楚。而“千帆过”、“万木春”，状社会之大势，又欣见雄伟、辽阔、蓬勃和壮美。诗人“沉”“病”之身，何以能见“千帆”和“万木”？得于转身“侧畔”、纵目“前头”之功。转身则见“千帆过”，纵目便见“万木春”。而转身、纵目，皆变换视角之举。视角变则视野广，视野广则心胸寥廓。而心胸寥廓、精神爽朗，是医治人的精神创伤，助人跳出不幸圈子，解烦化郁，尽扫愁云的良方；是振作人的精神，引人蓬勃向上，积极进取，昂扬奋进的最强有力的推动器；是可以变悲愁为振奋，变抑郁、消极为向上的神奇法宝。而这，也正是上两句的深刻哲理内涵和神奇魔力所在。怎么能说两句是消极的呢？

还需指出的是，这饱含深刻哲理的两句诗，还是在酬友人(白居易)的赠诗中一挥而就的，这就不能不更见豪雄旷达之极。白赠诗似颇多伤感。如：“诗称国手徒为尔，命压人头不奈何”、“举眼风光长寂寞，满朝官职独蹉跎”、“亦知合被才名折，二十三年折太多”等，皆悲惋句。友人多难，悲伤痛惋，可以理解，似无可厚非。难能可贵和值得赞赏的是，诗人竟不以友悲增己悲，也不以友愤发己愤，而是相反，以无比雄豪的旷达情怀，赋壮诗以答，宽人慰己，岂不更见雄豪之至！

诗人，唐著名朴素唯物论思想家，曾连作三篇《天论》，继柳宗元《天说》进一步阐发无神论思想，影响深远。上两句诗蕴嵌深刻辩证唯物哲理，可见也有其深厚思想渊源，值得认真赏读和领悟。

（五）陆游《游山西村》

莫笑农家腊酒浑，丰年留客足鸡豚。山重水复疑无路，柳暗花明又一村。萧鼓追随春社近，衣冠简朴古风存。从今若许闲乘月，拄杖无时夜叩门。

本书上卷中曾赏读过三首田园方面的佳作：陶渊明《归田园居五首》

其一，王维的《渭川田家》，孟浩然《过故人庄》。上面陆游的这首《游山西村》，显也是一首赏游农村风光、描摹田园风景不可多得的好诗。只不过，陆游赏的这山西村，并非什么别的村，而是诗人自己的家乡。讴歌自己家乡何以言游？恐也和诗人当时的遭遇和心绪有关。

原来，此诗成于宋孝宗乾道三年（1167 年）初春。时，诗人正被罢官闲居。诗人其时被罢官的原因是，隆兴三年，诗人由于爱国心切，积极支持抗金主将张浚北伐。未料符离大败，张浚被杀。朝中一贯仇视诗人的投降派们便以“力主张浚用兵”罪名，将其从隆兴府（今江西南昌）通判任上罢官，令其回浙江老家绍兴镜湖之三山闲居。

三山，绍兴城南约九里的小村，又名西村。也就是诗题所言的山西村。此地山明水秀，风景优美。但诗人此时的心情是复杂的。他为遭受投降者们的打击迫害而愤怒，但并不心灰意冷。大自然的勃勃生机更使他感到前途会有光明和希望。“慷慨心犹壮”（《闻雨》），便是他当时心情的真实写照。

上诗也就是在上述这种心情下吟哦而就的。以“游”代歌（讴歌），似更能真切地抒发诗人自己当时心中的复杂思绪。

诗四联八句，紧扣“游”字，剪取游村见闻、思绪。首联言丰（丰年），颔联言美（风景美），颈联言村中古风淳，尾言再来夜游愿。好一幅江南农村绚丽风光图！

“莫笑农家腊酒浑，丰年留客足鸡豚。”

“腊酒”。农家农历十二月（即腊月）自酿的米酒。江南农家年终腊月多有此习俗。

“浑”：混沌，浑浊。米酒呈现的浑浊不清貌。

可何以又言“莫笑”呢？难道酒浑也值得笑吗？非也。此联主要非言酒，也非仅言鸡和豚（“豚”，小猪，也泛指猪），而言农村和农家总的面貌。酒、鸡和豚，都是用来审视农村面貌的食物。因为农村款待宾客，离不开酒、鸡和豚。

两句诗，如果用更明白的话说，应是：你不要笑话农村、农家腊月酿出来的米酒多少有点浑浊不清的模样；可农家款待宾客，有酒有鸡有肉（猪肉），还是蛮丰盛蛮热情的呀！一个丰盛，一个热情，将农村丰年面貌概括一尽，也见诗人回到农村的喜悦。

可诗人是被罢官回农村的呀，这喜悦又何尝不是对打击迫害他的朝廷的愤！

两句诗，平白无奇，却有如上丰富内涵，也难能可贵！

接下来便是村外游。村外，立见奇观。

“山重水复疑无路，柳暗花明又一村。”

转过一山又一山，绕过一水又一水。走着走着，前面好像看不见路了，可走过去，一看，哟！路就在脚下。原来这路就在这曲径通幽的缠绵山水间。更奇妙的是，掩映在这山水间的小村庄，一座座，都是绿柳成荫，繁花似锦。它们既各自独立，又蜿蜒相连。倘佯其间，简直如临仙境，满眼扑朔迷离。常常是走过一村，眼看山穷水尽，可一转身，又见柳暗花明。

多么奇丽的农家风光呀！两句诗将山西村周围之风景描绘得再神奇不过了。难道这仅是诗人家乡美景的素描吗？恐又非仅此。细味两句，又何尝不是诗人当时境遇和心情的模拟和写照。

“山重水复”，状诗人此前境遇之复杂和多艰，如见如现；

“疑无路”，征途中，风险多多，几经沉浮，后来还被罢官回家，岂非“疑无路”乎？

古诗词中，“疑无路”用语，也多有见。王安石《江上》：“青山缭绕疑无路，忽见千帆隐映来”。还有强彦文两句：“远山初见疑无路，曲径待引渐有村”。

“疑无路”，并非真无路。一个“疑”字，便见心存希望，心仪光明。“柳暗花明又一村”，便是诗人对美好前程的向往。诗人时年42岁，虽已被罢归三阴（浙江绍兴），但仍未泯复出之望。

这里，还需着重指出的是，上两句，作为诗的颔联，其意义，恐还远非一般意义上的写景、言意和抒情，似还有更神奇的魅力和功力。它不仅令上诗频增神奇秀美的田园之幽，还为世人留下了两句极富豪情，极具教益，极能荡人心怀、发人奋进的哲理佳句，且千古传颂而不朽。这恐也是《游山西村》这诗最具脍炙人口魅力的所在。

两句诗首先告诉人们，世间万事万物皆有可变性。艰难险阻可以变通途，坏事可以变好事。适才还是“山重水复疑无路”，转瞬便见“柳暗花明又一村”。我们任何时候、任何情况下，都不可把事情看死。不要以为客观世界、客观事物是一成不变的。否则就会束缚自己的手脚，这也不敢想，那也不敢做，前怕狼，后怕虎，那就什么事也做不成。

其次，两佳句还启迪世人，在前进征途上，会遇到这样那样的问题，会遇到艰难险阻。身在其中的人，绝不可动摇信念，丧失信心，更不可悲观失望。越是困难的时刻，越要看到光明，越要提振自己的勇气，焕发顽强奋斗精神。要坚信前途是光明的，勇于坚持，善于等待，不懈拼搏。

如前面赏读的《登鹳雀楼》：“欲穷千里目，更上一层楼”，《酬乐天扬州初逢席上见赠》：“沉舟侧畔千帆过，病树前头万木春”等佳句，千百年来，每当人们有意或不经意间吟哦起这两句诗时，也总是不由得勇气、信心倍增，精神昂扬振奋，决心超越“山重”和“水复”，迎来“柳暗”和“花明”。哲语入诗，魅力无穷。两佳句更见神功。下面的诗，似又见这神功的趣展。

“萧鼓追随春社近，衣冠简朴古风存。”

“春社”，我国古习俗节日。南宋陈元靓《岁时广记》：谓“立春后五戊日为春社”，即立春后第五个戊日为春社日。是日也，乡民们吹箫鸣鼓，祭祀土神，声震云霄，以求风调雨顺，五谷丰登。此风俗，时江南农村颇盛行，反映了农民们渴望时顺年丰的心愿。

此时，诗人山西村之游，显已由村外进入村内。时临春社，箫鼓声渐浓。诗人闻声，倍感乡民祈盼年丰之切，愈增忧民悯农情。再看村里，又只见男女老少，虽衣着简朴，但古韵犹存。又不由得使人想起那淳朴亲和的晋桃花源古风。对比此前官场、政坛的钩心斗角，尔虞我诈，自会更增使人对农村、农家的喜爱和对官场、官坛的厌恶。

然而，诗人并不甘心于长期在农村了却余生。他要在人生道路上更有作为。故在诗的结尾又出现了更见神奇的吟咏。

“从今若许闲乘月，拄杖无时夜叩门。”

上显言要再游山西村。可诗人眼下就在三山赋闲，怎么会出现再游山西村的问题？岂不奇怪！

更奇怪的又是两句诗的用语：

“闲”，对立面是忙。诗人被罢官赋闲，忙从何来？再说“若许”闲乘月，谁“许”来着？而且是“夜叩门”，显言白天无时间，只能月夜来游。何时来？也说不准，是“无时”。

奇，必有深意。深意恐就在于：诗人对自己有较强自信。尽管“山重水复”，尽管“疑无路”，可他坚信，总有一天，会“柳暗花明又一村”。果然，不久，他便应川陕宣抚使王炎之邀，出任王幕中襄理军务。襄理军务，尽管还是帮助处理军中事务的小官，但当时却颇遂诗人心愿。此后一段较长时间，他戎装驰骋在国防边线南郑（汉中）一带，铁马秋风，豪雄飞纵，在舒展怀抱的同时，也谱写了许多热情奔放的爱国诗篇。诗人生活和创作都开拓出新天地。“柳暗花明又一村”，显非虚语。

孟浩然《过故人庄》尾联：“待到重阳日，还来就菊花”，把酒赏菊，悠然自得，意味深长；陆游“拄杖无时夜叩门”，似更有深意。

四、景理诗

在纷繁浩复、千形万状、千变万化的客观存在中，景和物可谓是最彰显夺目的存在形态了。理也多嵌其中。只不过，这理，有时又往往不易为人所直察和明觉。敏锐的诗人，是人间“情”的敏锐感知者，也是自然“理”的灵敏悟察者。在他们笔下，许多常人司空见惯、不以为然的景和物，也都披上了“理”的袈裟，插上了“理”的翅膀，呈现出“理”的风采。景理诗、物理诗，便是这种与广袤天地同在、与万事万物共存，极其形象生动、极具实感的理趣佳作，是理趣园中极具靓丽的自然风景。

不过，需说明的是，在以往的文学词典和作品中，似未见过有景理诗、物理诗这词语。这词语纯系笔者从大量古诗词中感悟和概括所得。这概括究是否确当，还有待权威专家和广大读者定夺和认可。这里权依概括言之。

景理诗，即以景言理诗作，是理趣园中最具靓丽的自然风景。其主要特点是寓理于景，景与理化。或通篇写景言理，理寓景中；或景仅为理引，重在借景言理；或景、理融而为一，难辨仲伯。

本卷前面赏读的汉乐府民歌：《长歌行》，实也是通篇写景言理、理寓景中作；而苏轼的《题西林壁》和王之涣的《登鹳雀楼》，则应是借景言理、理与景化的名篇。

无论是通篇写景言理、理寓景中，抑或借景言理，理与景化，又都离不开“情”——感情、心情，亦即诗人见景、赏景和身在景中之情。舍此，便很难引发和引申出足以启人心智的“理”，包括广袤质朴的自然理和深邃智睿的人生、人世理。景、情、理相连，融为一体，恐也是景理诗构成的必备条件和重要特色。

（一）杜甫《水槛遣心》

下面不妨从景理诗角度赏读两篇写景言理和借景言理方面的理趣佳作。

其　一

去郭轩楹敞，无村眺望赊。澄江平少岸，幽树晚多花。细雨鱼儿出，微风燕子斜。城中十万户，此地两三家。

这是诗人晚年定居成都草堂时作。

如已述，诗人一生流离颠簸，少有宁静。晚年经千辛万苦、长途跋涉，回到成都，才在友人帮助下，在城西浣花溪畔，建成一草堂，始得有个可以安身栖居之地。诗人十分珍惜这饱经风霜后的平静港湾。就在这里，他一面悉心修葺周围环境，栽花种树，经营果蔬药圃，与农民交往；一面用新的心情、新的生活，进行新的艺术创作。就在这里，他创作出了许多优美动人、格致高超的篇章，如《狂夫》、《江村》、《野老》、《后游》、《客至》、《春夜喜雨》、《江畔独步寻花七绝句》等。这些诗词有个共同点，就是格调清新而意境高远。这是他心情舒畅、心境愉悦的反映。这些诗还有个重要特点，就是：景中不但有情，而且有理。既有质朴自然理，又有人生、人世理，堪称地道的景理诗佳篇。《水槛遣心》其一，便是其中的一首极具浓郁田园情，既有质朴自然理，又隐潜深刻人生、人世理，可以称为景理诗的名篇。且赏这诗。

“水槛”，即近水的木栏杆。

“新添水槛供垂钓，故着浮槎替入舟”（《江上值水如海势聊短述》）。这是诗人在草堂近水旁新建的一道便于眺望江上风景的简便设施。《水槛遣心》便是诗人在此凭栏远眺、消遣抒怀作。

“去郭轩楹敞，无村眺望赊。”

“郭”，外城。古时在城外围加筑的一道城墙。《孟子·公孙丑下》：“三里之城，七里之郭。”后并称城郭。

“轩”，有窗槛的长廊或小室。陶潜《饮酒》：“啸敖东轩下”。杜甫《夏夜叹》：“开轩纳微凉”。

“楹”，厅堂前部的柱子。节日贴在这柱子上的对子叫“楹联”。

“赊”，长；远。李中《旅夜闻笛》：“长笛起谁家，秋凉夜漏赊”。韩愈《赠译经僧》：“万里休言道路赊”。

上联显言草堂水亭的地理位置和地理态势，却有其质朴的自然辩证理。因为离城远，故觉轩楹敞；因为附近村庄少，故眼界开阔，能够眺望更广、更远的风光。远和敞、少和广，在这里，有其客观必然性。

可，离城远，有时也不见得就“轩楹敞”。“轩楹敞”，更多的恐又源于心理的因素。

陶渊明《饮酒》其五：“结庐在人境，而无车马喧。问君何能尔，心远地自偏。”“心远”，“地自偏”；“心远”，才会自觉“轩楹敞”。

同样，村庄少、邻居少，眼界开阔，恐也有心理因素在起作用。这也告诉人们，要远离尘嚣，首先心要远离尘嚣；要眼界开阔，重要的是心要宁静开阔。宁静方能致远。诗人当时之所以感觉轩楹“敞”、眺望“赊”，恐也是因为他饱经风霜后，有了安居栖身地、心情心境舒坦所致。上两句实也是他心情心境平静舒坦的吟咏。这吟咏中又见心和地，即主观和客观相互联系、相互作用的辩证理。

“澄江平少岸，幽树晚多花。细雨鱼儿出，微风燕子斜。”

这是诗人凭栏远眺时见到和感觉到的景观，更见诗人当时平静而舒坦的心境。

前两句，平视：一江一树，但见——

那浣花溪上，春水泛滥，碧波汪洋。老远望去，那水，似乎和溪岸持平了，像是要从岸上流出去一样；那溪两旁的绿树，郁郁葱葱，夕阳晚照中，更显得幽美多姿。

水涨岸低，晚树更幽，完全合乎客观规律的自然现象。尽管是感觉得来的认识，但感觉中似也不乏自然哲理。

后两句，“细雨鱼儿出，微风燕子斜。”先俯后仰：一雨一风，一鱼一燕，更见生动，似也更富景理。

这是一个和风拂煦、细雨纷霏的宁日。

在那细雨淅沥下，那水中的鱼儿，像是获得了天赐良机，纷纷从水底窜出，在水面欢快地游来游去；仰望天空，又只见，那轻盈灵巧的小燕子，在微风拂煦下，双双对对，都侧着身子，斜着翅膀，在迎风飞翔。

“细雨鱼儿出，微风燕子斜”，多么形象逼真的描述呀！一个“出”，一个“斜”，不但将鱼儿雨中出水的欢快劲儿和燕子迎风招展的优美身姿描绘得如见如现，而且创造出了动词兼有形容词功效（“出”）而形容词又兼有动词效用（“斜”）的神奇用词效应，岂不更见绝妙之至！难怪古往今来，人们对这两句莫不交口赞绝！

不过，交口赞绝的恐还不仅是用词用语方面的神奇，更有神奇的社会效应。

长期以来，甚至可说自古以来，在社会生活、特别是社会政治生活中，人们对和煦温顺，似乎总怀有特殊好感，而对疾风骤雨式的简单粗暴心存厌恶。这是因为和煦温顺的从政之道，往往有助于构建和谐社会的基础，且有利于各类人才的脱颖而出；而简单粗暴则有损于社会和谐氛围的形成和人才的脱颖。“微风”、“细雨”，最易让人联想到和煦温顺的宽松从政之道和和谐友好的待人之道。“细雨鱼儿出，微风燕子斜”，则更易使人想到由于实行和谐宽松政治，给社会生活带来的生动活泼局面。自然之理引申出人生、人世理，自会使人对两句诗的深刻内涵萌生出特殊赞赏。这恐也是上两句长期以来人们交口赞绝的原因。真正的景理诗作，似也应有如上既有质朴自然理又有深刻人生、人世理的锦语理句于其中，否则，恐也很难称其为景理诗了。

“城中十万户，此地两三家。”

据考，时成都人口约三、四十万。十万户系约数。十万户，两三家，城乡繁寂之差，又不由得使人回想到诗的首联：“去郭轩楹敞，无村眺望赊”，更加感到一种远离尘嚣、心胸豁朗、眼界开阔的喜悦——诗人身居草堂时之悦。

并非堂皇吟咏，也非重大题材讴歌，纯系堂前消遣抒怀，几乎每句皆有深刻景理于其中，更有锦语理句张扬于诗外，诗具浓郁理趣，岂不显然可见。《水》，清新俊雅的景理诗佳作。

（二）欧阳修《戏答元珍》

宋·欧阳修《戏答元珍》，似也堪称以景言情，情中广理的景理诗佳作。

> 春风疑不到天涯，二月山城未见花。残雪压枝犹有橘，冻雷惊笋欲抽芽。夜闻归雁生乡思，病入新年感物华。曾是洛阳花下客，野芳虽晚不须嗟。

这诗和上诗不同的是，上诗（杜诗）是诗人以水槛遣心时心中所感（“去郭轩楹敞，无村眺望赊”）、眼中所见（“澄江平少岸，幽树晚多花”，“细雨鱼儿出，微风燕子斜”）和估算得来（“城中十万户，此地两三家”）的景，极抒饱经风霜后的宁静舒坦之情，昭示远离尘嚣、心胸豁朗、宁静致远和人间贵在宽容、宽松、和谐温顺之理；而这诗（欧诗）则是以山城二月之景，惋叙身处逆境关头，仍能喜见光明、喜存希望，提醒自己和友人千万不要为某种消极情绪所累，不要唉声叹气，而要豁达乐观，积极进取。两诗中展现出来的景、情、理形态尽管有不同，但都不失为以景言理的理趣佳作。下面且赏欧诗。

该诗当作于宋仁宗景祐四年（1037 年）。

此前，范仲淹因“讥切时弊”，被贬出京。欧早年与范同为支持庆历革新的改革派，交往甚密。出于义愤，便写信给当朝谏官高若讷，责其趋炎附势，对范落井下石。未料因此也受株连，被贬峡州夷陵（今湖北宜昌）令。

时，诗人好友、时任峡州军事判官的丁宝臣也在夷陵（夷陵系峡州治所）。丁见欧被贬来峡，便赋诗致意。丁诗原文，笔者遍查手头资料，未得，难晓其详。但知其诗题为《花时久雨》。联系诗人答诗首联和尾句分析推测，丁诗内容极可能是以夷陵二月春寒久雨不见花开为咏意，慨叹诗人被贬蒙屈之冤，慰勉诗人要心胸开阔，不要抑郁烦闷。

诗人收到丁诗后，也即赋诗作答。诗题为《戏答元珍》。元珍即丁宝臣，晋陵（今江苏常州）人。与兄宗臣俱有文声，号二丁。景祐中同登进士。宝臣历官至秘阁校理，“英宗每论人物，必称之”。尤与欧友善。欧答诗题前着“戏”字，恐有自嘲排遣意。

“春风疑不到天涯，二月山城未见花。”

“花时久雨”未见花，答从“花”起，当合情理。然未见花源于“久雨”，首联不言“雨”而言“风”——春风，何也。

“阳春白日风花香”（晋·乐府古辞《晋白宁舞歌诗三首》）。和煦春风，万物的催生剂，也是繁花怒放的媒介和使者。春风春雨，方能速减“久雨”不见花之窘。

唐诗人王之涣《凉州词》：“黄河远上白云间，一片孤城万仞山。羌笛何须怨杨柳，春风不度玉门关。”“春风不度”，既见塞外风光的荒凉凄苦，又见朝廷对边塞士卒的冷漠无情。欧诗上联显系化王诗尾句而来。一个“疑”字，缓解了“春风不度”的绝对必然性，也给后面的“花”，增加了“见”的可能系数。但这春风毕竟还是“不到天涯”，这“疑”后的肯定，岂不更增“未见花”之忧。

“春风”，在古诗词中，也常用来比喻帝王的恩惠。春风“不到”，归根到底，是皇帝恩惠的缺失。这也是他——诗人自己蒙冤受屈，被贬到这遥远天边，二月仍“未见花”的山城的根本原因。一个“疑”字，也见对皇帝、对朝廷的怨。

“天涯”，犹天边，极远的地方。这里指夷陵。夷陵，山区，故又言“山城”。

“二月山城未见花”，那么，又见到和听到了什么呢？

“残雪压枝犹有橘，冻雷惊笋欲抽芽。”

这又是怎样的一种景观呢？

首先能看到和感觉到的，无疑是冰天雪地，地冻天寒，一派萧肃景象！

可又奇怪的是，在那雪压枝头，却又隐约可见，还有鲜红的丹橘在耀眼闪烁——“江南有丹橘，经冬犹绿林。岂伊地气暖？自有岁寒心。”（张九龄《感遇》其七）这可能是去秋采摘剩下的果实吧！即便如此，也足以说明，严寒冰雪，恶劣气候，并未将世上所有“美好”封杀一尽。“岁寒心”更是摧毁不了的。何况还是“残雪”。诗人的发现——具有辩证哲理的发现，何其令人振奋！“岁寒心”，似也有诗人以橘自比高洁坚贞之隐。

更令人振奋的，诗人还发现：在那密密的竹林（夷陵多竹）深处，似还有更令人惊异的神奇。就在阵阵惊雷声中，诗人俯身爬在地下一看，又只见，那冰封的地表，竟裂出了一道道细缝。如此坚硬的冰封地表，怎么会有裂缝呢？再细看，哟！原来埋在地下的笋秧，像是被“冻雷”惊醒了一般，在使劲往上钻哩！终于把这冻土给钻裂了。多么具有顽强生命力的笋秧啊！简直令人难以置信。

自然，两句诗，讴歌的是自然界物的神奇，可何尝不能隐示人类社会变革的神奇！朝中攻击、迫害革新集团的保守势力，他们暴烈凶狠无比，何尝不是现实社会的“残雪”和“冻雷”！他们猖狂一时，难道就能确保他们的江山永固吗？“残雪枝头犹有橘”，这“岁寒心”就是他们不可逾越的鸿沟，何况还有那“冻雷惊笋欲抽芽”哩！再坚硬的冻土，也要被笋尖这种新生事物、新生力量所钻裂，要抽芽出土，要茁壮成长的。两句诗，不但将“岁寒心”和“欲抽芽”连在一起，启迪人们要敢于斗争，敢于胜利；而且昭示人们：希望在前，光明在前，要增强战胜艰难曲折的勇气和信心。这是最可贵的。两句诗蕴藏的深刻内涵，又何其具有智睿哲理和现实针对性！

不过，此时诗人还在蒙难中。伴随蒙难而生的种种消极情绪，也必然会时刻萦绕在诗人心头，成为拂之不去的消极阴影。如何摆脱这消极情绪的困扰和束缚，自然也会成为被贬蒙难要时刻面对的课题。下面还可见诗人在这层面的新境界。

“夜闻归雁生乡思，病入新年感物华。”

被贬他乡，远离故土，倍增乡思，不言而喻。

“洞庭春水绿，衡阳旅雁归”（南朝·刘孝绰诗）。夜闻雁声急，自会犹增思乡情。

“病入新年”，说明病魔缠身已久。可诗人时年仅 30（欧，宋景祐三年，即 1007 年生），且刚入政坛不久（宋天圣八年即 1030 年中进士为官），按说也不会有太多、太重疾患，何以会有久病之叹，恐也和受贬蒙难心绪不佳有关。可何以又“感物华”呢？

“物华”，物之光华。《滕王阁序》有“物华天宝”、“人杰地灵”句。此处当指美好年华。诗人病入新年“感物华”，恐有愧对美好年华之歉和伤时不遇之悲。

思乡，叹病，伤时不遇，又兼夷陵久雨“未见花”，诗人当时面对的，确有太多的凄楚。如何排遣？诗人自有常人难具的胸襟。

“曾是洛阳花下客，野芳虽晚不须嗟。”

诗人字永叔，号醉翁，晚年又号六一居士。庐陵(今江西吉安）人。四岁丧父，家贫，好学。中进士后历任县令、太守、枢密副使、参知政事（副宰相）等官职。因刚直敢言，曾多次被贬。此次贬前，曾在洛阳任西京留守推官。“洛阳牡丹甲天下”。诗人在洛为官时，曾遍访洛阳名胜古迹。对洛阳牡丹犹赞叹有加。曾在《洛阳牡丹记》中，对洛阳人爱花风俗及其栽培技术，做过详尽描述。还将洛阳牡丹和许多外地牡丹作比较，谓洛阳牡丹为“天下第一花也”。丁宝臣也曾在洛阳住过，和诗人同赏过洛阳牡丹。“曾是洛阳花下客”，显有实情依据。不过，此句恐还不仅为实语，似还有曾在京都政坛、在皇帝身边纵横驰骋之隐。

洛阳，六朝古都，北宋时为陪都，称西京。诗人曾在这里提出过去除积弊的主张，同保守势力做过针锋相对的斗争，还写了一些颇富战斗性的文章。诗人现在回想起来，似也有种聊可自慰的愉悦感。现在虽蒙难受贬，但政坛风云诡谲，也很难说没有东山再起之望，似犯不着悲观失望，烦闷苦恼。

诗人的旷达情怀，和友人诗中之嘱，无疑是相通的。但细品友人之赠，似也会发现，有一种“久雨”无花的伤感。诗人不以为然，但又不便多有异议。于是便巧出奇思，诙谐戏答。上两句便是这诙谐戏答的尾联。为晓其中隐趣，这里不妨循意白语释解如后：

> 朋友，你说夷陵“花时久雨”无花，确如言。但这又有什么要紧呢？我们不是曾在洛阳，多次同赏过洛阳牡丹吗，那可是天下第一花呀！夷陵这里的花，比起洛阳牡丹来，至多只能算是野花(“野芳”即野花）了。野花开放晚一点，又有什么要紧呢？犯不着也不值得唉声叹气（“嗟”，感叹声。“不须嗟”，不值得唉声叹气），何况花总是要开放的呀！

旷达，乐观，自信，兼而具之。诗人后果改任颍州(今安徽太和县)知县，续任太守、枢密副使，直至参知政事。

景，包括景色、景物、景貌、景观和景点。大千世界，大至天、地，日月星辰，风雨雷电，春夏秋冬，山岳河川，城市农村；小至一村一户，一园一景，一草一木，千门万类，千形万状，不知何其多！有景便有理，有理便可吟哦出有景有理、以景言理的优秀篇什。可以一景言理，吟成景理诗名篇；也可集数景于一炉，汇成景理诗佳作；还可以想象中、意念中之虚景代实景，吟哦出脍炙人口、景理和谐的篇章。上面赏读的两诗，概括说是“水槛遣心”时所见、所闻、所感和“二月山城”中所疑、所见、所思、所忆之景，在诗人笔下纵横驰骋，交相辉映。其中涉及的景观、景物、景色、景貌竟达16种之多，包括城市，乡村，澄江，幽树，细雨，微风，鱼儿出，燕子斜；春风，山城，残雪，冻雷，丹橘，惊笋，归雁，野花等，只不过其中所感、所疑、所思、所忆之景是虚景，并不为诗人当时当地亲眼所见和亲耳所闻。这也说明，景理诗中之景，源于大千世界之实景，不但景的门类多种多样，无景不有；就连景的推出，也会变化多端，样式百出，不会局限于见闻和实录。

不过，这里还值得特别提及的是，大千世界之景物、景貌，最令人感到神奇莫测的，又是景的突变和巨变。刚才还是晴空万里，风和日丽，突然便浓云密布，狂风呼啸，暴雨倾盆。良辰美景，固易触发诗人在特定历史条件下的种种微妙心扉，引申和引发出这样那样的“理”；突变的奇景和奇观，则往往更易引爆诗人在特定历史条件下的情感共鸣，引申和引发出更能启人心智的“理”。

（三）苏轼《六月二十九日望湖楼醉书五绝》

苏轼，理趣诗作之集大成者。他的许多景理诗，便极具时空变幻特色。有一种风雨雷电皆成理，皆有趣的魔幻感，令人如痴如迷。下面不妨赏读两首他这方面堪称景理诗的佳作。

第一首，《六月二十九日望湖楼醉书五绝》(其一)

黑云翻墨未遮山，白雨跳珠乱入船。卷地风来忽吹散，望湖楼下水如天。

字面看，无疑，这是一首描摹西湖夏日暴雨速来速去的诗。

望湖楼，又名看经楼。在西湖畔昭庆寺前，五代吴越王钱氏建。

六月二十九日那天，诗人极可能是在望湖楼上把酒赏月，突遭暴雨，速来又速去。诗人观赏有感，便依实成句，是为上诗。

不过，又值得注意的是，诗题中还有“醉书”二字。“醉”，酒醉。醉意朦胧，神情恍惚。朦胧恍惚中的景，恐非纯实景；朦胧恍惚中的“书”恐更非纯言实诗。朦朦胧胧，恍恍惚惚，实实虚虚，似是而非，恐是这诗的显著特点。

诗人时为杭州通判（州官，地位略低于州府长官)，何以会发此朦胧吟咏呢？恐又和他当时境遇有关。

如前章赏读诗人《题西林壁》言，王安石变法，苏站在对立面，自知不容于新党，才主动请求外放，次年被通判杭州。那么，诗人就真的反对变法吗？似又并非完全如此。这从他给神宗皇帝上书和当面陈述的意见（神宗皇帝曾多次询问他对变法的意见）中可知。他主要是觉得王做法过激过猛，有如疾风骤雨，铺天盖地而来，让人难以承受。再就是觉得王用人不当，鱼龙混杂，势必造成流弊丛生，后患无穷。他主张，变法要循序渐进，重在“结人心，厚风俗，有纪纲”，否则“乱必随之”(见苏轼《上神宗皇帝》万言书和《再论时政书》)。他还觉得，王这种疾风骤雨式的变法，尽管来势汹汹，不可阻挡；一旦风雨过后，又会艳阳高照，朗朗晴空。

此时，他坐在望湖楼上，把酒临风，心潮澎湃。面对速来疾去的暴雨，醉意懵懂中，便情不自禁地将眼前之实景和心中、脑中对时局的遐思冥想联系在一起了，进而融合贯通在一起。几经变幻，终于在诗人笔下，幻化出了上面的四句“醉书”。

“醉书”虽“醉”，可并非胡言乱语，而是充满深意和深刻哲理的景语理句。景中有理，理在景中。典型的景理诗佳作。

“黑云翻墨未遮山，白雨跳珠乱入船。”这上两句显言暴雨“速来”之景。

天空突然乌云密布，就像天上有个硕大无比的墨瓶，突然被什么东西打翻了。浓墨全倒了出来，洒的满空一团漆黑；可老远望去，那翠绿的山峦，却依然存在，并未被浓墨完全遮住。

突然，暴雨倾盆而至。那白色的雨珠，就如同无数晶莹透亮的玉珠，纷纷从天空撒落到地面，有的还跳进了他坐的船里。“白雨跳珠”，突显雨珠之大，色泽之晶；“乱入船”，象征没有次序，没有规律。天上落下的，湖中溅起的，一股脑窜入船中。

这何尝不是对王安石变法摹拟式的吟咏！诗从“黑云”起，便见诗人对王变法的做法持否定和反对态度，比喻其如乌云“翻墨”，搅得天昏地暗。“未遮山”，但并未将整个社会所有人都蒙蔽住。苏自认为是清醒者之一。

“白雨跳珠乱入船”，固是状雨珠之大、之晶；一个“乱”字，似也见诗人所言“乱必随之”。

诗的后两句则是暴雨“速去”之景。“速去”，似更见诗人对当时形势的分析和认识，也见诗人心中的乐观、豁达胸境。

“卷地风来忽吹散，望湖楼下水如天。”

湖面，不知从哪里卷起了一股清风，迅即将那乌云和那如注的暴雨都给吹散和卷走了。此时，诗人坐在望湖楼上。一看，哟！但见那宽阔的湖面上，仍是天水一色，碧波荡漾，一片汪洋。多么令人心旷神怡！这又何尝不是诗人对王安石变法必然导致失败的预见和未来又是一片光明景象的形象讴歌！

如果将四句诗连在一起，人们似乎还不难从中引申出下面的认识：

1. 客观形势即便再复杳，再漆黑一团，也不会改变世界发展的总趋势。“青山遮不住，毕竟东流去”（辛弃疾《菩萨蛮·书江西造口壁》）。形势总是会发展，世界总是要前进的。

2. 尽管如此，可时势的混乱，哪怕是“跳珠”，也会“乱入船”的，会影响社会安定，会殃及黎民百姓。这是需要时刻提防的。

3. 不过，形势又是不断发展变化的，而且瞬息万变。再混乱再纷纭复杂的形势，一旦清风吹来，便会立刻烟消云散，风平浪静，迎来朗朗乾坤。

坚信社会发展的总趋势，坚信风雨过后彩云红，坚信会有美好灿烂的明天。诗人在暴雨速来速去的“醉书”中，昭示的深刻哲理，何其富有感召力！这对我们今天正确观察、分析、认识形势，感悟“前途是光明的，道路是曲折的”正确理念，坚信“光明在前”，应该说，也会有某种形象的、辩证的启益。

自然，这是就诗赏诗得出的认识。至于王安石变法这一历史事件，究如何认识、评价，不在本赏所涉之列。这里就不赘笔墨了。

一首只有 28 字的短诗，竟有上面如此深刻、厚重的哲理内涵，景理诗的智睿风采，岂不更见神奇魅力。

（四）苏轼《百步洪二首》（其一）

第二首，《百步洪二首》（其一），也是一首极具时空变幻特色，以轻舟行洪为悟体，极富人生人世哲理的景理诗佳作，估续赏之。诗如后：

长洪斗落生跳波，轻舟南下如投梭。水师绝叫凫雁起，乱石一线争磋磨。有如兔走鹰隼落，骏马下注千丈坡。断弦离柱箭脱手，飞电过隙珠翻荷。四山旋转风惊耳，但见流沫生千涡。崄中得乐虽一快，何异水伯夸秋河。我生乘化日夜逝，坐觉一念逾新罗。纷纷争夺醉梦里，岂信荆棘埋铜驼。觉来俯仰失千劫，回视此水殊委蛇。君看岸边苍石上，古来篙眼如蜂巢。但应此心无所住，造物虽驶如吾何。回船上马各归去，多言譊譊师所呵。

这诗当作于宋神宗元丰元年（1078 年）、诗人任徐州（即今江苏徐州市，历史上其辖属多有变异）太守时。

也如前述，诗人为避政祸，早在熙宁四年（1071 年），便主动请求外放，次年被通判杭州。其实，诗人并非真的愿意外放，只是迫于形势不得已而为。诗人原来判断，形势会很快发生变化，会水天一色，天朗气清。如《六月二十九日望湖楼醉书五绝》（其一）中描绘的那样。未料，通判杭州三年，不但形势未见好转，反而又被贬至密州（今山东诸城）。密州又三年（宋官制有三年期满调离规定），形势仍未好转，又被贬徐州。“我欲乘风归去，又恐琼楼玉宇，高处不胜寒。”诗人此时的心绪，从他临离密州时写的那首中秋绝唱(《水调歌头》）中便可约略推知。只不过，他此时心中之结，主要并非名利累（诗人对名利还是较为超脱的)，而为国事忧。更多的似又为对自己长期来被一放再放、身不由己之怨。

诗人到徐州不久，便值徐州地区连降暴雨。洪水泛滥成灾。危急关头，诗人表现出高度的组织才能。身先士卒，组织抗洪抢险。艰苦奋战两个多月，终于保住了城池，拯救了百姓。至今，徐州还有座当年为保住城池、苏轼领导修建的、高达十丈的黄楼。至于上诗所咏的百步洪究在何处，因今已无存，难以确考。只知它在徐州东南二里许，估计就在黄楼外，即泗水流经徐州城外的一段处。

诗人何以要放舟百步洪？估计很可能是这一段乱石激涛，水流湍急，最为壮观。他想亲身体验其中的险和乐。

和他一同放舟的还有他的好友参寥，即诗僧道潜。放舟后苏作诗二首，一首赠参寥，即上诗；另一首赠王巩，即王定国，也是苏的挚友。

作为景理诗，这诗在写景、言理的构思、布局上，和前诗（《六月二十九日望湖楼醉书五绝》其一）也明显不同。前诗仅四句，“景”和“理”完全融为一体。景中有理，理寓景中；而这诗，“景”与“理”，表面看，似明显分野；实则紧密相连。上五联，妙语话行洪，快中嵌至理；后五联，纵情言哲理，理皆行中来。中联，“水伯夸秋河”，以典引理；尾联，归舟作结，旷达而终。精巧构思，别致的以景言理佳作。

“长洪斗落生跳波，轻舟南下如投梭。”

诗从“轻舟南下”起，便见行洪景。

“斗落”，即陡落。陡，山势峻峭高耸貌。长洪陡落，何其惊险！“如投梭”，更见飞快奇险无比。这是行洪总概括，下面是具体描摹。

“水师绝呼凫雁起，乱石一线争磋磨。”

只听得船工（“水师”即船工）大呼一声：开船了！便见：两岸的野鸭（“凫”即野鸭）、大雁等一类飞禽，如同大祸降临，屯即腾空飞起；

再看那岸边犬牙交错的壁石，在如飞舟船映衬下，简直就像拉成了一条线，在争着与江水相蹉相磨。“乱石”，“一线”，“争磋磨”，多么形象、逼真的比喻！此前形容船行快速的比喻中，似未见过。下面还更见快的神奇。

“有如兔走鹰隼落，骏马下注千丈坡。”

——如狡兔疾走，如鹰隼（“隼”，鸟类一种，翅膀窄而尖，嘴短而宽，上嘴弯曲并有齿状突起。飞得很快，善于袭击其他鸟类，是凶猛的鸟，也叫鹘）猛落，如骏马飞奔疾下千丈险坡。

“断弦离柱箭脱手，飞电过隙珠翻荷。”

又如断弦离柱，如利剑脱手，如飞电过隙（“隙”，隙缝。“过隙”，从隙缝钻过），如水珠在荷叶上疾滚。

连连七喻，将百步洪水势之汹涌澎湃和轻舟行洪之速、之疾、之险，描绘得简直无以复加。连连用多种形象比喻事物的一种状态，在以往诗词中，似也不多见。诗人想象之丰富，《百步洪》可见。

不过，这还是视觉的感知，听觉呢？似尤见精彩。

“四山旋转风惊耳，但见流沫生千涡。”

此时，诗人显在舟中屏声静息。只觉得四周山峦旋转，风在耳边呼呼作响，令人头晕目眩。回头一看，又见那流沫飞溅，生出了无数漩涡，真是美不胜收。

视觉，听觉，眼福，耳福，集中到一点上，就是快和乐。

那么，这快，这乐，就真是到了极致，可以乐以忘忧了吗？否。

“崄（同险）中得乐虽一快，何异水伯夸秋河。”

《庄子·秋水》：“秋水时至，百川灌河。泾流之大，两涘渚崖之间，不辨牛马。于是焉，河伯欣然自喜，以天下之美为尽在己。顺流而东行，至于北海。东面而视，不见水端，于是焉，河伯始旋其面目，望洋向若（海神）而叹曰：‘野语有之曰：闻道百，以为莫己若者，我之谓也。’”

水伯夸秋河，显从《庄子·秋水》中来。

不难辨释，庄上文有二义：河伯（即水伯）见“灌河”而喜，“以天下之美为尽在己”——见识何其短浅；可东行东视“不见水端”而悔，叹“野语”之言“我之谓也”——可钦可赞的自察自责之明。

诗人引此典入诗，似也有二意：一为醒行洪之乐：不可欢欣过度，忘乎所以；二为抒胸中之怀，发心中之思。只不过，这怀，这思，非一般情思，而是人生、人世乃至宇宙乾坤的哲理。下面则更见行洪引申出的人生哲理。

“我生乘化日夜逝，坐觉一念逾新罗。”

“乘化”，语出陶渊明《归去来兮辞》：“聊乘化以归尽，乐夫天命复奚疑。”意为乘阴阳之化，以同归于尽；乐知天命，夫复何疑。这是言人的一生。

“日夜逝”，《论语·子罕》：“子在川上曰，逝者如斯夫，不舍昼夜”中撷意而来，言生命如流水，不舍昼夜地流逝而去。

“一念逾新罗”，本为禅语，这里言人的思想和意识，比人的生命流逝更快。转瞬间，便可跨越千山万水，到达遥远的地方。

“新罗”，朝鲜古国名，传公元前 57 年建国，唐时与我国关系密切。“逾”，超越。

既言人生如流水般“日夜逝”，又言人的意识“一念逾新罗”，足见人在宇宙间时空变换之迅疾和莫测。这恐也是诗人当时在轻舟行洪的快中感悟到的最重要的启迪。

“已矣乎，寓形宇内复几时，曷不委心任去留，胡为遑遑欲何之。”陶渊明《归去来兮辞》中的呼唤，恐也是诗人当时心中的潜在心绪。可遗憾的是，世人并不明白这道理，以至——

“纷纷争夺醉梦里，岂信荆棘埋铜驼。”诗人无限感慨。

“铜驼”，铜铸的骆驼，古代置于宫门外。

“荆棘埋铜驼”，语出《晋书·索靖传》：“靖有先识远量，知天下将乱，指洛阳宫门铜驼，叹曰：‘会见汝在荆棘中耳！’”后因以“铜驼荆棘”形容亡国后残破景象。陆游《醉题》：“只愁又踏关河路，荆棘铜驼使我愁！”这里指被历史淹没的权贵。

“觉来俯仰失千劫，回视此水殊委蛇。”

“劫”。佛教名词，梵文“劫波”的简称。古印度传说，世界经历若干万年毁灭一次，再重新开始。这样一个周期叫一“劫”。

“失千劫”，极言失去之多，受损之惨。

“委蛇”，同“委佗”，庄重而又从容自得貌，也是委屈自得模样。“殊”，不同，特殊，特出。

世之“纷纷争夺”者，一旦梦醒，便会发现，俯仰之间，已千劫尽失，无可挽回了。多么可悲！可回头再看这百步洪，不知怎的，却反而觉得，这水虽还是那样汹涌澎湃，庄严肃穆，却似乎从容舒缓多了。一派委屈自得的样子。何以会如此？

原来在飞速流逝的人生面前，那汹涌澎湃的洪水，尽管奔腾再急、再险，似乎也并不值得特别惊异！

上情况（指“纷纷争夺”、“失千劫”和“荆棘埋铜驼”等情况），君若不信，那就请看这百步洪两岸的苍石吧，那撑船竹篙留下的密如蜂篙般的窝眼，不是还历历在目、清晰可辨吗？而撑篙的人，却早已不在人世了。时过境逝，陈迹犹存；迹在人去。这恐也是宇宙乾坤千古不变的规律。生活在其中的人，又当如何呢？

“但应此心无所住，造物虽驶如吾何。”

“心无所住”，也是佛家语。谓迁流不止，心无拘执。即不为外部世界所束缚。

“造物”，古时以为万物是天造的，故称天为“造物”。苏轼《泗州僧伽塔》：“耕田欲雨刹欲晴，去得顺风来者怨。若使人人祷辄送，造物应须日千变。”“驶”，马行速，引申为迅捷。

诗人显从轻舟行洪中感悟出了人生的真谛。他对自己，也是对世人说，只要心无拘执，不为外界世俗事务所束缚，那客观世界哪怕变幻再急速，情况再复杂，又怎奈我何？完全是一种超然尘外的思想解放和精神自主。这恐也是他当时不满于一贬再贬而幻想谋求一种完全无拘无束的自主道路的心态。遗憾的是，他的这种愿望后来并未成为现实。就在由徐州调任湖州（今浙江湖州市）知府时，一场弥天大难——“乌台诗案”，突然降到他头上，致使他在狱中遭残酷折磨达五月之久。

“回船上马各归去，多言譊譊师所呵。”

行洪结束了，诗人和友人都将回到各自的住处。至于行洪所感，似无须再言（“譊譊”，多言貌），因为多言会受到友人（“师”即友人参寥）斥责（“呵”，斥责）。友人为何斥责，不得而知。但知参寥俗姓何，於潜（今浙江临安）人。擅诗词。初名昙潜。苏轼守杭州时，爱其诗，为更名道潜，使居智果寺。后号参寥子。轼南贬，道潜牵连得罪，责令还俗。

“上马各归去”。又不由得使人想起陶渊明的《归去来兮辞》：“田园将芜胡不归”。回到田园中去，回到广阔天地的大自然中去，这恐也是诗人轻舟行洪中获得的最深沉、深切的感受。

诗人博学多思，爱好、志趣广泛，古时的各家思想，几乎对他都有巨大吸引力。他倡导的蜀学，实是融儒、佛、道、老、庄各家思想于一炉的大杂烩。他钦慕屈原、诸葛亮等经世济时人物，憧憬做一个风节凛然、敢作敢为的儒者；又酷爱陶潜，追求老、庄的隐逸生活；并热衷于道教的养生术，还精通禅学，跟和尚往来亲密。但此时，诗人正处于被一放再放的被人摆弄的境地，客观形势又使他看不到时来运转的光明前景，庄老道家、佛家思想抬头是必然趋势。上诗“乘化”、“日夜逝”、“失千劫”、“无住”等，便是道、佛家、特别是陶渊明“归去来”思想的典范反映。尾联“归去”则是陶思想在行洪后的直接流露。超然物外的旷达情怀，既有启人心胸寥廓、旷达乐观的积极效应，也有消极避世的负面影响，区别取舍方能收获全功。

五、物理诗

景、物相通，但非等同。一般说，景为物之集合体。多物于一处，方能构成景。而物，则多为景中之个体。

在我国古诗歌中，咏物，是常见的传统题材。咏物诗，在我国古诗歌中，占有重要地位。

不过，传统的咏物诗，依其咏物的出发点、着重点和给予人的感染和感受不同，又可分为两类。

一类，重在状物。状物而少有其他寄托。给予人的感染和感受，也主要是对美的享受和对所咏物的钟爱。少有其他效应。如林逋的《山园小梅》：

> 众芳摇落独暄妍，占尽风情向小园。疏影横斜水清浅，暗香浮动月黄昏。霜禽欲下先偷眼，粉蝶如知合断魂。幸有微吟可相狎，不须擅报共金尊。

这诗对梅花的独特神韵有别致而清新的描摹，也能让人品味出诗人的幽雅孤寂情怀。其中特别是“疏影横斜”两句，堪称咏梅最佳句之一。

但总的说，这诗并无明显寄托，不能给人以更多、更深刻的启迪。这种咏物诗，准确说，只能是状物诗，或曰单纯咏物诗。

另一类咏物诗则不同。它不是单纯状物之形，之貌，之音，之韵，不是为状物而状物，而是在状中，在咏中，赋有更深沉的思考，更厚重的寄托。或抒情，或言理，或述志，或感怀。有物外音，语外意，诗外理。物理诗，便是这种以物言理、理寓物中、物理和谐的咏物诗。自然，这理，包括情，包括志，包括感，包括思。以物言理、述志、感怀作，似皆可以物理诗类之。

据最新科学考，世上物约 870 多万种。古咏物诗究涉及多少物种，无人考计。但漫步诗丛，却可见，以物言理作，又多以花鸟、风月（上空物种）、树竹、禽虫为寓体，尤以花、月为最。李白一千多首诗中，涉月作 300 余首，其中以月言理或涉理作，恐不下 200 首。宋咏花专著不胜枚举，以花言理诗词，也比比可见。

（一）苏轼《水调歌头》

以月言理作，最使人感到飘逸灵空、感情激越，且极富睿智人生哲理的，恐又莫过于苏轼的《水调歌头》了。且再赏苏诗。

《水调歌头》，丙辰中秋，欢饮达旦，大醉，作此篇。兼怀子由。

明月几时有？把酒问青天。不知天上宫阙，今夕是何年？我欲乘风归去，又恐琼楼玉宇，高处不胜寒。起舞弄清影，何似在人间！

转朱阁，低绮户，照无眠。不应有恨，何事长向别时圆？人有悲欢离合，月有阴晴圆缺，此事古难全。但愿人长久，千里共婵娟。

抛开深层蕴意不说，仅就中秋赏月言，上词也不失为感情激越的咏月佳作。

“明月几时有？把酒问青天。”排空直入，把酒问天，感情何其激越！

“我欲乘风归去，又恐琼楼玉宇，高处不胜寒。起舞弄清影，何似在人间。”一仰一俯，一扬一抑，情志又何其矫夭回拆！

“转朱阁，低绮户，照无眠。不应有恨，何事长向别时圆？”愁（无眠），不恨，又憾（别时圆），思绪何其缠婉！

“人有悲欢离合，月有阴晴圆缺，此事古难全。但愿人长久，千里共婵娟。”胸襟又何其豁达和豪迈！

然，纵观全词，恐又非一般中秋赏月作，似还有更深的内涵，更厚重的情致。诗题下述：“丙辰中秋，欢饮达旦，大醉，作此篇。兼怀子由”。便可从中略察其感情激越之缘由。细味词中的别致吟咏，则更可见，其感情激越之浓度，其思想蕴含之深邃，其借月言理所揭示出的深刻人生哲理，又绝非一般赏月诗所能比拟。

“明月几时有？把酒问青天。”

两千多年前，屈原作《天问》，是“对于天的疑问”，表现了作者强烈的探索精神。

一千多年后(据考，屈原约生于公元前340年，而苏轼生于1037年，两人出生时间相距约1370年)，诗人又“把酒问青天”，他问什么？其实，他并非问“天”，而是问“月”，问“明月几时有”。

可中秋佳节，皓月当空，月明皎洁。诗人何以会有“几时有”之问，还问“今夕是何年”。细味便知，原来诗人所问之月，并非天上月，自然月，而是人间“月”，朝廷“月”。在黎民百姓眼里，皇帝、朝廷，英明贤惠，如日中天，惠及万民，岂不也如天上月，明亮皎洁，在随时朗照乾坤。诗人之问，似有黎民百姓眼中皇帝、朝廷的英明贤惠几时能变为现实之隐。

至于“天上宫阙”，似也有人间宫阙，即帝王宫殿隐。问“今夕是何年”，和问“明月几时有”，其意大同而小异。

可诗人中秋赏月，又何以会如上诸隐？似也和诗人当时的处境以及当时的心情、心绪有关。

时，诗人正在密州（隋改胶州置，以境内有密水名。治所在今山东诸城。唐辖今山东沂山、吕南以东，胶县、安丘以南地区。明废）任上。此前为杭州通判。如前述，他去杭州，是因为反对王安石变法，备受变法派排挤打压，自知难容于京城，才主动请求外放的。尽管是主动请求，但毕竟没有为皇帝和朝廷所重用，不能不感到一种莫名的悲哀和凄楚。特别是神宗皇帝，过去对他还较信任，但最终还是选择了支持王安石的变法模式，没有采纳他循序渐进的主张，使他不能不更感到皇上在谋国大事上有失智失察之明。“明月几时有？把酒问青天”，恐就是这种基于对皇帝的失智失察而引发的“天问”，自然也有祈盼皇上能改弦更辙、重整纪纲之愿。

问“今夕是何年”，恐也是上面这种“怨”和“盼”，还有“愁”（愁自身处境）和“恨”（恨时局之艰）等种种复杂心情的交织综现。

以上推断究是否确当？词下面五句，似还可做进一步推考和认证。

“我欲乘风飞去，又恐琼楼玉宇，高处不胜寒。起舞弄清影，何似在人间？”

这里，首先值得注意的是，首句“乘风归去”，是“归”而非“飞”。诗人非吴刚、嫦娥，也非月中蟾蜍，如果真要去月宫，恐也只能是乘风“飞”去，何以是“归”呢？说“归”恐就不是真要去月宫，而是要去一个和月宫相似的曾经所在地。那又是什么地方呢？对诗人说，那只能是皇都和皇宫了。因诗人原本就在皇都，在皇帝身边工作。去皇都岂不可言“归”。这恐也是诗人当时的真实思想。因外放虽是诗人的主动请求，但完全出于形势所迫。就他本意说，他还是愿意在皇帝身边工作的。只不过当时条件不允许，不得已而为之。下面的“又恐”，恐也是条件不允许情况下的一种自我安慰和解脱。

“琼楼玉宇”。天上月宫，琼楼玉宇；地下皇宫，何尝不是琼楼玉宁！

“高处不胜寒”。天上月宫，“广寒清虚之府”（传为唐明皇望日游月语），有“广寒宫”称；地上皇宫，紫禁重地，刀光烛影，争战诡谲，岂不也是寒气袭人！

“起舞弄清影，何似在人间。”

李白《月下独酌》：“我歌月徘徊，我舞影零乱。醒时同交欢，醉后各分散。永结无情游，相期邈云汉。”

在明媚皎洁的月光下，在广袤幽美的州府和人间，自由自在地遨游、交友、赏月，较之在那壁垒森严、明枪暗箭、阴风习习的皇都和皇宫，不知要舒适、安宁、安全多少倍！“何似在人间”，看似在讴歌人间美好，实是在倾发倾诉对皇都、皇宫极度的愤。

丙辰（熙宁九年，即 1076 年）中秋，诗人在密州独自把酒赏月。面对皎洁玉兔，诗人抚今思昔，不由得情怀激奋，遂大饮而醉。醉而有作。词上阕便是这以月言情、借月述愤的飘逸奇音。

然至此，诗人仍情尤未了。

此时，诗人又不由得想起分别两年，现正在齐州（北魏改冀州置，治所在历城，即今山东济南市。北宋升为济南府）作“掌书记”的弟弟苏辙，即子由来："兼怀子由"。词下阕便是这"兼怀"作。只不过这"兼怀"更别致：由月而怀，由怀而问（"何事别时圆"），由问而生发出对人生、对世事的理性思考，由理性思考升华出对普天下最广大世人的美好祈愿，直至"共婵娟（明月）"而终。月（赏月）、情（怀弟）、理（人生、人世理）、愿（美好祈愿）交融，更着情韵。

"转朱阁，低绮户，照无眠。"

在天空徐徐移动的明月，从华美楼阁的一面转到另一面，透过低低的雕花窗户（"绮户"即雕花窗户），照进了诗人的卧室，照得诗人更不能成眠了。

"照无眠"，既见月照使人不能成眠的惆怅，又见月照无眠人的凄楚，皆言诗人怀弟心切。

诗人与弟苏辙，真可谓手足情深，堪称同胞典范。二人仅相差两岁。少时同学同游，切磋琢磨，登山临水，未一日相离。出蜀迎考，又同登进士，同策制举。父苏洵去世后，兄弟二人更相依为命，荣辱祸福与共。二人皆宋大文学家，诗文和唱，也从未间断。据查《集注分类东坡先生诗》等著，仅东坡怀子由和子由诗作的诗词即达 104 首。二苏和唱，加起来竟多达 130 余首。且诗人的许多怀弟作，情真意切，美奂绝伦，堪称千古绝唱。时，兄弟二人相距并不远。密、齐州仅相隔二、三百里。但由于平时公务都十分繁忙，绝少往来，不能相见。时值中秋，诗人把酒赏月，自会倍增思念之情。

思而不能见，按说会迁生出这样那样的怨和恨，可又奇怪的是，下句竟是：

"不应有恨，何事长向别时圆？"

"别时圆"，显系"月圆人不圆"之憾。诗人已有七年未和弟苏辙同在中秋赏月。"月圆人不圆"，自系切身感受，完全可以理解。可何以又

“不应有恨”呢？下联可见，原来诗人有更高、更广的情怀和胸襟：

“人有悲欢离合，月有阴晴圆缺，此事古难全。”

这里，首先应注意的，又是开头的这个“人”字。上面提到的“月圆人不圆”中的“人”，说白了恐还只是诗人的弟弟苏辙。可这起头的“人”，就不仅是苏辙了，而是普天下最广大的“人”——世人、众人了。仅此就足以说明，至此，诗人心中之情已不是单纯怀弟了，而是由怀弟上升到怀普天下的“人”了。诗人暗度陈仓升华感情之笔岂不更见别致！

“人有悲欢离合”，对人生历程和境遇的准确概括；“月有阴晴圆缺”，对月相变幻形象而周全的表述。两者并列，以月相喻人生，不但生动形象地再现了人生的无常和曲折，而且将这曲折和月的圆缺相连，能更增“别时圆”之忧。此词前，似也未见有如此别致而形象的表述。

尤富人生人世哲理的还是后一句：“此事古难全”。

“此事”，显指人生事；

“全”，十全十美。此处当指人生之“欢”与“合”，也是月之“圆”。

“古难全”，人生事难以十全十美，古今皆如此。这里只言“古”，却更见“今”的必然。这是唯物论，也是辩证法。须知，求“全”的思想是不符合唯物论也不符合辩证法的。

“此事古难全”，那么就安于现状，听任客观世界的左右和摆布吧！否。诗人没有改变现状、旋转乾坤的奇方，但有颗金子般的心，有心中对普天下所有人的美好祈愿：

“但愿人长久，千里共婵娟。”

“婵娟”，美女。这里指月里嫦娥，实指明月。

谢庄《月赋》：“美人迈兮音尘绝，隔千里兮共明月。”此用其意。

尤可贵的是，诗人还有“人长久”之愿：愿什么？愿天下有情人皆成眷属；愿普天下所有因种种原因而分居两地、不能团聚的亲人们“千里共婵娟”；愿在皎洁明月朗照下所有人都能长久幸福、美满、安宁！这又是一种何其崇高浩荡的仁爱之心呀！诗人素有的金子般的心。由此也见，苏轼其人，不但文才超群、智识渊博，其人品也崇高伟岸，实乃不可多得的杰出才俊之士，值得后人由衷敬仰。

时下不是提倡“以人为本”吗，其实，大写的人，从来都是广袤天地间大自然之本。这是不以人的意志为转移的。苏氏之愿，如洪钟大吕，响彻云霄。

（二）陆游和毛泽东《卜算子·咏梅》

在我国两万五千余花卉品种中，以花言理作，又多以梅、菊、桃、杏、牡丹、海棠等为寓体。其中又特别是梅花，以其凌寒傲雪、冰肌玉骨的高贵品格，历来为诗人墨客所钟爱，将其作为抒情、言志、明理最受青睐的花种。前面提到的林逋的那首《山园小梅》，是重在状物的咏梅佳作。下面不妨赏读两首重在言志、述怀的咏梅佳作。

这是两首相距七百多年、一古一今、一咏一反的咏梅诗。

原作者陆游，是南宋末年的著名爱国诗人；

“反其意而用之”的作者，是当代伟大的无产阶级革命领袖毛泽东。

两词均以《卜算子·咏梅》题名，其共同特点是以梅抒情、言理、述志，是情、理、志融而为一的杰作。两诗对读，似更能使人感悟咏物诗以物言理之妙。

先赏原诗：

卜算子·咏梅

陆游

驿外断桥边，寂寞开无主。已是黄昏独自愁，更著风和雨。

无意苦争春，一任群芳妒。零落成泥碾作尘，只有香如故。

吟罢全词，首先使人受到强烈感染的，是一种极其浓郁、压抑的悲楚之情，令人有气难喘；然细味之，似又不无顽强的抗争和“独芳”的自慰。

何以如此？似也和诗人当时的处境及其素有的情志有关。

词究作于何时？似难确考。但可肯定是诗人晚年作。而且极可能是在宋宁宗嘉泰二年（1202年），诗人不顾78岁高龄，毅然赴临安，第三次出任史官，想以己之长为国做最后效力前后作。词中“一任群芳妒”，似可作为上推断的考据。

“群芳”，显非一贯排挤、打压、迫害他的反动权贵和投降派，而只能是周围的同伴、友人和社会贤达。陆游当时出山，系应当时把持朝政大权的韩侂胄（宁宗皇帝妻韩后之叔）邀。韩邀陆是为拉拢著名爱国人士。而国中正直之士对韩又莫不深恶痛绝。陆游出山自会招致众多正直人士的误解和非议。就连关系密切的诗友杨万里也不理解陆的爱国心情，竟作诗寄书予以嘲讽。这是陆游一生中受到来自周围友人责难最激烈的一次。“群芳妒”极可能是婉指上责之误。

还有，如本书第一部分《闲适情》中言，陆是我国古诗坛上作品特别丰富的诗人。但他创作的近万首诗词中，百分之九十八以上是诗，词只有百余首，而且大都是晚年作。据此似也可推断上词成作的时间。上词中“零落成泥碾作尘”，似也有垂老暮年隐。

而暮年垂老的陆游，不但如上言，有“群芳妒”之窘。投降派对他的诬陷、迫害，也从未停止。韩侂胄之邀，并非真要重用他，而是以他为幌子，藉以收买人心。投降派为掩盖自己的卖国罪行，竟还编造谣言，诬他赞助北伐，是为自己和给子孙找官做而投靠权门，借以损害他在群众中的声誉；而另一面，却又千方百计施展招降手段，用名利地位做钓饵，拉他向投降派靠拢，为他们捧场。

面对投降派阴谋，陆游始终保持高度警惕，没有上当。一派浩然正气。不过，毕竟年事已高，浩然正气也难长存于人间，只能遗芳于后世。

词便是在上述情况下作。

题为“咏梅”，实乃借梅抒怀述志。可贵的是，情真志雅，汇成不朽篇章。

“驿外断桥边，寂寞开无主。已是黄昏独自愁，更著风和雨。”

这是词上阕。

上阕展示出的究是怎样的一种景象和情致呢？

一株“驿外（‘驿’，古时供传递公文的或来往官员暂住、换马的住所，也称驿站。驿外，即驿站外面）断桥(说明已无人员和车马往来了)边”的“无主”野梅，竟在夕阳西下的黄昏时分，在凄风苦雨中，“寂寞”然而又是昂然开放。

“驿外”，“断桥”，“无主”，“独自”，“黄昏”，凄风苦雨，连连六道令人叹惋的风景，一齐笼罩一株野梅，何其令人凄楚；然而，一个“开”字，哪怕是“寂寞”开，又何其令人振奋！况这梅还是在凄风苦雨的恶劣环境和气候条件盛开怒放的呀！一株生命力多么顽强的梅呀！多么值得世人崇敬！

这是梅的倩影，又何尝不是诗人自己的缩影！

诗人的一生，真可谓是集灾祸、苦难、坎坷、曲折于一身。他虽出生于一个世代为官的书香地主家庭，可早年便被逼上演过一幕忍痛割爱的婚姻悲剧。刚要进入社会，又因考试名列大汉奸秦桧孙子之前而遭秦桧忌恨，竟在复试中将其除名，直到秦死后才得以起用。跨入仕途后，曾多次以虔诚的忧国忧民心，上书皇上，秉陈政见；还曾多次干脆以手中微弱权利为民施义举，可也从未得到过皇上和朝廷的肯定和褒奖。却几乎每次都是相反的结果。或迁怒于皇帝，或得罪大官僚，而受到严厉处罚。曾四次就因为以上原因而被罢黜还乡。

诗人的一生和词上阕前两句传递出的情怀、情致何其相似！诗人不也俨然是“驿外断桥边”的一株野梅，在“寂寞开无主”吗？

诗人晚年应韩侂胄之邀，出任修史官，招来了更多指责。“已是黄昏独自愁，更著风和雨”，传递出的情致，和诗人其时的心情和心境又何其相似！

可至此，人们不禁会问，一株“驿外断桥边”的“无主”野梅，在凄风苦雨的“黄昏”，何以还要盛开怒放呢？难道它是要和百花争艳吗？也不知它是否想过：在风雨摧残下，花朵会很快凋零（即便没有风雨摧残，花朵也会凋零的，这是不变的规律）。花瓣落在地上，被来往人踩在脚下，被车马碾压在泥里，那又会是怎样的一种景况呢？野梅是植物，无情无知，上问题自不会、也无法回答。可以野梅自况、借梅言情述志的诗人，多情广知，上问题是应该、也是可以回答的呀。如何回答，检验出一个人的情怀和胸襟。

那么，我们的诗人，又是怎样回答上面这个值得认真思考的问题呢？下面我们将看到：一个新颖、别致，简直可以说是旷世难觅的回答——是诗人替野梅的回答，也是借野梅替诗人自己的回答，令人震撼！

“无意苦争春，一任群芳妒。零落成泥碾作尘，只有香如故。”

“一朵忽先变，百花皆后春”（宋·陈亮《梅花》）。梅是迎春的勇士，也是报春的使者。但迎春、报春，皆非争春。绽放在冰天雪地的寒冬腊月和早春之际，凋谢于百花盛开的春光明媚之前，哪有一点争春的影子！这就是梅——野梅的品格。

诗人又何尝不如此：民族危亡关头，南宋朝廷屈辱偏安的日子，诗人硬是不顾投降派的卖国投降阴谋和对他一而再、再而三地打击和迫害，竟放声高歌：收复神州，为国雪耻。诗中“言恢复者十之五六”。从不争荣邀宠，从不图谋私利。此种崇高精神和品格，岂不也如野梅：报春、迎春而不争春吗？自然，诗人晚年的某些行举，如应邀出任修史事，也往往不为人理解，致招来诸多责难和嘲讽，可这又有什么要紧呢？“一任群芳妒”好了。多么旷达的情怀！

花开花落、花朵凋零是必然的。花朵凋零掉在地上，被来往行人践踩、被车马碾压也是不可避免的。即便就像《红楼梦》里林黛玉葬花那样，把落花都扫起来，堆成一团，然后用土把花瓣都盖上，埋起来，那落花的最后下场也避免不了要变成一抔泥土。变成泥土，自然是花的泯灭，可花的一切是否就都消失了呢？否！“香如故”——花的芬芳仍留在人间。

诗人的“如故”说，显也是在言自己。时，诗人约年近八十，他自觉已不久于人世了(诗人85岁去世)。但他坚信，即便他的生命停止了，他的形体消失了，他那矢志不渝的爱国情怀，那誓复神州、誓雪国耻的坚定意志和信念，以及那不畏强权、不惧高压的顽强斗争精神，也不会马上消失，还会长久地留在人间。诗人临终时的那首《示儿》，也可见他的这种信念并非虚语。只不过这“如故”的“香”，恐还不仅是花的芬芳、花的清香，更多的还是人的精神、意志、品格、灵魂的崇高、雅洁和无尚。

“香如故”，陆游《卜算子·咏梅》的最强音。

还值得注意和引发联想的是，诗人的这种花凋香存的“如故”说，在其后一些诗人的涉花诗中，还可见更能发人心智、启人心扉的吟咏。

李清照《武陵春》首句："风住尘香花已尽"。"花已尽"显见落英缤纷。"零落成泥碾作尘"，不但"香如故"，而是"尘"亦"香"，岂不更见香存效应。

龚自珍《己亥杂诗》其五后两句："落红不是无情物，化作春泥更护花。"落花有情，不论是何原因和以何种方式转化为"春泥"，不仅"香如故"，还能成为护花的使者，给人类社会酿造和培育出更加绚丽美好的明天。

"香如故"，"尘"亦"香"，"更护花"。物质不灭，物质不灭的发扬和光大，物质不灭的转换和新生，岂不更能令人感悟出这"如故"说的深刻内涵和蕴意。

"香如故"，也是陆游高雅人生的形象展示和永恒结晶。

伟大的无产阶级革命家毛泽东在文学，包括在古体诗词创作方面，也有极高造诣。迄今为止，权威媒体和出版社披露公布的毛的古体诗词共 68 首。这些诗词完全可以和我国古代、近代以及现代最杰出的诗人创作的最佳诗词媲美，有的甚至有过之无不及。而在这些诗词中，属于和诗类型的只有五首，其中四首是和当时还健在的诗人的（和柳亚子先生的和郭沫若同志的各两首）。用同词牌、同词题和古人作的只一首，就是上面赏读的陆游的《卜算子·咏梅》，还是"反其意而用之"。

诗人何以会对 800 多年前南宋的一位诗人——陆游的一首咏梅诗感到浓厚兴趣，以至要用同词牌、同词题"反其意而用之"？恐也和当时国际、国内形势有关。

此诗成于 1961 年，时，国际风云激荡。此前，苏共二十大全盘否定斯大林，成为国际共产主义运动激烈动荡的震源；接着，东欧剧变，导致社会主义阵营名存实亡；中苏分裂，更加剧了共产主义运动的危机。中国成为坚持马克思主义和社会主义道路的中坚，势必遭到来自国际反动势力的联合围攻和必欲将其摧毁而后快的目标。在国际风云变幻影响下，加上国内三年自然灾害和工作失误造成的困难，一些人也出现了否认党的领导、否认社会主义道路的思潮。面对“黑云压城城欲摧”关头，作为无产阶级革命领袖的毛泽东，表现出了无与伦比的革命坚定性。他在领导党和国家同国外反动势力、国内困难和错误思潮作斗争的同时，还以无比雄豪、无比犀利的笔，接连推出了许多气势磅礴的划时代诗章。已披露的包括《七绝·为李进同志题所摄庐山仙人洞照》、《七律·和郭沫若同志》、《七律·冬云》、《满江红·和郭沫若同志》、《水调歌头·重上井冈山》、《念奴娇·鸟儿问答》等，便都是这时期的豪迈杰作。《卜算子·咏梅》是其中之一。之所以以陆游词作为反咏的咏体，恐是诗人在读该词时感慨良多所致。

那么，诗人反陆词意而用之，究“反”在何处？笔者细味认为，似又主要为革命家和自芳者之别。一雄豪，一无奈；一乐观，一悲观；一以天下之乐而乐，一以孤芳自赏为慰。两词在以梅言情、明理、述志的表达方面，也各具特色。陆词情中有理，理中见志，情、理、志压抑而隐；毛词几乎每句都见情，见理，见志。浓郁的情怀，深刻的哲理，崇高的志向，让人强烈感觉到一个伟大的无产阶级革命家的雄豪气概，不由得不令人精神振奋。

卜算子·咏梅

毛泽东

一九六一年十二月

读陆游咏梅词，反其意而用之。

风雨送春归，飞雪迎春到。已是悬崖百丈冰，犹有花枝俏。俏也不争春，只把春来报。待到山花烂漫时，她在丛中笑。

“风雨送春归，飞雪迎春到。”

词起，一送一迎，便将一个美好灿烂的春天推到了读者面前，令人振奋。这和陆原诗一开始便给人以悲凉压抑感，恰成鲜明对比，展示出了一个以天下为己任的无产阶级革命家的开阔振奋胸怀和一个挣扎在无助社会的爱国正直人士抑郁无奈心情的感情区别。

不过，这词起的春天，也并非百花盛开、繁花似锦的春天，而是“风雨送春归”、“飞雪迎春到”的早春。这早春的梅园又是怎样一种景象呢?

一面，“已是悬崖百丈冰”；而另一面，却“犹有花枝俏”。

“百丈冰”，“花枝俏”，连在一起，显是告诉人们：“梅花喜欢漫天雪”，“腊梅香自苦寒来”。“不经一番风霜苦，哪得腊梅吐清香?”

“百丈冰”，“花枝俏”，连在一起，还告诉我们：毛词中的这梅花和陆词中的梅花，在情致和情韵方面，展现在人们面前，给予人的感染，也是完全不同的。

如上述，陆游原词中的梅花，是一株“驿外断桥边，寂寞开无主”的野梅，而且在凄风苦雨的黄昏“独自愁”。展现在人们面前的，完全是一种凄凉无奈的模样，尽管它也在开放。

而毛词中的梅，展现在人们面前的，则完全是一幅战天斗地、傲冰斗雪的英雄气度，而且花开俏丽，美艳动人，令人欣喜，毫无凄楚感。

那么，这两梅花就真是这般迥然异样吗?恐又不尽然。两梅花其实并无明显区别。不管是生长在“驿外断桥边”，还是生长在什么别的地方，反正都生长在茫茫大地上；也不论是“风雨”还是“冰雪”，同样都是在恶劣气候条件下盛开怒放。两梅花之所以在情致、情韵方面，给予人的感染不同，恐完全是诗人本身的不同特质使然，也和诗人当时的心情、心境有关。再就是在诗人笔下，赋予其特定的寓意有别。

陆游虽是爱国志士，但毕竟是不被重用的知识分子。他苦斗一生，至老仍壮志未酬。他看不到前途，看不到希望，压抑忧郁心情得不到缓解是可以理解的。他笔下的梅花，自然会是悲凉无奈的象征。

而伟大的无产阶级革命家毛泽东，以国家、民族、甚至以天下为己任。他心胸自会无比寥廓而广大。面对风雷激荡的五洲风云，面对国际共产主义的动荡和分崩离析，面对国内形势的曲折和出现的不健康思潮，他自会以“乱云飞渡仍从容”的“劲松”雄姿，傲立在“无限风光”的“险峰”（上引均《为李进同志题所摄庐山仙人照》）。他笔下的梅花，自也会是“万花纷谢一时稀”的“冬云”，在“高天滚滚寒流急”之时，向“大地微微暖气吹”。“独有英雄驱虎豹，更无豪杰怕熊罴”（上引均《七律 · 冬云》），便是这梅花，实也是诗人自己当时心情、心境的真实写照。

词下阕，则更见毛泽东无产阶级革命家的雄豪心境和英雄气概。

“俏也不争春，只把春来报。待到山花烂漫时，她在丛中笑。”

陆原诗也有不“争春”语，不过那是“无意苦争春”。一个“无意”，一个“苦”，说明他对美好春天能否争到手并不抱多少希望，干脆不要去“争”了。

毛词是“俏也不争春”，显是说，我们这里虽然形势大好，花开俏丽，但我们不是为了去“争春”，去显摆张扬自己。那又是为了什么呢？

“只把春来报”——为了报春呀！多么崇高的宏愿！在这里，陆诗中那“一任群芳妒”的心理悬念不见了，因为报春根本不存在妒不妒的问题。

诗人最盼的是人类美好春天的到来。他坚信这美好春天一定会到来。也根本不存在会有“零落成泥碾作尘”的悲剧发生。

“待到山花烂漫时，她在丛中笑。”

“烂漫”，亦作烂熳，色彩鲜丽貌。满山遍野，“山花烂漫”，那自然是人类最美好的春天了。

一旦这一天到来，那“她”——梅花，也是诗中的主人，又将会怎样呢？

“她在丛中笑。”

“笑”：因感喜悦而开颜。《论语·宪问》：“乐然后笑”。“她在丛中笑”，显是因人类迎来了美好春天而开颜喜笑。将个人喜乐建立在人类幸福的基础上，那自然也是“先天下之忧而忧，后天下之乐而乐”了。这较之那“香如故”的孤芳自慰来，又不知要崇高多少倍！

“笑”，还有另意。讥笑，耻笑。这又不由得会使人想起诗人和陆词同期讴歌的几首诗来，更感到“笑”的时代新意。

“一从大地起风雷，便有精生白骨堆。僧是愚氓犹可训，妖为鬼蜮必成灾……”（《七律·和郭沫若同志》）。这是“笑”白骨堆；

“……梅花欢喜漫天雪，冻死苍蝇未足奇”（《七律·冬云》）。这是“笑”苍蝇；

“小小寰球，有几个苍蝇碰壁。嗡嗡叫，几声凄厉，几声抽泣。蚂蚁缘槐夸大国，蚍蜉撼树谈何易。正西风日落下长安，飞鸣镝……要扫除一切害人虫，全无敌。”（《念奴娇·鸟儿问答》）。又是“笑”苍蝇，还有一切害人虫。

白骨堆，苍蝇，一切害人虫，其实都是当时逆历史潮流而动的反动派和反动势力。一个“笑”字，便将所有反动势力都钉在了历史的耻辱柱上，宣告了所有反动派的必然灭亡。诗人神奇的拣字功夫，何其了得！也见这“反其意而用之”的咏梅诗的非凡历史意义。好一首胸怀全球、志在四海的咏物诗！

还需指出的是，这词以梅言理，在遣词、成句、谐理、广义等方面，还颇具别致特色。“风雨”、“飞雪”和“春”；“百丈冰”和“花枝俏”；“不争春”和“春来报”；“山花烂漫时”和“她在丛中笑”，字数虽不完全相等，字义也不完全相对，但都极具辩证唯物的对仗意境，且皆为以梅言理的理语佳句。全词还可见一个坚定无产阶级革命者在形势动荡面前，如何看待形势，如何对待艰难、逆境和曲折，如何保持坚定的革命意志，如何赢得革命斗争的胜利，以及赢得胜利后如何对待自己所做的贡献，如何享受胜利成果等一系列问题的形象回答，令人彻悟而神往。如此深邃厚重的和梅诗，岂非今古难觅！毛泽东的《卜算子·咏梅》，堪称以梅言理诗作和和诗的典范。

（三）贺知章《咏柳》

以月言理，因为月中有理——月中理。

以花言理，因为花中有理——花中理。

同样，世上许多物都是有理的，皆可以物言理。柳中理，草中理，鸟中理，虫中理，雪中理，等等，皆古诗词中常见之理。

以柳言理的名句，最早当为《诗经·小雅·采薇》中的“昔我往矣，杨柳依依”。这是情语，也是以柳言理的佳句。杨柳相互依依之情折射出恩爱夫妻和挚友相互间如胶似漆、难舍难分之理。致“杨柳”意象成为后代文学作品中描绘亲友离别时常用的专有名词，甚至到唐代还发展为一种“折柳赠别”的习俗。

贺知章《咏柳》，也是一首情浓、意密、理丰的咏物佳作。

碧玉妆成一树高，万条垂下绿丝绦。不知细叶谁裁出，二月春风似剪刀。

通过对亭亭玉立的柳树的讴歌，不但形象揭示出了时令春风剪裁万物，装扮、美化大地的神奇魅力，而且会频频引发出人们更多的思绪和联想，悟察出许许多多如春风绿柳般的社会哲理，包括从政之理、育人之理、和谐之理等等。和煦温柔的“春风”是打造美好绚丽人间的宝石。陆游也有首讴歌春风绿柳的诗：

春来无处不春风，偏在湖桥柳色中。看得浅黄成嫩绿，始知造物有全功。

极言春风造物的“全功”，但似不如贺上诗能引发人更多、更广泛的联想。

（四）白居易《赋得古原草送别》

草中理，古诗词中最能彰显其生长内涵的，莫过于白居易的早期作《赋得古原草送别》了。全诗共八句，是赋草送别作。后人多以《草》为题，仅取其前四句，为：

离离原上草，一岁一枯荣。野火烧不尽，春风吹又生。

四句两联，均有深刻哲理于其中。

前联言原上草一岁一枯荣。这是自然规律，是草的生长规律，对人也不无启迪。尽管原上草“离离”然（“离离”，繁茂貌。《诗·王风·黍离》：“彼黍离离”），但总会枯萎的，枯萎后还会荣。人何尝不如此：有荣有衰，有起有落，有顺利有曲折。不能只想着一帆风顺，不准备曲折；也不能一遇到曲折便心灰意冷，一蹶不振。这便是草中理给予人的重要启迪。

不过，上言还只是草的一般规律。草还有特殊规律。“野火烧不尽”便是特殊规律。“野火烧不尽，春风吹又生”，更见草的生命的顽强性和不可摧灭性。这对人会有更深刻的启迪。

据《唐摭言》卷七载，此诗为白乐天初举、名未振时，以此诗谒顾况求荐之作。时顾况谐之曰：“‘长安百物贵，居大不易！’及读至‘野火烧’句时，叹之曰：‘有句如此，居天下有甚难！老夫前言戏之耳。’”可见两句之佳。后世传诵之广，引用之多，更见两句之旺盛生命力！

（四）袁枚《苔》

草，植物中之弱小者。弱小有理，可见有理与否，与物大小无关，重在物之内涵。有些很不起眼的物种，也往往能揭示出深刻哲理，以理为咏。如苔。清·随园先生袁枚“性灵”所至，曾以苔为题，写过一首颇具哲理的物理诗：《苔》。如下：

白日不到处，青春恰自来。苔花如米小，也学牡丹开。

随园先生还写过一首《苔》诗，其中有两句云：“青苔问红叶，何物是斜阳？”连斜阳为何物都不知，岂非“白日不到处”，多么可怜而可悲！可恰恰是这个被太阳遗忘的物，却仍然慷慨无私地向人们奉献出一片春色，而且是心甘情愿地自我奉献（“自来”）。不图索取，不计报酬，无怨无悔，这又是一种多么崇高的奉献精神呀！多么值得崇敬！

苔不仅勇于奉献，还有更崇高的品格，这就是不敢自馁，敢与强者争上下、比高低。“苔花如米小”，与花之富贵者——牡丹比，确微不足道。但它不甘示弱。它要像牡丹那样盛开怒放，赢得世人的喜爱，这又是一种何其崇高的自强精神呀！

一个无私奉献，一个奋发图强，构成了人生两个不可或缺的重要方面。前者是为他，后者是强己。强己方能为他，为他必须强己。既为他又强己，可谓完人矣。自然，这是诗人自己一生的写照，对世人何尝不无借鉴和启迪。这也是《苔》这诗的理论意义和实践意义所在。

以鸟和虫言理，不同鸟、虫又可引申出不同的道和理。

“鲲鹏展翅，九万里，翻动扶摇羊角。”（毛泽东《念奴娇·鸟儿问答》）

“大鹏一日同风起，扶摇直上九万里。”（李白《上李邕》）

“图南未可料，变化有鲲鹏。”（杜甫《泊岳阳城下》）

“鲲鹏”，古传说中的大鱼和大鸟。《庄子·逍遥游》：“北冥有鱼，其名为鲲；鲲之大，不知其几千里也！化而为鸟，其名为鹏；鹏之背，不知其几千里也！怒而飞，其翼若垂天之云。”

鲲鹏虽系传说中的鱼和鸟，但古诗词中以其言理者众。上引三佳句皆伟人、名人述志言。极言鲲鹏展翅，便扶摇直上九万里，有如羊角旋风（“羊角”，旋风名），无可阻挡。激励世人要心雄志广，旋转乾坤。三伟人（伟大诗人也是伟人）的伟大实践和对人类作出的贡献，证明上说并非纯文学虚语。

燕子多情，也是古诗词中以鸟言理之著者，且多理融于一身。

“朱雀桥边野草花，乌衣巷口夕阳斜。旧时王谢堂前燕，飞入寻常

百姓家。”（唐·刘禹锡《乌衣巷》）

“秋草六朝寒，花雨空坛，更无人处一凭栏。燕子斜阳来又去，如此江山。”（清·朱彝尊《卖花声·雨花台》）

燕是历史变迁和朝代更迭的见证。见证中可见历史发展规律和深刻智睿的人世哲理。

“无可奈何花落去，似曾相识燕归来，小园香径独徘徊。”（宋·宴殊《浣溪沙·春恨》）

“前村春社毕，今日燕归来。”（梅尧臣《燕》）

“燕子来时新社，梨花落后清明。”（晏殊《破阵子》）

燕是春的使者、春的象征，象征中更见时序变换之自然理。

“垂下帘拢，双燕归来细雨中。”（欧阳修《采桑子》）

“梁上有双燕，翩翩雄与雌。”（白居易《燕诗示刘叟》）

“双燕集兰闺，双飞高复低。”（庾肩吾《咏檐燕》）

燕还是爱情缠绵的倩影。倩影中也可见高尚高雅的人间道德伦理。

古诗词中，以虫言理之著者，又以蝉、蜂、蝶为最，且皆有别致而新颖的理趣和情趣。

“西陆蝉声唱，南冠客思侵。那堪云鬓影，来对白头吟。露重飞难进，风多响易沉。无人信高洁，谁为表余心！”骆宾王《在狱咏蝉》，以蝉自比高洁，感叹有冤难伸。理中有愤，愤中见不平。

“本以高难饱，徒劳恨费声。五更疏欲断，一树碧无情。薄宦梗犹泣，故园芜已平。烦君最相警，我亦举家清。”（《蝉》）李商隐以蝉喻己之清高廉洁，闻蝉鸣而警。既与蝉同病，又与蝉同操，可谓深得言蝉理之妙。

“不论平地与山尖，无限风光尽被占。采得百花成蜜后，为谁辛苦为谁甜！”（《蜂》）唐诗人罗隐笔下的蜂，慨叹封建社会劳动者不能获得其劳动成果，足见当时的社会制度何其不合理！

“游蜂掠尽纷丝黄，落蕊犹收蜜露香。”（《王进叔所藏画跋尾·山茶》）苏轼笔下的蜂，不辞劳苦采花酿蜜，其奉献精神又何其昂扬！

“庄周晓梦迷蝴蝶，望帝春心托杜鹃。”（《锦瑟》）蝴蝶在诗人李商隐笔下何其迷茫恍惚——人生的恍惚！

“狂随柳絮有时见，舞入梨花何处寻。”（《咏蝴蝶》）蝶在诗人谢学士笔下，又何其活泼欢腾——生命的欢腾！

总之，古诗词中，以物(动物、植物、无生物等）言理，比比可见，不胜枚举。物以理雅，理以物彰，物、理和谐，浑然成趣——理趣园中与景理诗相交辉映的自然风景。

六、咏史·怀古·兴叹

景和物，大千世界可观、可闻、可触、可感之现实客观存在，其中蕴涵的“理”丰富而多彩，无疑是理趣诗作的重要思想源泉。大千世界和人类社会，还有种客观存在，看不见，不可闻，无法触，却又可感、可忆、可思，其中蕴藏着更丰富、更厚重，也更能启人心智的“理”，是理趣诗作更具发掘潜能之源泉。这就是“古”，即历史——人类社会的发展和演变史。

唐《贞观政要·任贤》中有名言：“以铜为镜，可以正衣冠；以古为镜，可以知兴替”。其实，古为镜，何止知兴替。治国齐家之道，为政亲民之本，育人选才之则，处世交友之要，修身养性之诀，喜怒哀乐之理，以及治军谋战之秘，生产经营之略，健身益寿之术等，何尝不能从浩瀚的古历史画卷中获得或振聋发聩，或开智醒愚，或赏心悦目的启迪。是以博学多思的诗人，也常喜爱用古人古事吟哦抒怀，阐发人世、人生理。咏史，怀古，兴叹，便是古诗词中常见的以古、以史言理的篇章，构成理趣园中又一道靓丽的风景。下面也不妨分赏其趣。

（一）咏　　史

曼声长吟谓之咏。咏史，即吟咏历史事件、历史人物和历史遗迹的篇章。包括叙历史事件之宏浑瑰丽，咏历史人物之辉煌巨绩和功过是非，叹历史遗迹之古漠壮观以及由此而引发出的种种深沉思绪。

咏史诗始于东汉“建安七才子”之一的王粲以《咏史》为题的诗作。其后，左思、鲍照等均沿此题。唐人胡曾乃以《咏史诗》名集。《文选》所选诗中，列有“咏史”一门。后世则凡以史事为题之诗，皆泛称咏史诗。这里权以“怀古诗”别之。其构思和写作手法，叙事、议论、评说等，兼而具之。

李白《古风》59首之三，便是一首全面评议秦始皇功过是非的咏史诗。它既肯定了秦始皇统一中国的伟大历史功勋，盛赞其凌驾于群臣之上的雄才大略；又批评了他迷恋求仙筑墓的荒诞。只不过他的批评似有超越时空的求全责备之嫌。以至1200年后，毛泽东在一次谈话中，对其对秦始皇的批评，还诙谐而幽默地发出了一段不以为然的议论。李原诗如下：

秦王扫六合，虎视何雄哉！挥剑决浮云，诸侯尽西来。明断自天启，大略驾雄才。收兵铸金人，幽谷正东开。铭功会稽岭，骋望琅玡台。刑徒七十万，起土骊山隈。尚采不死药，茫然使心哀。连弩射海鱼，长鲸正崔嵬。额鼻象五岳，扬波喷云雷。鬐鬣蔽青天，何由睹蓬莱。徐市载秦女，楼船几时回？但见三泉下，金棺葬寒灰。

全诗共24句，前10句歌颂秦始皇的功绩，后14句是对秦始皇的批评。

“秦王扫六合，虎视何雄哉！挥剑决浮云，诸侯尽西来。”

诗起便见秦王横扫六合，统一中华的威武雄姿。

“秦王”即秦始皇。

“六合”，天地、东西南北四方谓之六合；“扫六合”即言一统天下。也有灭六国，统一天下隐。

“虎视”，像猛虎一样雄视天下，极言秦始皇统一天下的雄伟气魄。

“挥剑”二句，也是极言秦始皇统一天下势气宏浑，所向披靡。“决浮云”，语出《庄子·说剑》：“天子之剑上决浮云，下绝世纪。此剑一用，匡诸侯，天下服矣。”

“尽西来”，秦灭六国后，建都咸阳（今陕西咸阳市东北 20 里）。六国都在咸阳东面，故云“诸侯尽西来”。

秦皇横扫六合，统一全国，建立起中国历史上第一个中央集权的统一国家，还统一法律，统一度量衡，统一货币，统一文字，统一边防，统一交通，开创了一系列史无前例的壮举。真是功勋浩著，古今难觅！

秦始皇何以能领导人民创造出如上辉煌业绩？这又不能不使人想到他的雄才大略。

“明断自天启，大略驾群才。”

说他英明果断系上天所授，显为传统唯心史观；说他的雄才大略，越驾于群才之上，绝非言过其实。

秦始皇 13 岁执政，一开始便表现出非凡的远见卓识和超人的组织领导才能。他从社会的长期混乱中获得真知，深刻认识到谋求国家统一的重要，勇敢地担当起横扫六合的重任；他深明杰出人才对于成就伟业的至关重要，不惜屈尊下顾，广纳英才；他通晓人民群众是赢得战争胜利的决定因素，重视农战原则，巧用兵，善用将，运筹帷幄，决胜千里之外。灭六国后，他更善于乘胜前进，巩固政权，建设统一国家。一个举措紧接一个举措，接连推出一系列“统一”，便是他为巩固政权和建设统一国家而推行的众多英明决策。

他在政治上、军事上和思想文化方面，还果敢决断，用大力气做了几件常人根本不敢想、更难做到的大事，为巩固政权作出了不可磨灭的贡献。后来被一些文人误读、误传的所谓“苛政”：“焚书坑儒”和所谓的“孟姜女哭长城”，其实也是他为巩固政权，在思想文化领域和固边御侮方面断然抉择的两项史无前例的壮举：对内实行文化整肃，对外修筑万里长城。只不过，在实施中，似有过于粗暴和对人民承受的苦难关照不够的缺失。

在巩固政权方面，他还做了几件别出心裁、意义非凡的大事：

“收兵铸金人，函谷正东开。”“兵”，此处为兵器。“收兵”即收缴兵器。

史载，始皇二十六年（221 年），秦王下令，尽收国人兵器，铸成 12 个金人，陈列于宫门前。这对于稳定全国混乱局面，起了重要作用。

与此同时，还将六国贵族和豪富 12 万户迁至咸阳。并以咸阳为中心，修筑了两条驰道，一条东通海边，一条南入吴楚，以便能迅速调集军力，镇压万一可能发生的叛乱。

函谷，即函谷关。在今河南灵宝县附近，是秦国东部的重要关口。统一前，这里重兵防守，鸡鸣开，日入闭，把关严；统一后，始皇为加强对东部诸侯国的控制，门便向东大开了。

“铭功会稽岭，骋望琅玡台。”

为铭志秦的丰功伟绩，始皇曾专程赴浙江，登会稽山，在山上铸石立碑，铭刻秦的功绩。公元前 219 年，始皇又东游琅琊山，建琅琊台，也立碑刻秦功绩于其上。

会稽山，在浙江中部绍兴、嵊县、诸暨、东阳间。相传夏禹曾于此大会诸侯，计功封爵，始名会稽。故秦王立碑铭功于此。

琅玡山，在山东东部胶南县南境，面临黄海，下有港湾。黄海，我国三大边缘海之一。北起鸭绿江口，南以长江口北岸到朝鲜济州岛一线同东海分界，西以渤海海峡与渤海相连，面积约四十万平方公里。始皇琅琊山建台立碑，骋望江天，更见其有非凡之志。

“骋望”即纵目四海。

秦皇功绩，既有确凿的、毋庸置疑的大量历史事实屹立于千秋，又有众多的、不易朽的碑碣石刻铭功于后世，按说应该万口同声、齐歌咏赞才对。可奇怪的是，长期以来，秦始皇在人们心目中的形象却一直和“暴君”相连；秦始皇——中国统一历史的开创者，竟长期被钉在历史的审判台上。何以会如此？恐和历史上一些素存偏见的正统文人精心编造的一些歪曲历史本来面目的作品、文章、故事有关，“孟姜女哭长城”、“焚书坑儒”等，便是这样的一些歪曲历史的故事和传说，从而使秦始皇的伟大形象遭受到了功过是非颠倒性的损害。

李白的上十句诗，一反歪曲历史的定评和陈调，勇敢地还秦始皇伟大形象以本来面目，应该说是非常难能可贵的，有历史拨乱反正的开创意义。前面提到的毛泽东在一次谈话中，对李白对秦始皇的批评有不以为然的幽默，但对上十句诗，也还是颇称赞的。他说，李白讲秦始皇，开头一大段，很有气势。

遗憾的是，接下来的诗，诗人似又陷入了非历史的泥坑。

接下来是对秦始皇的批评。他批评秦始皇主要是两点：一是建宫筑墓；二是求仙、采药。最后落得个家破国亡、身葬三泉的结局。这批评未免有超历史、超时空和对古人有过于求全责备嫌，和前面的赞相矛盾。请看他对秦王的批评：

“刑徒七十万，起土骊山隈。”

这是言秦王建宫、筑墓事。

据史载，秦始皇三十五年（212年），调集刑徒70余万人，建造阿房宫和骊山秦始皇墓。

阿房宫，秦建尚未完成的宫殿，遗址在今西安市西阿房村（俗名郿邬岭）。其规模极宏大。“东西五里，南北千步”（《汉书·贾山传》），前殿“东西五百步，南北五十丈，上可坐万人，下可建五丈旗”（《史记·始皇本纪》）。杜牧有名作《阿房宫赋》，将其奢华绮靡之甚倾诉得无以复加。

骊山秦皇墓即秦始皇陵，位于距西安市30多千米的临潼县城以东的骊山脚下。据史载，始皇即位后即开始建陵，修筑时间达38年之久。其工程之浩，气魄之宏，堪称历代帝王墓之最。

秦始皇不恤民脂民膏，劳民伤财，大兴土木，建宫筑陵，无疑是应该重笔鞭笞的。但平心而论，和他统一中国、巩固政权、建设国家，为国为民作出的巨大贡献比，似乎又有小巫见大巫之别。不能因为建宫筑陵给黎民百姓带来了损害和灾难就否定和诋毁他为国为民为社稷创建的巨大历史功勋。李氏批评，未免有失公允。

至于求仙和采药，似还有个历史和时代背景的问题。

“尚采不死药，茫然使心哀。连弩射海鱼，长鲸正崔嵬。额鼻象五岳，扬波喷云雷。鬐鬣蔽青天，何由睹蓬莱。徐市载美女，楼船几时回？”

史载：秦始皇二十八年，齐人徐市等上书，说海中有三神山：蓬莱、方丈、瀛洲。上面住着仙人，有仙药，吃了能使人长生不死。始皇便命徐市率童男童女数千，入海求不死药。

徐入海求药，多年不得，唯恐始皇治罪，便谎称海中有鲸鱼为阻，无法到达蓬莱。始皇求药心切，便亲自带连弩（能一连射出许多只箭的弓），去海中求药。

始皇果用连弩射死一条又高又大的鱼（“崔嵬”，高大貌）。这鱼有多高多大呢？它的额鼻露出水面，就像东岳泰山、西岳华山等五岳那样高；它扬波喷浪，简直可以直上云霄，惊醒沉雷。显然这是夸张形容，并非真如此。

尽管这样，可始皇还是没见到蓬莱。因为海中还有更大的鱼阻挡。这鱼脊上的鳍（即鬐）和颔上的鳍（即鬣），简直可遮天盖地，怎么能见到蓬莱呢？更不要说求仙药了。显然，方士口中的所谓蓬莱仙境，是根本不存在的。这里也是托言为巨鲸所阻，不得其见罢了。

始皇亲自出马，入海求药，连蓬莱也未见到，那载着数千童男童女的楼船能找到仙药吗？“楼船几时回”？看是问，实是宣告求药幻想的破灭。

“但见三泉下，金棺葬寒衣。”

“金棺”，棺亭，墓穴灌入铜液，谓之金棺。

“三泉”，即三重泉，地下极深的去处。

公元前210年，始皇年近49岁，便驾崩而去。尸骨虽盛在金棺之中，葬于三泉之下，年深日久，终将腐朽而成灰——痴迷求仙采药、谋求长生不死的绝妙讽刺。

始皇求仙寻药，如果放在今天，那肯定会令天下人笑掉大牙。可不要忘了，此事发生在2200多年前的秦朝。那时，科学远不如现代发达，迷信比现在要浓烈得多。神在人们心目中的位置至高无上。秦始皇作为我国历史上第一个皇帝，他想长生不老，万世而为君，完全可以理解。他相信海上有仙山，山上有不死药；他让方士带童男童女，甚至亲自出马，入海求药，在当时背景下，似乎也不是最荒诞的事。这只能说明，始皇为了活命，轻信方士无稽之言，行异想天开的荒唐事。然仅此，似也不能说他是无道之君，更不能据此就否定他那无与伦比的伟大历史功绩。

毛泽东曾一针见血地抨击了李白诗中的误区。他调侃说：你李白呢？尽想做官，结果充军贵州，走到白帝城，大赦令下来了，于是乎“朝辞白帝彩云间”。其实他尽想做官。《梁甫吟》说现在不行，将来有希望。“君不见高阳酒徒起草中”，“指挥楚江如旋蓬”，那是神气十足。我加了几句：“不料韩信不听话，十万大军下枥城，齐王火冒三千丈，抓了酒徒付鼎烹。”把他下了油锅了。

毛的幽默而风趣的抨击，无疑是切中要害的，且入木三分。它不但对国人正确认识和正确评价我国历史上第一个皇帝有正本清源的重要作用，而且对正确认识和正确评价历史上其他有争议的伟人、巨人，有举一反三的启益，是伟大领袖以诗言理、以诗诲人的妙谈趣语。不过，《古风》59首之三，毕竟是一首吟咏古人的咏史诗，作为吟咏我国历史上第一个皇帝——秦始皇的古诗，气势磅礴而恢宏，史实详尽而周全。既有对始皇帝横扫六合、开国辟疆、创兴百业伟大历史功勋的讴歌，又有“明断自天启，大略驾雄才”非凡卓越才能的赞美，还有对其在一定历史条件下做出的荒唐、荒诞事的鞭笞；既有众多重大历史事件的概述，又有典型史实的素描（如入海求药），还有对悲惨结局的慨叹。全诗仅120字，竟有如此丰厚、周全、精到的吟咏，这样的咏史诗，岂非也是千古难觅。也见伟大诗人的伟大心胸和非凡妙笔。

王维的《西施咏》，也是一首咏历史人物的咏史诗。咏的还是我国古代四大美女之首的西施。只不过，它不是咏西施的一生经历；也不是咏她作为越王勾践为报吴王夫差羞辱之仇，将其作为美女计的美女，助勾践灭吴的传奇；更不是咏她无与伦比的美貌和姿色；而是另有他咏。他意者何？诗坛见仁见智，不一而语。清著名学者喻守真编著的《唐诗三百首详析》（中华书局出版），在该诗的“作意”中云：“这首诗虽是咏的西施，其实是借西施比喻一个人，只要有才干，能够自立，当然可以在世界上立足，绝不会长久微贱的。”笔者揣摩诗人写作上诗时之背景，细味诗中的别致用语，颇然其说。但也感到诗中还有诸多借古讽今之吟咏，对世人会有某种启迪，故并赏之。诗如后：

艳色天下重，西施宁久微？朝为越溪女，暮作吴宫妃。贱日岂殊众？贵来方悟稀。邀人傅香粉，不自著罗衣。君宠益娇态，君怜无是非。当时浣纱伴，莫得同车归。持谢邻家子，效颦安可希？

诗当作于诗人初出茅庐时，诗起便见奇异而别致的吟咏。

“艳色天下重，西施宁久微？”

“艳色”，显言美色、美女。从来言美，多以容貌和姿色为主要审视点，从容貌、姿色着笔。《诗经·桃夭》，开启了以桃喻女的先河，是言美女艳若桃花。李白状写杨贵妃：“云想衣裳花想容”、“一枝红艳露凝香”（均《清平调》），皆容貌、姿色句。白居易《长恨歌》：“汉皇重色思倾国”，也是用汉乐工李延年状写汉武帝宠妃李夫人“一顾倾人城，再顾倾人国”的“倾国”言贵妃貌美的。可这首句，却不见容貌和姿色，而是“天下重”。岂非别致！

“重”，重要，重量。引申到人，特别是美女身上，恐就是身价和地位。真正姿色艳丽的美女，很少不为“天下重”的。我国历史上四大美女，莫不声名显赫，身价无尚。岂非“天下重”乎！可那毕竟只有至高无上的皇帝才能使其变现的事，一般人不会特别关注。诗人怎会于此浓笔重抹呢？再说，“西施宁久微”，言西施不会长久卑微。可西施是春秋末期的美女，至诗人写作上诗时的唐代，已过去约1200余年，诗人怎么还会有“宁久微”之问？岂非奇怪！

原来，此时诗人正和好友綦毋潜同游若耶溪。若耶溪在浙江诸暨县城南一公里的苎罗山下，传为西施当年采莲、浣纱处。

诗人当时所以要游若耶溪，恐也是有原因的。原来诗人本太原祁（今山西祁县）人，后随父迁蒲州（今山西永济），遂为河东人。性聪颖，幼年即通音律，善属文。21岁即进士及第，调任太乐丞。张九龄执政后，被重用，任右拾遗，在皇帝身边工作。但此前官运并不亨通，曾因伶人舞黄狮子牵累，被贬济州（今山东长清县）作司库参军。司库参军是很小的官。诗人怀才不遇，自会倍感压抑和迷茫。诗人当时极可能就是带着迷茫和好友同去西施故地寻求答案的。

身临若耶溪，西施瞬间巨变的传奇，自会迅即在诗人心灵深处产生出强烈震撼。“艳色天下重，西施宁久微”，诗的这开头两句，恐就是诗人灵魂深处受到强烈震撼后爆发出的心灵呼唤。这呼唤，无疑是对西施的讴歌和赞美，其中恐也不无诗人对自己具有超人才华的自信。自信自己何尝不是西施一样的杰出人才，是不会长久卑微的。后来的事实证明，他的这种自信并非盲目。

这呼唤，客观上，也将“美”（美女）和“才”（饱学才俊之士）连到了一起，昭示世人：真正饱学才俊之士，是不会长久卑微的。是金子就会发光。从而给具有真才实学者以鼓舞和美好希冀。两句诗的现实和理论意义，似也不可低估。

上两句诗实是全诗的纲，接下来是“天下重”和“宁久微”的具体而形象的表述。

“朝为越溪女，暮作吴宫妃。”

“越溪”即若耶溪。西施，本姓施，一作先施，又名西子，越国苎罗即今浙江诸暨人，相传西施少时常在越溪采莲、浣衣，故后人又称西施为越溪女。上联“越溪女”即言西施。李白有诗言其名和事。诗云：“西施越溪女，明艳光云海。未入吴王宫殿时，浣纱古石今犹在。”古石即西施浣纱石，上刻“浣纱”二字，传为王羲之书。

“吴宫妃”，即吴王夫差的宫妃。西施后来成了吴王的宠妃。

一个越国的浣纱女，何以会成为吴王的宠妃？这中间会有曲折而复杂的过程。

原来，春秋末期的吴、越，俨然一对好斗的公鸡。争战不断，彼伏此起。先是吴趁越君允常逝世攻越，越败会稽（今浙江绍兴南）；越勾践即位，便兴师伐吴，败吴师于檇李（今浙江嘉兴西南）。吴王夫差继位，为报父仇，便反攻越于夫椒（今江苏吴县西南太湖中），越大败。为免于灭亡，勾践便许越为吴附属国，自称臣于吴王。还亲自带大臣赴吴为质。传说，西施便是当时送到吴国的美女，并立即赢得了吴王的喜爱，成为吴王最痴迷的宫妃。

关于西施入吴、成为吴王宠妃事，民间还有许多传说。如说，越大败后，越王和大臣们如何研究复仇计策。针对吴王淫而好色的特性，决定用美人计迷其心窍，涣其斗志；又如，为物色美女，勾践曾派出大量人员，赴全国各地遴选。终于苎罗山下，发现绝色美女西施。其后又如何由范蠡精心调训，教以歌舞、步履、礼仪，三年后才入吴献给吴王；还有，西施入吴后，又如何赢得吴王的欢心，如何将吴王迷惑得众叛亲离、无心国事，为勾践复仇创造了条件，等等。

上传说，众多文学作品、野史演义，如《吴越春秋》、《越绝书》等，均有详尽记述，但正史无记载。正史甚至连西施名字也少有提及。然尽管如此，西施其人和西施入吴为妃，恐都实有其事。西施入吴前经过较长时间调训，恐也非虚构。不然一民间女子，贸然入宫，便能赢得君王迷宠，恐难做到。

可又奇怪的是，上联却不见这即便无漫长、但肯定会有的过程，而是“朝为”和“暮作”。一“朝”一“暮”，何其神速！如此表述，固是诗人用笔之妙，似也有美人，包括人，其中又特别是士人，其身价和地位可以速变之隐。不过，变是有条件的。西施之变，得力于勾践、范蠡们的慧眼遴选和精心调训。否则，即便有天仙之美，恐也难一跃而登龙门，成为君王之至宠。人才何尝不如此。这恐也是上两句的潜隐义。

下面似更具深意。

“贱日岂殊众？贵来方悟稀。”

“贱”，非人品卑贱，而指地位低微。“贱日”，即言未登龙门、未获恩宠、未曾富贵时，如西施作吴宫妃前。

美人也好，士人也好，当其未登龙门、未获恩宠、未曾富贵前，他和一般人、和普天下芸芸众生，不会有多少区别。“岂殊众”，即言与众人无大不同。可一旦跃登龙门，便会立刻身价百倍。到那时，人们才会真正感到这人——美人、人才的真正可贵，难觅难求。“稀”，稀少。“物以稀为贵”。

自然，这是从西施的巨变中获得的启迪，恐也是从当时社会，特别是政坛、仕途的现实中获得的感知。诗人自己，博学广知，文才出众。何尝不是士人中的“西施”。可当时竟无人见赏，不为重用（后官至尚书右丞），对照西施，宁无叹感！这对世人，特别是对当权者，似也不无启益。

至于西施获宠后与昔日对比迥然异样的生活享受和境遇，既有对获宠者和势利小人势利目光的嘲讽和鞭笞，恐也为当时情况的真实写照。

“邀人傅香粉，不自著罗衣。”

一朝得宠，便饭来张口，衣来伸手，连傅香粉这样的小事，也得邀人而为。曾是苎罗山下的浣纱女，难道不觉得反差太大吗？可在那骄奢淫逸、等级森严的王宫里，这是天经地义的呀！

“君宠益娇态，君怜无是非。”

这不竟使人又想起《长恨歌》里唐明皇和杨贵妃：“后宫佳丽三千人，三千宠爱在一身。金屋妆成娇侍夜，玉楼宴罢醉和春。姐妹兄弟皆列土，可怜光彩生门户。”那是何等荒诞的宫闱祸阙呀！明皇、贵妃因之而长恨“绵绵无绝期”。“益娇态”，“无是非”，吴王的荒淫放纵和西施的骄横跋扈，又何尝不是加速吴国灭亡的催化剂！

时下，有些文艺作者，为造美女计神话，竟将西施在吴宫为妃，演绎得离奇曲折，天花乱坠。说西施在吴宫如何曲意逢迎，巧设机关；如何暗弄权谋，里通范蠡，终致吴于万劫不复之地。作为纯文学作品，似无不可，但恐非真实史实。笔者认为，如果说西施在越灭吴斗争中真起过某些作用，恐也就在上面说的“益娇态”“无是非”上。至于越灭吴后，西施是否与范蠡入五湖而去，也只是民间传说，正史并无记载。

“当时浣纱伴，莫得同车归。持谢邻家子，效颦安可希。”

西施跃登龙门，当年和她一同在越溪浣纱的同伴，自难和她同车同归。同伴们羡慕是可以理解的。但有必要奉劝（“持谢”意为用西施得宠的理由奉劝）羡慕她的同伴（“邻家子”即同伴），千万不要像《庄子·天运》篇中说的东施那样，看见西施皱眉蹙额，也去学她皱眉蹙额的样子，那是很难达到目的的。“希”，希望，希冀，亦即内心盼望要达到的目的。

不过，这里恐也不完全是言美女的效仿问题，而有言人才生成和造就之道之隐。单纯模仿是绝对培养、造就不出真正杰出人才的；只有勤奋苦学，不断提高自身的素质和真才实学，方能成就自己为出类拔萃的杰出人才。“效颦”说似也有对当时朝中一些人身居高位而缺乏真才实学、只知“效颦”之讽，似也有隐言诗人自己非虚劣庸才辈。

“效颦”即“东施效颦”，典出《庄子·天运》。原文是：“故西施病心而矉其里（‘矉’同颦，皱眉），其里之丑人见而美之，归亦捧心而颦其里。其里之富人见之，坚闭门而不出；贫人见之，絜妻子而去之走。彼知矉美，而不知矉之所以美。”后因谓以丑拙学美好为“效颦”。《大平寰宇记》载诸暨县有西施家、东施家。黄庭坚等始凿言“东施效颦”。

莫“效颦”之劝，对于鼓励和指引各类宫人才正确、健康、茁壮成长，会有启迪；对于鼓励和启迪人们勇于创新，莫蹈陈规，敢于走前人没有走过的路，似也会有某种教益。故后人常多有引用。

上面吟咏的两位历史人物，一个是我国历史上开天辟地的第一个皇帝，一个是我国历史上首屈一指的绝色美女。应该说都是我国历史上顶尖级的人物。尽管两人的身份、地位及其在历史上的贡献大不相同。值得注意的是，两历史人物，一个（始皇），过去，国人骂不绝口；诗人果敢，拨乱反正，正本清源，可谓明智。另一个（西施），就正史言，不过一进贡美女，美色之外，似无更多可吟可咏处。可诗人另辟蹊径，借美发挥，也吟成了咏史佳篇。这也说明，只要是历史上有影响、为世人所关注的人物，只要抓住了人们关切的、富有启益的话题，皆可吟成以人言理的佳作。历史人物千千万，古诗词中以人言理的佳作也不胜枚举，这里权以上两篇赏之。

咏历史事件和历史遗迹方面诗作，在古诗词中也不鲜见。和咏历史人物方面的诗作相似，其中也多以古言理之深意。下面不妨赏读一篇这方面的咏史佳作。

长沙过贾谊宅

刘长卿

三年谪宦此栖迟，万古惟留楚客悲。秋草独寻人去后，寒林空见日斜时。汉王有道恩犹薄，湘水无情吊岂知！寂寂江山摇落处，怜君何事到天涯？

这诗乍看，似非言理作。但咏历史遗迹，站在历史和现实的交汇点上，慨古叹今，蕴含深远，自多理趣。况诗作者，当时正在迁贬途中（诗人一生两次被贬。第一次，唐肃宗三年，即758年，由苏州长洲县尉贬潘州南巴尉；第二次，唐代宗大历八年，亦即773年，诗人又因被诬，由淮西鄂岳转运留函贬为睦州司马。上诗便是诗人第二次被贬、路过湖南长沙时，瞻仰贾谊故居后作）。以迁贬之身，瞻仰因贬而亡的先哲故居，自会益增深沉思绪。且诗中又多意曲词婉佳句，极富哲理，故这诗完全可以以古言理佳作赏之。

题《长沙过贾谊宅》，不言而喻，系路过长沙时瞻仰贾谊宅有感而作。

贾谊，西汉初期杰出政治家、思想家和文学家。洛阳（今河南洛阳东）人，时称贾生。“贾生才调更无伦”（李商隐《贾生》），一年之中，便被皇上破格提升为太中大夫。太中大夫，西汉重臣，掌论议。后因直谏敢言，被周勃、灌婴等大臣排挤，被贬为长沙王太傅，故时人又以“长沙”称之。后又为梁怀王太傅。怀王坠马而亡，贾自傅无状，抑郁而逝，享年仅32岁。

贾谊宅，即贾谊在长沙为官时的住宅。故址在今长沙市长沙县西北濯锦坊屈贾祠，现已重修。新址为今长沙县太平街与解放路交汇处。

“三年谪宦此栖迟，万古惟留楚客悲。”

“谪宦”即贬官。这里指贾谊。贾谊自贬长沙至逝世，正好三年，故言“三年谪宦”。

“栖迟”，本意为游息。《诗·陈风·衡门》：“衡门之下，可以栖迟。”形象的说法是，像鸟儿那样敛翅歇息，飞不起来。贾生“才调无伦”，不被重用，反而被贬到长沙这僻远之地（较之京都长安，时长沙尚属蛮荒地），大材小用，岂不也像鸟儿那样，敛翅歇息，飞不起来。“栖迟”之用，何其形象、准确！

一个“才调”“无伦”的贤能之士，不被重用，反被贬僻远，年仅32岁便英年早逝，“万古留悲”也完全是情理中事。不过，这里恐还不仅言世人心中冥冥哀念之情，更有时人频频来吊之实。

据《长沙县志》，贾逝世后，前来贾宅瞻仰、凭吊的名人、学者、有志之士和普通民众，长年累月，络绎不绝。赋诗为文，讴歌慨叹的，也不胜枚举。据载，杜甫、韩愈、李商隐、戴叙伦，还有清代的黄遵宪、秋瑾等，都前来瞻仰、凭吊过，且都有诗文流传。上诗作者刘长卿，过贾宅时，时属深秋，且身同境遇，自伤感弥激。

“楚客”，也指贾谊。因长沙战国时楚地，客居长沙，故言“楚客”。

“秋草独寻人去后，寒林空见日斜时。”

“秋草”，秋天的草，枯黄衰萎，暗示诗人过贾宅之时季。恐也有诗人对自己眼前处境形如深秋小草，枯黄而少有生气之隐。

“独寻”，则更见凄寂孤楚。

那么，诗人究竟要“独寻”什么呢？寻贾谊么？此人早在800多年前（公元前168年）就已仙逝了，这情况诗人是知道的，怎么还寻呢？“人去后”还要寻，那显不是要“寻”人了，而是要寻觅什么别的东西了。那又是什么？除了贾的遗迹、遗踪和风流余韵外，这里恐不会有什么别的东西了。

不过，杜甫《梦李白》中有名言："千秋万岁名，寂寞身后事"。千秋万代，名垂青史，万古流芳，那是伟大诗人寂寞身后的事了。贾生何尝不如此。"独寻人去后"，岂不更见诗人对所寻人之敬重！

可又奇怪的是，接下来却又不见寻觅之得，而是"寒林空见日斜时"。

"寒林"，贾宅之萧肃凄冷可想而知。可"空见"，究是有见还是未见，颇费思酌。还有"日斜时"，究系何隐，似尤需用心思忖。

"人去后"，不见人，岂非"空"见！此其一；其二，诗人之"寻"，固是瞻仰，更是凭吊。瞻仰，主要为目视；而凭吊，则不仅要用目，更需有发自内心的回顾、怀念和追思。回顾、怀念和追思，岂非也有"空见"之隐。二字之用，何其恰切！

至于"日斜时"，恐就不是实时意义上的时分和时段了，而有更深沉的思绪。

"贾生才调更无论"，何以下场会如此悲惨？这又不能不使人从当时的社会历史背景来寻求答案了。

时为西汉，吕后死后，周勃等平定诸吕乱后，刘恒以代王入主皇位。初，由于执行"与民休息"政策，减轻赋税和刑狱，使农业生产得以恢复和发展；又削弱诸侯势力，使中央集权得以巩固；加上"以德化民"，"是以海内殷富，兴于礼仪"（《史记》孝文本纪第十）。旧史家将其和景帝统治时期，并称为"文景之治"。但后来，这个被称为"文景之治"的皇帝便不思进取了。用贤而不能尽其才，致有贾生被贬之误。晚年更一心谋图长生，迷信鬼神，致政事日衰，社会矛盾日增。"日斜时"恐也是此时形势的形象表述。

"人去后"，不见人，却见"日斜时"，诗人和诗中的意境何其深远！下联还更见这"日斜时"之阴影。

“汉文有道恩犹薄，湘水无情吊岂知！”

“汉文”即汉文帝刘恒，他是汉高祖刘邦的中子。高祖十一年春，破陈豨军，定代地（今河北蔚县东北），立为代王，后入登帝位。

“有道”，这里恐主要指对贾谊的任用。

如前述，据史载，孝文初立时，闻贾贤，乃“召以为博士”。时“贾生年20余，最为少。每诏令议下，诸老先生不敢言，贾生尽为之对，人人各如其意所欲出。诸生于是乃以为能，不及也。孝文帝说(悦）之，超迁，一岁中至太中大夫。”（《史记·屈原贾生列传》）仅上，孝文求贤若渴，为政“有道”可见。可后来当再议拟提贾任公卿时，却又听信谗言，疏而远之，直至贬为长沙王太傅，致贾英年早逝。“恩犹薄”当指此变。

这里，还值得注意的是，“恩犹薄”的“犹”字，似还更有深意。汉文有道恩“犹”薄，那无道的昏君呢？恐就不是“薄”的问题了，而是鲜仁寡恩了。这又是言谁呢？读者自会想到正在令诗人蒙冤受贬的当朝皇帝唐代宗李豫了。李豫昏聩无能，致诗人一贬再贬。诗人吊古伤今，自会益增对时局之愤。“日斜时”恐也是对当时唐皇朝时局的形象认知——唐皇朝趋衰愈来愈严峻的现实。

贾谊和屈原，真可谓是我国历史上两个有太多相似的，既是政治家、思想家，又是文学家的杰出人才。两人都那样贞忠爱国，又都因谗被贬，且皆谪迁长沙，　投汨罗而去，一抑郁无状而亡。就连后世史书(《史记》)，也是屈贾同传（《屈原贾生列传第二十四》），并映千秋。贾赴长沙，渡湘水，吊屈原，在情理中。他那篇骚体《吊屈原赋》，堪称历代吊屈原的千古绝唱。诗人过贾谊宅，忆及此赋，缅怀贾吊，应该说也是情理中事。可又奇怪的是，他并未追忆当时贾吊之情，也未言贾赋之吊如何情深意切，感人肺腑；而是怨“湘水无情”，怨“吊”也无用(“吊岂知”)，岂不更令人费解。费解中似更见诗人心中之愤！

屈原投汨罗，湘水是载体。载体不惊，岂非“无情”——“湘水无情”之一；

贾谊吊屈原，湘水是见证。见证不察，致后人又有贾谊之吊，岂不更见“无情”——“湘水无情”之二；

同样，诗人吊贾，湘水在其旁，旁若无睹，致有诗人续贬之悲，岂不也见“无情”——“湘水无情”之三。

然，湘水无知，无知“无情”，似也不足为怪，不值得愤愤而怨。可怨、可恨的是人——隐在湘水后面的人。那么这人又是谁呢？水中觅人，似又可见三“无道”。

屈原投汨罗，罪在楚怀王。怀王无道，历史已有定论，毋庸赘言——“无道”之一；

贾谊吊屈原，意在汉文帝。“汉文有道”，道而无终，何道之有？“恩犹薄”实也是“无道”的一种变语——“无道”之二；

同样，诗人吊贾谊，怨在唐代宗。代宗昏聩，致诗人吊也无用，岂不更见“无道”——“无道”之三。

“无情”“无道”，皆从水出，“湘水无情”，岂不可见言之凿凿！然“无情”（江水无情）有情（凭吊人有情），“有道”无道，“恩犹薄”，“吊岂知”，连连哲语传情，也见诗人构思之妙！两句诗，后人常喜吟咏，且赞不绝口，自有个中道理。

“寂寂江山摇落处，怜君何事到天涯！”

“摇落”，凋残、零落意。曹丕《燕歌行》：“秋草萧瑟天气凉，草木摇落露为霜。”白居易《和梦游春诗一百韵》：“摇落废井梧，荒凉故篱菊。”亦喻沦落。这里似也有“日斜时”之隐。

此时此刻，诗人情难自禁。他徘徊在贾谊宅前，仰视江天，但见暮云更密，山川愈寂。一阵风过，黄叶纷落，枯草飘零，不由得心惊胆战，悲楚弥增。他不禁连连呼唤着贾谊的名字。贾生啊，贾生，你如此“才调”“无伦”，何以要将你谪贬到如此荒凉僻远的“天涯海角”来呢？致使你英年早逝。老天爷公道何在？这是为贾生呼唤，其实也是诗人为自己呼唤。同病相怜，“怜君”（“君”指贾生）怜己，伤悲之情，无与伦比。而矛头又直指最高统治者。诗人心中之愤，岂不更见历史的理性认知和时代的鞭笞针对性。好一首以古言理的理趣佳作！

（二）怀　古

怀古和咏史的区别，恐就在这“怀”字上。怀，感怀，缅怀，怀念。或“望先帝之旧墟，慨长思而怀古”（张衡《东京赋》）；或“虑怀旧之蓄念，发思古之幽情”（班固《西都赋》）；或“景经涉山水，怅然怀古”（《魏书·常景传》）；或“结欢随过隙，怀旧益沾巾”（杜甫《奉赠二十使君》）。其共同特点是，感情激越，思绪浩渺，气韵万千。而咏史作，或颂、或议、或评、或寓，则多侧重于对具体历史事实的吟咏和讴歌。

唐以前，咏史诗多有所见，而怀古作并不多见。晚唐五代，一种新的诗歌体裁——词兴起。可词作者的灵感，也多徘徊在楼前花间和小楼深院中，而少见有博大宏浑的怀古情怀进入诗中。直到北宋，具有多方面文学才能的苏轼，勇于突破词为“艳科”的传统藩篱，词从“樽前”“花间”走向较为广阔的社会人生，感叹怀古一类的诗作才堂而皇之地登上了诗词歌赋的大雅之堂。苏轼还一举推出了像“明月几时有，把酒问青天”（《水调歌头》）和“大江东去”（《念奴娇·赤壁怀古》）这样的横绝千古的词作，开创了词融古今，歌咏重大现实和历史题材的新境界。“明月几时有”（《水调歌头》），应是放歌现实人生宏浑而豪迈的杰作，本卷前章已作赏读，这里不妨赏读这雄绝千古的怀古作：《念奴娇·赤壁怀古》。

大江东去，浪淘尽，千古风流人物。故垒西边，人道是，三国周郎赤壁。乱石穿空，惊涛拍岸，卷起千堆雪。江山如画，一时多少豪杰！

遥想公瑾当年，小乔初嫁了，雄姿英发。羽扇纶巾，谈笑间、樯橹灰飞烟灭。故国神游，多情应笑我，早生华发。人生如梦，一樽还酹江月。

在我国古战争史上，三国赤壁之战，可谓是最威武雄壮的大战之一了。古诗词中讴歌吟咏的篇章不胜枚举，其中最富雄豪气度的，恐也莫过于苏轼的这篇《念奴娇·赤壁怀古》了。还有杜牧的一篇《赤壁》，也是脍炙人口的怀古作。不过那是偶感式抒怀，非正面吟咏。下面将另节赏读，这里先赏苏词。

“大江东去，浪淘尽，千古风流人物。”

词起便见非凡恢宏气度。这是赤壁大战的恢宏，更是宇宙乾坤和人类社会急速发展和永恒剧变的恢宏。

李白《将进酒》：“黄河之水天上来，奔流到海不复回”，十四字，将宇宙乾坤旋转的雄姿概括一尽。这里却只有四字：“大江东去”，更见气势豪迈而宏浑！

紧接三字：“浪淘尽”，则又将宇宙乾坤剧变和人类社会的历史相连，推出了推动历史车轮滚滚向前的“千古风流人物”（“淘”即用水冲洗，汰出杂质，亦即涤荡污泥浊水。“千古风流人物”便是“浪淘尽”后的精英）。

诚然，历史是人民群众创造的，但离不开英雄人物的导引和推动。包括秦皇汉武、唐宗宋祖、文臣武将、英雄豪杰等无数“千古风流人物”，既是历史浪涛“淘”出来的时代精英，也是人民群众在创造历史进程中涌现出来的杰出代表。无数“千古风流人物”和亿万人民群众结合导演出来的历史便是人类社会几千年的文明史。故上三句实也是言历史的全局和发展。而诗人正是将赤壁战置于整个历史画卷中来讴歌和吟咏的，其磅礴气势又何其有深意！

不过，又颇令人费解的是，诗为诗人蒙冤出狱贬黄州后作。诗人在狱中备受折磨，贬黄州后仍有诸多侮辱性限制。诗人当时的心情应是痛苦而压抑的。这从诗人此前两游赤壁（均神宗元丰五年，一为“壬戌之秋，七月既望”，一为“是岁十月之望”）后推出了两赋（前后赤壁赋）中也可约略感知。两赋清风明月，梦幻奇思，虽极尽旷达超越之情，然细味，皆不无凄楚之悲。

苏上词系两游后作，何以词起便有上述雄豪如洪钟大吕句，而无忧郁凄楚情？且纵观全诗，除词尾有“人生如梦”这种洒脱语外，也不见有其他消颓情句。相反，全词主要篇幅和中心内容，是对三国赤壁和对指挥吴军、鏖战赤壁、一举打败了强敌曹操的东吴大将周瑜的讴歌，隐言他是词起所言的那种“千古风流人物”；再就是说周瑜如“故国神游”，会笑他“早生华发”——一种能促人向上的羞愧情致，也并非不健康心理。

这词之所以会有上述雄豪振奋情致，看来也只能有一种解释，那就是，诗人在曲折艰难、痛苦挣扎中，谋求解脱，终于获得精神解放所致。其实，这也正是诗人一生一以贯之的为人处世态度。多灾多难，不为灾馁，不为难沉，超然物外，顽强用世，始终是他身处逆境、历尽艰险而身不衰、志未泯的重要原因。赏读上词，似也应在诗人人生境界上多有感悟。

词对赤壁鏖战战场、战情、战况、战术、战果的描绘，则更见精彩别致，妙趣横生，简直令人如亲临战场，实享大战奇观。也更见“千古风流人物”的绚丽风采。

“故垒西边，人道是，三国周郎赤壁。”

“故垒西边”，何地？赤壁战场是也。

说到赤壁，地舆志有记载，长江、汉水流域有五处名赤壁之地。诗人见多识广，不会不知道，当年周瑜战曹操之地是蒲圻赤壁，即今湖北省蒲圻县西北沿江一百里处，而非诗人所在的黄州赤壁。退一步，即如诗人在《与范子丰》中所言：“黄州守居之数百步为赤壁，或言即周瑜破曹公处，不知果是否?”也说明他对黄州赤壁系赤壁鏖战地有怀疑。明有怀疑，还要认定黄州赤壁为三国赤壁，岂不有失轻率！恐也有个中缘由。

前面提到，诗人贬黄州后，有诸多侮辱限制。不得擅离寓地，便是限令之一。黄州、蒲圻，虽近在咫尺，但毕竟是两地区。诗人不能擅自前游，可情之所至，又急于假赤战以抒怀，便权依“或言”，借黄壁以代，致有此误。“人道是”则是对明知有误的开脱。

尤值得注意的是，“三国”“赤壁”中又嵌入一姓氏：“周郎”。“周郎”即周瑜。赤壁战，按说是吴、蜀联合战曹之胜，孙权是吴国君主。不以孙权名得胜地，也不言“孙·刘赤壁”，而言“周郎赤壁”，岂不更令人心生疑窦。疑中似更见诗人对亲率大军、驰骋疆场、横扫千军如卷席的统帅和指挥者的倚重，也见周瑜在诗人心目中的位置非同一般。一个“千古风流人物”应声而出。

“乱石穿空，惊涛拍岸，卷起千堆雪。”

这是对“人道是”三国周郎赤壁形、声、色的真实描绘；真赤壁恐更如此。

但见：大江两岸，乱石嶙峋，直插蓝天；河道里，巨浪翻滚，汹涌澎湃，猛拍两岸。更令人炫目的是，那巨浪砸在岩石上，顿即卷出无数浪堆，这浪堆在空中散开，简直就像满天飞雪、天女散花一样，真是壮美无比！

不过，也奇怪的是，同是黄州赤壁，在诗人笔下，竟有两种完全不同景观。《前赤壁赋》的描绘是，清风、明月，“白露横江，水光接天。纵一苇之所如，凌万顷之茫然”，完全是一种幽美、宁静、和煦的景象；而这词的上三句，竟是“乱石”、“惊涛”、“千堆雪”，一派激越、纷争、交锋模样。何以会有此异？原来前赤壁游，是在“清风徐来，水波不兴”的月夜，时诗人虽心存压抑，但求宁静之心与自然景色相交辉映，自会益增和谐之美；而这《怀古》诗，回忆的是800年前如火如荼的赤壁鏖战，“乱石”、“惊涛”自会成为诗人注目的景点。景和情（包括情势和人的感情），在许多情况下常常是相互辉映、密不可分的。

然而，尽管“乱石穿空，惊涛拍岸”，也不会稍减江山的俊美，更不会灭杀为锦绣江山而英勇拼搏的英雄豪杰的风流。相反，还会更加激励英雄豪杰为俊美江山而英勇拼搏的雄心，并为英雄豪杰提供导演威武雄壮活剧更能施展才华的用武之地。赤壁战就是证明。

“江山如画，一时多少豪杰！”便是上述意境中引发出的慨叹，也是赤壁战场生发出的慨叹。在这里，俊美江山和“千古风流人物”更紧密地连在了一起，成了因果和必然关系。

“江山多娇，引无数英雄竞折腰”，九百年后，毛泽东在《沁园春·雪》中喷吐而出的名句，不是将上慨叹的深刻内涵，阐发得更清晰、更形象，更能催人奋进，激人勇往直前吗？

英雄时势出，时势造英雄。周瑜就是这样的英雄。

那么，这英雄又是怎样的一种形象呢？

“遥想公瑾当年，小乔初嫁了，雄姿英发。”

一个“遥想”，便将一个八百多年前的吴国中郎将的光辉形象推到了读者面前，令人啧啧称赞。

时（赤壁战时），周瑜（字公瑾）年仅三十四五岁。三十多岁的中郎将，水军都督，赤壁战吴军的主帅，按说已够青春靓丽了，可诗人似并不满足，竟要从他迎娶小乔说起。

小乔，东吴乔玄女。乔玄有二女：大乔和小乔，均国色天香，美压群芳。大乔嫁吴前国君孙策为妻，小乔嫁周瑜。周瑜娶小乔是建安三年，是在赤壁战前十年。时，周瑜仅二十四五岁，便被孙策迎为“建威中郎将”，并同他一起指挥攻取了宛城。二十多岁便被委以重任，且旗开得胜，岂不更见“雄姿英发”！

赤壁战，三国最关全局的显赫大战。多么严肃的军事壮举呀！如此庄严时刻，谁能想到，怎么竟突然冒出一个与战争紧张氛围并不协调的男女婚事来：周瑜成亲——“小乔初嫁了”。而且这美女还是吴国前君主的妻妹，冠压群芳的小乔。岂不更令人诧异！

其实，也并不奇怪。

英雄美女，从来就是相交辉映的男女偶像。英雄配美女，往往更能彰显英雄的风流倜傥。严肃战事中，穿插男女情事，似也有助于缓解战争的紧张残酷氛围，聊增战事的人性韵味。诗人寓谐于庄的写作技巧，更不失为讴歌战事题材的高妙之笔。

“羽扇纶巾，谈笑间，樯橹灰飞烟灭。”

三句显言周瑜指挥吴军、火烧赤壁、赢得大战胜利之情、之果。

可“羽扇纶巾”，乍一看，似又有诸葛亮悠然面世之像。因在古戏剧里，在人们印象中，诸葛氏露面，总是手执鹅毛扇（汉末流行用鸟羽制扇，鹅毛扇也是羽扇)，头披纶巾（古代一种用青丝带编织的头巾。诸葛亮常服，故又名诸葛巾)。这里实为隐示周瑜的儒将风度。不过，笔者遐思，似也有诸葛氏之隐。因赤壁之胜，如前言，应是吴、蜀联手战曹之胜，诸葛亮功不可没。而此词浓笔周郎，对诸葛氏无笔旁及，似也略有失公允。假诸葛氏之常服，隐示人们莫忘诸葛功绩，又能突显出周瑜的儒将智慧，似也不失为一举两得的选择。

历史上，凡以少取多、以弱胜强的战争，莫不以智胜之为诀。赤壁战是典型的智胜战。“谈笑间”，非真谈笑，而是在悠然儒雅中，在谈笑自若中，运筹帷幄，巧布机关，决战致胜。也就是斗智。这恐也是儒将指挥和儒将风度的主要内涵所在。赤壁战，火攻谋略之出，诈降书之献，连环策之用，草船借箭之举等，如果确有某种真实历史事实为依据，当都在这“谈笑”之中。“谈笑间”，“樯橹灰飞烟灭”，何其神韵!

“樯橹”，实为船的桅杆和摇桨，这里代指战船，似也有“强虏”即强敌之隐（有的版本二字作“强虏”)。“灰飞烟灭”，即言战船被焚，化为乌有。看似平白无奇的六字，然细味之，却可见战况无比激越、战果无比辉煌的军事奇迹。试想——

在茫茫大江上，曹操八十万大军（一说是二十万。二十万也是势不可挡，因吴、蜀联军还不到五万)，战船数百艘，浩浩荡荡，直扑江夏而来，谁能阻挡！可东风骤起，顿时火光冲天。瞬间，曹军连人带船，统统化为乌有，这是何等辉煌的战争奇观——“千古风流人物”导演出的奇观!

记得京剧名家马连良《借东风》中有两句唱词:“一阵风留下了千古绝唱，那赤壁火为江水增色生光!”多么形象、生动而又韵味深长！可惜新版《借东风》，两句唱听不到了，颇遗憾。

确如上唱词言，赤壁之胜，给后世留下了太多可供人们联想的启迪和故事，让人们讴歌，传颂。可我们的诗人呢，当时还在逆境中。此时此刻，他又会有怎样的慨叹呢？他还是忘怀不了那个“千古风流人物”——周瑜。

“故国神游，多情应笑我，早生华发。”

“故国”，显指周瑜当年横刀立马、建功创业的东吴国土——今长江下游一带。黄州在其中。

面对“千古风流人物”的辉煌业绩，想到自己眼前的处境，诗人不由得羞愧有加。他寻思，此时此刻，如果英雄魂归故里，见我这般模样，一定会笑话于我。他定会问：你功未成，业未就，何以就满头白发、未老先衰了呢——自惭之情溢于言表。“华发”：花白头发。

然而，凭心而论，诗人并没有什么值得羞愧的。他为人正直，胸怀坦荡，且博学多才，文华出众；为官谋政，业绩卓著；所到之处，皆有美名。至于蒙冤受屈，那有其复杂的社会历史原因，不是他自己所能左右的。有什么值得羞愧的呢？只不过，这其中过节，一言难尽。诗人生性旷达，他实在不愿纠缠这令人沮丧的往事，他要超越令人烦恼的过去，那就另寻超越路吧！

“人生如梦，一樽还酹江月。”

梦，虚无缥缈，恍恍惚惚。人生在世，功名利禄，成败得失，难以预料，也难以驾驭，岂不也如梦如幻、虚无缥缈、恍恍惚惚吗，何必多有计较？过去的就让它过去吧——诗人超越理念之一。

不过，诗人的超越似也并非纯虚无缥缈。它还有不变的客观实在。那就是：“惟江之清风，与山间之明月，耳得之而为声，目遇之而成色，取之无禁，用之不竭，是造物者之无尽藏也，而吾与子之所共适。”（《前赤壁赋》）

此时，诗人的心显又回到了此前游赤壁时的浩渺遐思中了。他举酒祭月（“酹”，洒酒于地表示祭奠或立誓），祈在茫茫的清风、明月中得到慰藉和解脱——诗人更见豪旷的超越。

“大江东去，浪淘尽”，“淘”出了“千古风流人物”；“千古风流人物”导演出了人间战争史上的奇观，进而又引发出身处逆境者的人生超越路。诗人的怀古，穷古今之性情，慨古今之壮举，吟古今之至理，融古今于一词，岂不也是古今难觅。

怀古诗和咏史诗，两者其实并无严格意义上的区别。皆需以耳熟能详的历史事实为依托，皆为有感而发的“以古为镜”作，皆贵借古兴叹、言理、述志或抒情。尤值得注意的是，在古诗词中，有些涉古佳作，咏、怀交织于一诗，有咏有怀，又怀又咏，益增发千古幽思之情韵。这类诗作，似应以咏怀诗名之，实也是地道的怀古作。

杜甫唐大历三年（768 年），在夔州创作的组诗：《咏怀古迹》，便是上面说的这种有怀有咏、咏怀并举的怀古诗，值得认真赏读。

该组诗共五首。每首咏一古迹，怀一古人。古迹均夔州、三峡一带的古名人，包括才人、国色、英雄、名相等的住宅、家居、村落和为纪念名人而建的祠、庙，其中有宋玉宅、庾信居、昭君村、先主庙、武侯祠等；古人则是这宅、这居、这村当年的主人或生长在其中的村姑，以及祠、庙崇敬的偶像：庾信、宋玉、王昭君、刘备、诸葛亮等。组诗实是以古迹为引，重在缅怀古人，兼由古及己，感怀诗人自己当时境遇之作，也是古迹、古人、诗人自己交织在一起的怀古绝唱。这里仅赏《唐诗三百首》中辑选的两首：其三和其五。

其　三

群山万壑赴荆门，生长明妃尚有村。一去紫台连朔漠，独留青冢向黄昏。画图省识春风面，环佩空归夜月魂。千载琵琶作胡语，分明怨恨曲中论！

诗起也见雄浑而神奇。

“群山万壑赴荆门，生长明妃尚有村。”

连绵起伏的群山，千峰万壑，沿着浩渺长江，一直向荆门方向驰去。多么雄伟的壮观！

可接下来似又使人略有失落感：如此壮观的形胜，怎么竟落在了一个小小的村庄上，而且还是“尚有”村。难怪明人胡震亨评此诗首联时说：“此未为合作”（见胡《杜诗通》）。

其实不然。

不可忽略的是，在这村前还有四个字：“生长明妃”——原来这是明妃生长的村庄呀！

明妃何人？她生长的村庄何以会如此壮观形胜？原来——

据史载，明妃姓王，名嫱，字昭君。她是西汉晚期汉元帝宫中的宫人，因避司马昭讳，改称明妃。她是我国古代与西施、貂蝉、杨玉环并称为四大美女之一。四美女，素有“沉鱼落雁之容，闭月羞花之貌”美誉，“落雁”便言王昭君。

昭君不但美冠群芳，天香国色，更值得称赞的，她还是我国历史上著名的巾帼英雄，女中豪杰。她慧眼独具，胆识过人。当国家、民族需要时，当有可能改变自己命运的机会到来时，她毅然挺身而出，远嫁他邦，出塞和亲，从而谱写了中华民族团结的划时代篇章，促成了当时汉朝长达半个多世纪的和平。“昭君出塞”故事流传后世，千百年来一直传为美谈。

唐诗人王勃《滕王阁序》有名句：“物华天宝，龙光射牛斗之墟；人杰地灵，徐孺下陈蕃之榻。”杰出人才，往往出生于灵秀之地；而钟灵毓秀去处，则会哺育出才智卓越的非凡人才。以此类推，昭君出生和成长之地，自会如上所言是钟灵形胜之所在。

不过，又据《一统志》载，昭君村，在荆州东北四十里处，即今湖北省秭归县香溪。可诗人当时在黄州白帝城，相距约数百里。诗人并未去过昭君村，何以会有如上如见如现的描绘？显系推测和想象中来。

诗人以高超的艺术想象力，将亲眼未见的小村庄的地理形势设想得如此壮观，也足见他对生长在这小村的杰出人才——昭君的仰慕，同时也见诗人善于用周围景色、景貌烘托杰出人才的艺术技巧。而这种手法，在古诗词中也常为诗人们所惯用。

这里还有必要提及“尚有”二字。“尚有”村，那村中“人”——昭君呢？不见了。她八百多年前就已离开人世了。人去楼空，物是人非，何其凄楚！

不过，首联情虽挚，也还主要是言“村”，并非言“人”。下联，由“村”到“人”，才直面昭君。

可又奇怪的是，下联竟又未见诗人直陈昭君从生到长，到入宫，到出塞的一生经历，也未见言昭君如何貌美，如何具有高尚品格的巾帼英雄素质，而是一句生，一句死；一句“去”和“连”，一句“留”和“向”。却将昭君一生的经历、一生的悲苦，以及昭君的崇高品格、杰出的贡献等，都交代得清清楚楚，让人一览无余。岂不更见诗人高超的写作构思技巧！

“一去紫台连朔漠，独留青冢向黄昏。”

“紫台”即紫禁城，皇帝居住的地方。

“朔漠”，北方寒冷的沙漠，这里指匈奴。

皇帝居住的宫殿，何其豪华、阔绰！为何要“一去”不返（“一去”，隐嵌一去不返）？

匈奴，古时亦称胡。可当时为异国他邦，寒冷荒漠。又为何要与之相“连”？

两个“为何”，一个回答，那就是：昭君决意出塞和亲。“连”，相连，联姻，也有和亲意。

值得注意的是，在当时，这非凡举作完全是昭君自己的抉择（据史载，时，皇上答应和亲后，问宫中谁人出塞，无人答应。昭君经慎重考虑后，毅然挺身而出），并非他人勉强。

这抉择无疑包含着巨大的勇敢，甚至包含有因此而可能付出生命代价的损失。但是，基于国家、民族的需要，也是基于对当时形势的正确分析和把握，昭君还是做出了这义无反顾的抉择。自然，其中也不排除有不得君王宠幸的愤怒和对自己前途、利益的斟酌和思忖。但无论出于何种考虑，昭君的断举，在当时都是对国家民族，对当时社会有重大现实意义的壮举，是对我国历史发展有深远影响的正确抉择，自然也是昭君一生中最光辉的壮举。诗人仅用一“去”一“连”二字，便将这划时代的壮举了然于世，岂不也见诗人非凡的遣词炼句功夫！

下句还更见构思之妙。

“青冢”，青色的坟墓，这里指王昭君墓。其墓在今内蒙古自治区呼和浩特城南 20 里处的大黑河南岸。传说，塞外草白，独昭君墓草色青青，故云“青冢”。

上句是“去”，这句是“留”。一“去”一“留”。“去”是“一去”，虽一去不返，可还是“生”去；可这“留”呢？“留”是“独留”，又留下了什么？“青冢”。青冢累累。原来昭君已离开人世而去，岂不更悲！一“去”一“留”，原来也是“一生”“一死”，诗人构思，何其巧妙！

至于昭君的死，史载，那是在汉成帝鸿嘉元年（公元前 20 年）。昭君在番邦，按番邦习俗，经历两任婚姻（单于死后复嫁其新继位的单于），生育一子二女后，思乡思亲心切，终在抑郁中宛然逝去。时年仅三十二岁。

可“独留青冢”，又何以“向黄昏”呢？思亲思乡心切，恐就是这“向”的缘由。

又据史载，昭君出塞后，思汉之心弥炽。思父母、家人尤甚。曾致书元帝，流露归汉意。她在番邦写的《怨词》诗中，还有“高山峨峨，河水泱泱，父兮母兮，道且悠长”句，可见割舍不断的家园情怀。一个“向”字，便将这情怀深深地埋在了“青冢”中——身葬异邦，心向家园。昭君之心之志，何其崇高、伟岸！

至于“黄昏”，似也有汉家天下将日落西山之隐。“夕阳无限好，只是近黄昏”。

昭君远嫁番邦，生不能归不说，死也骨葬异邦，何其悲楚！

悲楚，让人怜惋；悲楚，更会使人沉思致悲之源。诗人自更有奇思和妙笔：

“画图省识春风面，环佩空归夜月魂。”

这是倒叙昭君出塞前的遭遇及其招致的悲惨结局。

据《西京杂记》：“元帝后宫既多，乃使画工图形，按图召幸。宫人皆赂画工。昭君自持其貌，独不与，乃恶图之，遂不得见。后匈奴来朝，求美人为阏氏（匈奴皇后号）。上以昭君行。及去召见，貌为后宫第一。帝悔之。而重信于外国，故不复更人。穷案其事，画工毛延寿弃市。”

上联前句，显言其实。

“春风面”，好理解。昭君国色天香，美压后宫，岂非春风面乎！

值得特别注意的是这个“省”字。

“省”，减省，省略。“省识”，那自然是不识和未识了。可何以不言不识和未识，而偏言“省识”呢？不识和未识给予人的意象和感觉就只有识和不识之别；而“省识”传递出的讯息，就不仅是识和不识，更多的恐还是识者的主观行为表现及其产生的结果了。

汉元帝不识昭君，源于“按图召幸”。按图召幸，识确“省”矣，可因此也就给图谋私利的画工毛延寿们以可乘之机，致造成像昭君这样的绝代美女都不能得到君王的宠幸，不得不远嫁番邦，以至“独留青冢”。昭君之悲，归根到底，罪在元帝。一个“省”字，何其有深意！

这还是“召幸”一类的事，如果推而广之，人们还不难想到，当时的汉王朝，已到了何等腐败地步：君主昏聩无道，毛延寿般的小人和佞臣当政，多少贤能俊杰之士被埋没，被扼杀，国事荒芜，民难聊生，岂不更令人怜悲！“省”字之用，更见深邃。

而对昭君言，“省识”则必导致“空归”。“省识春风面”，“空归夜月魂”，和上联相似，又是一句生，一句死。可较上两句，无论是生和死的时空外延抑或感情激越的内在浓度，都更具张力。先有“省识春风面”，才有“一去紫台连朔漠”；“独留青冢”，又何止“向黄昏”，更有“空归夜月魂”。魂魄月夜归来，昭君心向家国情，何其浓烈！

然尽管如此，仍难尽展昭君的忧愁和怨恨。

可敬可爱的昭君，你究竟能有几多忧，几多愁，几多怨，几多恨呢？

此时此刻，诗人就站在夔州白帝城上。他仰望南天，眺望那魂魄月夜归来的“尚有”村，祈能从中寻觅出更多的昭君的遗息。突然，他似乎听到一种幽幽呜呜声。这是什么声音？如此忧伤！仔细一听，原来是昭君在番宫弹奏的琵琶声。那昭君弹的又是什么曲调呢？诗人仔细辨别着，终于在曲调中发现了两个字：“怨”和“恨”。诗人明白了：原来昭君的一生，就始终笼罩在这忧愁怨恨中呀！

“千载琵琶作胡语，分明怨恨曲中论。”

“琵琶”本作“批把”，拨弦乐器。汉刘熙《释名·释乐器》：“批把本出于胡中，马上所鼓也。推手前为批，引手却曰把，像其鼓时，因以为名也。”

又据《琴操》：“昭君在匈奴，恨帝始不见遇，乃作怨思之歌。”后人同情昭君，又写了一些《昭君怨》、《明妃怨》之类的琵琶乐曲。致千载来，人们常把琵琶和昭君连在了一起。

上联显言从千载琵琶声中听出了昭君在番邦的忧愁怨恨情，益增对昭君的同情和怜悯。“曲中论”：“论”，议论，讲述。这里当为在曲中倾诉。

如前述，诗人《咏怀古迹》五首，均以古迹为引，缅怀古人，兼怀自己身世和眼前境遇。这诗尤见三怀于一诗。

诗人一生坎坷曲折。他和昭君一生有太多相似。同为人间极品（一为女中至美，一为文坛诗圣），同系君王“省识”者（一“画图省识春风面”，一“白首甘契阔”），同是天涯沦落人。时，诗人又值衰老暮年，为时势所迫，不得不远离故土，举家漂泊夔州。衰老，多病，漂泊，饥饿集于一身，自更感前途渺茫。大有“日落西山，气息奄奄，人命危浅，朝不保夕”之虑。路临昭君村，想起昭君一生的悲苦，感同身受，自会益增怜人怜己情。故有上作。

《咏怀古迹》其五，也是一首谒古迹、怀古人，有感于自己时运不济、壮志未酬的怀古作。和上诗不同的是，上诗基本是依实而咏，怀在咏中；而这诗的主体是议论。议中有咏，论中有怀，而且高屋建瓴，一气呵成，展示出了怀古诗更具理趣特色的风采。

诗如后。

诸葛大名垂宇宙，宗臣遗像肃清高。三分割据纡筹策，万古云霄一羽毛。伯仲之间见伊吕，指挥若定失萧曹。运移汉祚终难复，志决身歼军务劳！

显然这是一首谒诸葛武侯祠、颂诸葛武侯的怀古诗。

武侯祠，祠址在四川省成都市南郊，西晋末年十六国李雄在成都称王时建。

杜甫谒武侯祠非此一次。

早在安史乱尚未平定前（上元元年），诗人由甘肃天水、同谷一带，跋涉千里、流离成都时，便曾专门去武侯祠瞻仰过。并有名作《蜀相》问世。“出师未捷身先死，长使英雄泪满襟”，便是这名篇的尾联。从中可见诗人对武侯思念和崇敬之切，似也有盼武侯再世、平乱安邦之隐。

诗人所以再谒武侯祠，恐也和他当时的心情、心境有关。暮年多病，壮志未酬；既忧国事，又惭身境；仰慕先贤，遐思翩翩；祈启后世，出萃新人。种种情思，集于再谒，故有上宏浑议论的深沉怀古篇章。

“诸葛大名垂宇宙，宗臣遗像肃清高。”

和“群山万壑赴荆门”不同，这诗起句并无景物渲染，也无气氛烘托，完全是平语直起，却又大气磅礴，宏浑千古。

“诸葛大名”，惯常用语，何其平实！可紧接的三字：“垂宇宙”又气势磅礴无比。

上下左右谓之宇，古往今来谓之宙，时间、空间无所不“垂”（“垂”，垂世，垂范，名垂千古），岂非气势磅礴乎！

这还是未进祠前的“垂”。进得祠来，但见，一重臣（“宗臣”亦重臣，即为后世崇敬的贤臣）遗像，清高肃穆，陈于厅前，不由得尤令人肃然起敬。“肃清高”，将遗像之清高肃穆、瞻仰者的崇敬之情以及崇敬之举（肃然）融而为一，亦见用词之妙！

仅上一外一进，一个为世人所熟知的高大形象，便清晰地展现在读者面前，尤令人益增对被瞻仰者生平业绩之思。

至于武侯一生功勋业绩，诗人早在《蜀相》中已作了精辟而周全的概括。“三顾频烦天下计，两朝开济老臣心”。何其高屋建瓴而又准确周至呀！这里按说难有新的概述了。未料，下面，诗人却有更神奇妙笔。

“三分割据纡筹策，万古云霄一羽毛。”

历史上的三国时期，最大和最显著的特点，就是三分天下，三国鼎立。武侯的最杰出贡献，也就在于促成这三国鼎立局面的形成。无疑，这是极其宏浑的伟业，诸葛氏为其付出的辛劳和血汗，绝不是几句简单话语所能尽述的。可在上联中，却将这旋转乾坤的伟业描绘得非常便捷和轻松。“运筹帷幄之中，决胜千里之外”（“纡”，屈也。“筹策”，即言运筹帷幄、巧妙策划），简直就像在那茫茫太空，在那高高云霄之上，舞动一纤细羽毛，指挥千军万马，一步一步地达成了既定目标。多么神奇浪漫的壮举！之所以如此描绘，恐完全是为了凸显诸葛氏的非凡才智。也更见诗人对武侯的敬重。“三分”“羽毛”将诸葛氏的伟大历史功勋和杰出才华的歌颂融而为一，也见诗人善于一箭双雕的遣词炼句功夫。

“羽毛”，似也有羽扇纶巾隐——诸葛氏之惯常装束。

然而，诸葛氏毕竟是贤臣，并非君王。历朝历代，贤臣多多。诸葛氏在历代众多贤臣名相中，究享誉若何？人们会关注，诗人也会有独到视角。

“伯仲之间见伊吕，指挥若定失萧曹。”

“伊吕”，即伊尹和吕尚。伊尹，商初大臣，助汤灭夏桀有功；吕尚，即姜太公，辅佐周文王、武王灭商，屡建奇功。

“萧曹”，即萧何与曹参，均汉初大臣。二人在辅佐刘邦胜项羽、建汉朝乃至巩固政权方面确发挥过重要作用，有过重要贡献；但在指挥作战、驾驭全局方面，似无明显过人处。

诗人选择上四重臣和武侯比较，颇有讲究。

伊吕，古之改朝换代功臣，其历史功勋，史有定论。诗人言其和武侯功绩不相上下（“伯仲”指兄弟的次第，常用以喻兄弟。上联言不相上下），足见对武侯的看重。历史上对武侯的评价，似未见有过此者。

萧何、曹参为相，仅早武侯四百多年，更具可比性。应该说，二人在当时那些朝代的丞相中，也可谓佼佼者；但在作战指挥、稳操胜算方面，较之武侯，逊色得多（“失”，失色，亦逊色）。

诗人非历史学家，对历史人物言之凿凿，有褒有贬，难能可贵。

然，历史车轮不以人的意志为转移。杰出人物，哪怕智慧再超群，才华再出众，也不可能改变历史发展进程。诸葛氏也不例外。据史载，刘备死后，诸葛亮为报刘备知遇之恩，秉刘备遗愿，决心匡复汉室，曾多次率师伐魏，均未获成功。至蜀建兴十二年（234 年），终于五丈原（今陕西岐山东南）军中去世。年仅 53 岁。

面对武侯遗像，缅怀武侯生平业绩，想到武侯未竟之业，诗人不由得感慨系之：

“运移汉祚终难复，志决身歼军务劳。”

“祚”，皇位；国统。“汉祚”，即汉家皇位，汉家国统。

汉家皇位何以“终难复”？诗人将其归因于“运”：命运；运气——“运移”“难复”。反映了诗人的唯心世界观，似也有为武侯未能完成匡复大业开脱之隐。不过，武侯的“志决身歼军务劳”——牺牲在伐魏的军旅前线，也充分展示出了他在《前出师表》中宣示的“鞠躬尽瘁，死而后已”的崇高品德和精神，是值得万世为之放声讴歌的。

自然，如赏读此诗开始时言，诗人在对武侯的憾和叹的同时，似也有对自己一生和时下身处逆境的憾和叹之隐。壮志未酬日，暮年幕落时，哀叹时运不济，似也不失为一种聊可自慰和开脱的吟咏选择。可叹可悲！

（三）兴　　叹

这里的所谓兴叹，也是怀古而兴，慨古而叹。其实还是怀古作。只不过，下面要赏读的怀古诗，和上面赏读的怀古诗又不尽相同。上面赏读的怀古诗，不论是雄豪飘逸型的怀古（苏轼《念奴娇·水调歌头》），抑或咏史叙实型怀古（杜甫《咏怀古迹》其三），还是侧重议论言理型怀古（《咏怀古迹》其五），都离不开以历史的真实、以历史的大的轮廓和主要情节为吟咏依托，据实兴怀。这类怀古诗，似均应定格为史实型怀古。

可下面将要赏读的怀古作，虽也需以古人、古事、古迹为吟咏由头，为兴怀导引，但在历史的具体情节方面，在历史事件、历史人物的完整性、准确性及其发展演变过程等方面，似也可有更多的灵活性，有更宽松、更广阔的取舍空间。甚至可以如杜牧《赤壁》诗那样，可以凭借作者本人的主观意愿，凭借作者的奇思妙想，将本已为历史所定格、无可更改的事实，用某种魔幻手法，假设为另一种，甚至相反的结局，吟咏抒怀，谱成千古脍炙人口的绝唱。这类怀古作，似又可定格为兴叹型怀古作，或曰随感式怀古，以有别于史实型怀古作。下面不妨先赏杜诗。

折戟沉沙铁未销，自将磨洗认前朝。东风不与周郎便，铜雀春深锁二乔。

题为《赤壁》，无疑是赤壁怀古。只是，这赤壁怀古和前面赏读的苏轼的那首《念奴娇·赤壁怀古》，无论诗的思想内涵，还是诗的写作构思，抑或诗的写作技巧等方面，都大不相同。它既未放声讴歌那气势磅礴的赤壁大战于笔端，也未纵情赞咏那瞬间令曹操八十万大军、数百艘战船“樯橹灰飞烟灭”的“千古风流人物”；而是通过一偶然发现、经过“磨洗”、认出是东吴破曹的遗物——折戟，由此而引发出对战争结局及其后果的思考和慨叹。尤值得注意的是，就在这慨叹中，融入了诗人太多的思绪、太多的认识和理念。其中包括对战争胜负决定因素的认识，对历史人物的评判和褒贬，对自己一生怀才不遇的慨叹，对历史发展方向的重新审视和历史发展会受到一定历史条件制约等深刻哲理。而且有些认识，在当时还是破天荒的。此诗前未曾见过。如对曹操的肯定和赞誉，对赤壁战结局的质疑等。可以毫不夸张地说，此诗和苏诗《赤壁怀古》，虽思想内涵和写作风格大有不同，应该说都是咏怀赤壁的旷世杰作。此诗在某些方面似还更能发人以启迪。且赏原诗。

“折戟沉沙铁未销，自将磨洗认前朝。”

一埋在泥沙里、已被折断的兵器“戟”（“戟”，古代兵器，青铜制，戈、矛合一，既能直刺，又能横击。“折戟”，即已被折断的兵器），突然被发现。这兵器，虽锈迹斑斑，但其铁质部分尚未完全被销蚀掉。经过“磨洗”，认出原来是三国时期吴军破曹的遗物（赤壁怀古，“前朝”显言三国时期，戟为赤壁大战之遗物）。

多么富有历史印痕的遗物呀！遗物面世，自会引起人们对那历史时期、对那辉煌大战（赤壁大战）的回忆和关注，引发和引申出这样那样的思绪和思考。然而，这毕竟是很小的遗物呀，又能引发出怎样的波澜呢？令人想不到的是，在那思若泉涌、心如浩瀚沧海的诗人心中，在那妙笔生花的诗人笔下，这小小遗物，竟爆出了改写历史、旋转乾坤的神奇。

“东风不与周郎便，铜雀春深锁二乔”，便是这神奇吟咏的妙笔。

“东风”，在这里显指赤壁战用火攻凭借和依赖的东风。《吴志·周瑜传注》：“至战日，黄盖先取轻利舰十舫，载燥荻枯柴，灌以鱼膏。时东南风急，因以十舰举帆去北二里余，同时发火，火烈风猛，烧尽北船。”

“周郎”，即周瑜，赤壁战吴军的主帅。

“铜雀”，台名，台址邺州，今河北临漳县。曹操建，为暮年行乐处。上有楼，楼顶立有高五丈的铜雀，故名铜雀台。

“二乔”，即大乔、小乔，均东吴乔玄女，皆国色。大乔嫁吴国前君主孙策为妻，是现国君孙权的亲嫂嫂；小乔嫁周瑜为妻，现任吴军统帅夫人。

一个“不与……便”，三个字便将二乔“深锁”在铜雀台上——吴国前君主的妻子和吴军现统帅的夫人，均被曹操所俘，成了曹操的小妾，岂非赤壁战历史重写：吴胜曹败一变而为曹胜吴败乎。诗人旋转乾坤之笔，何其神奇而别致！

自然，这旋转乾坤笔，并非源自诗人的心血来潮和随心所欲，而有其独特的情致和思绪。其中也不乏军事和战争的辩证哲理。这是值得仔细揣摩和领悟的。

两句诗首先会引人遐思的，恐就是对战争胜负决定因素的认识。

决定战争胜负的根本因素是人不是物。这结论，从总的方面说，应是站得住脚的。但不能排除在一定历史、一定气候条件下，天时，地利，有时也能起到人和所不能起和起不到的作用。

赤壁战，以少胜多，以弱胜强，无疑是人，特别是人的智慧在起作用。但在决定用火攻后，有无风，特别是有无东风，也就成为能否夺取战争胜利的决定因素了。风助火势，方能圆致胜梦。

而风，空气流动之物象，“耳得之而为声，目遇之而成色，取之无禁，用之不竭”（苏轼《前赤壁赋》），按说也不存在与谁便和不与谁便的问题，可上联何以有“便”说？显非真“便”，而是假如和假设的“便”。“便”字背后，隐潜的其实是具有贬意的四个字：轻蔑嘲讽。轻蔑——赤壁之胜得于天助，并非周郎有什么超人才智；嘲讽——周郎胜曹，纯系侥幸成功。这和后来——苏诗《念奴娇·赤壁怀古》中，盛赞周瑜是“千古风流人物”，恰成反咏。

诗人何以轻“周”？恐和诗人自己有关。

诗人二十六岁进士及第又制策登科，授宏文馆校书郎。曾任黄、睦等州刺史，转司勋员外郎。他不但有经邦济世之才，且通晓军事政治。他对当时中央与藩镇、汉族与吐蕃的斗争形势了如指掌，并曾多次向朝廷提出过有益建议。诗人和周瑜非同时代人，但当忆及那个朝代的重大斗争时，对斗争双方的主帅和关键人物有这样那样的评议和认识，并不奇怪。诗人本身的超人才智，也注定他不会对乳臭未干的周瑜有特别的赞誉和推崇；而诸多对时局、对形势、对诸方将帅的独特见解和认识（如后述），又必会使他对东吴的这位大将存有这样那样的质疑，甚至产生某种偏颇成见。上述种种，都可能导致对周瑜的轻蔑和贬否，以及对大战获胜的游疑。

诗人对周瑜心存轻蔑，对曹操却推崇有加。他此前就曾对曹操整理出版的《孙子兵法》多有赞赏。在他的《自撰墓志铭》中，还特意提到曹公注十三篇。他所处的时代是唐后期多事之秋，而他的最高理想是要恢复唐帝国昔日的繁荣和昌盛。这种政治倾向，又使他对汉末时曹操决心统一中国的宏愿，会持肯定和赞许心态；而对三国鼎立局面的形成，持保留和怀疑态度。上两句恐就是诗人在上述心绪下，基于对汉末形势发展方向的认识而对赤壁大战发出的慨叹。说是“折戟”引发的慨叹，其实，是否真的有此遗物，也难定说。即使没有“折戟”，也还是可以设想一个什么别的遗物，作为兴怀的导引的。

然而，赤壁战胜负早在八百多年前已成定局。这结局无论如何是改变不了的。有趣的是，诗人竟巧出奇招，用魔幻般的“假设”手法，硬让东风“不与”，将赤壁战的胜负完全掉了个过：变周胜曹败为曹胜周败，真叫人哭笑不得！自然，这改变于战争实际结局无补，但作者对历史发展走向的态度，对战争双方的倾向性感情，也显而易见。

更有意味的是，在言及一旦曹胜吴败的后果时，上联还更见别致而有风趣。

不言社稷危亡，生民涂炭；也不言形势剧变，鼎足难存。却从天上掉下来了两个“林妹妹”——两美女，还让两美女出现在铜雀台上，岂不更叫人忍俊不禁！

有评者云：“孙氏霸业，系此一战。社稷生存、生民涂炭都不问，只恐被捉了二乔，可见措大不识好恶。”（宋·许酏《彦周诗话》）

还有云：“牧之绝句，远韵远神，然如《赤壁》诗，‘东风不与周郎便，铜雀春深锁二乔。’近轻薄少年语，而诗家盛称之，何也？”（清·沈德潜《清诗别裁集》）

笔者不以为然。笔者认为：

二美女身份非同一般。二美被俘，锁在铜雀楼上，最能彰显兵败之惨。较之罗列其他悲情惨景，都更具撼人心肺的魅力。以美女喻国家命运，也更具典型性。

如前赏读苏《赤壁怀古》中言，英雄美女，在世人心目中，从来是相映成辉的男女偶像。美女出场，也最能彰显英雄人物的风流倜傥。《赤壁怀古》中，用小乔彰显周瑜“雄姿英发”；这里用二乔隐衬“假如”

获胜的曹操，手法何其相似！笔者甚至揣测，《赤壁怀古》中的“小乔初嫁了”，还可能是从杜诗《赤壁》中获得的启迪。也更见作者对曹操的敬慕。

一小小遗物，竟想到600多年前那场大战，特别有感于“东风”对战争结局、对人的境遇的改变，恐也和诗人晚年在唐帝国国势日蹙而个人又怀才不遇有关。“草色人情相与闲，是非名利有无间”（杜牧《洛阳长句》）。历史英雄人物成名出彩，往往得于偶然的机遇。诗人自己早年虽英名朝野，由于种种原因，后来竟徒有才华而不得施展，岂无伤感！但他又相信，只要机遇降临，还会有作为的。“尘世难逢开口笑，菊花须插满头归。但将酩酊酬佳节，不用登临恨落辉”（《九日齐山登高》）。他等待机遇的到来。

战争，归根到底又和历史相连。历史发展的偶然，往往又源于历史的发展，要受一定历史和自然条件的制约。“东风”“与”与“不与”，“便”与“不便”，也昭示人们：对历史发展的可能性，要有多种准备，不能只有一种准备。只不过，这“东风”，恐主要不是自然风，更有人心背向和各方面条件是否成熟的“风”。天时，地利，人和，三者缺一不可。

一首好诗，给予人的启迪，往往是多方面的、多层面和多角度的。《赤壁》便是这样的好诗。

被时人将其和白居易并称“刘、白”的“诗豪”刘禹锡，也以擅长怀古吟咏称著。他的怀古作，最脍炙人口的也是兴叹随感型怀古。他的这种诗作，常常是以精心选择的景物为意象，用虚实相生、古今对应的手法，再现历史的沧桑，引导人们感悟朝代兴亡的哲理，感叹时世的衰微，思绪寥廓而深远，格调沉郁而苍凉，特别耐人咀嚼、回味。《金陵五题》、《西塞山怀古》等，便是他这类怀古作的代表，这里仅赏《五题》中其一、其二。

金陵五题　其　一

石头城

山围故国周遭在，潮打空城寂寞回。淮水东边旧时月，夜深还过女墙来。

石头城，即古楚金陵城。又名石首城，简称石城。地址在今江苏南京市清凉山。东汉建安十七年(212年)，孙权重筑改称石头城。今为南京市。

这里，地处长江下游。浩渺长江绕城西南折向东北。钟山屹立于东侧，幕府（山）绵亘于东北，覆舟、鸡鸣（均山）等蜿蜒于城阙；秦淮（河）形同玉带，从南到西，穿城过郊，莽莽苍苍，气象万千。相传诸葛亮至此，俯仰山川，叹曰："钟山龙盘，石头虎踞，乃率王之宅也。"此后便有"虎踞龙盘"誉。

这里，曾是六朝（吴、东晋、宋、齐、梁、陈）故都。时，殿阁楼所林立，车水马龙，声色繁盛。但自隋灭陈、唐高祖又将扬州都督府从金陵移扬州后，这里便成了古城荒草的莽莽世界，成了诗人墨客凭吊历史沧桑的浩叹场。上面这首《石头城》，便是一首叹金陵今昔，感朝代兴亡，讥时世衰微的杰作。

应该说，这也是较早的和最脍炙人口的一首咏叹金陵今昔的杰作。此前的金陵怀古作，似少广为流传，此后颇多金陵抒怀佳作。如王安石的《桂枝香·金陵怀古》，周邦彦的《西沙·金陵怀古》，还有元著名诗人萨都剌的《满江红·金陵怀古》等。但无论诗的意境之深远，抑或写作手法、意象组合的神奇幻化，还是诗中蕴含的深刻哲理等方面，似都不在刘诗之上，而且有的似还得刘诗启而作。

刘诗妙就妙在既未直接讴歌六朝故都的今昔巨变以慨叹，又未正面叙说金陵沧桑以抒怀，而是用古城"周遭"和上（天空）下（河流）左右之永恒见证物——山、水（“潮”）、月的不变（“周遭在”）与变、进（“潮打”）与退（“寂寞回”）、实与“空”（“空城”）、“旧”（“旧时月”）和今（今时月），魔术般地演绎出了一个关于历史沧桑，关于古城巨变，也是关于宇宙永恒的故事，启迪世人珍惜历史，接纳沧桑，豪旷永恒。

“山围故国周遭在，潮打空城寂寞回。”

诗起，一个莽莽苍苍、神奇变幻的沧桑世界，便在古和今、山和水、地理形胜和人文景观的巧妙结合中，展现在读者面前，令人神往。这便是宏浑千古的六朝故都金陵城阙。

群山环抱的古都（“故国”即六朝故都），作为历史的朝代，已经消亡了；但它的四周（“周遭”即四周，周围），四周的地理形胜，它那“虎踞龙盘”的雄姿，却依然没有改变，还是那样气势磅礴，雄浑无比。“国破山河在”（杜甫《春望》），朝代更迭，何尝不如此。

同样，那环绕周围的浩荡长江，也依然在汹涌奔流。你看，那滚滚的潮水，不是还在昼夜不停地冲打着这当年的故都吗？只不过，它哪里知道，这里早已是一座“空城”了。当年那金碧辉煌的殿阁富所，那笙歌燕舞、彻夜无眠的乐馆，那车水马龙、熙攘繁华的街巷，早已不知销声匿迹到哪里去了。潮水见此模样，万般无奈，只好又乖乖地退了回去。寂寞而无聊！

这哪里是在描摹古城风貌，完全是在演绎真实的历史！既是在演绎古城的过去——当年繁华的帝都风貌、帝都气势已一去不返；恐更是在演绎眼下唐皇朝的现实。

原来，诗人作此诗时，正值唐王朝趋衰日甚。朝中大臣争斗频激。“牛李党争”愈演愈烈，官宦专权如故。地方上，藩镇割据抬头，政局隐忧不断。此时的唐王朝，表面还是堂皇显赫的大唐帝国，实则矛盾重重，风光不再了。“空城”说，并非言过其实。

“故国”，“空城”，既是古城今昔的形象表述，也是唐王朝现状的真实写照。同词两用，一石二鸟，岂不更见诗人用词之妙。

誉诗人为“诗豪”的白居易，对上联，特别是“潮打”句非常赞赏。他说：“‘潮打空城寂寞回’，吾知后之诗人不复措词矣！”果然，后人在咏叹金陵今昔时，也多袭其意境。如周邦彦的《西沙·金陵怀古》，便有“怒涛寂寞打孤城”句；萨都剌的《满江红·金陵怀古》，也有“听夜深、寂寞打孤城、春潮急”句。刘氏之“潮打”、“空城”，词传千古。

那么，好端端的一个六朝故都，何以会变成一座“空城”呢？下面似更有深沉思绪。

“淮水东边旧时月，夜深还过女墙来。”

“淮水”，显言秦淮河。长江下游支流，在江苏西南部。东源句容县大茅山，南源溧水县东芦山，在秣陵关附近会合北流，经南京市区西入长江。全长 110 公里。

十里秦淮是古金陵最富特色的风光带。夫子庙又是十里秦淮最繁华的去处。“半个月亮爬上来”的文德桥，飞檐翘角的文庙、学宫、贡院组成的巍巍大观的建筑群；香君故居，乌衣巷，桃花渡，风格各异的“秦淮人家”；还有那青楼妓院，茶楼酒馆等。古秦淮，既是商贾云集的逐利场，又是士人、学子、诗人、墨客的游览胜地，还是公子哥们消遣享乐的游逸所。

此时，夜已深沉，皓月当空，游人正酣。可何以是“旧时月”呢？

李白《把酒问月》：“今人不见古时月，今月曾经照古人。”

又，《苏台览古》：“只今惟有西江月，曾照吴王宫里人。”

能够照见古人的月，岂非“旧时月”乎！何况，这月照见的古人，恐又非一般古人，而是那些曾在这里悠游享乐、豪华奢侈、不思进取，以至使六朝江山迅速走向灭亡的封建统治者。这月，自然是“旧时月”了。“旧时月”，六朝走向灭亡的见证。

更有深意的是，这月，如今越过了二百多年的时空隧道，在这夜阑人静之际，又从城的阳面转到了城的阴面（“女墙”应是墙的阴面。女为阴），从城外转到了城内，照在了和六朝濒临灭亡时那班只图享乐、不思进取的君臣们相似的今人身上，照在了不见繁华的“空城”躯壳上，岂不更见“旧时月”的阴影！“旧时月”，也是伤今怀古、吊古讽今的月呀！何等意味深长！

然而，如本书第一部分赏读杜甫《月夜》诗指出的，月是绕地球运行的天体，天上只有一轮明月，月是不存在有地区之别的。同理，月也不存在新、旧之别。那又何以会有“旧时月”说呢？显也如杜甫在《月夜》诗中赋予月以地区的空间属性一样，这里诗人又赋予月以历史和时间的属性。将朗照古城、古人、古事的月定格为“旧时月”，不但从感情氛围上加强和加重了人们对古城、古人、古事的认知，而且有助于引发人们对今时月朗照下的古城和在古城中那班只图享受、不思进取的今人们的鞭笞和遐思。“旧时月”之“旧”，思连今古。

同样，上联的山和水，也是思连今古，今古难分。山，水，月，三者都是古中有今，今中有古，又古又今，亦今亦古。说未变，其实都有变。不变中有变，变中有不变。真是神奇莫测，幻化无穷。从而将怀古情推上了极致。诗人巧弄古今变幻术，发古今之幽思，也真可谓是怀古神笔！

《金陵怀古》其二：《乌衣巷》，也是一首别致而极具深意的怀古佳作。较之《石头城》在某种意义上，似还更能给人以启迪。

其　二

乌衣巷

朱雀桥边野草花，乌衣巷口夕阳斜。旧时王谢堂前燕，飞入寻常百姓家。

乌衣巷，实是古金陵一街巷。在今南京市十里秦淮南面，朱雀桥附近。三国时，孙吴在此设兵营，军士皆穿黑衣，故有“乌衣巷”名。

东晋时，这里是王、谢等豪门贵族的住宅区。

王即王导，东晋开国元勋，也是东晋王朝权倾朝野的大臣。他的府第就在乌衣巷，足见乌衣巷之堂皇。

谢是谢安，淝水之战的统帅，挽东晋狂澜于既倒的人物。他的府第也在乌衣巷，岂不更见乌衣巷之气派。

与王、谢两大家族相连的，还有才女谢道韫，在中国文学史上占有重要地位的谢安的孙子谢灵运，谢灵运的族弟谢惠连、人称“小谢”的谢朓，书圣王羲之，王羲之之子、有“小圣”称的王献之。此外，还有著名诗人鲍照，编《昭明文选》的太子萧统，著《文心雕龙》的作者刘勰，以及数学家祖冲之，天文学家虞喜，医学家陶景宏等等，他们的住宅也都在乌衣巷，或和乌衣巷相连。

如此众多的重臣、名相、名家、巨匠都聚居在乌衣巷，乌衣巷昔日的繁华可想而知。可随着岁月的流逝，人事的变迁，朝代的更迭，这里便逐渐萧条下来。至刘禹锡时，这里则完全是另一番模样了，往昔风光不再。

曾几何时，沧桑巨变。诗人自无限感慨。更兼当时唐王朝已开始趋向衰落，而朝廷中的当权者又不图自振，成天痴迷于内部争斗和享乐。诗人想给他们敲个警钟，于是便有上作。是否还有对王、谢等东晋大臣的讥讽和对时代变迁的认可意，恐也不能排除。

“朱雀桥边野草花，乌衣巷口夕阳斜。”

首联便见乌衣巷之衰落。

“朱雀桥”，又名朱雀航，实是秦淮河上一浮桥。东晋建。旧日桥上装饰有两只铜雀的重楼，便是谢安所建。桥对面为朱雀门，桥以门名。

还有朱雀街。从金陵城中心去乌衣巷，必先过朱雀桥，故诗先有“朱雀桥”句。

“野草花”，“夕阳斜”，并非分言二处之实景，而是综抒诗人心中伤感乌衣巷之衰落。否则，相近二处，也绝不会一处“野草花”而另一处“夕阳斜”。况该组诗《引》中有言：“余少为江南客，而未游秣陵（秣陵即金陵，秦始皇三十七年改金陵为秣陵）”，诗人此前未游金陵，怎么会有纯实写景之叙呢？

“野草无言自作花，夕阳惨淡渐倾斜。”

“野草花”，恐也非言野草如花，而言荒草丛生、杂乱如花。是衰颓景。

“夕阳斜”，一个“斜”字，则更见日落西山愈来愈接近地平线之“落”，奄奄然几不见其光。

乌衣巷之衰，二词语可见。

然，乌衣巷之落，恐又非上景观所能尽展。诗人眼中自更有奇观。

“旧时王谢堂前燕，飞入寻常百姓家。”

“旧时”，又不禁使人会想起上诗《石头城》中的“旧时月”。不过，这里不是“月”，而是“燕”——“旧时王谢堂前燕”。

据考，旧时王、谢堂前确有书写“来燕”二字的匾额于其上。由匾额想到旧燕归来，当也并非唐突。

可值得思忖的是：燕非月。

月是绕地球运行的天体，无新、旧之别，可燕是动物，动物是有生命年限的。

王、谢所处世代是东晋，距诗人作上诗的时间，早四百多年。小小飞燕，是无论如何活不了这长时间的。怎么还会有旧燕归来呢？而且还“飞入”了“寻常百姓家”，岂非天大怪事！显然，旧燕归来和“飞入”说，和上联的“野草”、“夕阳”相似，也非实景，而是诗人为抒发心中之情，着眼于燕子作为候鸟有栖息旧巢之习，经精心构思而成的一个文学意象和文学情节。而这也是诗人大家们常用的抒情手法。

不过，尤值得注意的是，两句明显与实情实况不甚切合的诗，千百年来却一直为人们所痴爱，朗朗然不绝于口。而且愈吟愈觉得韵味深长，余意、余音不绝。何也？笔者寻思，诗人高超的艺术手法——浓古今时空于一燕；模世代燕际于一巢；集候燕习性于恋旧等，固是诗脍炙人口的原因。但更重要的，恐还是两句诗所揭示的深刻思想内涵，给予人丰富而深远的启迪，具有撼人心智的魅力。其深刻思想内涵的魅力所在，笔者感悟，似又主要有三：

一曰人世沧桑之灼见。

四百多个春秋融于一燕，本身就见光阴流逝之速和人世沧桑之巨。尤值得注意的是，这燕还非一般燕和平常人家的燕，而是“王谢堂前”燕，而“飞入”的又是“寻常百姓家”。“王谢”，名门望族，权贵的象征；“王谢”居住地，繁华的所在；“王谢”作为东晋的名门望族，也可谓是东晋那个朝廷的代表。“王谢堂前燕”“飞入寻常百姓家”，权贵覆亡，繁华不再，朝代更迭，岂不更见沧桑巨变。毛泽东有名句，“人间正道是沧桑”。如此沧桑巨变，人间正道何其浩荡！诗人之叹，何其张扬！

二曰权贵衰亡之颂歌。

诗人出身匈奴后裔，性本傲戾。步入政坛后，目睹朝廷腐败，忧愤尤加。曾和柳宗元一道辅王叔文执政，试图革新敝制。失败后被贬朗州（今湖南常德），九年后被召回京都，又因玄都观题诗触犯执政者而被再贬连州（今广东连县），继为夔州、和州刺史。长期贬谪生涯，使他对朝中权贵有一种本能的厌恶和反感，他的许多讽刺诗就都是这种反感情怀的自然流露，《乌衣巷》便是这样一种意在讽刺的诗。既讽朝廷又讽权贵，既讽古又讽今，一石多鸟。说似讽，其实也是颂。颂朝代和权贵的灭亡，岂不是更火辣的讽。“飞入”吟，是讽歌，也是颂歌——权贵衰亡之颂歌。

三曰时代潮流之认可。

感历史沧桑，伤人世无常，讽权贵灭亡，诗坛上感叹抒怀作颇多，可也少见有旧燕归来和“飞入”吟咏。即便旧燕归来，也不见得就“飞入寻常百姓家”。“飞入寻常百姓家”，自更有深意在焉。

诗人是我国唐代著名的朴素唯物的思想家，他对黎民百姓会有朴素的同情和望好的希冀，对人类社会的发展和潮流，也会有比常人更为清醒的认知。“飞入寻常百姓家”，便见对黎民百姓的倚重，对时代潮流的认可。这是尤为可贵的，是《乌衣巷》这诗的灵魂和精髓所在。恐也是千百年来人们赏读这诗特别是后两句时愈吟愈觉韵味深长的重要原因。好一首韵味无穷的怀古作！

七、人生纵横咏和生活理趣吟

人生，每个活在世上的人的生命历程和为之奋斗的经历，也是现实世界最神奇、最富活力的客观存在。

人生的“理”，平实而虚幻，丰厚而深沉，有如包罗万象的“天书”，无论怎么读，也难穷其尽。

古诗词中的“人生”，既有平实年华的慨叹和讴歌，又有曲折复杂人生的婉委吟咏；既有见于大量诗词歌赋中有关人生吟咏的锦语和理句，也有专门讴歌吟咏人生的绝唱和佳作。而所有这些，又皆源于诗人对自己和他人人生经历的真切而深情的认知和感悟。

苏轼，在古诗人中，可谓是最具曲折复杂经历者之一了。他初入仕途，便卷进诡谲激越的政治漩涡。在长达四十年的政治生涯中，始终灾祸不离身。被一贬再贬，谪贬地竟多达十余处。杭州（两次）、密州、徐州、湖州、黄州、定州、惠州、儋州等，贬地愈来愈偏僻，处境愈来愈险恶。尤令人气愤的是，他还曾被奸佞者们以莫须有诗句逻辑的罪名，被捕入狱，残酷磨折，几近丧命。曲折复杂的经历，使他对人生的严峻现实有更清楚、更全面、更深刻的认识，以至在他的许多诗词中，皆可见深沉而深刻的人生浩叹。有昂扬奋发、积极进取的人生佳篇和佳作，也有惆怅、迷茫、凄凉、无奈的人生吟咏，但更多的则是旷达飘逸情怀在人生吟咏中纵横流淌。

“人生到处知何似，恰似飞鸿踏雪泥；泥上偶然留指爪，鸿飞那复计东西。”（《和子由渑池怀旧》）

这是诗人初入政坛、尚未遭受更大挫折时的人生吟咏。那自比飞鸿、决心展翅高翔、誓铸人生辉煌的雄心和壮志；那不“计东西”、不图回报、一心进取的坦荡胸襟和品格；那莫忘“崎岖”、不畏艰险、勇于奋斗的顽强意志和精神，融于一诗，不啻是人生起步的宣言书。诗人的一生，文坛上的辉煌，政坛上虽备受摧残，仍屡创杰出业绩，当和这起步宣言中张扬的人生理念不可分。

“谁道人生无再少？门前流水尚能西，休将白发唱黄鸡。”（《浣溪沙》，游蕲水清泉寺，寺临兰溪，溪水西流）

这是诗人遭受重大打击、经过一段痛苦调整后，重又燃起生活希望时发出的慨叹，表现了一个具有积极人生观的顽强者在逆境面前不甘萎靡的昂扬向上精神。这恐也是诗人一生中备受磨难而不衰，始终保持乐观进取精神的原因所在。

不过，在另一些诗词中却又见诗人对人生的另一种慨叹：

“世事一场大梦，人生几度新凉？”（《西江月》）

“休言万事转头空，未转头时皆梦。”（《西江月》平山堂）

“万事到头都是梦，休休。明日黄花蝶也愁。”（《南乡子》重九涵辉楼呈徐君猷）

梦幻，迷茫，忧伤，凄冷。这是诗人惨遭祸殃、短时内尚未获得解脱时的慨叹。

然而，诗人又是融佛、道、儒三家思想于一身的旷达者，素襟怀豁朗。不以得喜，不以失悲。即便遇到最严峻的现实，甚或遭受到最不能容忍的灾祸，也会处变而不惊，遇难而不馁。通过自我调整，求得坦然自若以应对。是以在他的有关人生吟咏中，旷达飘逸情怀，又是其最能荡人胸怀、启人心志的情韵。

（一）苏轼《满庭芳》

下面要赏读的这首《满庭芳》，便是一首豪旷飘逸情怀尽展、倔强狂放情致独具且极富哲理的人生佳作。词的背景是诗人宦坛为官时经历复杂斗争而引发的思绪和思考。词如后：

> 蜗角虚名，蝇头微利。算来着甚干忙。事皆前定，谁弱又谁强。且趁闲身未老，须放我、些子疏狂。百年里，浑教是醉，三万六千场。
>
> 思量能几许？忧愁风雨，一半相妨。又何须抵死，说短论长。幸对清风皓月，苔茵展、云幕高张。江南好，千钟美酒，一曲《满庭芳》。

功名利禄，自古至今，从来是人们特别是步入仕途的文人学士们孜孜追求的目标，自然也会是人生吟咏的热点和焦点。上词从名利起，足见诗人对这命题的关注和重视。可奇怪的是，起笔三句：“蜗角虚名，蝇头微利。算来着甚干忙。”似又不见对名利的特别关注和孜孜追求之情，而是轻蔑和不屑一顾之语，何也？个中自有原因。

“蜗角”，即蜗牛角，比喻极微小的境地。《庄子·则阳》：“有国于蜗之左角者，曰触氏；有国于蜗之右角者，曰蛮氏。时相与争地而战。”

“蝇头”，即蚊蝇头，极言细小的事物。常用以指小楷字或小的财力。

如此不起眼的名和利，自无追求的必要。

“着甚干忙”，“干忙”，即徒劳、白忙。

不过，需指出的是，这里，诗人所谓的“虚名”和“微利”，恐又非日常生活和一般意义上的名和利，而是另有所指。另指者何？似又和诗人写作此词时的境遇有关。

该词究作于何时？有释者言，词成于诗人蒙“乌台诗案”贬黄州后。可“乌台诗案”，诗人系蒙冤入狱，经残酷折磨，几近丧命。其损失之巨，显非“虚名”“微利”所能涵括，更不存在不要“着甚干忙”了。上说似欠确妥。

笔者联系有关情况和诗人相关诗作分析，认为，词应为“乌台诗案”前诗人被贬杭、密、徐等州任上作。

此前，诗人在京都皇帝身边为官。王安石变法，诗人作为反对派，自难容于朝而不得不主动请求外放，由杭而密而徐。

由京官贬州官，由皇帝身边近臣外放州府挂职，且一放再放，其名利得失之损可想而知。这要放在一般人身上，断难隐忍。可诗人襟怀寥廓，断不会憾然难以释怀。在他看来，这并非什么了不得的损失。在他眼里，这损失的名和利，简直就像《庄子·则阳》故事中那个触氏和蛮氏相争能够得到的地（利）一样，即便争到手，也是“蜗角虚名”，“蝇头微利”，无多大意义。思前想后，必会由衷彻悟：何必为这些“虚”“微”之类的东西争来争去，徒劳白忙呢？太不值得了。

词起的三句，恐就是上述这种旷达名利观在诗人当时思想上，在看待和对待外放损失问题上的形象表述。这表述其实也是一种自我排遣、自我解脱的安慰。

自然，也不难看出，这旷达中也包含有对朝廷、对当权者，包括对当时的最高统治者神宗皇帝，对他一放再放的不满和愤懑。

愤懑和不满，何止在名利上，恐更在此前在京都为官时的政争上。如前述，诗人是王安石变法的反对派。但他并非完全反对变法，而是反对王安石变法的做法。他曾多次上书，坦陈与王做法的分歧。神宗皇帝开始也颇赏识他的主张，但后来还是支持了王的做法。诗人主动要求外放，便是政争初告失败后的规避措举。诗人对名利得失是旷达为怀的，但对政争是非是不会贸然认输的。

“事皆前定，谁弱又谁强。”

“事”，主要非名利事，而是政争事。“前定”恐也非前世注定，而言事出有因。形势的演进，力量的对比，特别是最高（皇帝）天平的倾斜，是政争胜败不可抗拒的因素，非个人能力强弱所能决定。

《老子》第三十六章，有“柔弱胜刚强”句。第七十八章，还有“天下莫柔弱于水，而攻坚强者莫之能胜”。第八章还有“水善利万物而不争……唯不争，故无尤”语。

“谁弱又谁强”，恐就是老子上言的这种强弱辩证思维在诗人当时头脑里、对政争胜负的认真思考后作出的回答和发出的愤语：暂时的失败，并非真弱；弱能胜强，失败可以转化为胜利。诗人的这种信念，恐也是他当时之所主动请求外放的原因：暂避其锋芒，等待时机，再东山再起。

诗人原来估计，形势会很快发生变化。未料，自己被一放再放，而形势仍不见改观。诗人实在不愿意再过这种总是受制于人、总是任人拨遣的生活了，他要冲破牢笼的篱藩和枷锁，寻求自由放达和人生超越的空间。

“且趁闲身未老，须放我、些子疏狂。”

“闲身”，诗人长期外放，不能直接为君王效力，故云“闲身”。也有自我调侃和牢骚不满意。时，诗人年约不惑，故云“未老”。

“些子疏狂”，“些子”，少许，一点儿；“疏狂”，疏松而狂放，纵情任性或放浪形骸貌。

诗人终于发出了不甘压抑、迫切要求生命舒展的呼喊。这是他在长期外放中，不得伸展，而又看不到光明、看不到希望的压抑中迸发出的呼喊，是极其激越而苍凉的。

此时，诗人似又不由得想起了前朝与自己有相似境遇的大诗人李白初入长安前的一桩往事和他当时写的一首醉歌。

那是李出蜀后、路游湖北襄阳时。

时，以举贤称著的韩朝宗正在襄阳任荆州长史兼东道采访史。李为顺利进入仕途，便毅然前往拜谒求官，未料竟遭冷遇。李出，便愤作醉歌：《襄阳歌》。就在这歌里，大诗人以前朝（晋）镇守襄阳的征南将军山简（“竹林七贤”山涛之子）嗜酒的故事为吟咏张体，极展狂放不羁之情。扬言：“百年三万六千日，一日须饮三百杯”。豪雄狂放之情，难以言表。

诗人此时显已沉浸在大诗人的豪旷情怀中，面对眼前时势和自身处境，他决心，也要像大诗人那样：狂放不羁。

“百年里，浑教是醉，三万六千场。”何其旷荡！“浑”，全，满。

然而，真正的旷达，恐还不仅是个性的“疏狂”，更有襟怀的寥廓和宽广。

将有限的人生融入广袤的大自然中去，融入永恒的宇宙乾坤中去，化有限为无限，化短暂为永恒，方能更展旷达情怀之风采。词下片便更见这种情感的升华。

“思量能几许？忧愁风雨，一半相妨，又何须抵死，说短论长。”

李白《春夜宴桃李园序》：“浮生若梦，为欢几何？”

“能几许”，诗人“思量”后发出的感叹，岂不更见人生有限理性思考的无可辩驳。况，诗人从切身体验中，还真切感悟到，在这有限的人生中，还有一半时间是在风雨中度过，要承受来自社会各个方面的阻力和羁绊的困扰（“相妨”即相干扰，亦即困扰），岂不更见有限中的有限，暂短中的多艰。面对这有限和多艰，生活在其中的人，又当如何呢？耿耿于怀，斤斤计较，“说短论长”，恐都与“有限”和“短暂”不相匹配；相对应、相匹配的，应是豁达，宽容，化解。

“抵死”，总是，老是意。

“何须抵死，说短论长”，其真实思想内涵，恐就是要冰释前嫌，化解矛盾。这恐也是诗人当时的真实思想，就是要化解此前政争之矛盾。

据史载，苏轼在杭、密、徐州任上，在执行新法实践中，有时也能感到新法能“因法以便民，民赖以安”，对新法的抗拒也就不那么激烈了，有化解政争矛盾的意向。据此也可推断，词当作于“乌台案”前。“乌台案”后短时间内，似不会有上述如此豁达的用语。

“幸对清风皓月，苔茵展、云幕高张。”

一个“幸”字，便将有限而短暂的人生，和广袤的大自然，以及永恒的宇宙乾坤，紧密连在一起了，推出了一个更加美好、空旷的世界。看——

在那清风习习的拂煦中，在那明月朗朗的映照下，一个翠绿如茵的辽阔原野，展现在人们面前——“苔茵展”，何等沁人心肺！

在那浩渺长空，“云幕高张”，大地空旷无比，岂不更令人心胸寥廓！

面对此情此景，置身其中的人，还有什么忧愁怨恨不值得抛弃，又有什么了不得的恩仇争斗不能化为乌有呢？

“江南好，千钟美酒，一曲《满庭芳》。”

“满庭芳”，词牌名。因唐吾融“满庭芳草易黄昏”而名，又名《锁阳台》、《满庭香》、《潇湘夜雨》，有平、仄韵二体。此指上作。

美丽的江南（杭、密、徐州，均可言江南），风光无限。诗人陶醉其中，情愈浓，饮愈狂（“千钟美酒”）、诗愈挚，酒助诗兴，一气呵成了这首极具理性风采的人生旷达之歌，也是诗人在豪雄旷达人生道路上决心攀登高峰的展示。

然而，令人遗憾的是，“高峰”竟与诗人无缘，等待他的是人生的“低谷”。就在由徐州调任湖州（今浙江吴兴）知府途中，一个更大的、骇人听闻的灾难——“乌台诗案”降临到他头上，使他蒙冤被残酷折磨达五月之久，几近丧命。

自然，这是上词后的事。上词后的人生，在诗人后来许多诗词中有更多、更旷达，顽强和不甘沉沦、不甘泯灭的人生吟咏。然仅就上词言，一个旷达、倔强、狂放的人生，便在如何对待功名和利禄；如何对待斗争失利、受挫、冤枉和曲折；如何勇于冲破牢笼、篱藩和枷锁、寻求自由放达的人生超越路；以及如何宽容、豁达，积极化解前嫌、矛盾和宿怨；如何想方设法，奋力开阔心怀和胸襟，寻觅新的人生攀登空间等一系列问题上，展示了独特的人生追求、境界和风采。不啻为一部旷达人生的完美教科书。

李白、杜甫等许多伟大、杰出诗人，也皆坎坷曲折人生的亲历者。他们的许多诗词中，也多精辟、别致、深刻的人生锦语、理语和警句，对世人颇具启人心智的教益。如李白的“人生得意须尽欢，莫使金樽空对月。天生我才必有用，千金散尽还复来”（《将进酒》），“行路难，行路难，多歧路，今安在？长风破浪会有时，直挂云帆济沧海”（《行路难》）“与君论心握君手，荣辱于余亦何有，达亦不足贵，穷亦不足悲”（《答王十二寒夜独酌有怀》等。碍于篇幅，恕不一一例述。

值得注意的是，在古往今来不可胜数的人生吟咏中，由于历史、时代背景和诗人自身遭遇等多方面原因，尽管有不少是如梦如幻、如痴如迷、凄凉无奈，甚至是消极颓衰的人生憾言；但更多的还是积极进取、昂扬向上、催人奋进的人生壮语。如果将这些具有正能量和积极教育意义的锦语、理句汇于一处，那也不啻为一部昂扬奋进的人生教科书，值得常读常吟。这里特择要者分录于后，以聊赏人生奥秘于人生纵横吟中。

“鸿鹄高飞，一举千里；羽翼已就，横绝四海。”（汉·刘邦《鸿鹄歌》）

“丈夫志，当景盛，耻疏闲。”（宋·苏舜钦《水调歌头》）“景盛”，光明盛大；“疏闲”，疏懒闲散，喻无大志。

“老骥伏枥，志在千里，烈士暮年，壮志不已。”（魏·曹操《步出夏门行·龟虽寿》）

“老当益壮，宁移白首之心；穷且益坚，不坠青云之志。”（唐·王勃《秋日登洪府滕王阁饯别序》）

“安得倚天剑，跨海斩长鲸。”（李白《临江王节士歌》）

“生当作人杰，死亦为鬼雄。”（宋·李清照《乌江》）

“道男儿到死心如铁。看试手，补天裂。”（宋·辛弃疾《水调歌头·寿赵漕介庵》）

志，人生之坐标，也是雄豪人生之首要。人生当立志，志当存高远；人生无向，志无止境。

“人生寄一世，奄忽若飚尘。何不策高足，先据要路津！无为守贫贱，轗轲常苦辛。”（《古诗十九首》其四）“飚尘”，狂风刮起的尘土，一卷而过，喻极其短促；“高足”，长腿快跑，指快马；“要路津”，喻重要官职；“轗轲”，同坎坷。

“铁肩担道义，辣手著文章。”（明·杨继盛《大明湖铁公祠楹联》）：以钢铁般臂膀，担当社会道义；以辛辣手笔，著济世文章。

“仁者之勇，雷霆不移。”（苏轼《祭堂兄子正文》）

“犯其至难而图其至远。”（苏轼《思治论》）“犯”，冲破；“至难”，最大的难；“至远”，最远大的目标。

“路漫漫其修远兮，吾将上下而求索。”（屈原《离骚》）

“咬定青山不放松，立根原在破岩中。千磨万击还坚劲，任尔东西南北风。”（清·郑燮《题竹石》）

勇于担当，甘当重任，成就人生辉煌之阶梯，也是豪雄人生之柱石。坚强，坚韧，坚贞，勇于担当的必备素质和品格。

“人而无信，不知其可也。”（《论语·为政》载孔子语）

“三杯吐然诺，五岳倒为轻。”（李白《侠客行》）

“不义而富且贵，于我如浮云。”（《论语·述而》载孔子语）

“宁可玉碎，不可瓦全。”（《北齐书·元景安传》）

“安能摧眉折腰事权贵，使我不得开心颜。”（李白《梦游天姥吟留别》）

“粉身碎骨都不怕，要留清白在人间。”（明·于谦《咏石灰》）

重诚信，重操守，重声誉，高尚人生之珠宝，也是成就光辉人生不可或缺的重要条件。

“天地有正气，杂然赋流形。上则为河岳，下则为日星，于人曰浩然，沛乎塞苍冥。”（宋·文天祥《正气歌》）又，《孟子·公孙丑》：“我善养吾浩然之气。”

“泰山崩于前而色不变。”（宋·苏洵《心术》）

“心旷神怡，宠辱皆忘。”（宋·范仲淹《岳阳楼记》）

“不知尽挽银河水，洗得平生习气无？”（宋·陆游《说梦》）

“利名竭，是非绝，红尘不向门前惹。”（元·马致远《双调夜行船·秋思》）

“人生自古谁无死，留取丹心照汗青。”（宋·天文祥《过零丁洋》）

“我自横刀向天笑，去留肝胆两昆仑。”（民国·谭嗣同《狱中题壁》）

扬正气，除杂念，无畏惧，人生辉煌之高境界，也是成就光辉人生必须攀登的制高点。

“识时务者为俊杰，昧先几者非明哲。”（清·程允升《幼学琼林·人事》）“俊杰”，才能出众；“昧”不明；“先几”，事物征兆；“明哲”，明智。

“天下难事，必作于易；天下大事，必作于细。”（《老子》63 章）

“既知退而知进兮，亦能刚而能柔。”（唐·杨炯《祭汾阳公文》）

“有所取必有所舍，有所禁必有所宽。”（宋·苏轼《策划第十》）

“势不可使尽，福不可享尽，便宜不可占尽，聪明不可用尽。”（《警世通言·王安石三难苏学士》）

“靡不有初，鲜克有终。”（《诗经·大雅·荡》）

善谋略，巧机断，慎始终，留余地，人生处世谋事之诀窍，也是光辉人生得以变为现实的策略和保证。

“天下不如意，怕十居七八。”（《晋书·羊祜传》）

“人生世上风波险，一日风波十二时。”（《金瓶梅词话》第 76 回）

“大道如青天，我独不得出。”（李白《行路难》）

“地虽生尔材，天不与尔时。”（唐·白居易《喻意诗五首》）

“青山缭绕疑无路，忽见中帆隐映来。”（宋·王安石《江上》）

“菰蒲深处疑无路，忽有人家笑语声。”（宋·秦观《秋日》二首）

“长风破浪会有时，直挂云帆济沧海。”（李白《行路难》其二）

人生多艰，道路曲折，前途光明。信心，人生永恒之歌。

人生，人的一生——包罗万象的生命历程。喜怒哀乐，功名利禄，成败得失，是非曲直，勤奋怠惰等，无疑是其中之要者。“要”中有理，据理吟咏，人生纵横吟之著。然而，具体到个体人说，人生内涵，又常常更多地展现在年、月、日乃至时、分、秒的日常生活中；展现在一生中随时随地都会遇到的这样那样的情况、问题和事件中；展现在日常生活所必需的衣、食、住、行、读、乐中；展现在一言一行、一举一动、一思一念的隙小行为中。值得注意的是，在这不为人所经心的日常生活中，也有诸多各式各样的“理”于其中。敏锐的诗人，既善于从重大历史和现实题材中，从人生、人世之大处，从众人关心和关注的重大问题和事件中，发现和发掘出蕴藏其中的足以启人心智的“理”，吟成脍炙人口的宏浑巨作，令人振聋发聩；也善于从人们随时随地都会遇到和见到、无时无刻不在亲身经历的日常生活琐事中，探觅出隐嵌在其中的能够发人深省的“理”，吟成理趣和谐的篇章，让人交口赞绝。下面不妨从两位杰出诗人的几首生活琐事的吟咏中，聊赏生活理趣吟的风采。

（二）陶渊明《庚戌岁九月中于西田获早稻》

人生归有道，衣食固其端。孰是都不营，而以求自安？开春理常业，岁功聊可观。晨出肆微勤，日入负耒还。山中饶霜露，风气亦先寒。田家岂不苦？弗获辞此难。四体诚乃疲，庶无异患干。盥濯息檐下，斗酒散襟颜。遥遥沮溺心，千载乃相关。但愿长如此，躬耕非所叹。

这是诗人辞官归田后吟咏田园生活之作。

诗人归田后，田园生活丰富而多彩。田园生活中一些寻常小事，诸如劳作、耕种、收获、会客、访友、和老农交谈等，莫不有精彩吟咏。

其中许多吟咏皆理趣浑然。上面这首咏早稻获收作，尤富深刻人生哲理。故赏之。

“人生归有道，衣食固其端。”

诗起便见恢言宏论。

“归”，归向，回归；“人生归”即人生归向。犹言人的一生。

“道”，道路。这里指法则、规律。“人生归有道”，即言人生有一定的生存之道，一定的生存法则和规律。

那又是什么规律呢？诗人坦言：

“衣食固其端。”

“衣食”，自然是指穿衣、吃饭了。

“固”，从来，本是；“端”，源端。

上显言，穿衣、吃饭，从来就是人得以生存、生长的源端呀！舍此，人便不能存活，不能生存，更不能成长。

《汉书·郦食其传》：“民以食为先。”

《三国志·魏书·华歆传》：“为国者以民为基，民以食为本。”

上面的源端说，较之《汉书》和《魏书》的“先”、“本”说，似更实白，也更能发人劳作求生之悟。下面则更见这种认知的毋容置疑。

“孰是都不营，而以求自安？”

“孰”，谁，哪个，这里也有难道意。

“营”，营生，经营；“不营”，即不去经营或不经营。

难道连这个（指穿衣、吃饭）让人生存、存活的事都不去经营，还能求得心安自得吗？

反问，是诗人对自己的鞭策，也是对“不营”者的鞭笞。在当时社会，作为士大夫的诗人，能有这种认识，应该说，是非常可贵的。

尤可贵的是，这认识还非空穴中来，而来自艰苦的田园劳动中。这就更令人信服了。请看下面这有趣的田园劳作图：

“开春理常业，岁功聊可观。”

神奇的春天到了。春种秋收，田园劳作也应时揭开序幕。

“常业”，即日常业务。这里指田园劳作。诗人视耕种为日常业务，这在当时社会，也是颇具卓见的。

“岁功”，一年的收获。收获虽微，但是诗人亲自劳作所得，岂能不倍感愉悦。“聊可观”，诗人获收后喜悦心情的自然流露，既准确，又贴切。

自然，这喜悦也不是没有付出的。

“晨出肆微勤，日入负耒还。”

这不禁使人想起我国古时最早的歌曲——先秦民谣《击壤歌》：“日出而作，日入而息。凿井而饮，耕田而食。帝力于我何有哉?”

这民谣歌颂的是上古尧时的太平盛世，人们过着无忧无虑的生活：太阳出来就开始干活，日头落山就回家休息；开凿井泉就有水饮，耕种田地就有饭吃。这是典型的农耕时代劳动人民自食其力生活的真实写照。诗人显是非常憧憬上古时代劳动人民这种自由自在、自食其力的生活。他的弃官归隐，恐也是这憧憬导致的必然归宿。

至于歌谣尾句的“帝”，历来有两种解释。一言君王，一言天帝。无论是君王还是天帝，其深意恐都在于，一切靠自食其力，神仙、皇帝都于我无补，不要受制于他们。这和诗人当时毅然弃官归隐、乐于躬耕田园的心思也是相吻合的。

躬耕田园，自然离不开荷锄负犁（“耒”，耒耜，农具的总称。“负耒”，即言荷锄负犁），早出晚归，风餐露宿。苦累多多，可再苦再累，也不能因此就辞去和摆脱（“弗”，不能；“辞”，辞去、摆脱）这践行人生之道所必定会有的艰辛呀！此中道理，是不言而喻的。

不过，有苦必有乐，这才是辩证法。田园劳作尤如此。

“四体诚乃疲，庶无异患干。盥濯息檐下，斗酒散襟颜。”

四体“疲”，田园劳作后之必然体征，也是劳作应有之义。

“异患干”，使人又不由得想起诗人那“不为五斗米折腰”和“归去来”的缘由。“异患”，意外的祸患；“干”，犯。

这是“误落尘网中”经常会遇到和时刻需要提心吊胆的问题。归田后，“庶几”（几乎，或可）安全和安心得多。这较之四体“疲”，又是多么值得庆幸的事呀！

“盥濯息檐下，斗酒散襟颜。”则更见那劳作后的悠然自得。

在那“榆柳荫后檐，桃李罗堂前”（《归田园居》其一）的草屋前，一张桌，一壶酒，或“盥濯”（即洗涤），或憩息，或谈笑，或沉思，披襟敞怀，无拘无束，那又是多么惬意的田园情趣呀！

“遥遥沮溺心，千载乃相关。但愿长如此，躬耕非所叹。”

“沮溺”，即长沮与桀溺。春秋时两隐士。孔子周游列国时，遇二人在田间劳动，便让子路前往问路。二人勿告，却对子路说，如今天下到处都像这大水一样，非常混乱，谁也整理不好。你何必还要跟着孔丘到处奔忙呢？还不如像我们一样，做个“辟世之士”（即隐士）哩！说完，就不再理子路了（见《论语·微子第十八》）。

此时，诗人显又完全陶醉在“归去来”情怀中了。他忽然想起了九百多年前在田间劳动的两隐士：长沮和桀溺，想起了他们跟子路说的那些话，深有感触地说，春秋末到现在，虽已过去了近千年，但我们的想法，我们的心，还是相通的呀（“相关”即相通）。只不过，我不是要“辟（通避）世”，而是要避官场。要远离尘嚣，永远躬耕田园，自食其力。他提醒自己：但愿此心、此志能长久永葆，而不是只停留在一时的慨叹上。画外音，诗人当时似也有某种心绪欠宁之隐。

早稻获收，多平常的小事呀！未料诗人竟常中见理，小中见大，吟哦出了如此浓郁的理趣篇章。既见早稻获收后喜而高屋建瓴揭示的人生理——最朴实也是最重要的人生哲理：“衣食固其端”；又见田园劳作的切身体验中感悟而来的辩证哲理——“勤”和“获”、“苦”和“乐”等的辩证关系。且事、理和谐，情、景交织，古、今融汇贯通，岂不更见诗人思维、思绪理念之深刻和深邃以及理趣写作造诣之高。生活理趣吟自见靓丽风采。

（三）苏轼《临江仙》和《定风波》

苏轼贬黄州后，在黄州创作的两首酷似散文的志趣诗，似更见诗人善于攫取日常生活中的琐事，并善于用别致而巧妙的散文手法，言理，抒情，志趣，谱出了脍炙人口的、极具生活理趣吟风采的篇章。尤值得认真把玩和赏读。

临江仙

夜饮东坡醒复醉，归来仿佛三更。家童鼻息已雷鸣。敲门都不应，倚杖听江声。

长恨此身非我有，何时忘却营营？夜阑风静縠纹平，小舟从此逝，江海寄余生。

词当作于宋神宗元丰五年（1082 年）。

此前（元丰三年），诗人蒙乌台案，谪贬黄州（今湖北黄冈），住在城南长江边临皋亭（长江边一水驿官亭，在黄州朝宗门外）。后，又在不远处垦一荒地，种上花草、树木和庄稼，取名东坡，自号东坡士。苏轼号东坡，始于此。后，又在这里建一书屋，取名“雪堂”。

乌台案，诗人蒙冤入狱，备受折磨，几近丧命。贬黄州后，虽仍受掣肘（名为团练副使，实为变相软禁），但较之监狱囚犯，自由宽松多了。他可以在圈定的范围内自由活动。诗人生性旷达，且深受老、庄影响，劫后余生，自会随遇而张。“惊魂未定，梦游缧泄之中；只影自怜，命寄江湖之上”（《谢量移汝州表》），便是他当时心情的写照。“性嗜酒”，形单影孤，自更会赖酒消愁解闷，常彻夜豪饮不止。

时，他是在“雪堂”独自造饮。因“雪堂”尚未完全建成，他还需回临皋处宿，故后面有“归来”、“敲门”、“不应”语。

“夜饮东坡醒复醉，归来仿佛三更。家童鼻息已雷鸣。敲门都不应，倚杖听江声。”

词上阕显为依实叙东坡夜饮之状和回归之情。

“醒复醉”，言饮之狂。饮了醉，醉了醒，醒了再饮，再醉。

“三更”，古时将夜晚分为五个时段，曰五夜或五更。前半夜十一时至次日凌晨一时为“子时”，即三更。“仿佛三更”，时间约略说，也见神情恍惚状。

“家童”，分析，可能是看守门房的仆人或小厮。诗人独贬黄州，不大可能从家里要来家童或擅自雇贴身家童。真要是贴身家丁，主人在外半夜未归，恐也不会鼾声如雷安然而睡，还“敲门都不应”，硬让主人待在外面“倚杖听江声”。

“倚杖听”，恐也不完全是“倚杖”。极可能是干脆就睡在野外，睡在江边。多么凄楚！

“听江声”，这诗的精髓，诗的核心，恐就在这“江声”上。

那么，这“江声”又究为何种类型的声音呢？何以值得“依杖”而“听”？

“江声”，大而言之，无非两种：波涛汹涌的澎湃声，抑或风平浪静的潺湲声。“风声雨声，声声入耳”，江声水声，又何尝不能入耳、入心！

问题是，此时此刻，诗人“倚杖”而“听”，又听出了怎样的“江声”呢？下面便见这“江声”中的神奇。

“长恨此身非我有，何时忘却营营？夜阑风静縠纹平。小舟从此逝，江海寄余生。”

《庄子·知北游》：“汝身非汝有也，是天地之委形也。”

又，《庄子·庚桑楚》：“全汝形，抱汝生，无使汝虑营营。”

上面前两句显系化《庄子》上两语而来。化中似有真情实况为依托。

诗人步入政坛后，殚精竭虑，悉心国事，可谓忠贞、正直之士。可未料，竟被一贬再贬，还蒙冤入狱，几近丧命，岂非“此身非吾有”乎，“是天地之委形也”。出狱后，又被谪贬黄州，虽名为团练副使，可仍是有职无权，用而不信，岂非也如庄子言：“全汝形，抱汝生，无使汝虑营营”。

“营营”，为名利而纷扰貌。这里显言名利的困扰。

可何以又“长恨”呢？

恐一是恨自己——时运不济，命途多舛，致“此身非吾有”，不能主宰自己之命运，而只能“委形”于天地；

二是恨朝廷，恨社会——佞臣当道，朝政腐败，社会不公。“委形”于天地，实是听任朝廷和当权者的愚弄、宰割和摆布。

尽管“此身非吾有”，可如能摆脱名利的困扰，似也可泰然处之的。可何时能完全摆脱（“忘却”也是摆脱）这身外之物的困扰呢？似还需有个痛苦挣扎和超越的过程。诗人是多么希望这过程的到来和速去。

忧、愁、怨、恨集于一身，如果说这就是诗人当时听到的“江声”，那自然是汹涌澎湃“声”了。是江的汹涌澎湃，也是诗人心中的汹涌澎湃。

不过，这“江声”也是可变的。这不，刚才还是汹涌澎湃的涛声，不知怎的，此时，忽又转而为风平浪静的潺湲声了。

“夜阑风静縠纹平。”

“縠”，绉纱一类的丝织品。

看（也是听。夜深了，视度不良，不能看，只能听。不过，听，也能联想见景。入耳、入目、入心是相通的），那宽阔无垠的江上，不是已风平浪静、波涛不兴了吗？那纹皱的水面，纤平如镜，简直就像平板玻璃上平展的一块有皱纹的丝织品，既平又有皱纹，多么神奇！

“清风徐来，水波不兴，白露横江，水光接天。纵一苇之所如，凌万顷之茫然。浩浩乎如冯虚御风，而不知其所止；飘飘乎如遗世独立，羽化而登仙。”（《前赤壁赋》）

此时，诗人的心似乎又回到了此前的游赤壁中了。他忽然又想起了1600多年前，春秋末期的越大夫范蠡来。

范蠡助越灭吴后，功成身退，远离尘嚣，驾一叶扁舟，徜徉江湖之上，安闲地度过了余生。

诗人寻思，自己虽功未成，业未就，但劫后余生，岂不也是超越凡尘的最佳时机吗？何不也效越大夫，在江湖深处安度余生呢？

“小舟从此逝，江海寄余生。”大概这也是诗人此时听出的“江声”了——风平浪静中悟出的“江声”。

据说，就因为这两句诗，曾引发过一场虚惊。

据叶梦得《避暑录话》载，“翌日，喧传子瞻夜作此诗，挂冠服江边，驾舟长啸去矣。郡守徐君猷闻之，惊且惧，以为州失罪人。急命驾往谒，则子瞻鼻鼾如雷，犹未兴也。”后，此语传至京师，神宗皇帝“亦闻而疑之”。

多么神奇的“江声”呀——倚杖听出的“江声”。这“江声”，既有名利的困扰，又有摆脱和超越名利困扰的夙愿和遐思。两者交织一起，便构成诗人心中当时进退两难的矛盾心境。这心境，矛盾对立的两面，其实又是一个字：“愤”。《临江仙》便是这愤的倾泻，愤的吟咏。好一首志愤的诗！

诗人贬黄州后的另一词：《定风波》，表面看，也像志趣词，其实更非志趣，而是更激越的志愤：志和发泄对朝廷、对最高统治者皇上的愤。只不过，这愤不是在听中生发，而是在行中表露；不是在想中消逝，更有行动上反抗的吟咏。似更见“愤”的奇葩，也更见生活理趣吟的风采。词如后：

三月七日沙湖道中遇雨，雨具先去，同行皆狼狈，余独不觉。已而遂晴，故作此。

莫听穿林打叶声，何妨吟啸且徐行。竹杖芒鞋轻胜马，谁怕？一蓑烟雨任平生。料峭春风吹酒醒，微冷，山头斜照却相迎。回首向来萧瑟处，归去，也无风雨也无晴。

这诗中事，显也是很不起眼的小事：出门未带雨具，途中突然遇雨，“同行皆狼狈”，而诗人自己“独不觉”。恐不是“不觉”，而是故意向雨挑战，以泄胸中之愤。

诗中之景，更是平常景——雨，“已而遂晴”。回首往昔，心生宁静：“也无风雨也无晴”。

如此司空见惯的寻常小事、小景，竟吟哦出景理和谐、妙趣横生的佳作，岂不更见诗人成诗功夫了得！

“莫听穿林打叶声，何妨吟啸且徐行。”

《东坡志林》：“黄州东南30里为沙湖，亦曰螺师店，予（苏轼）买田其间，因往相田。”诗人此行，极可能系相田举。

诗人和同伴们正行走在沙湖道中。天公不作美，突然下起了雨。雨打在道旁的树叶上，发出嗒嗒的音响。看来这雨还真是不小哩！可何以“莫听”呢？“莫听”什么？

再说，“莫听”也就罢了，又何以要“吟啸且徐行”？吟啸还不算，还要放慢脚步，缓走慢行。岂不故意要向雨挑战。

更令人费解的是“何妨”二字。“何妨”，跟谁赌气？难道真要跟雨赌气吗？可雨是无情物，跟雨赌气值得吗？诗人又不是孩童，不会有这种稚气。

“莫听”、“何妨”连在一起，显另有他指。他指者何？这又不能不叫人想到诗人当时的处境和遭遇。

诗人出狱后贬黄州，现已三年。在黄州名为团练副使，实为变相软禁。平白蒙冤不说，这三年软禁又当如何说呢？可朝廷却当没事一样，不闻不问。朝中当权者不闻不问还有可说的，因为他们是对立面。那神宗皇帝呢？诗人过去在他身边工作，忠心耿耿地为他效力，难道他也不闻不问吗？诗人气愤之极。“莫听”，恐就是对他们——朝中那班君臣们一贯颠倒黑白、混淆是非发出的诸如雨“打叶”般的嘈杂“声”，可以置之不理的愤语；而“何妨”则更是对那帮君臣，特别是神宗皇帝不屑一顾的挑战。下面还更见这种挑战的升级和无所畏惧。

“竹杖芒鞋轻胜马，谁怕？一蓑烟雨任平生。”

“竹杖”，竹制的拐杖；“芒鞋”即草鞋。陈师道《绝句四首》：“芒鞋竹杖最关身”。两者皆凡人百姓常用的步行物。

“车马”，陶渊明《饮酒》其五：“结庐在人境，而无车马喧”。车马当为官宦和富贵者的坐骑。

谁都知道，车马较步行要快捷得多，可上句却言后者（用作步行的竹杖芒鞋）“胜”前者（车马），何也？原因恐又在这“轻”字上。

俗话说，“无官一身轻”。诗人名为团练副使，有职无权，徒有虚名，岂不也是“无官一身轻”吗？况团练副使这职，协助正使管理本州军务，即便有职有权，对诗人说，也和“无官”没有多少区别。“无官一身轻”，没有包袱，没有负担，岂不较那些动辄以车马当步的权贵们要轻松和舒坦得多。

不过，这里恐还不仅是言轻松和舒坦，更有深意于其中。俗话说，“光脚的不怕穿鞋的，愣的怕不要命的。”没有包袱，没有负担，也就没有后顾之忧，自然会无所畏惧。“谁怕”，恐就是诗人基于上面这个“轻”字而愤然发出的对朝中权贵的叫板。然尽管如此，在当时情况下，发出这种叫板，也还是要付出巨大勇气的。

诗人之所以敢对朝中权贵叫板，也不是没有退路准备的。这准备就是：无非是——

“一蓑烟雨任平生。”

张志和《渔歌子》：“青箬笠，绿蓑衣，斜风细雨不须归。”

“烟波钓徒”，头戴斗笠，身披蓑衣，忘情江湖，“斜风细雨不须归”，不也是一种人生的归宿吗？

其实，诗人早就有这种旷荡人生的准备。

早在此前诗人游赤壁后的那旷古名篇《前赤壁赋》中，“挟飞仙以遨游，抱明月而长终”，便见诗人上述那种旷荡的浪漫情思；

此前夜醉归来，“敲门都不应，倚杖听江声”的那首《临江仙》中，“小舟从此逝，江海寄余生”，则更见诗人的这种旷荡情怀的遐思和畅想。

显然，词上阕是诗人由愤到无畏的吟咏。

不过，世上的事，常常又是多变和易变的。天候、气象会随时变幻；时势、大局，也会常变常新。凡事不能只作一种准备，只有一种打算。这不，你看——

“料峭春风吹酒醒，微冷，山头斜照却相迎。”

春寒料峭。春天到了，气候虽还有些寒冷，但春风送暖，毕竟感觉舒适温暖多了。春风吹在脸上，本来有些醉意朦胧的脑海，也觉清醒多了。更值得庆幸的是，雨终于停了。雨止云消，天空也终于放晴了。你看，那远处的高山，那夕阳斜照，不是又露出了笑脸，在向诗人招手，像是在欢迎诗人回归哩！“夕阳无限好，只是近黄昏。”虽已近黄昏，也是无限好呀！

这是言景，恐更是述意。诗人显已觉察到，形势会发生某些变化，会出现某种好的转机。

果然，这以后不久，诗人即由黄州召任汝州团练副使，未到职，神宗皇帝驾崩，十岁儿子登基继位。高太后垂帘听政。司马光等旧臣复位，苏轼便又得重用。回汴京后，先后任翰林学士、侍读、龙图阁学士等要职。

“回首向来萧瑟处，归去，也无风雨也无晴。”

这是沙湖道上的“回首”，也是人生道路上的“回首”。

沙湖道上的“回首”，但见那来的路上，曾是风雨萧瑟凄楚，令人沮丧。回归路上，风停雨止，可太阳也快落山了，岂非“也无风雨也无晴”！

人生道上的“回首”，则更见凄风苦雨，萧瑟凄楚。“归去”吧！那令人不堪回首的岁月！未来的岁月，但愿是和平、宁静、安逸、舒适的日子:“也无风雨也无晴”——诗人淡泊名利，对未来的要求不是很高的。

出门遇雨的小事，竟引申出如此众多的、各式各样的“理”，生活理趣吟岂不更见风采!

下卷 意之美

一、意境美

如书前语，古诗词中的艺术美，确不胜枚举。其中，最能体现诗的本质特征，最能展示作者心灵情感，最能发人浩渺遐思，引人沉迷入胜的，恐又莫过于意境美了。

我国古文学评论家，常以意境高下衡量诗词作品的成败。今人，包括文人、诗人和广大诗词爱好者，也多以意境的有无和是否有崇高优雅意境，作为评判诗词作品优劣的重要尺度。可见意境美对于诗词作品，绝非可有可无之外在物，而是须臾不可离开的艺术品格。

那么，诗词中的意境究为何物？历代文论家和诗家们在探索中也不乏精辟论述。

初唐诗人王昌龄认为，诗有三境，一曰物境，二曰情境，三曰意境。他所言三境，似皆可以意境言之。

唐诗人皎然、司空图等进一步阐明了这观点。他们指出，意境不是客观“物境”与主观“情境”的简单相加，而是寓情于景，思与境谐。一个“谐”字，道出了意境之真谛。

王国维是意境说之集大成者。他在前人论述基础上，吸收西方美学精华，不但进一步丰富了意境理论，还提出了诸多营造和构建意境美的设想和思路。他指出，情与景是意境的两个基本要素。情景交融是其基本特征；而追求感情的真挚、形象的真实和语言的真切，是意境的核心。“语语明白如画，而言外有无穷之意”，是意境的艺术效果。根据情与景在艺术形象中的比重不同、意与境配合的形式不同，以及作者对“物境”的主观态度、感情的体现方式不同，他还将意境区分为写景与选景、“以意胜”与“以境胜”和“有我之境”与“无我之境”等诸多不同形态。他的上述论说，尽管杂有某些唯心因素，但对营造和构建诗词意境美，不无启益。

对照上名家言，赏读古诗词中大量极具意境美的佳作，不难发现，诗词中的意境美，其实并无神秘。说白了，就是意和境两个字（词）各自的深刻内涵在诗词中的有机组合和妙用。只不过，对两个字（词）的深刻内涵，需有明确和准确的界定以及符合诗词特点的认识和把握。而有机组合和妙用，用一个字说，就是“谐”。

意，无疑是指诗的立意和意念，包括思想、精神、情感等。这是诗人主观意志在诗词中的体现，也是诗的灵魂所在。“诗言志”，“志”其实就是意。“诗是心声”，“心声”也是意。清・王夫之言：“无论诗歌与长行文学，但以意为主。哪怕是写客观自然景物，必须含有寓意。”离开意，诗便没有灵魂。

但是，光有意，也不能构成诗，还得有境。所谓境，就是境界、境地。“境界”这词，本是佛语，意指某种悟道的境地。六朝起始被借以论诗。按说这应是诗的客观部件，是意的存身和落脚之地。可在诗词的习惯用语中，两者——境界和意境似又无明显区别，言境界即言意境。

由于客观事物的复杂多样，意和境在诗中的和谐统一也是多种多样的。不光景和物，情（情的外在表现）、事、思、行，甚至一些虚无缥缈的意象，如梦幻等，皆可成为诗中之“境”，成为“意”和“境”和谐共处的理想王国。意在景中，意在物中，意在思中，意在情中，意在事中，意在行中，意在虚无缥缈中……皆意在“境”中之要者。具体到题材、内容各异的古诗词海洋，那意在“境”中的表现，则更是层出不穷、举不胜举。笔者随手拾来，便见：意在“独”中（“独坐”——王维：“独坐幽篁里，弹琴复长啸”；“独钓”——柳宗元：“独钓寒江雪”；“独酌”——李白：“独酌无相亲，对影成三人”等）；意在“空”中（“空城”——刘禹锡：“山围故国周遭在，潮打空城寂寞回”；“空山”——王维：“空山不见人，但闻人语响”；“空啼”——韦庄：“江雨霏霏江草齐，六朝如梦鸟空啼”等）；意在“逢”中（杜甫：“正是江南好风景，落花时节又逢君”）；意在“送”中（李白：《黄鹤楼送孟浩然之广陵》）；意在“愁”中，在“怨”中，在“悔”中……总之，大千世界，几乎所有景象、物象和意象，所有思、情、行、感等，在古诗词中，皆可寻觅见作为优美意境的吟咏，汇成诗具意境美的佳作。

本书前两部分赏读的百余首诗词，莫不可见优美意境于其中。其中不乏意境奇特、风韵独具的精美绝唱，如《诗经》的《蒹葭》、李白的《忆秦娥》、汉乐府民歌《陌上桑》、陈子昂的《登幽州台歌》、张志和的《渔歌子》、杜牧的《赤壁》、苏轼的《题西林壁》等等。

从上面已赏读的和尚未赏读的众多精品佳作中，人们还可看到，由于诗的题材、内容不同，特别是由于诗人的奇思妙想和生花妙笔姿致百出，意境美在诗中的展露形态也是千差万别、五花八门的。有明有暗，有隐有现。有开门见山，直抒胸臆，有情有景，见意见境，意境和谐作；也有字里行间，表面看似无深刻内涵，但细味其中奥秘和诗人的精巧用心，却又可见无比深邃、深远的意境于其中。有虚无缥缈，扑朔迷离，乍一看，竟不知所言为何物，所抒为何意，原来“意”诗外；也有通篇只见意象堆积、重叠，并不见“意”，原来“意”就在堆砌、重叠中。

甚至还有指鹿为马，指桑语槐，明明意在个中，却偏作他趣之咏；也有一语双关，一诗多义，每义皆成妙章，却很难敲定诗人心中之真意。如此等等，不一而足。下面不妨择数诗词以赏，以具体领略浩瀚古诗词中那无比神奇的意境美风采。

（一）李白《独坐敬亭山》

众鸟高飞尽，孤云独去闲。相看两不厌，只有敬亭山。

无须过细推敲，吟罢诗题和四句诗，便会强烈感觉到，这是一首极言孤独的愤懑作，而且是一首开门见山，直抒胸臆的言独作。可这诗究作于何时，其时诗人又何以如此之孤，如此之愤？原诗无时间注释，而诗人一生又曾七游宣城（今安徽宣州，敬亭山在宣城县城北），每次皆敬亭揽胜，也很难敲定上诗成诗时间。可这时间对正确理解诗的内涵又至关重要，故仍有先作认真考究之必要。

诗坛多认定诗成于753年，即天宝十二载，亦即天宝三载李白被“赐金放还”，被迫离开长安，经长达十年的漂泊流离，第一次南下宣城时。十年落魄，诗人倍感孤寂，“愿遗世独立，索知音于无情之物”（俞陛云《诗境浅说续篇》），故在游敬亭山时有上孤寂愤世之情（独坐）和愤世孤寂之作。

可“有人”（非一人）不然其说。

“有人”的根据是：李白《寄从弟李昭》诗。该诗云：“尔佐宣城郡，守官清且闲，常夸六月好，邀我敬亭山。”

依该诗推断，诗人第一次游宣城时，系应其从弟（叔伯弟）、时任宣州长史李昭邀。时，诗人年华正茂（52岁），诗名如日中天。虽有长安被驱之窘，也断不会有如上诗中所咏的旷世之孤。

诗人首次游宣之盛况也证明诗人当时并非孤寂。时，诗人常与崔侍郎、宇文太守及李昭等，酒“酣高楼”，“散发弄扁舟”（《宣州谢朓楼饯别校书叔云》），“屈盘戏白马，大笑上青山”；还常与众多诗朋文友“时游敬亭山，闲听松风眠”，“送客谢亭北，逢君纵酒还”……诗人当时心情、心境何其潇洒！

诗人当时讴歌宣城风貌的诗作，似更可见诗人当时心胸之寥廓：

“江城如画里，山晚望晴空，两水夹明镜，双桥落彩虹。”（《秋登宣城谢朓北楼》）心境何其豁朗！

“但怀逸兴壮思飞，欲上青天揽明月。”（《宣州谢朓楼饯别校书叔云》）豪情又何其壮怀！那有孤寂的影子！

那么，上诗究作于何时？“有人”们推断，极可能成于761年诗人最后一次游宣时。理由是——

时，诗人已年逾花甲。此前经历了被迫离开长安后长达12年的流离漂泊，又经历了安史乱后蒙冤被囚的牢狱之灾，还经历了戴罪流放的人生屈辱。劫后余生，自会消减往昔那“一生好为名山游”的豪情和逸兴。而人事沧桑，世态炎凉，往昔那“高朋满座”、“胜友如云”和北楼纵酒、敬亭论诗的潇洒风光也不会再现。此时登临，自只会也只能是形单影只，兀然“独坐”山头。极目江天，满眼苍凉，脑海中泛出无限伤感。情难自禁，感从中发，愤然吟哦出旷世绝唱，恐也是完全合乎诗人当时的心情、心境和时空背景的。

笔者认为，上推断，理由和根据是充分的。恐也只有定位于此时间段，方能真正罹见蕴藏在上诗中那无与伦比的旷世孤独情。且赏原诗：

《独坐敬亭山》，题起见“独”，可见“独”魂。首联更见“独”的奇绝；

“众鸟高飞尽，孤云独去闲。”

鸟，动物中之娇小者。一个“尽”字，便见山中所有鸟都飞得无踪影，连一只小鸟都没能留下，那山中还有什么能动的东西呢？除了“独坐”在山头的诗人，恐什么动物也没有了。岂不是“孤”！

至于“云”，非动物，但也能“动”——流动，飘动。一朵“孤云”也悠“闲”离去，那山中还有什么能“动”的物件吗？除了诗人，恐也不会有别的能“动”的物件了，岂不更见“独”。

鸟飞云去，将诗人独坐敬亭山之“孤”，之“独”，隐衬得何其到位呀！简直再难复加。

然而，诗人当时心中之“独”，恐还非上止。

用“云”衬“孤”，此前是否有过，笔者未考，不得而知。用“鸟”衬“独”，柳宗元《江雪》前两句：“千山鸟飞绝，万径人踪灭”，尽管出自李诗后，也可谓一例。不过，值得注意的是，柳诗的“鸟飞绝”是在诗人“独钓”前就已出现的景观，是大雪致成的景观。这景观的出现，无疑会使人立增“孤”感。但和李诗上两句所言景观致成的“孤”，无论浓度还是震撼度，似又皆有不及。这是因为，李诗上两句展示的景观，并非“独坐”前出现，而是在诗人登上敬亭山后才出现的。是诗人眼睁睁地看着“众鸟高飞尽，孤云独去闲”的。这又会给人以怎样的孤感呢？恐就不是一般的“孤”和“独”了。而有一种被客观世界、被世间万物所厌恶、所抛弃和被抛弃的极端孤独感了。这较之一般意义上的“孤”和“独”，岂不更见辛酸和凄楚！诗人言“独”言“孤”之笔，何其别致而奇特！

自然，“鸟”和“云”，皆非人。它们不会故意和人作对，不会见诗人来就一齐离去。诗人也绝不会真的以鸟飞云去为“无情”。可何以会有上面的吟咏？恐系另有所思和另有所指。所指者何？似又和诗人当时处境有关。

如前述，诗人此前频遭祸殃，磨难连连。人情冷暖，世态炎凉。诗人晚年，劫后余生。亲朋好友，像杜甫那样，真诚关怀者有之。但不会很多。由于种种原因，有意无意回避、冷漠、疏远者，恐不会是少数。“故交竟谁在，独有崔亭伯……咫尺不可亲，弃我如遗鸟。”（《宣城九日……醉后寄崔侍御二首》）“众鸟”，“孤云”，是否也有某些势力者隐，恐也不能排除。

此时，诗人独坐山头，目睹鸟飞云去之状，顿生遗孤之感，迁生出旷世孤寂之悲，完全可以理解。

然而，尽管如此，广袤的自然界，也并非完全没有可与诗人为伍的伴者。这不，眼前“独坐”的这敬亭山，不就是诗人当时最好的伴友吗？

“相看两不厌，只有敬亭山。”

尽管只是“只有”，可也是巍峨的山呀！可何以又“相看两不厌”呢？

宋·辛弃疾《贺新郎》：“我见青山多妩媚，料青山见我应如是。”

诗人七游敬亭山，足见对该山喜爱之甚。

据《江南通志》《宁国府志》可知：该山“古名昭亭（又名沓山），东临宛、句二水。南俯城阙，烟市风帆，极目如画”。谢朓、王维、孟浩然、白居易等许多名诗人，都曾多次前来游逸揽胜。“兹山亘百里，合沓与云齐”，便是谢朓对该山的描绘。

诗人每游此山，也皆有登临作。此时，他独坐山头，目睹鸟、云舍己而去，而山仍巍然与己为伴，自会益增对山的钟爱和深情。“不厌”，钟爱和深情的同义语。

诗人视山而“不厌”，在诗人眼里，山也会是通人性的有情之物，也必会视诗人为亲人。此时此刻，在茫茫宇宙间，一对古往今来从未见过、也从未有过的亲密友伴——伟大诗人和敬亭山，就如同亲密无间的亲兄弟，款款情深地展现在人们面前，令人不胜羡艳和喜悦。诗人“独坐”，“孤”中生情，悲中见喜，又何其别致！

然而，细味诗人心中之真意，“相视两不厌”，恐又主要不在“不厌”上，而在“厌”和“愤”上。伟大诗人，才华超群，诗名盖世，何以“冠盖满京华”而“斯人独憔悴”，只能“独坐”敬亭山、与山为伴呢？岂不更见势利者们的可憎可“厌”和朝廷当局的可愤可恨！上诗，与其说是孤独、孤寂咏，不如说是孤傲、孤愤作更确切，也更见诗魂。清名士沈德潜赞两句：“传‘独坐’之神”，不知可系此指？

“传‘独坐’之神”，无疑也是极言“独坐”之“孤”。可诗人“一生好为名山游”。一生中游过的名山不知有多少，又何以“相看两不厌”，就“只有”敬亭山呢？这“只有”二字，似也不无诗人心中更隐秘的情结和心扉。

又有人考，似和两人有关。

两人者谁？一是谢朓，一是玉真公主。两人既和李白又和敬亭山都有较密切关系。

谢朓，南朝齐诗人。字玄晖，陈郡阳夏（今河南太康县）人。与谢灵运同族，人称“小谢”。曾任宣城太守，故又称“谢宣城”。官至尚书吏部郎。诗作成就高，曾和沈约等人共创“永明体”，是著名山水诗人。

李白对谢朓可谓倾倒备至。“蓬莱文章建安骨，中间小谢又清发。”（《宣州谢朓楼饯别校书叔云》）他对谢在我国文学史上的贡献评价极高。说两汉文坛，建安诗歌后，谢朓又以其清新风格别开生面。李诗雄奇纵放，如江河奔放；可也清新俊发，如皓月临空。便是受谢的影响。他的许多诗作都可见对谢的深切怀念之情。如“解道澄江净如练，令人长忆谢玄晖”（《金陵城西楼月下吟》。谢玄晖，即谢朓）、“谁念北楼上，临风怀谢公”（《秋登宣城谢朓北楼》）、“青山日将暝，寂寞谢公宅”等。“一生低首谢宣城”。谢在李心目中，简直至高无上。“相看两不厌，只有敬亭山”，诗人“独坐”山头，冥冥中视山为“谢”，以“谢”为山，完全可能。

玉真公主是唐玄宗同母所生妹妹，容貌艳美，且好学爱才。李在长安时，常出入宫中，得以与其相识。公主对李也颇赏识，致多有交往。据说，李还曾被邀去玉真公主终南山别墅，并在那里居住过。李曾专门填过一词，赞玉真公主，题为《玉真仙人词》。李得罪高力士，被玄宗“赐金放还”时，据说，玉真公主曾极力反对。据说，就因为玄宗未采纳她的意见，她愤然放弃了公主名号和家产，彻底归入道门。为寻李白，来到敬亭山，隐居翠云庵中，青灯相伴为生。不过，也有人考，玉真公主放弃名号和家产，并非因李被驱，而是因为皇上为她大肆营造宫观，引起朝廷大哗。为平息舆论，才毅然放弃名号、家财，出宫云游的。而且隐居的山也不是敬亭山，而是王屋山。但玉真公主与李交往，似无异说。

李被迫离开长安后，在流离漂泊中，对玉真公主思念有加，从李在漂泊中写的诗中也可推知。“长相思，在长安……孤灯不明思欲绝，卷帷望月空长叹。美人如花隔云端……梦魂不到关山难。长相思，摧心肝。”（《长相思》）诗中虽未明言玉真公主，但据考，李在长安的有限岁月里，接触的女人，最密切和最具影响的，就是玉真公主。玉真公主外，“长相思”，“思欲绝”，堪“摧心肝”的，恐不大可能是别的什么女人。尽管也有人说，时诗人年四十二岁，而玉真公主已五十有一，两人不大可能是情人关系。这理由恐也难以绝对。

此时，诗人独坐敬亭山，顿发情思，视山为玉真公主的化身，“相思不绝是公主，相视不厌唯玉真”，恐也完全可能。

上考，虽非所有细节都有确凿史实为依据，但主要情节、基本事实，还是有据可查的。上考起码可作为诗人何以对敬亭山情有独钟、何以相视而不见“只有”敬亭山缘由的思考。

寥寥朴实无华的四口语，既有前面蕴意丰厚、思绪极深的孤寂和孤愤，又有后面诗人心中感情激越的浪漫遐思，诗具意境美风采，岂不可见庄重而绮靡！

《独》这诗，似还有诸多构思奥秘于其中。前两句，欲言静，先写动，以动衬静，更见动中静；后两句，极言静，静泛思，愈织静中思。人置寥廓空间的广袤雄浑美；鸟飞云去人独坐的纯真静谧美；人和自然、物和我心灵相通、水乳交融的和谐美；青山依旧在，几度夕阳红的永恒乾坤美，全都交织融于一诗，诗的意境美，岂不更见丰盈和别致。难怪这诗千古传颂而不衰！

（二）杜甫《江南逢李龟年》

然而，在古诗词中，口语言意、口语传情、极具意境美的佳作，又何止《独坐》。杜甫《江南逢李龟年》，似尤见风采。

杜诗也是四句，只不过是七言绝句。诗如后：

岐王宅里寻常见，崔九堂前几度闻。正是江南好风景，落花时节又逢君。

如果说，上面李白的《独》，诗的意境，是意在“独”中，在“独坐”中；那么，杜甫这《江南逢李龟年》，诗的意境，则是意在“逢”中（“见”也是逢），在“又逢”中了。

李诗《独》，折射出的深刻内涵，是对当时社会，特别是对当朝最高统治者妒贤嫉能的“愤”。这在《独》的四句诗中并不难感知。

可杜上诗，这“逢”的背后，揭示的又是怎样的一种意蕴呢？四句诗的字里行间，似难一目了然。非用更多工夫，不能感悟其中之深邃。

题为“江南逢李龟年”。李，何许人也？他和诗人有何关系？诗人何以会“逢”而有感，还要赋诗抒怀？这问题似也需先弄清楚，方能彻赏全诗。原来——

李系唐开元、天宝年间著名乐师，擅歌唱，因“特承”唐玄宗“恩遇”而红极一时。时，唐皇朝正值“开元全盛日”，而王公贵族们又多爱好文艺，故李能常出入其门。

时，杜甫也正值“开口咏凤凰”的青少年时期，常往来京师，故在岐王府和崔九宅曾多次与李相遇，欣赏过李的歌唱艺术。

天宝十四载（755 年），唐皇朝爆发了我国历史上最大的一次动乱——安史之乱。唐皇朝自此从繁华昌盛的顶峰跌落下来。其后，杜便再也见不到李龟年了。

再后，杜甫在长安待不下去了。便弃官举家由在秦州（今甘肃天水）、同谷一带淹留一段时间后来到了成都。成都六年，又漂泊到了夔州（今四川奉节县）；夔州两年，又辗转流离于江陵、公安、岳州（岳阳）、衡州（衡阳）一带。就在潭州（今湖南长沙），一天，他突然遇见了李龟年。原来李在安史乱后也离开长安，流落到了江南。在江南以卖唱为生。

从长安贵族豪门相见，到潭州重逢，杜、李两人音容断隔近四十年。这是唐皇朝由盛转衰的四十年，也是杜、李二人由兴(兴起、兴旺)到落（衰落、陨落）的四十年。四十年后，两人突然相遇，而且相遇的时间和地点又是“落花时节”的江南，两人又怎能不百感交集、万念丛生呢？特别是杜甫，素怀多情心。故友重逢，自更会浮想联翩，感从中发。上四句便是他和李重逢时百感交集的吟咏。

可奇怪的是，乍读全诗，字里行间，似又不见伤感凄楚情，也不见四十年沧桑巨变。四句诗就只有一前一后两种情况的“见”和“逢”——初逢和重逢。

说两种情况，可字里行间也不见复杂情况。前两句，就只有两人曾经相见的豪宅：岐王府和崔九宅；后两句，也只有“逢”的大的地域——“江南”和形象模拟的时节——“落花时节”。此外，再无其他情节和细节。

可就是这样几句简朴得不能再简朴、平淡得不能再平淡、简直如故友久别重逢时随便寒暄的几句客套话，千百年来，却一直为国人所喜爱，吟诵不绝于口。诗坛文坛，更是美评如潮。何也？究其成功奥秘，恐又得于诗人巧弄玄关、巧构意境之功。

似又有三巧：

一曰巧寓朝代盛衰于时空，时空中更见人世沧桑之巨变；

二曰巧连人、世命运于同荣同衰，同荣同衰中更见诗人感情之浓烈和激越；

三曰巧浓四十春秋于“逢”中，初逢，又逢，一个“逢”字，推出了时代五味杂陈的悲歌。

沧桑情，荣衰曲，时代悲，交织于一诗，诗的意境美可想而知。且赏四句。

“岐王宅里寻常见，崔九堂前几度闻。”

两句显是诗人对其曾和李龟年相见情况的回忆。这回忆何其简而明呀！简直如大实话。可其中却包含有丰富而深刻的内容。

“岐王宅”即岐王府。

岐王，唐玄宗李隆基的亲弟弟李范。史载，此人“好学工书，雅爱文章之士。士无贵贱，皆尽礼接待。”故杜、李能常出入其家。

“崔九堂前”即崔九宅。

崔九即崔涤，因兄弟排行第九，故又称崔九。据《旧唐书》载，此人“多辨智，喜谐，素与玄宗款密……为秘书监，出入禁中。与诸王侍宴，可不让席而坐”。

显然，这是当时唐皇朝两个最为显赫的豪门。如此显赫豪门，文人、艺人经常出入，一派歌舞升平。唐皇朝当时之繁荣昌盛，可想而知。显然，这是四十年前唐朝的“开元全盛日”，而杜、李二人当时就是在这时代背景下，得以经常出入豪门、得以多次在豪门相“见”相“闻”的。

不说唐皇朝繁荣时两人曾在两豪宅相见，只说两人曾在两豪宅“寻常见”、“几度闻”。这种用最能彰显唐皇朝繁荣昌盛的典型豪宅彰显和故人相见的时代背景的手法，不但使和故人初见的回忆更具体，更有亲切感，而且使和故人相见的时代背景更富时代特征。诗人展“逢”手法何其高妙！

这还是初逢，“又逢”呢，似尤见高妙。

“正是江南好风景，落花时节又逢君。”

初逢地无疑是长安——唐皇朝宫廷所在地。

一个“江南”，曾经多次在豪门相见的“长安客”，便突然不见了。他们去哪了？原来都来到了“江南”。自然不会是同时到达，而是有先有后来的。

问题是，曾经是好端端的两个“长安客”，何以会突然一同出现在江南？这就不能使人冥思了：那些年月的唐朝，究竟发生了什么？

“渔阳鼙鼓动地来，惊破霓裳羽衣曲。”原来就在天宝十四载，唐朝爆发了我国历史上最严峻的安史之乱。唐玄宗西逃入蜀；贵族豪门不是人去楼空，便是门庭冷落，宅可罗雀。杜、李们显是音容难展了。为了生计，他们便只好先后辗转流离到江南。潭州之遇，便是他们在江南流浪中见，在世颓人衰的苦难中“又逢”。

可何以又“正是江南好风景”呢?

白居易有名作:“江南好，风景旧曾谙。日出江花红胜火，春来江水绿如蓝。能不忆江南?”(《忆江南》)

江南风景如画，不言而喻。尽管动乱会给美景带来某种负面影响，但“风景不殊，河山有异”，美丽的江南，还会风景依旧的。

然而，又令人遗憾的是，此时已是“落花时节”了。

自然界的落花时节，应是四月份。这里恐非言自然时节，而是言社会和时代时令。唐皇朝，四十年前，繁荣昌盛，状如繁花似锦的春天，似无不可。安史乱后，衰颓败落，美丽的江南，虽风景依旧，岂不也是“落花时节”！此种吟咏，古诗词中也多有所见。清・程之鵕《抵金陵》：“一片伤心金粉地，落花时节到江南。”；清・吴伟业《残画》诗:“六朝金粉地，落木更萧萧”，皆以“落花”、“落木”喻衰颓。杜上诗以“落花时节”喻时势之衰颓，似为最先之妙用。

这里还要顺便提一下，这“落花时节”的“落花”二字，还不由得会使人想起《红楼梦》的黛玉“葬花”。“葬花”非“落花”，而是花的泯灭，象征黛玉将离开人间。《红楼梦》是清代作品，而杜上诗成于唐，两者相距一千多年。杜诗的“落花”自和黛玉“葬花”以及黛玉的死无关。可又引人联想的是，杜本人恰是在作上诗后不久、而且是和上诗同年(770) 去世的。他上诗的最后一句，不用别的词语状时，偏用“落花”二字言节，尽管“落花时节”也是自然天成，是否也有某种意识自已将要离别人间之隐，恐也不能排除。即便无此意识，“落花”之用，似也可见诗人当时心中悲楚之甚。况将自己之“落”和唐皇朝之“落”连在一起，岂不更增辛酸和凄楚。

诗前两句，两豪宅，极展唐朝的繁荣与昌盛；这后两句，一个“江南”，一个“落花时节”，又尽展唐朝的衰颓与没落。四句诗连在一起，一部唐朝历史——由盛到衰的历史，便完整地展现在人们面前，令人由衷感叹。不过，又值得注意的是，这尽展唐皇朝历史的意象，又并非什么奇异景观，而是严肃深沉的时空老人。豪宅，“江南”，皆地，是空间；“落花时节”，是时间。诗人巧寓荣衰于时空，岂不令人更见人世沧桑之巨变，益增无限伤感于极致。难怪有人赞上诗是“人世沧桑之绝唱”，恐非随意渲染。

然而，还需指出的是，这诗之妙，恐还不仅是巧寓朝代盛衰于时空，似还有巧连人、世命运于同荣同衰和巧浓四十春秋于“逢”中。

巧连人、世命运于同荣同衰，致诗中出现世荣人荣、世衰人衰的无奈景观，令人由衷慨叹；

而巧浓四十春秋于“逢”中，则又使人看到，一个曾经辉煌鼎盛的朝代的“一世”和一个伟大诗人、一个著名艺人——两人各自的“一生”，包括朝代的兴亡更迭，国家之治乱荣衰、人生旅途的曲折沉浮，人生境遇之否泰顺逆，以及世态之冷热炎凉等，全都包容在其中了。一个“逢”字，包涵着多少丰富而深刻的内容呀，简直令人难以想象！

显然，四句诗，不仅是“人世沧桑之绝唱”，还是一首人生、人世同荣同衰、百味杂陈，喜怒哀悲一齐迸发的交响乐。这交响乐的核心恐又是对唐皇朝盛世的怀念和希冀。诗意境之深沉和深远，真是无与伦比。难怪又有人赞这诗是“余音绕梁，经久不绝之作”；是“举重若轻，浑然无迹艺术”。清邵长蘅评：“少陵七绝，此为压卷”；《唐宋诗醇》云：“言情在笔墨之外，悄悄数语，可抵白氏一篇《琵琶行》”。

《江南》意境美，何其令人心胸寥廓！

（三）辛弃疾《青玉案·元夕》

古诗词中的意境美，确异彩纷呈，难以尽述。有明有暗，有隐有现。“明”有直白（如李白《静夜思》等）、曲白（如王昌龄《闺怨》：“闺中少妇不知愁，春日凝妆上翠楼……”等）、巧白（如金昌绪《春怨》：“打起黄莺儿，莫教枝上啼……”等）之分；“隐”（暗）则更见姿致百出，层出不穷。上面赏读的杜甫《江南逢》，慨人世之沧桑，惋人生之沉浮，巧寓于“逢”中，恐还不是意境潜隐之最著者。古诗词中，似还有意境潜隐之尤甚者。比如，有这样的诗——表面看，像是写景诗，又像是言情诗。情景交融，煞是美艳。可究其真意、深意，既非单纯写景，也非言男女情事，而是婉抒胸中之傀儡，隐展秉性高雅之情致，极泄心中无与伦比的愤。可在诗中，这深邃、深远的意境，竟如水中月，镜中花，虚无缥杳，扑朔迷离；又如“犹抱琵琶半遮面”的闺中少妇，似露不露，若隐若现，让人难睹其真。

下面要赏读的辛弃疾的《青玉案·元夕》，恐就是这样一首奇曲多多、意境深藏的妙绝辞章，估赏之。词如后：

东风夜放花千树。更吹落、星如雨。宝马雕车香满路。凤箫声动，玉壶光转，一夜鱼龙舞。

蛾儿雪柳黄金缕。笑语盈盈暗香去。众里寻他千百度。蓦然回首，那人却在，灯火阑珊处。

吟罢全词，会给人以怎样的初感呢？

好一个美景如画、热闹非凡的元宵夜！

好一首俨然元宵夜，痴心恋人寻觅心上人、“踏破铁鞋无觅处，得来全不费功夫”的浪漫“情词”！

果如是吗？下面不妨先赏这词的上阕，包括下阕前两句：

题为《元夕》，“元夕”即元宵。自离不开元宵夜景。

“东风夜放花千树”，词起，便见元夜奇观。

“东风”即春风。这春风和煦的元宵夜，最先吸引人眼球的是什么？无疑是那高高低低、远远近近、无法计数，极其绚丽的彩灯和烟火了。元宵节也是灯节嘛！

看！那不就像在千千万万棵树上都开满了鲜花一样，绚丽无比。更精彩的是，这无数灯光和烟火，和天上那频频闪烁的满天繁星交相辉映，那满天繁星岂不又像变成了星雨，在春风的吹拂下要落到地面一样。多么神奇！

“花千树”，“星如雨”，多么别致而形象的比喻！简直把元宵夜空中景写绝了，令人过目难忘。

这还是空中景，地面呢？

“宝马雕车香满路。凤箫声动，玉壶光转，一夜鱼龙舞。”

“宝马雕车”，显系贵族豪门们的车马坐骑；“香满路”，更见贵族豪门们的奢侈和挥霍无度。箫声袅袅（“凤箫”即箫。《神仙传》：秦穆公女弄玉，善吹箫，作凤鸣，引来凤。故后人又称箫为凤箫），明月皎洁（“玉壶”指明月。朱华《海上生明月》：“轮抱玉壶清”），鱼形、龙形等各式各样的彩灯、花灯、宫灯组成的杂耍，昼夜不停，舞来舞去（“鱼龙”，也有说是指鱼变龙的各种戏法，见《汉书·西域传赞》）。这元宵夜，地面景观，又何其热闹非凡！

由景及人。那节日成群结队出来游览观光的美女佳丽们，一个个头上戴着各式各样的、精美别致的饰物（“蛾儿”，“雪柳”，“黄金缕”，皆古代妇女佳节喜欢佩戴的妆饰品。见《武林旧事》：“元夕节物，妇人皆戴珠翠、闹蛾、玉梅、雪柳”），珠光宝气，更是美观。她们边走边说边笑，其乐融融。那情致，也不由得会使人感染到节日的愉悦。

空中，地面，游人——美女，词至此，按说对元夕夜景描绘够充分了。仅此，说《元夕》这词是元夕佳咏，恐非过分牵强。

然而，人们又不禁要问，这词究作于何时，其时何以会有如上非凡美景？

据考，诗成于南宋淳熙八年，即1181年。其时的大背景是：北宋灭亡，中原大片国土沦为金人统治。南宋朝廷偏安一隅，国人过着以泪洗面的悲惨屈辱生活。似此国难民艰关头，国人会乐以忘忧，欣喜若狂吗？显无可能。可那词上阕的非凡美景、万民欢腾又从何而来？似可断定，上绝非实景，而是诗人精心构思营造的模拟景观。这在古诗词中也是常见的。

可人们又不禁要问，明明国难民艰关头，诗人又何以要精心构思如此非凡美景，难道要为南宋王朝涂脂抹粉、唱赞歌不成？诗人的一生，一生的遭遇，其中又特别是归南宋后的遭遇，又给上问题的回答，得出了完全相反的答案。

诗人山东济南人。出生前十三年，北宋即蒙靖康耻而亡。但诗人出生后，在其家庭、社会，特别是祖父教育下，誓雪国耻之志却十分强烈。二十一岁便组织义军，袭入金营。他归南宋，也完全是为抗金复国。他具经天纬地才，可归南宋后，始终未获重用，还频遭打击和迫害。似此遭遇，他怎会给南宋朝廷唱赞歌呢？不但不会唱赞歌，还会唱愤歌、唱怨歌、唱怒歌。就在两年前（淳熙六年），他从本来就非重用任上，被转调到战略地位更不重要的任上。他敢怒而不敢言。便在同官王正之置酒为其送行时，愤然吼出了一首“肝肠似火，色貌如花”的别致怨词：《摸鱼儿》（赏读见本书第一部分“忧国忧民情”）。两年后，也就是写作《元夕》前，更未料，诗人竟又遭到了更严酷的迫害：因谗被罢官。此时，诗人心中的愤懑之情又会怎样呢？只会愈浓愈炽。《元夕》这词，恐就是这愈浓愈炽的愤懑作。

《元》和《摸》，在辛氏创作的词作中，真可谓地道的言愤姊妹篇。两词出笼背景相同，皆诗人归南宋后不受重用的愤怒关头；两词起兴的直接原因更似，皆因难而发，且后难较前难尤甚；两词的写作风格也极相似。皆“肝肠似火，色貌如花”吟咏。

两词锋芒所指，无疑都是对南宋朝廷的。《摸》上阕，以“春”道情，“惜春”，“留春”，“怨春”，慨南宋王朝好景不长，难挽必然覆亡之命脉；《元》上阕，表面看，是元夕夜景，实则是以元夕美景为假象，暗藏利刃，隐刺南宋上层统治集团，在国难民艰、濒临灭亡关头，竟毫不以国事为重，仍张扬豪华，穷奢极欲，乐享花天酒地般腐朽生活。“宝马雕车香满路”，还见对豪门贵族的直接抨击。显然，这不是在为南宋朝廷唱赞歌，不是在为南宋统治集团涂脂抹粉。恰恰相反，是对南宋政权更辛辣、更彻骨的鞭笞和讽刺。只不过人们在赏读时，需戴上能在繁华假象中洞察其真意的眼镜。

《摸》下阕，是借“长门事”典，婉抒诗人自己不被重用之愤，要自己“休去倚危栏”，就在那夕阳西下的烟柳弥漫处，睁眼看看南宋的灭亡，为南宋灭亡而肝肠寸断。那么《元》下阕呢？

《元》下阕最吸引人眼球的是词尾的三句：“众里寻他千百度，蓦然回首，那人却在，灯火阑珊处。”

三句表面看似为元夜帅男寻美女。只见这帅男在众美（女）中寻呀，觅呀，也不知究竟寻觅了多少遍（“千百度”即千百遍，极言寻觅遍数之多），似乎并未寻见他要寻觅的意中人。正待灰心泄气时，“蓦然（即忽然）回首”，终于发现了，原来他要寻觅的意中人（即诗中的“那人”），竟远远地站在那灯光稀疏的僻静处(“阑珊”，灯光将残、将尽貌。“灯火阑珊处”，即灯光稀疏处)。真是“踏破铁鞋无觅处，得来全不费功夫”，多么浪漫的男女情事呀！

然而，读者只要稍用心品读，便会发现，《元夕》这词，哪有一个寻觅美女的帅男！也根本不存在一个立在“灯火阑珊处”等候情人约会的美女娇娃。自然也不会有“踏破铁鞋无觅处，得来全不费功夫”的男女浪漫情事和据此而咏的情词。帅男，美女，情事，情词，纯系初读时冥冥仿佛中获得的模糊感知，并非词中的真实吟咏。

可又值得注意的是，这词下阕，又确清楚可见，一个既像帅哥美男，又酷似亭亭玉立美女的神奇偶像屹立词中。这就是词尾的“那人”。尤值得注意的是，为推出这神奇偶像，诗人在《元夕》这词中，似乎极尽了烘托、渲染之能事，竟将元夕夜所有美景，灯，月，烟火，宝马，雕车，鱼龙舞，以及那令人眼花缭乱的一群美女，全都调集起来，捆绑在一起，一齐为推出这神奇偶像发力。就像众星捧月一样，一同捧出了这神奇偶像。甚至似乎可以说，《元夕》这词，上下两阕，要推出的唯一实体，就是这神奇偶像——词尾的“那人”。

可人们又不禁要问：这神奇偶像，究是怎样的一个真身和实体？诗人又何以要如此不遗余力地为其推出亮相发力？词中未见明言，但从这神奇偶像——词尾的“那人”在那热闹非凡的元夜不同凡响的表象，又使人不由得会想到诗人自己。

看，他远远地站在那“灯火阑珊处”，显是置那繁华美景于不屑一顾。不慕荣华，不随凡俗，自然也表明，他不愿、不肯和那虚假荣华的炮制者们、推崇者们为伍。

一个文武兼备、具有经天纬地才的一心谋国人，一个不为朝廷当权者所信任，且频受打击、频遭迫害的报国无门者，此时，他对南宋朝廷已不抱任何希望了。他不愿、不肯和当权者同流合污，也不想再“倚危栏”，自然只有远远地站在那“灯火阑珊处”，眼睁睁地看着那南宋王朝的灭亡，永葆自己的高洁。多么崇高的心灵，多么高尚的情操！

显然，《元》下阕和《摸》下阕一样，也是婉抒自己不被重用之愤，极展心中不同凡响之志。《元夕》这词的意境，准确说，应是在愤怒抨击南宋王朝上层统治者不顾国家安危，在国家濒临灭亡关头，仍穷奢极欲，过着花天酒地般腐朽生活的同时，推出了一个不肯和当权者同流合污、永葆高洁的崇高形象。这形象（亦即诗中的“那人”）不是别人，正是诗人自己——一个崇高而令人景仰的形象！多么发人深思深省的意境！只不过，这意境，恐还不仅是对那崇高形象的讴歌，更有对那“那人”不肯同流合污的社会、政权——南宋王朝上层统治者的愤怒鞭笞和谴责。这恐也是这诗更见深邃的意境所在。

《元夕》，诗具不同凡响的意境美的杰作。

近代著名学者王国维，在《人间词话》中，还将《元夕》词尾的这几句列为“古今成大事业、大学问者”所必须经历的“第三境界”。

第三境界，应为最高境界。一首诗竟有如此丰富而深刻的内涵，以至能给人以超越诗词本身的思想和艺术的感染，甚至被列为“古今成大事业、大学问者”所必须经历的最高境界，也更见《元夕》这词的非凡艺术魅力。这恐也是诗具意境美的最高境界。

（四）李商隐《嫦娥》

诗的意境美，在古诗词中，似还有更神奇玄妙，更令人有虚无缥杳、扑朔迷离感的吟咏，这就是诗具朦胧美。

“千山欲晓，雾霭微微，朦胧残月，气色昏迷”（王维《山水论》）；

“暮从碧山下，山月随人归。却顾所来径，苍苍横翠微”（李白《下终南山过斛斯山人宿置酒》）；“清辉淡水木，演漾在窗户。苒苒几盈虚，澄澄变今古”（王昌龄《同从弟南斋玩月忆山阴崔少府》）……皆诗具朦胧美佳句。

诗具朦胧美佳作，则又多为秉承浪漫主义手法，刻意营造出一种迷离恍惚的虚无意境，让人在扑朔迷离中获得心灵愉悦的感知和美的享受。如屈原的《湘君》、《湘夫人》，借男女水神之口，歌唱人间男女两性相亲相思之爱，隐抒诗人心中如梦如幻、如胶似漆的刻骨眷恋之情，便是诗具朦胧美的杰作（两诗赏读均见本书上卷中“男女婚爱情”）。

陶渊明《闲情赋》中的“十愿”，也堪称诗具朦胧美的爱情佳作。“愿在衣而为领，承华首之余芳”；“愿在裳而为带，束窈窕之纤身”；“愿在发而为泽，刷玄鬓于颓肩”……鲁迅赞：“陶潜先生，在后人心中实在飘逸的太久了，……但那些无思胡想的自白，毕竟是大胆的。”

诗具朦胧美，应是月色之美，梦幻之美，含隐之美，玄妙之美。幽而不墨，暗而不黩，隐而不迷，玄而不妖，应是其常态。但在古诗词中，也有些诗词，其意境隐秘深藏，难解难分，令人如坠五里雾中。“一篇锦瑟解人难。”唐著名诗人李商隐笔下许多诗词，便颇具这种晦涩难解成色。《锦瑟》是其代表作。

李商隐的另一首七绝《嫦娥》，也被认为是一首具朦胧美的佳作。《文史知识》总第 375 期“诗文欣赏”栏中一篇文章（莫砺锋著《浅谈李商隐〈嫦娥〉诗的主题》），综合前人的纷纭歧解，罗列出了六种解说，并说，“像李商隐《嫦娥》此类意蕴深秘的诗作，更不能有类似标准答案般的最优解读。在不违背相当史实与本文内容的基础上，读者完全可以自行选择最满意的解读方法。”

笔者对上说有不同认识。

笔者认为，一诗多旨，固无不可。白居易《长恨歌》，揭露（揭露唐明皇荒淫误国和杨贵妃以色祸国）与歌颂（歌颂唐杨爱情之坚贞）并举，统一于“长恨”，何尝有损为旷世绝作。但那是长篇叙事诗，且一前一后，有分有合，似无大碍。一首只有四句的短诗，竟有六意境，六主旨，岂非奇怪！

再说，诗具朦胧美，并非不可解。朦胧不是密码，不是天书，只要细心玩味，便可化朦胧为明晰，晓真意于笔端。

《锦瑟》，诗坛已多有解读，似无须再班门弄斧。《嫦娥》这诗，表面看似朦胧恍惚，似是而非。其实也并非“五里雾”之朦胧，而有其坦荡、深邃的意境于其中。只不过，这诗如许多写景、状物（物象）、言情(情事）诗一样，既有其表面的、直观的蕴含，又有其隐在景、物(物象)、情（情事）后面的隐意和深意。只有先晓其表意、直意于字里行间，方能穷其深意、隐意于诗中。且先赏其表意。

题为《嫦娥》，当为咏与嫦娥有关之情事。

嫦娥，月中仙女。亦即那个传说因为偷吃了王母娘娘赐给她丈夫后羿的不死药，奔到了月宫里去的女子。因为是仙女，世人多对其艳羡有加。但对其盗药奔月之行，又多有责谴、非议和贬语。责谴最尖锐的是孟郊的一首诗：“嫦娥盗药出人间，藏在月宫不放还。后羿遍寻无觅处，谁知天上竟容奸。”指责嫦娥不忠不义，指斥上天藏奸、容奸。

更多的则是对嫦娥奔月升天后处境孤寂的同情。如李白《把酒问月》：“白兔捣药秋复春，嫦娥孤栖与谁邻？”

晏殊的《中秋月》，也是惋嫦娥月中“孤”：“未必素娥无怅恨，玉蟾清冷桂花孤。”

还有明代边真的一首《嫦娥》：“月宫秋冷桂团圆，岁岁花开只自攀；共在人间说天上，不知天上忆人间。”由嫦娥月中之孤进而想到天上人间共忆，岂不更见凄楚！

李商隐上面这首《嫦娥》，尽管也是对嫦娥奔月持有非议的吟咏，可它既未正面指责嫦娥不忠不义，也未泛泛咏其在月宫之孤，而是别出奇思，推出了一个更发人深思的命题："嫦娥应悔偷灵药"。一个"悔"字，便见诗人心中会有更深沉的思绪，更隐秘的情致。

细味四句诗，似还可见这"悔"字是贯穿全诗首尾之诗心。上联，"云母屏风烛影深，长河渐落晓星沉。"，似为"悔"的形象展示；下联，"嫦娥应悔偷灵药，碧海青天夜夜心"，既见对嫦娥盗药奔月荒诞行径的指责："应悔"；更见嫦娥必为这荒诞行径吞下永生永世的苦果和应该和必须承担的心灵、道德和道义方面的责任——"夜夜心"。可以说，这是一首地地道道的"悔"之歌。

"云母屏风烛影深"，诗起便见嫦娥月中之窘。

"云母"，云母族矿物的总称，商业上多称"千层纸"。有白云母、锂云母、金云母、黑云母之别。其中白云母、金云母有优良的耐热性、电气绝缘性和耐酸碱腐蚀性，是高温、高压、耐潮的电气绝缘制品的主要原料。可制成各种云母板，且具透明性。诗上句所指，显系白云母和金云母。

"屏风"，古时陈设于室内、用以挡风或作为障蔽的用具。《燕丹子》下："八尺屏风，可超而越。""云母屏风"即是用优质云母制成的屏风。用这种屏风装饰的屋舍，无疑是精美高档不过了。这会是什么去处？自然是月宫了。

"烛影深"。"烛"，便知时为黑夜。"影"，人影，这里显系嫦娥身影。可烛光照在嫦娥身上，何以会是影"深"呢？这"深"字，似内涵更丰。

嫦娥住处，系月宫深处。深处言"深"，何其贴切！此其一；

月宫素有广寒宫称。月宫"深"处，当更寒气袭人。"深"字之用，岂不更令人不寒而栗！此其二；

嫦娥身居月宫“深”处。这深处是否有众多女伴、女婢陪同，不得而知，但肯定不会如人间繁华热闹。“深”似也有孤隐，此其三；

还有，“深”还是深沉、深邃、深思等的冠词。“影”后着一“深”字，是否也有嫦娥面对眼前艰难处境深沉思绪之隐，恐也不能排除。而深沉思绪便见“悔”的阴影。此其四。

一字四义，诗人拣字功夫，何其了得？

下句，“长河渐落晓星沉”，便更见上面所言这深沉思绪在嫦娥心头激腾翻滚。

“长河”，即银河，又名天河，银汉。亦即晴朗夜空中可见到的那条云状光带。实为众多恒星所组成。

“晓星”，即晨星，日出前出现在东方天空的行星。寥若晨星，即言稀少。

“长河渐落晓星沉”，显言天将破晓，天将黎明。破晓，黎明，应是喜庆和兴旺的象征。可一个“落”字，一个“沉”字，又不见喜和兴，而是凄和悲。诗人寓悲于喜，是否也有嫦娥奔月先喜后悲之隐，恐也不能排除。诗人用词成句，会精心构置，不会轻率落笔。

这里，尤值得关注的是，上面所言景观，当时究系何人所见？“影”中可知，应是嫦娥当时亲历所见。据此，似又可推知，当时嫦娥应为一夜未眠。一夜未眠，漫漫长夜，何其熬煎！上景观似又可推知，当时，嫦娥还极可能是在时不时地仰望长空，对着那茫茫银河和满天繁星，出神，沉思，发愁，发呆……

嫦娥何以会一夜不能成眠？她仰望长空、银河、繁星，出神、发愁、发呆，又会引发出怎样的情思？

古神话传说，每年七月七日，“牵牛织女会天河”。银河，男女情侣向往的神奇去处。

嫦娥奔月前，和羿夫妻恩爱情深，那是何其美满幸福呀！可现在，自己一个人来到了月宫，独自住在这高寒、清冷的月宫深处，凄凉、孤寂，何其哀楚！

她还会想到织女。织女因为得罪了天帝，被责令和牛郎分离。可她每年还能和牛郎相会一面。可自己呢？却再也见不着羿的面了。夫妻的恩爱和欢乐一去不复返了，这是何其不能忍受的巨悲呀！可这又能怪谁呢？完全是自己偷吃不死药招致的苦果呀！只能自作自受。

好一个自作自受！此时此刻，嫦娥显是后悔莫及了。

不过，此时，嫦娥的“悔”，恐还只是局限在和眼前处境息息相关的感情生活和精神生活方面，并未延伸到上面提到的道德、道义等层面。

“嫦娥应悔偷灵药”。这“应悔”二字出现，嫦娥的“悔”，恐就不仅是感情生活和精神生活方面的“悔”了，更多的恐又是道德、道义等层面的“悔”。

“应悔”什么？“偷灵药”。偷，本身就是不道德行为，是人品的缺失。无疑是“应悔”的。应该感到愧疚才对。更何况，她偷吃的不死药，还是王母娘娘赐给她丈夫吃的。她不告诉丈夫，偷吃了还不算，还居然背叛丈夫，背叛人间社会，偷偷地逃到月宫里躲了起来，这岂不更是对丈夫、对人类社会的不忠、不义！不忠不义，“悔”恐还是轻的，按孟郊的说法，这就是“奸”，而“奸”是应该锄的。

不过，话还得说回来。嫦娥盗药奔月，虽属荒诞，但并无害人故意，也未对他人造成严重伤害后果。斥以“奸”未免有过，更不存在“锄”的问题。“应悔”二字，恰如其分，合情合理。

至于嫦娥自己，是否真的认识到这道德、道义方面的问题，似乎也并不重要。重要的是，不管嫦娥她是否认识到和能不能接受这道德、道义层面的问题，她都要不折不扣地吞下由于她的荒诞而招致的苦果，并承担由此而必须承担的心灵、道德和道义方面的责任。而且这苦果要一直吞下去，直到永远；这责任也要一直承担下去，也要直至永远。

“碧海青天夜夜心”，恐就是嫦娥在月宫深处吞咽苦果和承担责任的综合而形象的展现。

“碧海”，又作“碧汉”，亦即银河。徐寅《鹊》：“碧汉填河织女回”。

“青天”，也作“碧霄”，亦即晴朗的天空。

“心”，心脏，心思，心意。古人以为心是思维器官，故把思想的器官和思想情况、感情等都说作心。《诗·小雅·巧言》：“他人有心，予忖度之。”《孟子·告之上》：“心之官则思”。哲学范畴，与物相对，指人的意识，包括思想、道德、情感等。

还是前面提到的那个繁星满天的晴朗夜空，也还是那个因为偷吃了不死药、逃到了月宫去的那个负心女子嫦娥，此时，她独自立在月宫深处，也还是像前面说的那样，在独自仰望着那金浪滔滔的银河和金光熠熠的繁星，在出神、沉思、发愁、发呆……

出神、沉思、发愁、发呆，便是心的翻滚、煎熬和激越。是感情生活和精神生活方面，难以吞咽的苦果在翻腾和激越；恐更是心灵、道德、道义层面的愧疚、缺失和不安在翻腾和激越。和前面不同的是，那是一夜不眠的激越，而这是“夜夜心”。

“夜夜心”，天天如此，夜夜如此，永世永生，永无休止，这又是何其令人震撼的激越呀！

世上最难吃的药是不悔药，吃了最不管用的也是后悔药。嫦娥自作自受酿成的苦酒，只能一口一口独自吞下去。永远的悲哀！

《嫦娥》咏嫦娥，不言而喻。然而，嫦娥奔月，毕竟是神话传说。

诗人虽有咏古雅兴，也不会徒作“戏笔”之思。

有人说，“义诗中多属意妇女……此作亦然”（清·黄生云《唐诗摘抄》）。可这诗中并无缠绵悱恻、柔情蜜意的情和句，完全不像诗人众多的“无题”诗那样：情浓艳美。显然不是男女情爱诗。

也有人说，唐代女道士多有风流放诞，不守清规者，诗人曾赋《碧城三首》讽之。《嫦娥》亦刺女道作。可女道之荒诞应为方外之清净，不会是“碧海青天夜夜心”。况《嫦》与《碧》意趣迥然不同。

还有人说，诗为悼亡作，似更属牵强。

笔者沉湎于诗人的一生，似又见诗人自身的诸多“悔”隐于《嫦》中。

如前面赏读诗人诗时言，诗人字义山，号玉溪生，怀州河内（今河南沁阳）人。出身没落小官僚家庭，性聪颖，富文才。但进入政坛伊始，便卷入了当时愈来愈激烈的牛（牛僧孺）李（李德裕）党争中。李（商隐）先是以文才见知于牛党重要成员令狐楚，引为幕府巡官；继而又得楚子令狐绹奖赏，中了进士。义山初出茅庐，可谓是一帆风顺。可情况复杂的是，此前，经人引荐，商隐还曾结识了曾为岭南节度使（治所在广州）、后为河阳节度使（治所在今河南孟县）的王茂元。而王系李党的骨干成员。王在广州时，商隐曾慕名前往晋谒。王待之以礼，但并未任用。说明王当时尚未看准这个年轻人。王到河南，适值商隐中进士。商隐再去晋谒，王便委以重任，任书记，并以女妻之（疑为家妓，艺名萼绿华，“青衣，颜色绝整”），可见王对李（商隐）的重视。

可这样一来，商隐便必会得罪于牛党。令狐绹们先是大肆诋毁商隐，说他“背恩”，“诡薄无行”，“放利偷合”。更严重的是，不久，李党失势，李德裕被贬，朝中大权尽操牛党手中。商隐便再也得不到重用了。以至长年奔走于川、桂、粤和徐州等地，只能寄人篱下，做些幕僚类的工作，直至46岁死于郑州。潦倒一生告终。

商隐聪颖，文华过人，长年挣扎在党争夹缝中，不被重用，自不会没有伤感。他的许多诗作，如《贾生》、《筹笔驿》等，便可见那怀才不遇的苦闷。他对自己在夹缝中的言行和举作，比如是否有如嫦娥般的那种只顾自己、有悖义行，以及思虑欠周、轻率去留等方面的问题，也不会没有自己的回头审视，自我反省，以至忏悔。他那篇“解人难”的《锦瑟》，其实恐就是一首自我反省的总结。说是自我忏悔之歌，似也无不可。

《嫦娥》，何尝不是诗人望月兴叹、思嫦娥而自悔的诗！只不过这望，这叹，这思，这悔，又皆隐在嫦娥月宫的“夜夜心”中。

诗具朦胧美，并非纯朦胧。常常是诗的意境在诗中更深沉、更深邃、也更富浪漫的形象展示。《嫦娥》就是证明——意在“悔”中。

好一首“悔”之歌！

二、绚丽美

古诗词中的艺术美，意境美外，最能给人以美感，能使人沉迷入胜的，恐又要数绚丽美了。

绚丽和美，在某种意义上，可说是同义语。绚丽即美。可在这里，绚丽又多指颜色，姿致，美的外延和内在的形象表征。非大千世界所有美的全部。也非古诗词中美的全部。

绚丽源于色。色彩斑斓，即见绚丽。不过，这色，恐又非仅是红橙黄绿青蓝紫的所谓七彩色或五颜六色，似还有更丰富、更多样、更神奇，也更常见的色泽、色品和色相。动和静，明和暗，浓和淡，新和旧，有和无；大和小，多和少，高和低，快和慢；广袤和平旷，浩荡和宁静，崎岖和幽深等，大自然凡属由光谱、波长作用于视感而引发出的种种奇观，莫不有五彩斑斓的“色”于其中，而成为绚丽美的基本元素。是以绚丽美，当首推色彩美。

然而，大自然中的“色”，往往又不是孤立存在的，而是天然地、巧妙地组合在一起的。五光十色、千姿百态、千形万状的“色”巧夺天工地交织在一起，便又构成更见斑斓、各式各样的优美图画。这较之单一色彩美，往往更具美的色彩。是以绚丽美，更有图画美，或曰画图美。

“耳得之而为声，目遇之而成色。”大自然中万千物种本能地发出的各种美妙声音，潺潺声，嗡嗡声，风声，雨声，花鸟虫鱼的怒放声和鸣叫声等，和万紫千红的“色”、图、景融汇在一起，使大自然更显得妖娆、生动、绚丽。是以绚丽美，也包括音韵美，绘声绘色美。

世人皆知，画家对“色”（色彩、色相、色泽）具有最灵敏的分辨力和再现自然美景于图画的创造力。其实，诗人对“色”的敏感，也不亚于画家。相反，杰出的诗人，慧眼巧识风景，神笔巧弄风色，妙趣横生，有时较之画笔涂抹，还更见美的风采。

早在唐以前，就可见诗人对自然万物色彩的精彩素描。

“昔我往矣，杨柳依依。今我来思，雨雪霏霏。行道迟迟，载渴载饥。我心伤悲，莫知我哀。”《诗经·小雅·采薇》用杨柳、雨雪、行道的不同色相：“依依”、“霏霏”、“迟迟”，彰显戍边士兵“往”、“来”、“归”的不同心境，何其贴切！

“秋风起兮白云飞，草木黄落兮雁南归。兰有秀兮菊有芳，怀佳人兮不能忘。泛楼船兮济汾河，横中流兮扬素波。箫鼓鸣兮发棹歌，欢乐极兮哀情多。少壮几时兮奈老何！”汉武帝刘彻的《秋风辞》，秋日景色起兴，“白”，“黄”，“秀”，“芳”，“扬”等诸多色彩、色相集于一处，婉抒怀人、伤老之情，又何其令人感染！

（一）王维《终南山》

然而，诗、画色泽艺术融为一体，臻于完美，恐还始于唐代。唐诗宋词中则比比可见其风采。盛唐诗人王维，融诗、画艺术于一身，被苏轼誉为“诗中有画”、“画中有诗”，后世亦然其说，堪称诗画艺术融合的杰出代表。其《终南山》便可见诗画艺术融合的异彩。这里不妨将其作为本章首篇赏之。

太乙近天都，连山接海隅。白云回望合，青霭入看无。

分野中峰变，阴晴众壑殊。欲投人处宿，隔水问樵夫。

终南山，一作南山，秦岭主峰之一。在陕西省西安市南，为西安市游览胜地之一。相传道教全真道北五祖中的吕洞宾、刘海蟾曾皆修道于此。

“太乙近天都，连山接海隅。”

诗起，一个“近”，一个“连”，一个“接”，便见山的雄伟和广大。

太乙，即终南山。是终南山的另一名称，亦作太一。“天都”，时，唐京都长安有“天都”称，但这里并非指长安，而指传说中的天上之都。言终南山与天相“近”，即言山高。其实，终南山并不特别高。这是夸张形容。

终南山，“绵亘八百余里”，可谓广大。但其山脉也并未到海边。说它“连山到海隅”（“隅”，边远的地方；“海隅”即海边），也是夸张形容。

夸张，文学创作一种表现手法，也是写景诗中构建绚丽美的一种常见的修辞手法。诗人运用，可谓熟娴。

上联显系诗人入山前对山势的宏观素描，下联则是诗人入山后对山中景的微观吟咏。可也令人颇感新奇的是，这山中景并未见写景诗中常见的“花木葱茏”、“曲径通幽”，而是——

“白云回望合，青霭入看无。”

这又是怎样的一种景观呢？

完全是一种云雾缭绕（“霭”，也是云气。气象上轻雾也称霭），变幻莫测的神奇景观:“白”“青”相间，时分时合，时有时无。

“白”“青”相间，天上的白云，山间的雾气，花木的葱茏，翠绿的山峦，完全融在了一起，风景何其幽美!

时分时合，时有时无，神奇变幻，虚无莫测，又何止是幽美，简直是白云深处的人间仙境，令人神往!

诗人笃信佛教，倾心禅宗。他眼前风景，自多玄妙绮丽;他笔下风光，也会别有洞天。此前，他还写过一首汉江揽胜的诗:《汉江临眺》。其中两句:“江流天地外，山色有无中”，和上两句意境相似，只不过一个是山，一个是水，都是别有洞天的绮丽风光，是画家难画出的画，诗意无尽的诗。

“分野中峰变，阴晴众壑殊。”

此时，诗人显已走出云海，视野显也扩展开来——由身在山中扩展到放眼连绵起伏的层峦叠嶂。“分野”，本为谓与列宿位置相当的古代九州各个区域(见《左传》襄公二十八年疏和《周礼》“春宫保障氏”郑注)，这里言终南山广大，绵亘不止一州。一峯之隔，便属不同分野。但见，主峰(“中峰”即主峰)两侧，风光各异，气象万千。而那层层叠叠的山谷间，同一时间，气候、景象也各不相同。这里是朗朗晴空，艳阳高照;那边却是阴霾浓雾，缭绕山间。阴、晴、云、雾交织于一山，瞬息万变，岂不更见终南山神奇秀美无比。诗人言终南山之美，真是到了奇绝地步。

可何以又“欲投人处宿，隔水问樵夫”呢?其一，山景美不胜收，白天恐难尽饱眼福，欲有宿处，方能明日继续观赏;其二，前面所言山景，只见山，不见水，更不见人。“隔水问樵夫”，岂不有山，有水，又有人——“白云深处有人家”。终南山之美，岂不更臻于完美。诗人言景手法之周密，也可见一斑。

（二）王维《辋川集》第五《鹿柴》

然而，更能展示王维“诗中有画”的诗篇，恐又要数他晚年在辋川别墅半官半隐时和裴迪（唐诗人，关中即今属陕西人，官蜀州刺史及尚书省郎。早年与王维友善，同居终南山）和唱之作：《辋川集》了。

辋川，水名，即辋谷水。诸水会合如车辋环溪，故名。在陕西蓝田南，源出秦岭北麓，北流至县南入灞水。据《陕西通志》载，川口为两山之峡，路甚险狭，过去则豁然开朗。村墅相望，蔚然桑麻肥沃之地。四顾山峦掩映，似若无路，环绕而南，凡十三区，其美愈奇。

诗人开元二十八年（740 年）秋以殿中侍御史（皇帝身边的官）身份去黔中、岭南执行补选史任务归来后，便在长安附近终南山，开始了半官半隐生活。其后不久，又在辋川这里购得一庄园，开始辋川别墅生活。诗人对这里的山山水水、村寨楼阁，甚至山间路径、湖畔沙滩，都十分喜爱；对这里的四时风光、各时间段的风景，犹赏爱有加。就在他和裴迪的和唱中，他以诗人兼画家的独特视角，对上述种种景物、景貌、景观，都作了别致而精彩的描绘。深村晚景，夕阳余晖，月夜浣影，幽篁琴音……与其说是首首诗中有画的诗，不如说是诗、画、乐和谐融而为一的杰作。诗人亲自将其中 20 篇集结并序，便是《辋川集》。限于篇幅，这里仅赏其中两首。

《辋川集》第五：

鹿 柴

空山不见人，但闻人语响。返景入深林，复照青苔上。

诗起“空山”，便使人生奇。

明明是“深林”（第三句），还有“人语响”（第二句），何言“空”？再说，有山有林，必有鸟、虫、花、草……怎么会是“空”！

诗人的其他一些诗作，特别是晚年诗作中，也多见“空山”、“空林”。

《山居秋暝》：“空山新雨后，天气晚来秋。明月松间照，清泉石上流……”，也是诗起“空山”；

《鸟鸣涧》：“人闲桂花落，夜静春山空。月出惊山鸟，时鸣春涧中”。有“山空”；

《早秋山中作》：“空林独与白云期”；《积雨辋川庄作》：“积雨空林烟火迟”。皆“空林”。

可细味上诸作中之“山”和“林”，似也皆有实体、实物于其中：人、树、鸟、云等，并非“空”。可见诗人笔下的“空”，非真“空”，而有他意在焉。

他意者何，笔者寻思，似有三“空”：

一曰灵空。诗人信佛，在佛神眼里，世大皆空。佛眼视山，岂非山也皆“空”乎——灵空：神灵之空。

二曰心空。“晚来唯好静，万事不关心”（《酬张少府》）。目睹朝廷腐败和官场倾轧日甚，诗人晚年对政坛生活也日益厌倦和厌恶。移居辋川，便是他决心远离尘嚣、谋求安逸宁静生活之行举。而“静”和“空”相连。一心尚“静”，“万事不关心”，岂不也是“空”——心空。

三曰人空。“空山不见人”。因为“不见人”，才觉山“空”，才有“空山”语。可见诗人心中之“空”，还在“人”上，在“不见”上。这恐也是诗人当时心中仍在关注的焦点，尽管诗人自己说“晚年唯好静，万事不关心”。

那么，诗人当时关注的又是什么人呢？难道仅是山中的游人吗？诗的第二句似又会使人引起对诗人当时真实思绪的遐思。

“但闻人语响”。

以往，释者在赏读这句时，多赞其以动衬静之妙，如“蝉噪林逾静，鸟鸣山更幽”（南梁·王藉《入若耶溪诗》）。从写作技巧方面说，无疑是可以的。但如细品句中用词，似又远非上止。

“但闻”，显非“也闻”和“又闻”。“也闻”“又闻”无尖锐对立含义；而“但闻”，则有明显不相容语音。如果说上句“不见人”是“静”，那这下一句便恐是欲静不能的“噪”了。句尾的“响”字中，似更可品味出这种特殊感受。

“响”，音响，是声音。但不是一般声音，而是很宏亮或很嘈杂的声音。也有声音强硬或远扬意。

那么，这声音究竟有多响呢？

寂静的山林，其实并不寂静。啾啾的鸟鸣，唧唧的虫语，瑟瑟的风声，潺潺的水响……大自然的声音是丰富多彩的。可奇怪的是，上面所有的这些声音，诗人似乎都未听见，而只听见“人语响”，那岂不是人语声将上面所有声音都压住了，那该是多大、多响的声音呀！真是那样，那密林深处又该有多少人呀！可又“不见人”，岂不奇怪！

可值得注意的是，上句诗中又恰恰是用的这个“响”字，而不是“声”和“音”或别的什么字。诗人是“诗佛”，是绝不会轻率、随便用某个字或词的。他所以用“响”字，自也有个中缘由。笔者揣摩，恐还是和诗人当时所处情况以及他当时的心情、心境有关。

诗人当时所处情况，用一句话说，便是：身处进退两难的矛盾境地。张九龄因诬被贬后，诗人在政治上失去依靠。一方面，朝廷对他已开始冷落，不被重用；而另一方面，却还不断地委他以外任，执行临时任务。“使至塞上”后，又令其以殿中侍御史身份“知南选”，还让他去川、鄂等地执行临时差事。诗人素笃佛，此时自会佛心弥增。远离尘嚣，静心禅宗，是其本意；可另一方面，来自朝廷和官场的“噪音”又不绝于耳，欲静不能。《鹿柴》便是在上述这种矛盾境遇和心情下的杰作。头两句“不见”之“静”和“但闻”之“噪”交织一起，便构成了这“空山”的奇异景观，实是诗人心中进退两难矛盾心境的反映。这也说明，这诗并非纯写景诗，更是言情诗。情景交融，汇成了别致景观——常人很难想象到的奇妙景观。

然而，此时，诗人毕竟已接近晚年（上诗当作于天宝中，时诗人约年 50 许）。“晚来唯好静”，此时，诗人心中的“静”念自会愈浓愈激。

时，已是夕阳西下的黄昏时分。

夕阳，黄昏晚景，霞光万道，异彩纷呈，美不胜收。然而，我们的诗人，此时的注意力和视角，并未完全集中和陶醉在这正面的夕阳美景上。他此时关注的重心，竟是一些从不被人所在意的小植物——深林深处的青苔。

“返景入深林，复照青苔上。”

青苔，苔藓类植物，根、茎、叶无明显区别，生长在密林阴湿处，很难见到阳光。长年与潮湿、幽暗、寂静为伍。此时，一抹斜辉，竟穿过密密树林，返照其上。顿时，光亮、温暖、生意油然而至，多么别致而令人欣慰的晚景呀！

可诗人何以对这不被人们注意的小植物特别关注呢，恐也和诗人当时的心境有关。诗人晚年，清纯、高洁而不被重用，何尝不形同“青苔”！似也有希望霞光返照之隐。在这里，情和景又水乳交融地汇合到了一起，展示出了一个更见奇妙的景观——幽郁、幽美而又不泯人生希望的晚景。

一闻（“但闻人语响”）一见（“复照青苔上”），两奇妙景观，并列一处，一个暮年宦坛失意但又雄心未泯的杰出诗人形象展现眼前，令人由衷叹惋！诗人以景展情手法，何其高妙！

然而，以景展情，情是内核，景是载体。《鹿柴》这载体，推出的又是一种怎样的景观呢？细味四句，似又见一个无比幽静、幽美的世界展现在广袤天地间。诗的前两句，“空山不见人，但闻人语响”，推出的是一种有声的静寂；而后两句，“返景如深林，复照青苔上”，推出的则是一种有光的幽暗。一般说，无声的静寂，无光的幽暗，人们比较容易觉察，诗人们也比较容易表现；而有声的静寂，有光的幽暗，觉察和表现就都难得多。可诗人却在只有四句的短诗中，创造出了一个前不多见的特有的幽静境界，并将自己的心情、心境巧妙融入其中，不是诗人、画家兼音乐家的王维对色彩、声音具有特殊的敏感和特佳的表现力，恐是很难做到的。诗具绚丽美，岂不更见别样特色和风采。

（三）王维《辋川集》第六《木兰柴》

《辋川集》第六首

木兰柴

秋山敛余照，飞鸟逐前侣。彩翠时分明，夕岚无处所。

这诗展示出的绚丽美，似更有特色，更见异彩。表面看，似纯为写景诗，其实也有浓情蜜意于其中。是情景交融的杰作。

这诗中描绘的景色，也是夕阳晚景——秋晚幽景。只不过这景色的展示，似还有个不被人所注意的特点，就是以动展景。既以动展“静”景（相对静止的景），又以动展“动”景（动物和能活动、能流动的物体的景），更以动展多景于一炉，推绚丽美于极致。

尤可贵的是，细味四句诗，还可见两幅别致风景画。前两句，实是秋山暮霭归鸟图；后两句，便是彩翠山岚明灭图。两幅画交织在一起，还会引发人更多和更富深情的联想。

“秋山敛余照，飞鸟逐前侣。”

诗起两句，便见以动展景之妙。

“秋山”，“余照”，皆相对静止的景。一个“敛”字（收集、收藏），便化静为动。既见日落秋山之状，又见彩霞（“余照”即落日余晖，亦即彩霞）返照之美。

“飞鸟”，空中飞翔的小动物，已见翩然生动；紧接的一个“逐”字，更见欢腾雀跃。

“侣”，伴侣。黄昏时分，群鸟喜逐前侣，显系相与归巢。

好一个秋山暮霭归鸟图！岂非更见晚景之幽！

然，木兰寨（“柴”即寨。“木兰柴”即木兰寨）晚景，又何止上幽！

木兰，树名，一名木莲。树大者可达五六丈。叶厚大，终冬不凋。花如莲，有红、白、黄诸色，也有内白外紫者，四月自开。木兰寨多木兰树，以树名寨，故名木兰寨。

晚霞返照在漫山遍野的木兰树上，那又是怎样的一种景观呢？五颜六色，千红万紫，应有尽有。更神奇的是，这霞光一闪一闪（动），照射在那木兰树上，又只见那花上的颜色，时红时紫，时兰时白，千变万化，神奇莫测。再加上，此时，夕岚（即傍晚山林的雾气）涌动（又是动），飘忽靡定（“无处所”，即言飘忽不定）。云雾缭绕其间，简直将整个山寨烘托得绚如人间仙境。

“彩翠时分明，夕岚无处所。”恐就是这人间仙境的倩影。

“彩翠”，这里指木兰花、叶装点而色彩斑斓的山色；“分明”，即显现。“山岚无处所”，亦即云雾缭绕其间。这何尝不是另一幅风景画——

彩翠山岚明灭图。

一幅，“秋山暮霭归鸟图”；另一幅，“彩翠山岚明灭图”。两幅图画重叠在一起，又会引发人怎样的联想呢？

晋·陶渊明《饮酒》其五：“采菊东篱下，悠然见南山。山气日夕佳，飞鸟相与还。”值得注意的是，这后两句和上面两幅图画构成的景观何其相似！“飞鸟相与还”，岂不就是“秋山暮霭归鸟图”；而“彩翠山岚明灭图”，恐也是“山气日夕佳”的形象展示。

两诗所言之景，何以如此酷似？显非临摹笔（景虽酷似，诗无摹痕），而有心息相通情。400多年前的陶潜(陶较王维早出生约400余年)，当时“采菊东篱下，悠然见南山”的悠然自得情，和王维当时“晚年惟好静”、“空知返旧林”的思归、思退情何其相似！《木兰柴》与其说是写景诗，不如说更是言情诗。绚丽中更见王维心中归隐情。

（四）杜甫《绝句四首》其三

杜甫言景诗中的绚丽美，如王维作，表面看，也皆口语白话入诗，自然天成；其实，也皆极具精雕细刻功夫：巧弄玄关，巧寓深意。他那首《绝句四首》其三，堪称典范。

> 两个黄鹂鸣翠柳，一行白鹭上青天。窗含西岭千秋雪，门泊东吴万里船。

看似一般写景诗，其实包容极广，蕴涵极丰。它既是诗人当时心情、心绪的自然流露；也是诗人精心浓墨涂抹推出的四幅极富绚丽美的写生画；还是诗人巧弄数字、时空、色彩、方位等诸多要素，精心营造出一首独具诗情、诗韵的别致佳作。致千百年来世人特别喜爱，吟咏不绝于口。

诗当成于764年。

此前，诗人在成都，与成都尹严武，还有蜀州尹高适等交往甚密，心情舒畅。宝应元年（762年），代宗召严武入朝，蜀中动乱，诗人曾一度北避梓州（今四川三台）。翌年，安史乱平定。又一年，严武还领成都。诗人得知，也即返成都草堂。此时，诗人心情、心绪极佳。面对生机勃勃景象，他诗兴大发。情不自禁，便写下了《绝句四首》这组小诗，其中《其三》是四首中最见诗人当时心境者。

“两个黄鹂鸣翠柳，一行白鹭上青天。”

黄鹂，亦称黄鸟、黄莺，体长25厘米。雄鸟羽色金黄而有光辉，雌鸟黄中带绿。其鸣声婉转，常被饲作观赏鸟。

“两个”黄鹂，“两个”恐非实数，似还有成双成对意。吉祥喜庆象征。

草堂周围多柳。成双成对的黄鸟在嫩绿的柳枝上（“翠”，新绿。柳枝刚抽嫩芽的颜色）欢快歌唱，有声有色，多么令人喜庆愉悦的景象！这是实景，恐也是诗人当时愉悦心情的真实写照。

白鹭，亦称小白鹭、白鹭鸶，体长约54厘米。全身羽毛洁白。春夏多活动于湖沼岸边或水田中，好群居。

晴空万里，一碧如洗。一群白鹭鸶在“青天”掩映下高高飞翔，这景观又何其令人振奋！

“青天”，晴朗的天空，也有用来比喻皇上、朝廷和清官的。“上青天”，诗人当时心中，是否有对皇上、朝廷的赞美和希望得到皇上、朝廷重用隐，不能仅此敲定。但这个“上”字，向上、图进之心，如白鹭高高飞翔之志，诗人一生从未泯灭过。此时依然。

上两句，显非纯美景素描。景中有意，意在雄心。下两句，似更见深邃。

“窗含西岭千秋雪，门泊东吴万里船。”

诗人当时显是在室内凭窗西望。但见，远处的高山，白雪皑皑，银装素裹。原来这是终年积雪不化的雪山。不过，诗中的“千秋雪”，恐还不仅言雪终年不化，似还有宇宙乾坤漫长历史之隐。“雪”，在这里是庄严宏伟的宇宙乾坤的缩影。

不过，这里还需指出的是，诗人其实并非此时才在室内凭窗远眺的，而是一开始并始终是在室内眺望室外景的。上两句便是在室内凭窗眺望到的室外景。只不过因为无必要，才未提到“窗”。第三句起便见“窗”，并在“窗”后着一“含”字，显另有深意。深意者何？笔者寻思，诗人极可能是要告诉人们：浩瀚的宇宙乾坤，漫长的人类历史，全在这正凭窗远眺的诗人心中，就像这巍峨的雪山一样，透过窗口，尽收眼底。诗人当时心胸之辽阔、浩荡可想而知。这恐也是诗人写作此诗更见深情的思绪。

“门泊”句尤见深情思绪。

“窗含”是远眺的景观；“门泊”则是俯瞰的近景。远眺是山，雪山；俯瞰是水，江水。江水滔滔，奔流不息。无数船只，来来往往，穿行其中，何其浩荡！而俯瞰门前，却又可见，众多船只就停泊在门前。

船行万里，“始于足下”。“万里船”，如“千秋雪”，此前似未见过，系诗人首创。细味创意，似也颇富哲理。它也无异告诉人们：无论做何事情，无论从事何种业务，都需具有两种截然不同、但在实践中又缺一不可、且相辅相成的品格。这就是，既要有船行万里、不达目标、决不罢休的雄心壮志，又要有脚踏实地、切切实实、一步一步、一点一滴从眼前、从足下做起的求实精神。舍此，便断难成就伟业，铸造辉煌。这便是“万里船”这极具特色的词语能给予人的最重要启迪。

可何以是“东吴”万里船呢？

有释者云，是来自东吴或是去东吴的船只。未免有“关公战秦琼”的笑柄。时为唐朝，还能见到东吴的船只吗？岂非笑话！

据史载，三国时，费祎奉命出使东吴，诸葛亮在成都为其设宴送行。席间，费祎称：“千里之行始于此”。后人便据此将送别时成都南跨锦江上的一座桥梁名为万里桥。此桥在杜甫堂东，故杜诗后来还有“万里桥西一草堂”句。

诗人身在草堂，思接千载。此时，他想起500年前的三国往事，不由得凭增昂扬振奋情。“东吴万里船”便是他心连吴蜀、心思“万里”的浪漫心语。诗人晚年豪情更见。

四句诗，一句喜(愉悦、喜庆)，一句“上”(向上、上进)，一句“含”(包含寥廓、心胸豁朗)，一句“昂”(脚踏实地、昂扬奋进)，诗人当时情致尽展。好一幅草堂心情愉悦、雄心勃勃的眺展图！

四句诗，也是四幅风景写生画：黄鹂鸣柳，白鹭翔天，窗含雪岭，门泊“万里船”。四画并一画，一幅更见绚丽的立体写生画展现眼前，使人如临仙境。好一幅春光明媚、风景如画的草堂外美图！

四句诗，还是一组别致的诸元妙合画。每句一数字：一、二（两），千,万，巧妙包容了从一到万的全部数据；黄，绿（“翠”），白，青，蓝(江水)，几乎囊括了大自然的各种颜色；黄鹂，翠柳；白鹤，青天；窗含，雪岭；门泊，舟船。有动有静，有主有从，每句两景，珠联璧合；“鸣翠柳”，“上青天”，“千秋雪”，“万里船”，平视，仰视，远视，俯视，上下左右，远近高低，全方位，多角度，更见奇观。

四句诗，真乃不可多得的极具绚丽美的佳作。

（五）毛泽东《菩萨蛮·大柏地》

无产阶级革命领袖毛泽东，在长期革命战争中，吟哦出的许多诗词佳作，其中不少也极具绚丽美。只不过，他的这些佳作，在内容和意境方面，又皆和革命战争相连。在硝烟弥漫，在枪林弹雨中，更见其在改天换地、在“装点”江山、在美化乾坤中的绚丽风采。《菩萨蛮·大柏地》便是这样一首极具硝烟弥漫特色的绚丽美佳作。词如后：

赤橙黄绿青蓝紫，谁持彩练当空舞？雨后复斜阳，关山阵阵苍。当年鏖战急，弹洞前村壁。装点此关山，今朝更好看。

词成于1933年夏，但词中传递的感情，并非完全始于词成时。而始于四年前，即1929年，红军在江西瑞金大柏地的一次战斗。

大柏地，圩镇名。在江西瑞金县城北约30公里处，是瑞金通往宁都的必经之地。这里四面环山，地形十分险要。

瑞金，第二次国内革命战争时期，是中央革命根据地中心。中央工农兵大会会址和中央革命根据地领导机构都在这里。

1929年，蒋介石图谋消灭红军，摧毁中央革命根据地，曾指令湖南、江西两省国民党军共3万多人，对红军和中央根据地发动“围剿”。为打破敌“会剿”阴谋，并解决红军当时面临的给养、冬服问题，红四军3600余人，在毛泽东、朱德、陈毅等率领下，于1月14日离开井冈山向赣南出击。由于敌重兵围追，红四军沿途曾五战失利。2月10日(农历正月初一)，毛、朱部署，红四军在大柏地麻子坳布下口袋阵，伏击尾追不舍之敌刘士毅部，激战整日，终将敌击溃。俘敌团长萧致平、钟柏以下八百余人，缴枪八百余支，成为红四军转战赣南闽西以来的首次大捷，也是“红军成立以来最有荣誉的战争”（见陈毅当年向党中央的报告）。

可未料，此后不久，因受王明“左”倾冒险主义排斥，毛被免去了红四军总政委职务。毛只得被迫离开军队，去地方主持中华苏维埃政府工作。然尽管如此，诗人并未因挫而馁。仍斗志昂扬，投身革命事业，表现了无产阶级革命者的崇高革命精神。

1933年，诗人重返大柏地，目睹大柏地美景和美好形势，抚今思昔，感慨良多，情不自禁，便一气呵成了上面这首极具绚丽美的佳作。细品这诗，似又可见绚丽美在革命战争中非同一般的异彩。

“赤橙黄绿青蓝紫，谁持彩练当空舞?”诗起便见无比绚丽的太空美。

一条几乎囊括了大自然和人目视感基本颜色——七彩色的“彩带”（“彩练”即彩色绢带），在广袤的太空高高飘扬，迎风起舞，这景观给予人们的视感，是何等动人心魄的“美”呀!

这种将七彩色集于一句，横压词端，极展绚丽美的用词成句手法，此前似未见过。诗人妙用，纯系首创。

那么，这又是什么物理现象引发的奇观呢？联系下句“雨后复斜阳”，似又可推知，上景观如系实景，那应是七彩斑斓的彩虹。

“长桥卧波，未云何龙？复道行空，不霁何虹”（唐·杜牧《阿房宫赋》）。虹，雨后阳光射入水滴经折射、反射、衍射而引发的奇观。其绚美之极，可想而知。

然而，上景观恐非实景。一个“谁”字，便见这景观是人的力量创造出来的，是人文景观。这里显言革命根据地迅猛发展的大好形势。

曾几何时，“红旗到底能打多久”，还一直是党内和一些人思想上挥之不去的问题。短短几年，形势剧变。红色区域迅速扩大。大柏地战后，又接连粉碎了敌三次“围剿”。革命形势愈来愈好，前景无限光明。

革命形势的发展，令人喜悦，令人陶醉。这在人们眼里，岂不也俨然七彩缤纷的“彩练”，在迎风招展，在当空飞舞，令人欣喜，令人鼓舞。

革命形势的发展，得力于诗人和其战友们为代表的无产阶级革命派的正确领导和指挥，也得力于广大革命群众团结英勇奋斗。这个“谁”字，便见诗人对自己和战友们的自信和自豪，对革命群众的深情赞美。

可何以又“关山阵阵苍”呢？

恐是革命根据地的另一种绚丽美——地形地貌美。

“关山”，群山，似也有关隘和地形地势险要意。这里应指革命根据地中心地形险峻。

“阵阵”，队列貌。宋·赵什《和韵前人初出锁头》：“淮木林人脱，霜鸣阵阵飞”，是言大雁列队而飞。这里则谓群山如层层军阵，雄浑严峻无比。

“苍”，青黑色，似也有庄严肃穆隐。诗人《忆秦娥·娄山关》，有“苍山如海、残阳如雪”句。

前两句，七彩斑斓，寥廓太空美；这句，庄严雄伟，广袤地势美。一个天空，一个地下，两美浑然一体，岂不更见革命根据地无比绚丽。

然，尽管如此，恐还是不能尽展根据地之美。词下阕更有别致奇观。

“当年鏖战急，弹洞前村壁。装点此关山，今朝更好看。”

目睹根据地天上地下之美景，诗人又不由地忆起四年前大柏地之战：“当年鏖战急”。“急”同激；“鏖战急”即言大柏地当时战争紧张、频激。可令人略生疑窦的是，词中并未具体描绘大柏地战事如何激烈，却对前村壁上的“弹洞”格外留心、在意，不惜浓墨重抹，何也？

再说，“弹洞”，在一般人眼里，应是战争的破坏痕迹，不是好看的东西。可这词里，却说用此装点关山，“今朝更好看”，岂不更令人诧异！

其实不然。这恰恰是诗人有别于常人、深刻而深邃的思想内涵所在。

“枪杆子出政权”。革命的枪杆子，是推翻旧世界、催生新社会的最有力杠杆。革命战争留下的“弹洞”，岂不也是“装点”江山、美化乾坤最好的点缀物！七彩缤纷、庄严雄伟的革命根据地，再辅以“弹洞”“装点”、美化，岂不“今朝更好看”吗！下阕这四句诗，实也是对革命战争最富深刻哲理的赞美和讴歌。

诗具绚丽美，一旦和革命战争的题材相连，现实主义和革命浪漫主义结合绽放出的异彩，会更令人震撼。

（六）李贺《雁门太守行》

在用颜色、图画打造诗的绚丽美方面，古诗坛上，还有位杰出诗人，似也不能忘怀。这就是被世人称为“诗鬼”的诗人李贺。

李贺，字长吉，福昌昌古（在今河南宜阳县）人。出身没落王室贵族。终身抑郁不得志，仅做过“奉礼郎”这样的小官。他寿命短，只活了 27 岁。但其诗作在唐诗坛上异军突起，独树一帜。他是我国文学史上一位才高命短、有特殊成就的诗人。

他的诗，显著特点是构思奇特，想象别致。尤擅用色彩字提高诗歌的意境和艺术表现力，使人凭生强烈的视感效果。陆游曾评说：“贺诗如百家锦衲，五色炫曜，光夺耳目，使人不敢熟视。”日一研究者曾将他和王维、韩愈三人诗中所用色彩字作过统计和比较，结果是：贺诗中色彩字占总字数（三）3%，王维是（一）5%，韩愈是 0.8%；贺诗中

30 字中有一色彩字，王维 67 字有一色彩字，而韩愈诗中的色彩字，仅为 125：1，可见李贺爱用色彩字之甚。

李贺诗中的色彩字，有一句一色的，也有一句两色的，还有一联多色的。有景有物皆有色，景、物和色紧密相连、密不可分的，也有以色代指景和物，却使人更见诗中色彩美的。如以“玉龙”代剑，使人更感寒光闪闪、威风凛凛，锐气逼人；以“新翠”、“削玉”代竹，使人倍觉竹的清翠挺拔，高尚高雅；以“碧玺”、“玉镜”代水，使人愈感水的冰质玉骨，清澈照人；等等。

尤令人称道的，诗人笔下的“色”，还不仅是言景状物的“佳洁士”，还能用来抒情、叙事、表意、引典，发“色”之魅力于极致。而不同“色”的相互融合、渗透和超常组配，则更使诗中的绚丽美达到登峰造极地步，使人从绚丽美中受到强烈感染。且赏下面这首诗：《雁门太守行》。

> 黑云压城城欲摧，甲光向日金鳞开，
> 角声满天秋色里，塞上燕脂凝夜紫。
> 半卷红旗临易水，霜重鼓寒声不起，
> 报君黄金台上意，提携玉龙为君死。

这是唐中叶末诗人写的一首歌咏唐将士英勇戍边、视死如归的诗。这诗的显著特点，便是以色、声、形的巧妙组配，极展当时战场的严峻形势和将士们在边塞征战中的顽强苦战精神的，使读者在一种特定的绚丽美中，在边塞征战的浮雕中，受到强烈的爱国主义精神的感染。

题为《雁门太守行》，但非雁门事。雁门，郡名，在今山西省大同市东北一带。而这诗中事——战事，据考，应发生在今河北西部燕地易县一带。诗中有“临易水”词语可兹证明。诗人同时期作品中还有“燕山月如钩”句（《写诗》）。

《雁门太守行》，系汉乐府《瑟调曲》名。本为赞美后汉洛阳令王涣的诗，一作《洛阳行》（见《宋书·乐志》）。后人多用以歌咏边塞征战之事。李贺上面这首是历代同类诗作中最有名的一篇。只不过这诗中的征战极可能是对藩镇割据势力和当时经常侵扰内地的少数民族统治集团的战事。因为当时唐皇朝的统治者是以戍边卫国名义用兵的，故参战将士的英勇行为应视为爱国主义的正义行动。

“黑云压城城欲摧，甲光向日金鳞开。”

诗起便见边塞征战的严峻战场形势。

“黑”，“黑云”，在诗人笔下，多指邪恶势力，这里显指敌军。而“甲光”，铠甲的光芒，金光闪闪，则指我军的正义之师。一黑一白（金），鲜明对比，自见憎爱分明。这是以“色”言敌我，以“色”示憎爱。

“黑云压城”，一个“压”字，又见敌之强悍凶恶。气势汹汹，不可一世，妄想一举将我边城摧毁殆尽；而“甲光向日”，一个“向”字，则又见我正义之师朝气蓬勃，威风凛凛，不可战胜。在阳光照耀下，一个个浑身铠甲如金色鱼鳞，光芒四射，雄姿更展。“压”和“向”，也是“色”，“色”展战场形势。

下联则更见“色”展如火如荼的激烈战事。

“角声满天秋色里，塞上燕脂凝夜紫。”

“角声”，既是战场冲锋陷阵的号角声，也是敌我拼死厮杀的角斗声。

时值深秋，秋色萧肃。冲锋声，厮杀声，满天遍野，如雷贯耳。战事之激越，岂不可想而知。

这还是听觉获得的感知，“声”的感知。再极目远望，又只见，那塞上的黄土，全都变成了红色（“燕脂”即胭脂，红色）。何以有变？激战中兵士流血过多所致。更甚者，激战由白日直到深夜，变红的黄土，在夜色苍茫中，在夜霜夜寒的凝结下，又变成了紫色。黄而红，红而紫，岂不更见战事惨烈之至。

一听一视，一声（“角声”）三色（黄、红、紫），将战争之激越和残酷，概述得历历在目，如见如现。诗人言战手法之高妙，岂不也值得千古称道。

然而，下面的诗，究系何意？似需细推敲。

“半卷红旗临易水，霜重鼓寒声不起。”

有释者言，两句言增援部队投入战斗。可细味两句内涵，似难敲定就是增援部队。

如前述，诗的总体思想是极展唐将士英勇戍边、勇于为国捐躯的英雄气度，似勿需有增援部队投入战斗的表述。该诗前两句着力渲染的是敌我两军对垒的严峻态势和激越惨烈的战场搏斗，尾联又是将士勇于为国捐躯的坚强意志，颈联突然插入增援部队投入战斗这样的具体兵力布局，岂不有损于诗的整体思路的协调贯通，且与刻画和讴歌将士们的崇高精神不符。

笔者联系上两句诗前后诗联揭示的思想内涵，细味两句诗的用词和诗语，分析认为，上两句诗的别致意境，应是在经昼夜激战尚未完全达成克敌制胜的情况下，将士们决心发起新的更猛烈的进攻，以期达成歼敌卫边之目的。两句诗生动、形象、准确地传递出了上意境。

“半卷红旗”，唐·王昌龄《从军行》有“红旗半卷出辕门”句。王诗的全句是：“大漠风尘日色昏，红旗半卷出辕门。前军夜战洮河北，已报生擒吐谷浑。”是咏唐初期卫国戍边事的。“吐谷浑”，当时侵犯唐边境的敌军首领。

李上诗的“半卷红旗”，显系变用王诗的“红旗半卷”而来。皆言边塞征战威武雄壮、扬旗出征之象，并非红旗“半卷”之形。如白居易《暮江吟》“半江瑟瑟半江红”中之“半”非江之“半”同。只不过，李诗中之“半卷”，非唐初期，而是唐中叶；非“出辕门”（“辕门”本为古帝王巡狩、田猎车辆出入的半圆形门，后也为领兵将领领士兵出征的营门），而是“临易水”。

“易水”，水名，在今河北易县，战国时属燕地。唐中叶，这里多边塞争战事。李诗中之战事，就在此处。不过，“临易水”，恐还非仅言战地，似还有“荆轲刺秦王”“风萧萧兮易水寒，壮士一去兮不复还”之隐，更展唐将士誓死歼敌卫边的决心。

“霜重鼓寒”。这个“霜”字，便又见激战已过深夜，延续到了黎明时分。因为秋霜是早霜。“鼓寒”源于“霜重”。似也有偃旗息鼓意。“声不起”，则更见将士们求胜心切，欲以突然袭击，将敌军一举歼灭。

“红旗”，“霜重”，“鼓寒”，“风萧萧”……多么神秘的战场形势！一个准备更周密、更有克敌制胜把握的歼敌大战即将展现在易水河畔，令人鼓舞。

“报君黄金台上意，提携玉龙为君死。”

“君”，皇帝。在封建社会，皇帝也是朝廷和国家的代表。“报君”，“为君死”，也是以身报国和勇于为国捐躯的行动。

“黄金台”。相传战国时燕昭王在易水东南筑台，上置千金，用以招揽人才。

“玉龙”，宝剑名。李岩《观道士磨剑》：“欲整锋铓敢惮劳，凌晨开匣玉龙嗥。”

将士们高举红旗，提携宝剑，决心勇往直前，为国战斗到死。表现了无与伦比的牺牲精神和英雄气概。

红（红旗），黄（黄金台），白（玉龙宝剑），后四句又是以“色”纪行，以“色”展志，以“色”引典，极展征战诗中的绚丽美。《雁门太守行》，也是以“色”展美的杰作——诗展绚丽美于极致。

三、恢宏美

在古诗词艺术美中，最具雄豪气度、最富震撼魅力的，恐又莫过于恢宏雄豪美了。

本书前两部分赏读的百余首诗词中，不少优秀诗作便极具这令人震撼的艺术美。如李白的《将进酒》，陈子昂的《登幽州台歌》，岳飞的《满江红》，文天祥的《正气歌》，苏轼的《水调歌头》（明月几时有）、《念奴娇·赤壁怀古》等。

细味上述光辉篇章和诸多同类诗作，似又不难发现，诗具恢宏雄豪美，其思想内涵，其精神风貌，又常可见如下诸多令人崇敬、引人崇高、发人振奋的品格和道义于其中。如胸怀天下，心系黎民的宇宙意识；顶天立地，旋转乾坤的壮志雄心；装点江山，舍我其谁的敢于担当；披坚执锐，勇往直前的奋斗精神；叱咤风云，无私无畏的英雄豪气；旷达飘逸，勇于进取的浪漫情愫。如此等等，不一而足。这恐也是构建诗具恢宏雄豪美的前提、要素和基础。

（一）刘邦《大风歌》

文如其人，诗如其人。恢宏雄豪作，多出自恢宏雄豪者的诗人之手，包括具有非凡雄伟气度、并非诗人的伟大历史人物手中。

汉高祖，并非诗人。但其心雄志广，气度豪迈，特别是打败项羽、做了皇帝后，更是趴趴然不可一世。他平定英布叛乱后，途径故乡沛县，邀集父老乡亲聚宴，酒酣击筑（古击弦乐器，形似筝）高歌，放声吼出的，便是一首极具雄豪气度、极富恢宏雄豪美的杰作。

这歌词仅三句，句句皆具恢宏雄豪美。如后：

大风起兮云飞扬，威加海内兮归故乡，安得猛士兮守四方！

“大风”骤起，云涌“云飞”，何其气势！首句便见恢宏无比。

恢宏恐还不仅是风景，更有深意于其中。

《易·乾·文言》：“云从龙，风从虎。”

元·王恽《谒武惠鲁公林墓》：“云龙时际会，风虎日翱翔。”

云龙风虎，古时常用来比喻封建帝王叱咤风云、旋转乾坤的雄姿和气概。这里，刘邦显也是以龙虎自居，极言在以往的争王争霸中，如龙似虎，腾云驾雾，呼风唤雨，旋转乾坤。

诚然，在此前争斗中，刘邦在胸怀大志，锐意进取方面；在足智多谋，善于用“诈”（兵不厌诈。“诈”，在某种意义上，也是谋）方面；特别是在广纳良才、知人善任方面，确有常人难及的独到处。一个小小的泗水亭长，八年奋争，竟一跃而登皇帝宝座，不能不说是中国帝王史上的奇迹。

不过，据正史记载，刘邦在争王争霸中，其主要历程和史实，除荒诞的迷信传说外，似又并无特别神奇处，而是群雄角逐的正常争斗。歌中，歌者以龙虎自居，状龙虎雄姿，未免有自我神化和故意张扬嫌。

张扬，恐还非仅首句，接句似更见张扬。

“威加海内兮归故乡。”

封建帝王，至高无上。刘邦一跃而登皇祚，“威加海内”（“海内”即四海之内，亦即天下。我国古时以为天下四周都是海），不言而喻。

不言而喻的荣耀，在一般情况下，按说也是不宜自我张扬的。可刘邦竟在家乡父老亲朋面前，击筑高歌，载歌载舞，极展这至高无上的荣耀于形色。帝王的恢宏气度外，恐又和他出身平民、经历卑贱所形成的特殊心理素质有关。这从史书记载他的往事中也可约略窥知。

《史记·高祖本纪第八》：“高祖常繇（‘繇’，徭役也）咸阳，纵观，观秦皇帝（包恺云：‘上音馆，下音官。恣意，故纵观也。’），喟然太息曰：‘嗟乎，大丈夫当如此也！’”

又，史载，公元前200年，叔孙通等为汉高祖制朝廷礼仪。群臣朝拜，盛况空前。高祖喜极而曰：“吾乃今日知为皇帝之贵也。”

又，《史记》载，刘邦得天下后，为父亲祝寿，曾戏对父曰：“始大人常以臣无赖（许慎曰‘赖，利也，无利入于家也’。或曰江淮之间谓小儿多作狡猾为‘无赖’），不能治产业，不如仲力（‘仲’，老二。上言勤力赶不上老二），今某之业所就孰与仲多？”

平民帝王的特殊人生，心满志得的豪情，富贵还乡的喜悦，交织在一起，恐就是汇成上面这极具恢宏张扬诗句的原因和心理因素。仅此，似也可说明，《大风歌》之恢宏雄豪美，准确说，应是平民帝王的恢宏雄豪吟。

自然，上句将“威加海内”和“归故乡”连在一起，也足见刘邦对汤沐地——故乡故土眷恋情深，而这也正是平民帝王通常会具有的乡土情结和恋乡情愫。

不过，此时此刻，摆在平民皇帝面前，最紧迫和最令他揪心的问题，恐还是如何确保他八年鏖战赢得的胜利成果不致得而复失、如何确保这至高无上的皇帝宝座不会是昙花一现的问题。

“安得猛士兮守四方!”便是这紧迫而神圣问题的思绪。

“猛士”，应是威武雄壮的智勇之士，包括文臣与武将。

“守四方”，恐不仅是卫边戍疆，防止和抵御外敌入侵；更有平息国内反叛和动乱，确保已取得的政权不被颠覆、分裂和割据，确保皇位不致崩塌和丢失。这恐也是任何已夺取政权的得胜者胜利后务必首先和时刻关注的问题。

可又令人心生疑问的是，刘邦之所以能“以布衣提三尺剑”而得天下，完全得于众多良将、勇士鼎力相助、顽强奋搏所致，何以又有“安得”之问呢？原来——

刘邦争夺天下时用的部队，不少是协同作战的盟军。在群雄竞逐中，盟军是可以联合作战的；但胜利后，则断难勠力同心，共固江山。

刘邦属下将领，在争夺政权的斗争中，同心合力、共谋良策，共赴艰险，是克敌制胜的需要。而胜利后，也会出现各种各样的新情况、新问题。唯恐“兔死狗烹”，胜利后，功成身退者有之，如张良；自恃功高，私欲膨胀，尾大不掉者，更多，如韩信等；韩信、彭越、黥布等，还早怀异心，图谋反叛；如此等等。对于韩、彭阴谋，高祖早有觉察，早有预防，此前已巧计除之。黥布英勇善战，军势甚盛，高祖不得不亲率大军平征。高祖还乡，便是平布回归途中。

面对如上严峻形势，高祖又怎能不忧心忡忡、如焚如炙呢？高祖还乡时，尽管平叛斗争已取得重大胜利，但“守四方”之重任未减，形势依然严峻，高祖又怎能不仍存忧虑呢？《史记》载，高祖歌《大风歌》时，

“慷慨伤怀，泣数行下”，极可能还是为“安得”而泣。

不过，尽管如此，刘邦的“泣”，也还是胜利者的忧虑和忧楚；这和项羽的《垓下歌》，完全是失败者无可奈何的哀鸣，是不可等同而语的。

这里，还需特别提及的是，刘邦的“安得”梦，在此后两汉的早期岁月里，在平民帝王的帝皇生涯中，应该说，还是获得了较圆满的“圆梦”之果的。在张良退隐和清除了韩、彭、布等异性诸侯王和隐患后，还有许多忠臣良将，如萧何、陈平、樊哙、周勃、灌婴等，围绕在他周围。在他们的忠诚辅佐和强有力的支持下，刘邦采取许多措施，加强了中央集权制，终于使新生政权得以巩固和发展，成就了平民帝王的伟业。“安得”梦功不可没。

还需指出的是，《大风歌》，特别是尾句“安得”梦，尽管只有寥寥七字，细味之，却不难发现，其中蕴含着许多深刻而智睿的治国平天下的哲理。打天下和固政权，创业和守成，治国和求贤，“守四方”和良将等，莫不深嵌其中。难怪两千多年来，历代帝王和有识之士，对三句歌词，特别是尾句，都赞赏有加，千古传颂而不朽。

据《清史》载，顺治十一年，富阳典史孙某，解饷北上，过高邮时，见湖中夜有光，命人光中搜索，得一玉玺，方四寸有六，盘龙双钮，精致绝伦。上有篆文。辨其文，正刘邦《大风歌》。孙将其献朝廷，流传后世。

清·王士祯笔记《池北偶谈》载，康熙四年十月初八，溧水县一农民种田，也得一《大风歌》玉玺，献朝廷。

（二）杜甫《望岳》

伟大诗人也是伟大历史人物。他们和历史上许多伟大的朝代奠基者以及杰出的英雄豪杰一样，也都极具宽广的胸襟和崇高的理想与志向。特别是在刚迈入社会的青年时期，往往会更是意气风发，豪情满怀。作为展示其胸怀、理想和志向的吟咏，他们这时期的诗作，也多具恢宏雄豪美。李白初入长安时的诗作:《将进酒》，便是一首极具雄豪气度、极富恢宏雄豪美的杰作。本书伊始便作赏读。这里不妨赏读另一伟大诗人的早年作:杜甫的《望岳》，以期进一步领略伟大诗人早期的雄豪风采。

岱宗夫如何？齐鲁青未了。造化钟神秀，阴阳割昏晓。荡胸生曾云，决眦入归鸟。会当凌绝顶，一览众山小。

杜甫早在开元十九年(731年)、刚满20岁时，便开始了“裘马清狂”的漫游。先是远游吴越（今江苏省南部和浙江省地)，观赏江南秀丽山川。开元二十三年（735年)，从吴越回巩县，去洛阳参加唐玄宗在洛阳举行的科举考试。未料，应试未第。之后，便又北游齐越。

齐，古国名。故址在今山东省北部、中部。这里是五岳之首的泰山所在地。

泰山，全长约200公里。主峰玉皇顶在泰安县城北，古称“东岳”，又称岱山、岱宗。海拔1524米。山峰突兀，雄伟壮观。

在我国古文化传统中，泰山占有重要位置。

《孟子·尽心上》载，两千多年前，孔子曾“登东山而小鲁，登泰山而小天下”。何其气势!

楚汉之际，刘邦曾改博阳郡（沿所在今泰安东南）为泰山郡，因境内有泰山而名。

旧时称妻父为“泰山”。一说是，泰山上有丈人峰，故名。另说是，开元十三年，封禅于泰山。三公以下，例迁一阶。独封坛史张说之婿郑镒骤迁四阶，由九品迁至五品。明皇讶问之，无可对。伶人黄幡绰奏曰：“此乃太山之力也”。后人乃呼岳翁。上说见《酉阳杂俎》卷12，“郑鉴”作“郑镒”。

还有“泰山北斗”，喻某一方面成就、名望显赫者。亦作“泰斗”、“北斗”。如“文坛泰斗”。

总之，泰山，在国人心目中，庄严而神圣，是崇高、伟大的象征，千百年来，也是中华民族的骄傲和象征。

千百年来，人们前往登临揽胜者络绎不绝，诗人墨客纵情讴歌之作不胜枚举。杜甫上面的这首，其诗题和字里行间，虽只见“望”，不见“登”，但其思想意境的深邃和深远，写作构思的精细和精巧，却堪称历代咏泰岳诗中之冠，千古脍炙人口。

不过，也有令人诧疑处。杜作此诗时，年仅二十六七岁，无疾患，且在齐越间漫游达四五年，还要以泰岳为题吟咏成作，何以就不登临其上，而只在远处或只是站在山脚下仰观瞭望呢？岂不有悖常情！

笔者寻思，极可能是，诗人此前虽已登山（恐还不只一次），但在成诗时，为了更好地表达吟咏主题，故意不言“登”而以“望”为诗。因为这不但更能突现泰山的雄伟壮观，而且更能展示诗人不因应试未第而馁、决心攀登“绝顶”的雄心壮志。自然，这只是推断，无确凿根据。但恐也非凭空臆造。果如是，当更见诗人精心遴选吟咏角度的独到功夫。

诗共八句，四联。前三联实写“望”景——“望中景”；尾联由“望”而思“登”，也不离“望”。“望”贯穿全诗首尾。

尤可贵的是，八句四联中，不但融远望、近望、实望、虚望（望中想，想中望）、宏观、微观于一庐；细味之，还可见多种别致手法巧展美景于“望”中。设问起兴，妙答见雄（首联）；一“钟”（聚）一“割”

（分），极言山美（次联）；天人合一，浩渺传情（三联）；“望”而思“登”，志存高远（尾联）。雄，美，情，志，尽展诗人眼中泰岳之“望”和心中的“望岳”之情，令人心胸寥廓而鼓舞，情致飘逸而昂扬，志随泰岳而腾升。且赏这八句四联。

“岱宗夫如何？齐鲁青未了。”

“岱宗”，如前言，泰山别称。开门见山，何其直当！

“夫”，语助词，用在句中，意在引出山势。下句便见山势。

“齐鲁青未了”。“齐鲁”，春秋战国时两个相邻的国家，一在泰山南（鲁），一在泰山北（齐），皆今山东省境内。“青未了”，尤言泰山的青翠绿色，齐鲁两国都容纳不下，包含不了。

那么，齐鲁两国的疆域究竟有多大多广呢？

鲁国是山国，但其幅员遍及汶、泗、沂、沭水流域。山东省简称鲁，就因曾是鲁国所在地。

而齐国，战国七雄之一。其疆域东到海，西到黄河，南到泰岳，北到无棣水（今河北盐山南）。

泰山就在齐鲁两国间。泰山再高再大，能有齐鲁两国加起来大吗？“未了”说，显系夸张形容。

不说泰山究竟有多大多高，而以其山南山北两个明显比其大得多的国家疆域与之对比，还说两国疆域包容不了，岂不更见泰山之高、之大、之雄！这种以眼前庞大实体之广比拟本体之高之大的手法，形象，生动，直观，岂不更见诗人夸张形容手法之高妙。

首联设问起兴，夸张见雄；下联更见夸张形容。只不过不是言“雄”，而是言“美”。值得注意的是，言美的夸张手法似更新颖别致。

“造化钟神秀，阴阳割昏晓。”

“造化”，创造化育。也指天地，自然界。

“钟”，这里言汇聚、聚集。

“神秀”，语出晋。孙绰《游天台山赋》序文：“天台山者，盖山岳之神秀者也。”

大自然将世上所有神奇秀美都聚集在这泰岳，那泰岳的美自然是无与伦比了。

“阴阳”，本意指日光向背。向日为阳，背日为阴。历来引申为气候的寒暖，也有天地阴阳说。“一阴一阳之谓道”。

“割”，分割，分开。

“昏晓”，字面意应为黄昏和早晨、似也有黑夜和白天、昏暗和明亮诸意。

全句应是天地阴阳将泰岳的黄昏和清晨、黑夜和白天、昏暗和明亮等全都分割开来，致不同天候、不同时间段、不同方位、不同朝向，景色、气候都不相同。有阴有晴，有暗有明，有白有黑，千变万化，层出不穷，岂不更见泰岳华美无比。

上联，言雄不说怎么雄，而以眼前庞大实体之广衬言泰岳之大之高，更见泰岳雄；这接联，言美不说怎么美，也不用实体，而是两个字：一个“聚”，一个“割”(分)，便将泰岳之美渲染到了无以复加地步，诗人夸张形容手法，岂不更见别致！

然，尽管如此，上两联，诗人“望”中之岳，也还是只有外在美，不见内涵丰，也少见诗人“望”中与泰岳感情的互动和交流。诗人“望”中感情的升华和交流则更多地展现在下两联中。

“荡胸生曾云，决眦入归鸟。”

“荡胸”即胸怀激荡。刘勰：“登山则情满于山，观海则意溢于海。”诗人目睹泰岳之恢宏壮美，豪情满怀，心潮澎湃，在情理中。可何以会“生曾云”呢？

“曾云”，即层云。山间云雾缭绕，层层叠叠，和诗人心中襟怀激荡何其相似！一个“生”字，便见天人合一：诗人心中之情和泰岳山中之景融汇到了一块。一同汹涌澎湃而无法遏止。

同样，“决眦入归鸟”，也是天人合一情怀。

“决眦”，裂开眼角。形容极目远望的眼形。

那么，诗人此时又望见了什么呢？

此时已是黄昏时分，密林深处的兽类自然看不见了。可是却望见了正在归巢的小鸟。多么可爱的小精灵呀！你们白天整日在外飞忙，黄昏时分才回巢歇息，可第二天一早，又要展翅飞翔，浩渺长空。你们是多么具有生机活力的小动物呀！难怪令人由衷羡慕。

不过，诗人的钟情（“决眦”也见钟情），恐还不仅是仰慕泰岳山中之生命活力，似还有以鸟自状、自喻、自勉和自励等诸多联想。鲲鹏展翅，浩渺长空，又何尝不是诗人此时的心愿！尾联似更见此宏愿在“望”中之延伸和极展。

此时，诗人心随“望”升，终于直达泰岳之巅。“登泰山而小天下”。此时，诗人又不由得想起先圣孔子当年登岳时的豪情，心潮更加起伏难平。抚今思昔，便又不由得吼出了两句和孔圣豪情相似的壮语。

“会当凌绝顶，一览众山小。”

“会当”，应是假设词，犹言假如有一天。非既成事实。

“凌”，即登临其上；“绝顶”，巅峰，顶峰。

上两句犹言，如果有一天，我登上了泰岳顶峰，放眼四周，那周围的群山，也一定会显得非常低小，全都匍匐在泰岳脚下。

值得注意的是，孔子当年的豪情——“小鲁”和“小天下”，恐非仅言所处愈高、其视下愈小之自然物理，似还有他指。他指者何？似和孔子当时的社会背景以及孔子自身的境遇有关。

同样，诗人上面的“众山小”，恐也非仅言一旦“凌绝顶”时能见的自然景观，似也有他隐。他隐者何？恐也和诗人当时境遇有关。

孔子一生登过几次泰山，不得而知。但当时他那次登岳，显是在周游列国，雄心勃勃，求用其“为东周”时。“东周”，即秦统一中国前的王朝，包括春秋和战国。可令人遗憾的是，他所到之国，皆不见用。“累累若丧家之狗”。可孔子自己，当时并不以为然。他坚信自己的学说和主张是至善至美的。他对当时——春秋、战国时的许多名臣重相，包括像管仲这样的大政治家，都不屑一顾。说他们“器小”（气度狭小，识见卑浅），是“斗筲之人”（斗，量名，容十升；筲，竹器，容二斗。斗筲之人，言鄙细小人也）。“小天下”，又何尝不是对当时政坛为官者的轻蔑和贬鄙——“小”他们治理“天下”之乏术和无能。

诗人年二十，即远出家门，漫游祖国大江南北。其时，唐皇朝由盛趋衰已初见端倪，但诗人当时并无切身感受。可当他刚下决心要步入政坛时，未料便遭当头一棒——应试未举。这又不能不使他对当时的唐皇朝，对朝廷内外的为官者，萌生出这样那样的反感和不信任。时，他虽无“小天下”之豪情，但也坚信自己的才华超群，堪当大任。他设想，如果有一天，他能登上政坛的顶峰（他心目中的政坛顶峰，不是最高统治者君王，而是如他后来在《自京赴奉先县咏怀五百字》中说的：“窃比稷与契”——做稷和契那样的辅佐君王的贤臣），那朝中现在嚣张狂妄一时的大臣们，在他眼里，岂不也如泰岳周围的“众山”一样，一个个变得矮小而低下，只能乖乖地匍匐在他脚下。“一览众山小”，诗人想象中的凯歌！

这里，还应指出的是，孔子和诗人的“小鲁”、“小天下”和“众山小”，似皆非言过其实的狂言，而有其坚实的才华和事实做基础，且为其后几千年的历史所证实。

汉以后，孔子学说成为两千余年封建文化的正统，对后世影响极大；封建统治者一直尊孔子为圣人。孔子的许多言论，在国人心中，一直占有重要位置。直到今天还在指导行动、陶冶性情等方面发挥着积极的巨大作用。当今世界上，许多国家都出现了崇孔热。孔子学院已成为一些国家引进和传播中国传统文化的重要阵地。上述种种说明，孔子当年“登泰山而小天下”的豪情并非荒诞和无稽。不但在中国，而且在世界上获得了令人信服的回音。

由于种种原因，诗人的“稷契梦”虽未能达成圆梦的现实，但诗人在文坛上铸造的辉煌和作出的卓越贡献，有谁敢说能超越其上？“李杜文章在，光芒万丈长。”一个“长”字，为诗人“一览众山小”的“小”字画上了言之凿凿的句号。

《望岳》，诗人雄豪恢宏的早期作，也是诗人的入世宣言和立身用世作——诗人光辉人生的起步。

（三）毛泽东《沁园春·雪》

毛泽东，当代最伟大的无产阶级革命领袖兼诗人。他在长期革命战争中，在行军中，在马背上，在战斗间隙，讴歌吟成的诗篇，显著特点之一，便是极具恢宏雄豪美。迄今为止，公开披露的诗篇，细味之，几乎每篇都具有这种令人震撼的艺术美。其中最令人震撼，堪称古往今来最具恢宏雄豪美的杰作，莫过于他那首曾经轰动一时，令重庆“洛阳纸贵”的咏雪作：《沁园春·雪》了。敬赏之。

北国风光，千里冰封，万里雪飘。望长城内外，惟余莽莽；大河上下，顿失滔滔。山舞银蛇，原驰蜡象，欲与天公试比高。须晴日，看红装素裹，分外妖娆。

江山如此多娇，引无数英雄竞折腰。惜秦皇汉武，略输文采；唐宗宋祖，稍逊风骚。一代天骄，成吉思汗，只识弯弓射大雕。俱往矣，数风流人物，还看今朝。

词作于 1936 年 2 月。其背景情况是：

此前（1934 年 10 月），由于“左”倾机会主义路线的错误领导，中央红军没能粉碎国民党反动派发动的第五次“围剿”，被迫退出中央革命根据地进行长征。在敌人前堵后追的夹击下，红军数次陷入濒临覆灭的境地。为挽救红军灭亡和挽救中国革命事业，党中央政治局决定，于 1935 年 1 月，在贵州遵义举行政治局扩大会议。在周恩来、朱德等多数同志的坚决支持和努力下，终于结束了王明“左”倾机会主义路线在党中央的统治，逐步确立了毛泽东在全党全军的领导地位。这就是党的历史上最具重要意义的遵义会议。

遵义会议后，在毛泽东正确领导下，党和红军战胜了张国焘的分裂主义路线，粉碎了国民党军队的围追堵截，终于 1935 年 10 月，胜利完成了二万五千里长征，到达了陕北。随后，毛又被选为中共中央军事委员会主席。毛任此职直到逝世。

同年 12 月，毛又针对当时中国面临的新形势（日本帝国主义要变中国为它的殖民地），在陕北瓦窑堡党的活动分子会议上作了《论反对日本帝国主义的策略》的报告，全面阐明了建立民族统一战线的理论、路线和策略。

1936 年初，陕北清涧县，一场大雪弥漫了山岳、河川。大地一片白茫茫。就在雪后，诗人来到了清涧县。他兴致勃勃地登上了海拔高千米的塬(我国西北黄土高原地区因流水冲刷而形成的一种地貌，呈台状，四周陡峭，顶上平坦），观览地理形胜，欣赏雪后风光。触景生情，遐思翩翩，随后不久便讴歌出了上面这首千古不朽的咏雪词。

诗人构思这词时，思想的海洋究如何浩瀚奔驰，不得而知。伟人高深而智睿的思维，常人也难以准确揣度。但笔者仍冒昧认为，诗人构思之思路，恐不会完全离开上面所言写作上词前的历史背景。笔者甚至还认为，只有认真思味并切实把握上背景的深刻内涵，方能准确领悟蕴藏在上词中无与伦比的划时代深意。

词，上下两阕。

上阕，重在写景——雪景。说是雪景，似又不仅言雪景，而是“北国风光”；甚至不仅是“北国风光”，恐还是“如此多娇”的祖国“江山”。准确说，上阕应是：以雪起兴，借雪抒怀，极言“江山如此多娇”。

下阕，言人——为“多娇”“江山”“竞折腰”的人。包括古之“英雄”——历代有作为的君王的代表和“今朝”的“风流人物”。只不过，历代君王的代表有名有姓，褒中有贬；而“今朝”的“风流人物”姓氏不详。实是人民，是一个阶级——无产阶级，自然也包括这个阶级的杰出代表，包括诗人自己。下阕，简言之，应为：因“娇”而忆，忆古思今，志铸中华更大辉煌。这恐也是上阕最具深意的内涵所在。

上下两阕，浑然一体：天（景）人合一，雪、国同咏（上阕），横扫古今（下阕），气壮山河，恢宏万古。且赏原词。

“北国风光，千里冰封，万里雪飘。”

“北国”，即祖国北方。

秦晋高原，漫天大雪。诗人登高远望，但见，“千里”“万里”，“冰封”“雪飘”。

好一个“北国风光”！诗人不由得放声浩赞。

这是伟大领袖兼诗人对漫天大雪的浩赞，也是对“北国风光”的浩赞，令人神思缥缈而心旷神怡。

不过，如前言，诗人心中的“国”，恐还不仅是“北国”。下面便见更寥廓的视野。

“望长城内外，惟余莽莽；大河上下，顿失滔滔。”

长城，我国古代最雄伟的建筑，也是中华民族的象征。它东起山海关，西止嘉峪关，横跨河北、北京、山西、内蒙古、宁夏、陕西、甘肃等七省、市、自治区，全长6000余公里。

“长城内外”显不仅是“北国”了，而是广袤的神州大地。

那么，此时此刻，我神州大地，又是怎样的一种景况呢？

“惟余莽莽”。“惟余”，即唯一剩余，别无其他。“莽莽”，无涯际貌。杜甫《秦州杂诗》：“莽莽万重山，孤城山谷间。”似也有苍苍茫茫、迷蒙不清状。

漫天大雪，笼罩田野，一片白茫茫。何以会有莽莽苍苍、迷蒙不清感呢？

笔者寻思，极可能是诗人以眼前之实景（一片白茫茫），发心中之思，隐言国家当时面临处境之窘。

时，我神州大地，大片国土仍在国民党反动派统治之下。日本帝国主义贼心膨胀，必欲将整个中国从几个帝国主义国家都有份的半殖民地状态改变为日本独占的殖民地。而蒋介石“攘外必须安内”的政策，又对日寇的侵略实行不抵抗主义，致日寇的反动气焰愈来愈嚣张。形势严峻而复杂，国家前途未卜。此种情况；岂非如同莽莽苍苍的混沌体，迷蒙不清乎！诗人用语，是形象而准确的。

“大河”句，似尤见诗人心中之愤！

“大河”即黄河，祖国的母亲河。“黄河之水天上来，奔流到海不复回。”（李白《将进酒》）可此时，那汹涌澎湃的滔滔水势不见了——“顿失滔滔”了。

这是“冰封千里”的实景，可又何尝不是在国民党反动统治下，当时我神州大地大片国土的实景。在蒋介石不抵抗主义的高压下，广大民众的抗日热情被无情压抑，不能自由迸发，哪还能有什么生机和活力！岂不是如黄河水被“冰封”一样“顿失滔滔”了。诗人的比拟，又何其有深意！

然而，在“千里”“万里”的“冰封”“雪飘”中，难道就真的没有令人振奋的生机和希望吗？否。大自然会有神奇多姿的景观，诗人也会有神奇独特的想象、视角和妙笔。

“山舞银蛇，原驰蜡象，欲与天公试比高。”

不就是诗人凭借自己对大自然的敏锐观察和神奇想象力，凭借自己的生花妙笔，而给这漫天大雪，也给这神奇的咏雪词，注入的极富真情实感也极具雄豪气度的生机和活力吗！

看！那连绵起伏的群山，此时都披上了银妆，岂不宛如一条条精美绝伦的白蛇（“银蛇”即白蛇。银，白色），在漫天飞舞，“搅得周天寒彻”；那巍峨的秦晋高原（“原”指高原，即秦晋高原），在白雪的覆裹下，则更像一匹巨型白象（和上面的“银蛇”即白蛇同，“蜡象”即白象，因蜡也是白色），在放纵奔驰，仿佛要与天公比试究竟谁高谁低。

多么神奇而浪漫的想象，多么绮丽而富有深意的景观！

作为自然景观，上三句，简直把“北国风光”的这场大雪写绝了。冰、雪、山、原，本皆无生命景物，可在诗人笔下，全都活了起来。山和雪结合，变成了白蛇；雪铺在原上，成了白象。这蛇，这象，不但会舞，会奔驰，似乎还有思想，有理想。“欲与天公试比高”。这个“欲”字，不就是思想和理想吗！

这还是自然景，可如果联系诗人写作此词前的背景遐思、畅想，那就更见神奇了。那满天飞舞、“搅得周天寒彻”的“银蛇”，何尝没有陕北军民在党领导下进行如火如荼斗争的缩影；那放纵奔驰、“欲与天公试比高”的“蜡象”，又何尝不会使人想到，当时正在陕北领导广大军民进行如火如荼斗争的党中央领导的光辉形象（句中的“天公”，似也不无所指）。

诗人成诗时，是否确有上诸多谐指，不可断然定肯。但读者从中感悟出上谐音，恐也非凭空牵强。

“须晴日，看红装素裹，分外妖娆。”似更见雪、国同咏。

“须”，等到。

“晴日”，显言雪后放晴太阳高照之日，恐也有革命胜利之日隐。

“红妆素裹”，雪后“晴日”之景观，又何尝不是革命胜利后将会出现的景况。

太阳出来了，“日出江花红胜火”。火红的太阳，被包裹在茫茫白雪中，岂非“红妆素裹”乎！

革命胜利了，“一唱雄鸡天下白”。红旗迎风招展，红在白中，岂不也可用“红妆素裹”来形容。

遵义会议后，特别是长征胜利后，党中央和中央红军到达陕北，中国革命的航船，将会沿着正确轨道，越来越迅速地驶向胜利的彼岸。身在其中的革命人，又怎能不由衷喜悦呢？“红妆素裹，分外妖娆。”也见诗人当时心中之悦。“妖娆”，美艳貌。

词下阕，前两句：“江山如此多娇，引无数英雄竞折腰”，既是全词承上启下（前句承上，后句启下）的豪语，也是全词感情升华更见深邃的吟咏。它昭示世人：祖国“江山”“多娇”，是引“无数英雄竞折腰”的源泉和动力；它也激励和鞭策国人：为了祖国更加美好的未来，务必顽强艰苦奋斗，为铸造更大辉煌而“竞折腰”。

"折腰"，释者多释为崇拜、倾倒、鞠躬、赞美等，似稍失轻佻。笔者细味词中意，似应释为奋斗、牺牲、献身方宜。

如果说，词上阕以雪言国，言"江山""多娇"，是极展我神州广袤国土美；那下阕，言人，言历代英雄人物，则是讴歌我神州绵长（悠久）历史美了。广袤，绵长（悠久）；国土，历史；时（间），空（间），合而为一，方能尽展我中华神州美。

神州国土总陆地面积约960万平方公里（还有300万平方海里的海洋面积）；那绵长历史呢？有文字记载的是五千年。历史是人民群众创造的，但离不开英雄人物的导引。五千年历史，究竟涌现出了多少英雄人物，恐谁也说不清楚。词中以"无数"言之，当是恰切不过了。而在这"无数"中，诗人又独具慧眼，将目光集中在我国历史上最昌盛的五个朝代的五君王身上，显言这五君王是我国五千年历史中"无数"英雄人物的代表。这是极具真知灼见的。

这五君王是，"秦皇汉武"，"唐宗宋祖"，"一代天骄，成吉思汗"。即秦始皇嬴政，汉武帝刘彻，唐太宗李世民，宋太祖赵匡胤，元世祖忽必烈。

这确是我国历史上最显赫的五个君王。他们在历史上作出的卓越贡献及其在推动历史前进方面所起的作用，不但史书上有明确记载，而且在现实存在和现实生活中随时可见到和感受到。如辽阔的版图，统一的文字、度量衡等。不过，值得注意的是，词中并未言及五帝王的功绩。相反，在一个"惜"字后面，却依稀可见五帝王在最高统治位上的缺失和不足。何也？难道诗人对五帝王的历史贡献存有某种异议？非也。尊五帝王为"无数"英雄的代表，便见对五帝王功绩和贡献的认可和首肯。不存在异议问题。况在概述五帝王的缺失和不足时，词中的用语："略输"、"稍逊"、"只识"等，也是极有分寸的。非全盘否定语气。诗人对历史人物的唯物主义态度是不容诋毁的（词公开披露时，在国民党统治区，确曾有人诋毁过）。

不过，又值得注意的是，词中所言五帝王的缺失和不足，似又主要集中在“文”方面。

“秦皇汉武，略输文采”，是言“文”的不足。“文采”，亦作文彩，即多彩的文华；

“唐宗宋祖，稍逊风骚”，亦言“文”的逊色。“风骚”，本意是《诗经》（《国风》）和《楚辞》（《离骚》）的合称，有时也用以指文学素养和文采。

“一代天骄，成吉思汗，只识弯弓射大雕”，更言“文”的缺失。“天骄”，汉朝称匈奴单于为天骄，后称北方某些少数民族君王为天骄。成吉思汗，“建立横跨欧亚大帝国的蒙古征服者”（《汉书·匈奴传》），自可称“一代天骄”。《史记·李广传》称匈奴善射者为射雕者，后用射雕者誉人武艺高强。

可五君王，皆开国立邦之主，人中之大器，又何以独以“文”责呢？笔者寻思，这词中所言之“文”，应是个大概念。非简单意义上的辞藻和文才。而是相对于“武”言，包括文学素养，文儒风度，文德品格。对帝王言，似还包括政治、思想、治国安邦理念和治国方略，如文治、德治、法治等。甚至还可能包括在一定条件下必要的“武”的手段和策略。因为治国安邦，一时一刻也不能离开“武”。但在上数语中，恐还系言“武”的对立面，“文”的缺失。

五君王究“文”失何处？词中未明言（有限的几句词，也不可能清楚明言）。史书中虽多有记载，似也不可擅自揣度。但从大量历史事实中，却又可见，词中之论，不但高屋建瓴，而且入木三分。诗人以异乎常人的卓识和真见，对历史上如此众多的显赫者，发出如此令人振聋发聩的评言和豪语，岂不更见无产阶级革命家独一无二的恢宏雄豪气度！

毛泽东外，恐难有第二人。

然而，词中的恢宏雄豪，恐还远非此止。词尾，似还有更令人震撼的豪吟。

“俱往矣”，仅三字，便将人类社会几千年的历史，包括在这漫长历史中纵横驰骋、推动历史车轮滚滚向前的“无数”英雄人物，自然也包括上面那五位最显赫的君王，全都甩在了身后，推出了一个全新的新世界。

这又是怎样的一个世界呢？

“数风流人物，还看今朝。”显然，还是一个英雄人物横刀立马、耀武扬威、叱咤风云的世界。只不过，这英雄人物，再不是封建社会的帝王将相，而是人类社会最伟大的一个阶级——无产阶级和它的杰出代表，包括诗人自己。

“风流人物”，即英雄人物。苏轼《念奴娇·赤壁怀古》：“大江东去，浪淘尽，千古风流人物”。其中的“风流人物”，也是英雄人物。

一个“俱往矣”，一个“看今朝”，历史的责任便无可推卸地落在了无产阶级革命者和其代表人物的肩上，也展示出了无产阶级革命者勇于担当历史重任和誓铸更大辉煌的雄心和壮志，信心和决心。

至此，词，连同诗人自己，其恢宏雄豪气度，岂不也达到了登峰造极地步——诗具恢宏雄豪美之巅。

好一首古往今来无与伦比的恢宏雄豪作！

这词公开发表的时间是1945年11月。其时的背景和相关情况，据有关党史资料记载如后，顺录供参考。

国共重庆谈判期间，诗人应柳亚子先生索诗之邀，将上词相赠。并附信曰：“这是初到陕北看见大雪时”所填的一首词，“录呈审正”。柳亚子先生接信展读后，连声叫好，叹为“中国有词以来第一作，虽苏、辛未能抗耳”。随即作和词，连同上原词一并送中苏文化协会举办的《柳诗伊画联展》展出，同时递交《新华日报》，希望发表。

可《新华日报》是中共在重庆公开发行的报纸，未经毛本人同意，不能擅自发表。便只发表了柳的和词。

和词发表后，外界知有毛上作，许多人便纷纷打探、寻觅。《新民晚报》副刊编辑吴祖光几经转抄，并经多方核正，终于寻觅得到了完整的毛的《沁园春·雪》词，随即在副刊《西方夜谭》上予以刊登。半月后，《大公报》也发表了毛唱柳和的两首咏雪词。

毛上词一面世，旋即在山城重庆引发了巨大轰动。一时间成为人们谈论的中心。好评如潮。重庆各报刊纷纷发表的和词和赞扬文章，加起来不下七八十首（篇）。

尤值得注意的是，由于毛词的发表，中共当时在社会各界的声誉也迅速得到提升。蒋介石目睹此情况，十分恼火。便立即组织了一批反动、御用文人，写批判文章，极尽恶毒攻击、辱骂之能事，对毛词进行疯狂“围剿”。国民党中央机关报《中央日报》等报刊还同时刊登出“围剿”毛《沁园春·雪》的和词。

针对国民党反动文人的“围剿”，重庆文化界进步人士也迅速展开了反“围剿”。郭沫若率先发表了两首和词，盛赞毛咏雪词“气度雍容格调高”。在延安的爱国民主人士黄齐生，晋察冀著名文人邓拓，山东解放区“将军诗人”陈毅等，也都依韵奉和，热情赞颂毛的《沁园春·雪》。“围剿”和反“围剿”，一时成为当时文坛上一道靓丽的风景。

据曾经参加过“围剿”的国民党要员后来透露，当时国民党中央为了把毛词产生的巨大影响压下去，还曾专门发出内部通知，要求会作诗填词的国民党员，每人写一首或数首《沁园春》。他们计划从中选几首在意境、气势和文笔上能够超过毛词的，以国民党主要领导人名义发表。通知下达后，收到词作不少，但没有一首能和毛词抗衡的，更不要说能超越毛词了。“围剿”只得以失败告终。

（四）李清照《乌江》

生和死，人生之两极。孔子曰：“死生亦大矣。”（《论语·先进》）

生死面前，也最能展示人的雄豪气度。

古诗词中，许多有关生死的吟咏，特别是那些在生死抉择关头和行将就义面前毫无畏惧、视死如归的民族英雄和爱国志士们的吟咏，包括他们就义前的绝命词，莫不极具恢宏雄豪美。

“人生自古谁无死，留取丹心照汗青。”（《过零丁洋》）那是民族英雄文天祥在生死关头发出的豪言。这豪言何其令人震撼！

“我自横刀向天笑，去留肝胆两昆仑。”（《狱中题壁》）这是“戊戌六君子”之一的谭嗣同在戊戌维新失败后，为了“召后来”，静待逮捕，临刑前发出的壮语。这壮语又何其雄豪壮美！

以上还是男子英雄汉在生死面前的豪雄情怀，那巾帼英雄呢？同样不例外。

“鉴湖女侠”秋瑾的绝命词：《致徐小淑绝命词》：“虽死犹生，牺牲尽我责任。”那是她在反清起义失败后，别人劝她离开暂避。她采纳了疏散党人的建议，自己却坚决不肯离开，决心以死唤醒国人、特别是妇女。上便是她被杀害前的宣言。这宣言又何尝不令鬼神失色！

生死关头，面对屠刀，毫不畏惧，视死如归，无疑是值得崇敬的。值得讴歌。然而，值得崇敬的，就仅是英勇无畏的无畏者和勇于献身的献身者吗？恐又不尽然。没有亲历生死抉择的现场，没有头颅落地的危险，但在看待和对待、认识和评判生死问题上，大义昭彰，正气凛然，有寥廓胸怀，有崇高境界，有超强生死观（生死观何以超强，容后述），这样的顶天立地者，又何尝不值得崇敬！

下面不妨再赏一绝唱。这是女词人李清照的一首诗，诗题《乌江》，又作《夏日绝句》。

生当作人杰，死亦为鬼雄。至今思项羽，不肯过江东。

如洪钟大吕，劈头盖脑，便将人生之两极——生和死的崇高形象和目标推到了极致：生，要做人中的豪杰；死，也应该是鬼中的英雄。

“人杰”即人中豪杰。汉高祖刘邦曾称赞张良、萧何、韩信三人是“人杰”。唐·王勃《滕王阁序》也有“人杰地灵”句。

“鬼雄”即鬼中之豪杰。是对死于国事的战士的褒称。屈原《楚辞·九歌·国殇》：“身既死兮神以灵，魂魄毅兮为鬼雄。”

古往今来，在生死问题上，以“生当作人杰”为意境的，似比比可见；但明确提出“死亦为鬼雄”的，除上面屈原《国殇》中有“鬼雄”说外，似不多见。特别是将生、死并列，以“人杰”“鬼雄”为最高目标，此前未见过。这是在生死问题上最具崇高伟岸的境界。说是超强生死观，似无不可。

诗人女儿身，且为文坛上公认的“婉约派”正宗词人。“倚门回首，却把青梅嗅”，“莫道不消魂，帘卷西风，人比黄花瘦”……那温柔娇媚、哀婉凄楚的闺中情，何其令人心摇情荡！可何以又有上面如洪钟大吕般的超强生死观这样的雄豪吟咏呢？笔者寻思，极可能是：女词人出身书香门第，自幼就受到良好教育，使她不但成就为一个才华横溢、文采超群的词坛女将，而且是一位有理想、有抱负、明大义、识大体的巾帼奇女子。女词人的这种双重品格，转嫁在她的诗词创作上，也必会呈现出双重风采：温柔与慷慨并存，婉约共雄豪齐辉。而在时局动荡、国难民艰关头，慷慨雄豪风采，则会更多更充分地展现在女词人诗词中。

时，正值北宋灭亡，南宋朝廷南逃偏安。女词人和丈夫赵明诚，也就是从这时起，被迫开始了漂泊无定的逃亡生活。女词人对南宋统治者不顾人民死活，为了自身狭隘利益，竟将大片国土拱手让敌，以求苟安于一隅，过那“直把杭州作汴州”的醉生梦死生活，无疑是极其愤怒的。彻骨之痛难以言表。

令她彻骨痛的恐还有另一件事，那就是丈夫赵明诚的临阵脱逃。

原来，就在她们逃亡途中，丈夫赵明诚突然接到朝廷任命，让他出任建康知府。他到任后不久，城里便发生动乱。身为知府的赵明诚，理应挺身而出，组织指挥平定叛乱。可赵出于自身安全的考虑，不但未恪尽职守，反而趁黑夜视度不良，竟悄悄地用绳索系身坠楼，逃出了城外。动乱平定后，赵被革职。清照深为丈夫临阵脱逃而羞愧。顿时，和丈夫往昔的鱼水和谐不见了。逃亡路上，两人关系愈来愈冷淡，常常是相对无语，气氛十分尴尬。

一个是朝廷南逃苟安，一个是至亲临阵脱逃。“逃”（南逃，脱逃）和“安”（苟安，求安），都是在生死问题上的卑劣表演。前者是丧失国格的丑恶行径，后者是丧失人格的懦夫和软蛋。思及此，女词人又怎能不频增感愤呢！

就在这时，女词人夫妇逃亡来到了安徽和县乌江镇。这里，公元前202年是西楚霸王项羽兵败自刎之地。项羽虽未成帝业，但功高盖世。后人为纪念他，在镇东南一公里的凤凰山上，为他建了一座仅次于帝王的祠（传说帝王祠方可建百间，这祠只有九十九间半，少半间），这就是西楚霸王祠，简称霸王祠。又称项王祠，项羽庙。庙后是霸王墓，衣冠冢。

据考，祠始建于唐前。千百年来，前来凭吊项羽的人络绎不绝。诗人墨客凭吊时题诗抒怀的也不在少数。女词人夫妇来到乌江镇，自也会前往凭吊。上诗便是女词人凭吊时作。

上诗，掷地有声的前两句，实是对西楚霸王项羽的极赞。赞他生和死都是英雄；自然也是对南宋统治者和对丈夫赵明诚的讥讽。讽他们贪生怕死，苟且偷安。赞和讽，吊（缅怀项羽）和愤（对南宋统治者南逃偏安的愤）、和怨（怨丈夫赵明诚临阵逃脱）交织在一起，不但大大丰富了前两句诗的深刻内涵，而且显著提高了两句诗的现实针对性、思想性和理论性。

其现实针对性是，对当时社会，特别是南宋皇朝的统治者们当时普遍存在的贪生怕死、苟且偷安思潮和现实，是愤怒的谴责和无情的鞭笞。

其思想性和理论性则是，将人生一世这个最大和最重要的问题——生死问题，特别是对死的认识和境界，提到了一个前所未有的高度。提到了比一般说要英勇无畏，要不怕牺牲，要舍生忘死等还要高的高度，甚至比“人生自古谁无死，留取丹心照汗青”还要令人震撼的境界。难怪千百年来，人们只要吟哦起这两句诗，莫不会产生一种鼎盛、极致的人生雄豪感。女词人赫然推出和精心营造出的超强生死观，功不可没。

诗的后两句：“至今思项羽，不肯过江东”，是对项羽“不肯过江东”那段真实历史的回顾，也是对前两句极赞项羽的诗的有力佐证。

《史记·项羽本纪》：“……乌江亭长檥（同‘舣’，指船靠岸）船待，谓项王曰：‘江东（指长江以东之地，即今所谓江南）虽小，地方千里，众数十万人，亦足王也。愿大王急渡。今独臣有船，汉军至，无以渡。’项王笑曰：‘天之亡我，我何渡焉！且籍（项羽名）与江东子弟八千人渡江而西，今无一人还，纵江东父兄怜而王我，我何面目见之？纵彼不言，籍独不愧于心乎？’……乃令骑皆下马步行，持短兵接战。独籍所杀汉军数百人。项王身亦被十馀创……乃自刎而死。”

“生当作人杰”，就西楚霸王言，应该说是不言而喻的；“死亦为鬼雄”，如上记载，应该说，也是毋庸置疑的。可令人略感有憾的是，千百年来，世人在评说项羽“不肯”（过江东）时，却少见是和“鬼雄”美誉相连的，而多是批评指责，或是对“肯”和“不肯”可能导致的结局的推测。

如唐著名诗人杜牧的《题乌江亭》诗：“胜败兵家事不期，包羞忍耻是男儿。江东子弟多才俊，卷土重来未可知。”是批评项羽没有“包羞忍耻”的男儿气概和战略眼光，不能忍辱负重，“卷土重来”。

宋政治家兼诗人王安石的《乌江亭》：“百战疲劳壮士哀，中原一败势难回。江东子弟今虽在，肯与君王卷土来。”则是从人心背向角度，揭示项羽失败的客观必然性。

杜、王上两诗，无疑都是有深刻思想内涵和独到见地的好诗，对世人会有多方面启迪。但失败的阴影在诗中徘徊，又会不给人一种无可名状的苍凉凄楚感。

同是西楚霸王兵败自刎的史实，同是乌江凭吊，女词人的《乌江》，却全然没有半点悲楚和苍凉感。相反，那劈头盖脑“人杰”和“鬼雄”的呼唤，那超强的生死观，那“不肯回江东”的斩钉截铁，莫不使人感到有一种顶天立地的英雄气概。女词人襟怀崇高，思虑深远，视角独具，以节操立论，以生死谋篇，吟哦出足以惊天地、泣鬼神的恢宏篇什，女词人的雄豪气度，又何尝有逊须眉！

《乌江》较之《题乌江亭》、《乌江亭》，不但恢宏雄豪有加，而且更脍炙人口，就是证明。

《乌江》还说明，诗具恢宏雄豪美，关键又在于诗人本身具有崇高精神境界和恢宏雄豪气度。不完全取决于是不是伟大历史人物。伟人，伟大人物笔下的诗词，固多恢宏雄豪作；不是伟大历史人物，甚至像李清照这样的弱女子、“婉约派”女词人，因为具有崇高思想境界，有超人的雄豪气度，也同样可以吟哦出震撼世人的恢宏雄豪篇章。仅此，似也可认定，李清照这弱女子，是难得的女中豪杰，巾帼英雄，值得彪炳千秋。

《乌江》诗，应该列为国人气节教育的必读诗。

四、质朴美

古诗词艺术美中，相对应于恢宏雄豪美，而又与之互映交辉、很难将其截然分开的，应是平实质朴美了。

平实质朴美，简言之，也可称其为平朴美，直白美，自然美，朴实无华美。这是古诗词中最纯乎天然也最接地气的一种艺术美，是最能为广大群众和普通读者所易于接受和喜爱的一种诗词美。其特点，就其触摸可及的元素说，恐也就是上面标题中的前四个字。

一曰平。心平气和，平舒吟咏，平起平落。不求奇峰突起，不图跌宕起伏，但求平中见真情，舒中有深意。而这，往往是最难做到的，可又是必须达成的目标。否则便很难说是平实质朴美了。

二曰实。即实话实说，实事实叙，实打实地抒情、状景、言意。“酌奇而不失其真，玩华而不坠其实。”（南朝梁·刘勰《文心雕龙·辨骚》）真实言诗，最具说服力，也最富感染力。“但写真情并实境，任他埋没与流传”。明诗人都穆的《学诗诗》，可谓深得平实质朴美的吟咏之道。

三曰直。叙事直来直去，言意直截了当。对人物的肖像、心理、语言、行举，对事物、事件发生发展的来龙去脉，以及周围的环境、氛围等，均作符合诗的主旨的直接描绘，使读者能从中获得直接的感知，受到直当的感染。

“文章不难于巧而难于拙，不难于曲而难于直，不难于细而难于粗，不难于华而难于质。”（宋·李涂《文章精义》21）填词赋诗，又何尝不如此。“拙”、“粗”、“质”，在上句中的含义，似均与“直”相通或相近；而“巧”、“曲”、“细”、“华”等，则与“直”相悖。

“不是无端悲怨深，直将阅历写成吟”。清著名诗人龚自珍在《题红禅室诗尾》中，在说到赋诗的感受时，对“直”也颇称道。他的名句“我劝天公重抖擞，不拘一格降人才”，可见“直”的风采。“无端悲怨”，犹言无病呻吟；“阅历”即亲身经历。

四曰朴。淳朴，质朴，朴素。

“一语天然万古新，豪华落尽见真淳。”（金·元好问《论诗30首》）

诗贵自然天成，排斥雕镌刻镂。“豪华落尽”，方能罹见真淳，迎来万古常新本色。这也是平实质朴美要达成的最重要目标。

李白在《经乱离后，天恩流夜郎，忆旧游书怀赠江夏韦太守良宰》诗中还吟道：“清水出芙蓉，天然去雕饰。”诗贵自然天成，也贵清新、高洁。就像“清水出芙蓉”那样，亭亭玉立，一尘不染。这是诗的高洁美，也是平实质朴要达成的自然美。

“随语成韵，随韵成趣”（明·胡应麟《诗薮·古体·五言》），平实质朴美也要求诗的语言，务必力戒浮华，力求真淳质朴。平白如话，朗朗上口的诗句，往往更具引人入胜的魅力。

我国古诗词，在隋唐，特别是在魏晋南北朝以前，除以屈原为代表创作的《楚辞》，以曹操父子为代表许多诗人创作形成的具有“建安风骨”的篇章，以及陶潜、谢家叔侄等创作的田园、山水、慨时、感世诗作外，不少是来自民间的歌谣。《诗经》，“风”的篇数最多。而“风”，其实就是土乐。绝大部分是东周后到春秋中叶来自各诸侯国的民间歌谣。汉代古诗，不少也是来自民间的作品。汉乐府民歌，南北朝乐府民歌，尽管都是官府专门机构采集并按统治阶级意志整理、编纂才得以保存下来，但其中绝大多数也出自下层民众之口。

来自民间的歌谣，其显著特点，便是极具平实质朴美。《诗经》305首，莫不可见此种艺术美。但《诗经》毕竟是我国最早的诗歌，诗中具有完整叙事情节的作品不多，民歌中平实质朴美的展示还会受到一定程度的局限。真正能充分展示民歌平实质朴美的，恐还是“汉乐府”以后的民歌了。本书第一部分“男女婚爱情”中赏读的“汉乐府民歌”《陌上桑》、《孔雀东南飞》，围绕男女爱情坚贞展现出的平实质朴美，可谓到了炉火纯青地步。

（一）汉乐府民歌《十五从军征》

这是一首暴露封建社会不合理兵役制度的汉乐府民歌。反映的是封建社会残暴奴役人民和穷兵黩武的战争给广大民众造成的无比深重的灾难。其故事情节虽不如上面提到的两诗（《陌上桑》和《孔雀东南飞》）那样曲折生动且富戏剧性，但用白描手法，实述“十五从军征，八十始得归”的老兵归来的景况，给予人的震撼，却较上两民歌，还要激越和浓烈得多。自和这诗的内容更能触及人的心灵肺腑有关。

诗如后：

十五从军征，八十始得归。道逢乡里人：“家中有阿谁？”“遥看是君家，松柏冢累累。”兔从狗窦入，雉从梁上飞。中庭生旅谷，井上生旅葵。舂谷持作饭，采葵持作羹。羹饭一时熟，不知贻阿谁！出门东向望，泪落沾我衣。

1. 没有烘托，没有铺垫，起笔便是两句涵盖了六十五个春秋的一“从”一“归”：“十五从军征，八十始得归”。看似两句脱口而出、平而又平的大白话，实则字字血泪，包含着世上任何人都难以承受和隐忍的巨大痛苦和悲哀。

“十五从军征”。“十五”，未成人的少年。未成年就被征从军，不合理兵役制度的残酷和荒诞，可想而知。这和后来杜甫《新安吏》中的“次选中男行”，似无二致。

“八十始得归”。“八十”，耄耋高年了。高年还在军中挣扎，而且“始得归”。一个“始”字，便更见当时社会统治者的残酷和无情。这较之杜甫《垂老别》中的描绘，似更令人凄楚。

从“十五”到“八十”，时间隧道整整跨越了六十五个春秋。六十五年，在人类历史上，是短暂瞬间；可对大多数个体人说，却是一世和一生。这一世一生，普通百姓是怎么度过的呢？

诗中的这老兵，是在军旅中度过的。他在军中经历了怎样的煎熬，诗中虽未提及，但人们会想到那是怎样的险苦：日日沙场，夜夜枕戈，风餐露宿，南拼北杀，九死一生。及年事日高，乡音久绝，精神折磨，尤见凄苦。

这还是老兵自己。老兵的家呢——普通百姓的家，在这漫长岁月里，又是怎样度过的呢？两句中虽无直接表述，但从后面——老兵到家时的“问”和“答”，以及老兵到家后的所见和饭熟后的茫然（“不知贻阿谁”）中，似也可推知：那是一个多么悲惨的家呀！家破人亡、“无家”的家。这和杜甫《无家别》中的意境，又何其相似。

上面说的还是一个老兵，一个家；可实际情况，又何止一个老兵，一个家呀！

据考，上诗出笼于距今约一千八百多年前的汉魏战乱时，亦即封建专制国家由统一到分裂的混乱之际。时，群雄割据，部落林立。统治者不顾人民死活，穷兵黩武，争权掠地，战祸连年不绝。平民百姓，青壮年鏖战疆场，葬身火海，难计其数。兵员不足，“次选中男（少年）行”，成为常态。据《宋史》载，当时还有七岁“从役”者。而且一旦被抓（丁），便意味终身军伍。常年拼杀疆场，即便不死，也少有能归者。上诗中那老兵，“八十始得归”，恐还是“幸运儿”。由此而导致被征者家破人亡，难以为继者，也比比皆是。再加上官府横征暴敛，苛捐重赋，人民遭受苦难之甚，绝非笔墨所能尽述。上两句诗何尝不是当时社会人民群众遭受苦难惨状的真实写照。

这里还需指出的是，上面所言封建专制国家由统一到分裂的混乱，和前面提到的杜甫“三吏三别”（《新安吏》、《垂老别》、《无家别》）出笼的背景，尽管有某种相同相似处——都是战乱，都给黎民百姓带来了巨大灾难，但两者又不完全相同。“三吏三别”的背景是安史之乱。安乱是我国唐代发生的一次反叛性动乱。尽管它是我国历史上最大的一次动乱，也只有七年时间。而汉魏之际的混乱，仅上面诗中这位老兵的亲身经历就是六十五载，其实是很长的一个历史阶段。这和只有几年的反叛“插曲”，是不可等同而语的。不知名诗人只用两句平而又平的起句，便将这具有典型时代特征、严酷的历史画卷了然于世，让人能从中受到深刻的阶级、阶级斗争和社会发展史的教育，尽管这教育非诗人自觉生成，但也足见诗人思想蕴涵之深和概括历史以教育世人手法之巧。是非常值得称道的。不说全诗，仅上两句，似可循意扩写成一篇揭露和控诉封建社会制度的大文章。故不吝笔墨，先细赏之，以感悟上诗中之深邃。

2.《十五》一诗，作为暴露封建社会兵役制度残酷无情和不合理的诗篇，似还可见同类诗作不多见的平中见奇、实中藏巨悲的吟咏；非同类诗作，有如此精巧构思的，似也不多见。

说兵役制度不合理，可奇怪的是，诗从头至尾，并不见有关兵役制度不合理的说道和词语，甚至连这类诗作通常会有的官府强行抓丁、民间和被征者家庭和本人千方百计抗拒，以及被征者从军后经受艰苦煎熬等情况，诗中竟无一字实作记叙。诗中唯一能见到的，就只有前面提到的开头两句的一“从”一“归”，再就是老兵“八十始得归”的“归”情和“归”景，此外再其他任何叙述。可就是这样一首字面不见兵和役的诗，却将当时兵役制度的极端残酷和无情、极端荒诞和不合理，揭示得淋漓尽致，让人一览无余，不知名诗人精巧构思之妙，岂不更令人赞绝。

将“不合理”植于记录人的年龄的两个数字（“十五”和“八十”）中，两数字便立见当时兵役制度的残酷和荒诞。这较之泛泛言兵役制度不合理，似更具说服力；

将老兵从军的全过程，包括官府抓丁的情况以及老兵在军中经受的煎熬等，全部融入一“从”一“归”的六十五个春秋中，时空中更见封建统治者和封建兵役制度的惨无人道和灭绝人性；

将老兵“八十始得归”的“归”情和“归”景作为诗的主体，极展老兵从军后家中的“悲”，以“悲”彰恶果（不合理兵役制度致成的恶果），反证兵役制度的残酷和不合理，岂不更令人触目惊心。

上三者，并言之，实也是巧弄数字（年龄）和时空（岁月）、巧联虚实（年龄是实；而漫长岁月在诗中是虚）和有无（“归”在诗中有情有景，有声有色；而“从”在诗中则不见墨痕）；大概括、大跨越（前两句）和浓墨重彩（两句后）并举，开创了民歌创作中集多种艺术手法于一炉的先河（此前民歌中，似少见有如此众多表现手法于一诗者）。不知名诗人极展不合理兵役制度于精巧构思中，岂不更见诗人写作技法之高妙。这也说明，诗具平实质朴美，并不排斥别致精巧构思。相反，构思愈奇巧，往往愈能极展诗具平实质朴美的奇异风采。《十五》就是一例。

3. 上两句后诗的主体部分——“八十始得归”的“归”情和“归”景，似更见诗具平实质朴美风采。

老兵离家六十五年，“八十始得归”。现在终于回家了。

“近乡情更怯”（宋之问《渡汉江》），老兵自会急于打听家中情况。

“道逢乡里人”，如何问，问什么，老兵似也颇费斟酌。

“家中有阿谁？”显然，此时老兵心中最关心的还是家中的亲人。不过，这“有阿谁”之问，似也隐示此前老兵对家中亲人的情况，曾有自己的估判和分析：六十五年了，亲人不会都健在，但也不会都死光吧，故有上问。可后来面对的现实，却恰恰和老兵自己的估判相反，是令人想不到的悲。一个“问”，便将老兵当时的心推到了风口浪尖。可以预见，老兵的“归”，将是怎样的悲惨情景。

“遥看是君家，松柏冢累累。”果然，悲伴“归”至。

“乡里人”的回答，应该说也是颇具人情味的。老兵久别归来，不愿直来直去刺激他，故未正面回答。但又不能隐瞒真相。于是便只好用手指他家所在地，委婉对他说：看吧！那就是你的家呀，一片松柏郁郁葱葱，下面是一座座坟墓。

“冢”即坟墓。古时墓地多植松柏。

“累累”，多貌。这里隐言老兵家中的亲人都死了，埋在了累累的坟墓中。

此时此刻，老兵的心会是怎样呢？恐谁也难说清楚。不过，这毕竟还是“遥看”，还未到家。到家，又会遇到和见到怎样的景况呢？下面自更会令人震惊。

“兔从狗窦入，雉从梁上飞。”——老兵家门口见到的一幕。

“兔”，野兔；“狗”，家畜。“窦”，即洞穴。

从狗洞进的应是家犬，怎么会是野兔呢？老兵很奇怪。奇怪中，一只野鸡（“雉”即野鸡），可能是感到了人来的惊动，又突然从屋梁上飞了出来。

“梁”，用来支撑屋顶的檩条。“梁上”，应是家燕筑巢处。杜甫《江村》：“自去自来梁上燕，相亲相近水中鸥。”可此时，怎么飞出的竟是野鸡呢？老兵更惊愕了。

两“家”（家犬，家燕）变两“野”（野兔，野鸡）：四动物嬗变图。意味什么？家的衰亡，家的覆殁。老兵怎能不万分惊恐呢！

不过，这还是家门口。进得门来，恐就不仅是惊恐，而是绝望了。

“中庭生旅谷，井上生旅葵。”

“谷”，五谷，应是人种植的，生长在地里；一个“旅”字，便见野生和寄生（“旅”，商旅，寄旅。引申指蔬谷类不待种而生），而且生长在“中庭”。

“葵”，野菜，又名“冬葵”。本生长在野外，可现在所见，也生长在室内的“井上”。

这那还有半点家的影子呀！完全是荒芜不堪的僻野景象！而且可以断定，这里恐早已荒芜成这般模样了——家人早已不在人世了。家破人亡在“十五从军征”之后，多么悲惨！

门前见，“兔从狗窦入，雉从梁上飞”，动物是“野”的；室内，“中庭生旅谷，井上生旅葵”，植物也是“野”的。这里的一切，显然都是“野”的了。“野径云俱黑”，自也不会有人家了。可这都是不合理兵役制度酿成的恶果呀！不知名诗人用“野”隐衬家破人亡，似也颇具深意。

然而，老兵回家来，毕竟是想和亲人团聚的呀，见景（惨景）不见人之悲固浓烈，更浓烈的恐还在归来后。

“舂谷持作饭，采葵持作羹。羹饭一时熟，不知贻阿谁！出门东向望，泪落沾我衣。”

老兵回到家，总是要吃饭的。于是便就地采了些野谷、野菜做成了饭和汤（“羹”即菜汤）。

饭和汤很快就做好了。正要吃，老兵又茫然了。从军归来，实指望和家人团聚，同享天伦之乐。可现在呢？饭做好了，叫谁来吃呀！无人可叫了；留吧，也不知道留给谁（“贻”，送给，留下）。可自己一个人又怎么能吃得下去呢？于是，老兵干脆放下了饭碗，走出门去。

可出得门来，老兵又何以“东向望”呢？恐有老兵独特的心思，自然也可能是不知名作者赋予老兵的独特心思。

心思之一，祈求。

“东”，太阳升起的方向。屈原《九歌》有《东君》篇，系祭日神之歌。老兵“东向望”，或许是在向日神祈求好运，祈求希望。然而，在当时社会制度下，真能祈来好运和希望吗？老兵自己，恐也是茫然不得而知了。

心思之二，宣告。

“东”，也是主人的称谓。古时主位在东，宾位在西，故主人又称东。如东家、作东等，皆言主人或主人举宴请之事。老兵“东向望”，也可能是老兵以主人身份正式向“野”们宣告：这里的主人回来了，请诸“野”退位。然而，茕茕孑立，形影相吊，老兵自己也已步入风烛残年。在这荒郊陋室，又能苟延残喘到几时？老兵自己恐更飘杳茫然了。

茫然无知，茫然飘杳，“泪落沾我衣”，也就不难理解了。多么悲哀！

从到家前的“问”和“答”（乡人答），到家门口和进门后所见，到饭熟后的茫然，到“出门东向望”，老兵的“归”情和“归”景，描述得多么纤细入微呀！没有夸张形容，更没有华丽辞藻，可又将不合理兵役制度酿成的恶果，倾诉得令人彻骨，不由得悲愤填膺。不知名诗人平实质朴的叙事功夫，岂不更堪称卓越。

千百年来，世人对这诗赞赏有加，效仿其精巧构思和写作技巧者甚众。杜甫的“三吏三别”，便可见其精巧构思的墨痕。可见这诗对后世同类诗歌的创作影响颇巨，颇富开拓性。

（二）乐府民歌《木兰诗》

如前述，在古乐府民歌中，更脍炙人口和更具影响力的，又莫过于本书第一部分赏读的《陌上桑》和《孔雀东南飞》了。还有首和《孔》并称为我国诗歌史上“双壁”的诗，那就是《木兰诗》。

《木》和《孔》，从诗歌题材和内容说，都是对我国古代女性的讴歌。是古代女性优良品德（勤劳、善良、勇敢，对父母孝和对爱情的坚贞）的形象展示。从诗的规模、体裁和吟咏风格说，又皆长篇叙事诗，且极具平实质朴美。只不过，《孔》基本是以真人真事（汉末庐江小吏焦仲卿和其妻刘兰芝的爱情故事）为吟咏载体，而《木》是民间传说故事。真人实事的平实质朴吟，本书首卷在赏读《孔》时，已有详尽而令人彻骨的展示；这里权以民间传说故事题材的诗作为范本，再赏“双璧”之另一“璧”：《木兰诗》，俾能更好地领略长篇叙事诗中平实质朴美的风采。

唧唧复唧唧，木兰当户织。不闻机杼声，唯闻女叹息。问女何所思？问女何所忆？“女亦无所思，女亦无所忆。昨夜见军帖，可汗大点兵。军书十二卷，卷卷有爷名。阿爷无大儿，木兰无长兄，愿为市鞍马，从此替爷征。”东市买骏马，西市买鞍鞯，南市买辔头，北市买长鞭。旦辞爷娘去，暮宿黄河边。不闻爷娘唤女声，但闻黄河流水鸣溅溅。旦辞黄河去，暮至黑山头，不闻爷娘唤女声，但闻燕山胡骑鸣啾啾。万里赴戎机，关山度若飞。朔气传金柝，寒光照铁衣。将军百战死，壮士十年归。归来见天子，天子坐明堂。策勋十二转，赏赐百千强。可汗问所欲，“木兰不用尚书郎，愿驰明驼千里足，送儿还故乡。”爷娘闻女来，出郭相扶将；阿姊闻妹来，当户理红妆；小弟闻姊来，磨刀霍霍向猪羊。开我东阁门，坐我西阁床；脱我战时袍，著我旧时裳。当窗理云鬓，对镜贴花黄。出门看火伴，火伴皆惊忙：“同行十二年，不知木兰是女郎。”雄兔脚扑朔，雌兔眼迷离。双兔傍地走，安能辨我是雄雌？

木兰代父从军故事，在我国流传得很早、很广，其源盖出自上面这首《木兰诗》。

这诗究出于何时？史上无记载。只知该诗最早著录于陈代释智匠所编的《古今乐录》，后被收入《乐府诗集·横吹曲辞梁鼓角横吹曲》。权威人士考证认为，诗出后魏，是北朝民歌，“以魏与蠕蠕（即柔然）的战争为背景”（余冠英《汉魏六朝诗选》）。从诗中“可汗大点兵”的“可汗”和黄河、黑山、燕山等地名以及“胡骑鸣啾啾”的“胡骑”分析，上考无疑是有充分根据的。这是因为——

在我国历史上，以“可汗”（亦作“可寒”、“合罕”）为最高统治者称号的，只有柔然（蠕蠕、芮芮、茹茹）、突厥、吐谷辉和回纥等几个少数民族。而突厥、回纥，当年活动和建立政权的地区，是在今新疆北部和内蒙古西部的阿尔泰山一带，吐谷辉则是在今辽宁锦县西北地区。它们和黄河、黑山、燕山都少有联系，自不会有在这些地区活动的情节。而柔然则不同。它虽兴起于大漠南北，但后依属拓跋部。拓跋珪（后为北魏道武帝）南迁后，柔然便进驻阴山一带。此期间，还曾多次与北魏战于黑山白水间。且以“可汗”为最高统治者称谓始于柔然；柔然的历届首领均以“可汗”称。据此认定“可汗大点兵”系柔然首领“点兵”应非牵强。况柔然源于东胡，和诗中“胡骑鸣啾啾”，也有相通处。

不过，也有人仍有怀疑：南朝在前，北朝在后，北朝民歌何以会著于南朝陈僧所编之乐集中？这是缘于对我国南北朝这段历史了解不够所致。

南北朝在我国历史上是两个朝代，也是一个朝代。南北朝并立。只不过两个朝代出现和终结的时间略有差异。南朝始于 420 年刘裕代晋，经宋、齐、梁、陈四代，至 589 年陈亡；而北朝则从 439 年北魏统一北方开始，到 543 年分裂为东、西魏，后北齐代东魏，北周代西魏，北周灭北齐，到 581 年北周为隋所代。两个朝代大部分时间是重叠的，况文化无朝界，北朝民歌被收入南朝乐集并不奇怪。况陈还是南朝的最后一个朝代。

《木兰诗》中的主人公木兰，恐非实有其人，而是诗作者虚拟的文学人名，以致木兰究竟是名是姓也难准确敲定。现人们通常认为木兰姓花，叫花木兰。可也有说是姓魏、姓朱的，还有说姓“雌”。明徐渭杂剧《四声猿》中就有《雌木兰》一篇。笔者寻思，姓极可能是后人蓄意添加的。“花”、“雌”可能是以女性特征为姓；而“魏”、“朱”等则可能是以朝代名和民族谐音作姓（柔、蠕、茹皆“朱”谐音）。

木兰女扮男装、代父从军，恐更非真人真事。而是不知名作者（非一人）根据民间流传的类似故事，经不断加工、整理、完善，精心编写而成的民间故事。历史上，由于种种原因（如千里寻夫、替父报仇等），女扮男装的事并非罕见；战火纷飞年月，女扮男装从戎的事，绝非仅有。现代就有郭俊卿女扮男装从军英勇杀敌的真事。但豆蔻少女，替父从军，而且“万里赴戎机，关山度若飞”十余年，创下了天子“问所欲”的殊勋，不但正史无记载，而且翻遍有关朝代的野史，也不见有其人其事的片言只语。唯一能见到的就只有上面这首《木兰诗》和根据《木兰诗》创作的文艺作品。显然这事是很不靠谱的。

明明不靠谱的人和事，可在不知名诗人笔下（民间传说的整理、加工者），少女见到军帖“有爷名”后，如何决心“替爷征”；如何东西南北外出买东西，作准备；如何“万里赴戎机，关山度若飞”；以及得胜还朝后，如何坚辞朝廷高官厚禄的赏赐，一心“还故乡”；以及到家后如何速换女儿妆，致“出门看火伴，火伴皆惊忙”等大量情节和细节，莫不交待得清清楚楚，如见如现。让人读后，不由得不为少女的浓浓孝心所感动，为少女的勇敢、智慧和创造的殊勋所折服，为少女的不慕荣华、不图名利、不计报酬、不忘本色的崇高品格所敬慕。千百年来，世人也根本不管究竟是否实有其人，其事，都将其作为中国妇女的丰碑，广为张扬，广为传颂。这是文学艺术典型形象的魅力。不知名诗人用平实质朴手法塑造典型形象之功，更是功不可没。估赏之。

“唧唧复唧唧，木兰当户织。不闻机杼声，唯闻女叹息。问女何所思？问女何所忆？女亦无所思，女亦无所忆。昨夜见军帖，可汗大点兵。军书十二卷，卷卷有爷名。阿爷无大儿，木兰无长兄，愿为市鞍马，从此替爷征。”

诗起，一个勤劳、勇敢、善良、具有浓浓孝心的纯情少女，便在“唧唧复唧唧”的织布声中，在机杼声突然停止的叹息声中，在设问和自答中，未呼即出了。这就是诗的女主人公木兰。

“唧唧”，有释者作叹息声，非也。应是织布声。下句，“木兰当户织”，便是这声音的来源。“复唧唧”，反复不断的织布声，便见女主人公的勤劳。

可何以又突然“不闻机杼声”而代之以“叹息”声呢？原来是“可汗大点兵”引发了少女心中的“思”和“忆”。“军书十二卷，卷卷有爷名”和“阿爷无大儿，木兰无长兄”，是促成少女“从此替爷征”的缘由。一个柔弱纤细的闺中少女，决心替爷驰骋从来只有男性才能涉足的疆场，少女的勇气和孝心到了何种地步，岂不可想而知。仅此开头，便将少女的高大形象推矗云端，不知名诗人的白描手法何其高妙，也不难感知。

顺便提一下，上面前六句，和北朝民歌《折杨柳》似有相同相似处。《折杨柳》前六句是：“敕敕何力力，女子当窗织。不闻机杼声，唯闻女叹息。问女何所思？问女何所忆。”古民歌中用近似或相同的诗句起兴，并不少见。这是一例。

替父从军，自非小事，需认真准备。接下来便见少女为出征精心准备而忙。

“东市买骏马，西市买鞍鞯，南市买辔头，北市买长鞭。”

“东”、“西”、“南”、“北”，自非实言方位，而隐言少女为替父从征而四处张罗。这种用人们惯常爱用的将几个习惯连在一起的组词（如上下左右，东西南北）分而用之，以彰显行为的反复性、多样性的修辞手法，在古民歌中也常有所见。如汉乐府民歌《江南》：“江南可采莲，莲叶何田田，鱼戏莲叶间。鱼戏莲叶东，鱼戏莲叶西，鱼戏莲叶南，鱼戏莲叶北。”此处又见。

“骏马”，好马；“鞯”，马鞯的垫子；“辔头”，马笼头；“长鞭”，马鞭。都是坐骑和坐骑用品。少女东西南北到处买的东西，恐不会只是上面几种，还会有别的物件。诗中之所以不言其他，而只说上面几件，恐是因为上面几种最具从军作战需要的特点。用最有特点的事物代言众多复杂事物，似也符合诗的简繁详略之道。至于所购物品，特别是坐骑的熟练驾驭和使用，恐需花费更多的时间和精力，可在诗中未见提及，恐是被不知名诗人将其隐在“东南西北”的时空转运中了。这也是叙事诗的常见手法。

“朝辞爷娘去，暮宿黄河边。不闻爷娘唤女声，但闻黄河流水鸣溅溅。旦辞黄河去，暮至黑山头，不闻爷娘唤女声，但闻燕山胡骑鸣啾啾。”

少女经认真准备后，终于离家出发从戎了。

值得注意的是，上面两组八句颇具对仗感的诗，在“朝（旦）辞”、“暮宿（至）”、“不闻”、“但闻”四复词后，出现的四个地段（地址）：少女家所在地，“黄河边”，“黑山头”，“燕山”，简直将少女的出征路线，展示得如行其中，再真切不过了。仅此，便足以叫人相信，这诗中所言之事是真实可信的，并非纯虚构的民间传说。同时也说明，这诗确有真人真事做基础，是真人真事基础上的民间传说故事。

少女在出行中流露出的浓浓爷娘情（接连两句“不闻爷娘唤女声”）和亲身感受到的边塞风光（“黄河流水鸣溅溅”、“燕山胡骑鸣啾啾”），则更使人有一种身临其境的真实感。

“万里赴戎机，关山度若飞。朔气传金柝，寒光照铁衣。将军百战死，壮士十年归。”

这是对少女从军后长达十二年战斗生涯的概述。不过，有释者云，上六句和朴素的民歌风格不很一致。平仄协调，对仗工稳，如盛唐格律诗。由此推测，《木兰诗》可能经过唐文人加工。这完全可能。

六句诗概括的十二年战斗历程的主要特点有三：一是战事激烈。千山万水，飞关夺隘，转战频繁。“戎机”即军事行动，或曰战机。二是艰苦卓绝。天寒地冻，风餐露宿。“朔气”即北方寒气；“金柝”：行军用的刁斗，白天用来做饭，夜里敲击报更；“铁衣”：铠甲。三是残酷、危险，有胜有败，有生有死。这恐也是所有战争和战事行动的共同特点。可少女女扮男装军中十二年，会遇到许多特殊情况和特殊问题，诗中竟毫无提及；再说，十二年中，少女究竟经历过哪些大的作战，取得过怎样的辉煌胜利，诗中也未见略述一二。何也？看来只能有一种解释，那就是，这诗的主题是突出少女代父从军品德，藉以教育国人、特别是妇女。与此无关或关联欠紧的事和情节，自应尽量缩减。果如是，那也说明，不知名诗人是深得为诗的简繁详略之道的。而这也是长篇叙事诗不可或缺的构思技巧。

“归来见天子，天子坐明堂。策勋十二转，赏赐百千强。可汗问所欲，‘木兰不用尚书郎，愿驰千里足，送儿还故乡。’”

少女终于得胜还朝了。尽管上面诗中没有提及少女十二年在军中作战的功绩，但“归来见天子”，便知少女已建殊勋。何况天子在“策勋十二转，赏赐百千强”（给有战功的升官晋级）时，还专门对木兰“问所欲”。而从木兰的回答中，还可知，朝廷本是想赐给她“尚书郎”的。

尚书郎，官名。东汉制，取孝廉中有才能者入尚书台，在皇帝身边处理政务。初入台称尚书郎中，满一年称尚书郎，三年称侍郎。魏晋以后袭此制，统称尚书郎。

尚书郎官职，按说也不算小了。可木兰并不稀罕。她稀罕什么？“明驼千里足”。“明驼”何物？说法不一。应指经过装饰的高大漂亮骆驼。这是漠北地区的重要交通工具。“千里足”即千里马，这里指善走远路的骆驼。

少女之所以对骆驼情有独钟，完全是因为骆驼能送她尽快“还故乡”。显然，此时，在少女心中，“明驼千里足”要比尚书郎官职珍贵和重要。这比较似也揭示出了少女心中一重要观念：孝重于忠。这恐也是当时社会人们思想上一种带普遍性的道德观念。这道德观念在当时应该说是有其必然的社会基础的。这是因为，在当时社会，民族间争斗激烈，国家政权并不稳定，君主在人们心目中的权威尚未牢固确立。忠君爱国自然也不会成为人们思想上最重要的道德信条。而孝在当时是维系社会、家庭和有助于确保个人利益最靠得住的砝码，它在人们心中的位置也自会凌于忠君爱国之上。

不过，也有人说，木兰应可汗点兵从戎，不是忠君爱国吗？不然。少女其实完全为“替爷征”才女扮男装从戎的，主要动机并非忠君爱国。诗中多处可见少女浓浓爷娘情，却不见有片言只语直抒忠君和为国英勇杀敌意。少女得胜还朝后坚辞尚书郎，则更见少女一心“还故乡”的浓浓故乡情，而对君王、朝廷的赏赐不屑一顾。自然也见少女不慕荣华、淡泊名利的崇高品德。

少女终于要回家了。诗中对少女回家时和回家后的白描，似更见诗具平实质朴美的别致风采。

“爷娘闻女来，出郭相扶将；阿姊闻妹来，当户理红妆；小弟闻姊来，磨刀霍霍向猪羊。”

听说女儿、妹妹、姐姐要回来，爷娘、阿姊、小弟各自的情态和举作是何其真切入微呀！

“出郭”，走出城外；“扶将”：互相搀扶。爷娘毕竟年高了，行走不便，竟硬是互相搀扶着，一步一步地走到城外，喜迎女归。爷娘对女儿的爱，何其深切！

“红妆”，女子盛装。李白《子夜吴歌》：“素手青条上，红妆白日鲜”。也用以指美女。阿姊听说阿妹要回来了，便赶紧盛装打扮，涂脂抹粉，穿着最漂亮的衣服，要让妹妹目睹自己最靓丽的风采。多么别致的迎迓呀！

“霍霍”，磨刀声。那最小的弟弟呢，听说离家十二年的姐姐凯旋归来，更是高兴得不得了。他磨刀霍霍，又是杀猪，又是宰羊，张罗着要用最可口的美味欢迎姐姐。小男儿喜迎阿姊归来之情，又何其具有农家少年风趣！

然而，更有特色和更令人惊异，且更能发人缥缈遐思的，恐还是少女归来后的换妆举动和出来见伙伴的情景。

“开我东阁门，坐我西阁床；脱我战时袍，著我旧时裳；当窗理云鬓，对镜贴花黄。出门看火伴，火伴皆惊忙：‘同行十二年，不知木兰是女郎。’”

少女一到家，便连忙钻进了自己原来在家时的卧室（“阁”，女子的卧室。木兰离家十二载，原来的卧室还保留未变，也说明木兰家原本殷实），坐在了自己当年睡觉的床上。她迅速地脱掉了身上的战袍（说明她是穿着战时袍回家来的），换上了原来在家时穿的旧衣裳。接着便临窗对镜，梳妆打扮，还特地在眉额间贴了花黄（“花黄”，古时女子的面饰。六朝时，女子有黄额妆。在额前贴花黄作为装饰）。不久前在战场上耀武扬威、猛勇杀敌的英雄，此时又突然变成了一个额贴花黄的闺中女娇娃，多有风趣！

少女改妆完毕，便出来向伙伴们告别。伙伴们一看，一个个简直惊愕得不得了（“惊愕”，极度惊骇貌）。谁能想到，此前在战场上一同驰骋了十二年、朝夕相处的战友，竟是一个曾经待字闺中、大门不出、二门不迈的妙龄少女。而且就是这个少女，在那血肉横飞的战场上耀武扬威，立下了令天子刮目、令朝野震惊的殊勋！

不知名诗人自己大概也知道，这离奇得太不靠谱的故事，不会有太多人相信。于是接下来在诗的结尾，便又别出奇思，推出了两只美丽的、一雌一雄的小白兔，让“双兔傍地走”时难辨雄雌的小动物，为这离奇故事开脱，扬航。

“雄兔脚扑朔，雌兔眼迷离；双兔傍地走，安能辨我是雄雌？”

“扑朔”，雄兔疾走如飞，双脚交替动得很快貌；

“迷离”，雌兔急走时张皇四望，眼神不定貌。

雌雄兔急走时究竟是不是上面说的那样子，笔者未过细察看过。但两兔傍地走，确是很难分辨出雌雄来的。不知名诗人以此喻言木兰女扮男装演绎出人间奇迹，不但形象优美（两只漂亮的小白兔傍地疾走），而且比喻贴切（难辨雌雄），妙趣横生，真是再恰切不过了。从而使美妙的传奇故事插上了更能久远飞翔的翅膀，得以在广阔天地里长久流传。也更见这“双璧”之一的《木兰诗》漫天畅想、朴素遐思的民间特色。

平实质朴美在古诗词中的展现，用现代时尚的话说，也就是要接地气。诗词内容、题材，贵在接地气；诗词构思、结构、布局，也应接地气；诗词用语，遣词，拣字，尤贵接地气。

何谓地气？所谓地气，说穿了就是最底层、也是最广大的普通民众赖以生存的呼吸之气。这是诗歌产生的源泉，也是诗词创作的根。接地气，其实也就是要诗词创作者心系最广大民众的心，想他们之所想，吟他们之所爱。也只有这样，创作出的诗词歌赋，方能为广大民众所喜闻乐见，方能流传千古。

我国第一部诗歌总集《诗经》，其中许多诗词，之所以至今仍广为流传，令人百吟而不厌，就因为这些诗词都是来自民间的歌谣，反映的又是当时各诸侯国的风土人情，包括人民群众生产、生活、交往、婚姻、爱情等方面中的常情实事、逸闻趣事，而且语言很接地气。

李白、杜甫、白居易等伟大杰出诗人，他们创作的许多诗词，也都很接地气。这和他们一生坎坷曲折、长年漂泊流离、得以接触更多的挣扎在最底层的苦难民众，以及对苦难民众的生活、愿望、思想和感情有更多的了解和同情所致。

李白被唐玄宗赶出长安后，漂泊流离于大江南北，长达十年之久。这段时间他创作的许多诗词，就很接地气。如《秋浦歌》、《子夜吴歌》、《长干行》等。

杜甫35岁来到长安。长安十年，很不得志。安史之乱后，过了一段流亡生活。后来做了肃宗的左拾遗。初入宫掖，靠近了皇帝，生活视野狭小了，随即在创作上也减少了光彩。但不久，因疏救房琯案，在政治上又一次受到打击，被贬为华州司功参军。从此，便永远离开了长安。离开了宫廷，重又接触到战乱和在阶级压迫下痛苦呻吟的民众。于是，在创作上也立即放射出了熠熠的光彩。他最为人传诵，也最接地气的杰作“三吏三别”，便是在华州期间作，从而在诗歌创作上达到了又一高峰。

白居易虽出生于小官僚家庭，但他从小就和普通劳动群众有密切联系，非常同情在政治混乱、民不聊生的社会情况下广大劳动人民的疾苦。他在皇帝身边做谏官时，多次上书请求革除弊政，勇于向腐朽势力作不调和斗争，就是证明。他的诗作一个显著特点，就是很接地气，妇妪皆能懂。特别是《秦中吟》、《新乐府》两组诗，可谓情接地气的典型的忧民悯民作。

（三）李绅《悯农》二首

下面要赏读的两首诗：唐李绅的《悯农》二首，不要说不能和李白、杜甫、白居易这些伟大杰出诗人的诗作相媲美，就是在唐代百花竞丽的诗苑，和那些名篇佳作比较，恐也不能算是精品。但从情接地气，特别是从用最平白、最质朴的语言，揭示出人类社会最深刻、也最为重要的道理这层面说，恐又不是所有精品佳作都能稳胜一筹的。也正因为这样，所以千百年来，这两首诗在国人中也流传最广。甚至比流传广的李白的《静夜思》还要流传广些。诗句和诗句中揭示的道理最深入人心。其所产生的社会效应，较之许多精品佳作，恐也有过之无不及。基于上原因，故于此并赏二诗。诗如后：

其　一

春种一粒粟，秋收万颗子。
四海无闲田，农夫犹饿死。

其　二

锄禾日当午，汗滴禾下土。
谁知盘中餐，粒粒皆辛苦。

作者李绅，字公垂，润州无锡（今江苏无锡）人，原籍亳州（今安徽亳县）。武宗时为宰相，后出任淮南节度使。他不仅是唐时期新乐府运动的倡导者之一，而且是新乐府写作最早的实践者之一。

新乐府运动是唐安史乱后，一些诗人目睹朝廷政治腐败、阶级矛盾愈演愈烈而推出的一种用新乐府描写民生疾苦，令“见之者易谕”，令“闻之者深诫”，并可以“播于乐章歌曲”的新文学运动。这运动的主帅是白居易，中坚分子是元稹。但在白、元前，张藉、王建、李绅等，就写了不少新乐府诗。李写了 20 首“新题乐府”，应为首创。后来元稹和了 20 首，白居易和了 50 首，并正式改名为“新乐府”。可见李对“新乐府”形成的贡献。遗憾的是，李写的 20 首都失传了。留下来的上面两首还是早年作，但从中也可目睹李诗的不凡风采。

“春种一粒粟，秋收万颗子”（一作“秋成万颗子”）。

其一，诗起，一个“春”，一个“秋”；一个“种”，一个“收”，便将“一粒粟”化成了“万颗子”。多么神奇而接地气的笔呀！

它不仅将“春种”“秋收”这天造地化之功，聚焦在人类赖以生存、赖以活命的主要作物——粮食（“粟”，谷子；“子”，籽实。均粮食）上，而且满腔热情地讴歌和赞美了处在最底层的广大农民的辛勤劳动（“种”和“收”都得靠农民）和对人类作出的伟大贡献（将“一粒粟”变成了“万颗子”）。两句口语诗，包含的内容多么丰富、深刻而神奇！

然而，神奇恐还非仅上两句。后两句似更见神奇，也更令人震撼。

“四海无闲田，农夫犹饿死。”

“四海”，古时以我国四境有海环绕，故称四海。犹言普天下，实指全国各地。

“闲田”，即荒芜、闲置不种的土地。“无闲田”，即言没有闲置不种的土地，这恐指已开垦的可耕地。

诗人刚才好像还在眼前，眼睁睁地看着“一粒粟”变成了“万颗子”。可不知怎的，忽然就飞到了四海，飞到了全国各地。但见，那数不胜数的可耕田地，那正在生长的庄稼——粮食，颗颗苗儿都十分茁壮，田野上一派郁郁葱葱。可以想象，这将是一个好年成——丰收在望。

这还是农民“春种”“秋收”辛勤劳动带来的成果呀，是“一粒粟”化成“万颗子”的奇观！

这诗的第三句，其实还是前两句诗的意境。只不过，“春种”“秋收”、“一粒粟”化成“万颗子”的范围扩大到了“四海”，到了全国，农民的伟大贡献也更见真切和更令人崇敬了。

作出如此巨大贡献的农民，此时此刻，他们自身的状况又是怎样呢？这自然会引起人们关注。诗人的心和视角也不由得会落在广大农民身上。于是，一个更令人震惊的场景出现了："农夫犹饿死。"

原来，在当时社会，许许多多农民和农家，在辛辛苦苦劳作了一年后，所收获的粮食，除了缴纳租税外，剩下的粮食，根本不够全家吃的。许多农民和农民父母、兄弟姐妹，妻子儿女，就因为缺衣少食，被活活冻饿而死，特别是灾年。

这种情况，在白居易当时的许多诗中都可得到印证。

白氏《观刈麦》，记叙的就是一贫困农妇，唯恐缴纳赋税后粮食不够吃，在刚刈完麦后，便抱着或领着一个不能离开大人的小孩，在刈完麦的田地里拾遗穗。有人问她为何这样做，她答："家田赋税尽，拾此充饥肠。"多么骇人的回答！"闻者该悲伤。"

白氏《轻肥》最后两句："是岁江南旱，衢州人食人！"更见农民饿死并非稀罕事。

白氏上两诗的意境，还极可能是从李绅的上诗中得到的启迪。

一面，用自己的辛勤劳动，为人类的生存、活命，作出天人共知的巨大贡献；一面，自己和家人，又常常因缺衣少食而忍饥挨饿，甚至活活被冻饿而死。多么骇人听闻的不公平呀——社会制度的不公平。如果再和杜甫诗中的"朱门酒肉臭，路有冻死骨"以及白居易《轻肥》中的"军中宴"相联系，那贫富悬殊和阶级对立是致社会于不公平、不合理的根源，岂不更清楚、更明白不过了。

诗人生活在一千多年前的唐朝，自不会懂得阶级、阶级矛盾和阶级斗争的道理，但他忠于现实。他不但勇于面对，而且敢于触及当时社会这最敏感的骇人听闻，用诗的语言，喊出了令人震撼的悲愤强音，诗人的睿智卓识和勇气，又何其令人崇敬！这恐也是这诗划时代意义的所在。不是精品，胜似精品。故这诗能流传千古而不朽。

《悯农》第二首，其实也是针对当时上层统治者穷奢极欲、挥霍无度、根本不顾人民群众疾苦和死活而发出的愤怒呼喊；但由于诗的内容，和普通百姓的日常生活联系紧密，故流传到后世，其产生的社会效应，又更多地体现在人民群众日常生活中，成为教育、鞭策人民群众珍惜劳动、珍爱粮食、厉行节约、反对浪费的最佳篇章。但诗的重心，还是在“悯农”上。只不过，上面第一首诗，是由“颂”（颂扬农民辛勤劳动创造出丰功伟绩）到“悯”，惊见畸形社会酿成人间至悲（“农夫犹饿死”）；而这第二首，则是先“悯”（悯农民盛夏劳作之苦）后扬，饭桌前更见农夫殊功。

还值得注意的是，在这其二的四句诗中，还可见一图一曲的别致吟咏。图是真切的盛夏农作图，诗的前两句便是这图的最佳缩写；曲是深沉的饭桌交响曲，诗的后两句则是这交响曲的感人演奏。一图一曲，不但将“悯农”情推向了极致，还扩展了悯农情怀。且赏这四句：

这是一个“烈日炎炎似火烧”的季节，而且是一天中最炎热的时刻——正午（“当午”即正午）。但见，在那“足蒸暑土气，背灼炎天光”（白居易《观刈麦》）的田野上，无数农民，一个个气喘吁吁，不停地在挥动着手中的锄头、铁铲，在使劲地掘地、锄草、施肥……听不清他们在说什么，但却清楚看到，他们头上、额上，满布着大大小小的汗珠。这汗珠顺着脸上往下掉，一直掉在禾苗下的泥土里……

多么真切的盛夏农作图！

“锄禾日当午，汗滴禾下土”，不就是这农作图的缩写吗！

上面第一首诗，满腔热情地讴歌了广大农民在攸关人类生存的主要作物——粮食的生产上作出的巨大贡献。但是，农民在“春种”“秋收”中，究竟怎样将“一粒粟”化成了“万颗子”，又是怎样做到的“四海无闲田”，并不见具体描述。上面两句诗便是最好的回答。多么伟大的农民呀！

如此伟大农民，按说，无论用什么和用多少美好语言来讴歌和赞美他们，恐都不会过分。可奇怪的是，在接下来的诗中，我们的诗人，却并未遣词择语来颂赞他们。令人意想不到的是，此时，诗人的视线，不知怎么，竟落在了一张饭桌上——一张普通百姓的饭桌。桌上摆满了饭菜，大概这就是“盘中餐”吧！面对这“盘中餐”，又不知是谁，突然发问：有谁知道，这桌上的饭菜，一粒米，一叶菜，究竟是怎么来的？答：那可是农民辛辛苦苦，一把汗一把汗地，用血汗换来的呀！顿时，那炎炎盛夏，那“背灼炎天光”，那田野上气喘吁吁挥舞大锄、铁铲的农民，那农民头上，额上如雨下的汗珠……便全都浮现在人们眼前，令人遐思翩翩。

“谁知盘中餐，粒粒皆辛苦。”便是这饭桌上的交响曲。核心是一问一答。问答似并无新奇，但千百年来，在人们心中引起的反响和生发出的效应，却非同一般。它不仅使亿万农民辛勤劳动为人类生存作出卓越贡献的思想观念更加深入人心，从而更加增强对农民群众的热爱，更加坚定农业是国民经济基础的认识；还会引申出诸多与之相连的思想观念和理念，如劳动光荣，粮食宝贵，节约重要，浪费可耻，大处着眼，小处着手等等。直到今天，在日常生活中、在饭桌前，在随时随地，还经常可以听到有人用这语言来提醒自己，警策身边人和教育青少年，说明两句格言具有永恒生命力。诗人首创这极接地气的格言，也功不可没。

不过，还需指出的是，诗中上面所言之餐桌，也有可能是指当时上层统治者们挥霍无度的盛宴餐桌，如白居易《轻肥》中的“军中宴”。果如是，那“谁知”二句，则是对统治者们的愤怒斥责。斥责他们穷奢极欲，任意挥霍的广大劳苦民众千辛万苦、用血汗创造出的劳动成果。这斥责，应该说，也是义正辞严、掷地有声的，尤值得赞赏。

（四）李白《早发白帝城》和《望庐山瀑布》

平实质朴美，贵在接地气。然而，接地气也并非意味诗词创作可以不要修辞，不讲求文采。诗词作品的成色，可以越“土”越好，越“掉渣”越好。

非也。

文学作品是用语言塑造形象以反映生活、表达作者思想感情的艺术，离不开修辞和文彩。诗词创作尤如此。只不过，诗具平实质朴美，对修辞和文彩的要求，有其独特的视角和着力点。崇尚质朴，崇尚自然，情接地气，浑然天成，实而不浅，直而不迂，朴而不俗。“一语天然万古新，豪华落尽见真淳”，是其要达成的最佳境界。而要达此目标，又绝非不讲求修辞和文彩所能成功，更非“土”、“掉渣”一类的低俗作品所能窥及和觊觎的。

驰骋古诗词海洋，我们还可看到，诗坛大家们，包括李白、杜甫、白居易、王维等伟大杰出诗人创作的，包括《静夜思》、《长歌行》、《子夜吴歌》（上皆李白作）、“三吏三别”（杜甫）、《秦中吟》（白居易）、《辋川集》（王维）等许多精品佳作，也皆脱口而出、朴实无华的吟咏，极具平实质朴美。赏读这些精品佳作，不但丝毫不给人以“土”感、“渣”感，而且能使人获得多方面美的享受。包括巧用词语方面的美的享受。究其成功秘诀，别致、精妙的构思外，讲求修辞和文彩，恐也是不可或缺的重要条件。从诗具平实质朴美层面而言，应该说，这是一种融多种艺术美于一炉的诗具平实质朴美佳作，或曰高层次的平实质朴美佳作。下面不妨赏读两首世人莫不赞绝的千古绝唱：李白的《早发白帝城》和《望庐山瀑布》，似能从中感悟上面所言这种高层次的诗具平实质朴美的风采。

早发白帝城

朝辞白帝彩云间，千里江陵一日还。

两岸猿声啼不住，轻舟已过万重山。

这诗的出笼，有其复杂背景。

那是李白被唐玄宗“赐金放逐”后，长达十年的南北漫游，实是漂泊流离，致诗人心力憔悴。

时，又值安史乱中。唐皇朝仓皇更迭。肃宗（李亨）弟永王璘有心皇位。于安禄山发动叛乱第二年，便擅自率军自江陵东下。途经浔阳（今江西九江），慕李白才名（李时在九江），便请他为僚佐（同“寮佐”，旧指同僚的官佐属吏）。时，李白并不知璘有野心，加之自己已离政坛十余年，也想重返政坛施展治国安民身手，便接受了李璘邀请。未料，次年，李璘部便被肃宗击溃。李只好仓皇出逃，至浔阳被捕入狱。经御史中丞调查，认为罪轻可赦。但肃宗中央政权不予肯准。最后还是判他长期流放夜郎。

夜郎，我国历史上有许多名夜郎的称谓。夜郎国、夜郎族、夜郎郡。湖南、贵州均有夜郎县。这里当指贵州夜郎郡。唐天宝元年改珍州置，治所在夜郎县。时，这里人烟稀少，交通极度不便，且恶疾病毒流行，是典型的蛮荒僻地。时，李白年已五十有八，健康状况欠佳。以年高文弱之躯，要经受如上恶劣环境的煎熬，不但诗人自己忧心如焚，就连当时远在千里外的好友杜甫，闻李被发配夜郎，也忧思成梦。而且“三夜频梦君”，还梦“舟楫恐失坠”。（均《梦李白》）足见危险之极。

幸，天无绝人之路。乾元二年，正当李白忧心忡忡，沿长江西行，至四川巫山一带时，突然迎来了天大喜讯：朝廷大赦犯人。李在被赦之列。喜从天降，李白怎能不欣喜若狂呢！《早发》，恐就是诗人在上述这种极度喜悦情况下一气呵成的志喜杰作。

说是志喜，恐又非仅然。伟大诗人，心雄志广。绝地逢生，怎会仅为志喜而咏呢？细味诗的后两句，“猿啼”“轻舟”，别致用语，似更有深意于其中。且赏四句：

“朝辞白帝彩云间，千里江陵一日还。”诗起两句，便见浓浓喜悦情——喜在行中。

白帝城，蜀中名城。坐落在今四川奉节县东白帝山上。亦即诗人当年接到赦令和即将起程返江陵之所在。

据载，城为东汉初割据四川的公孙述所筑。述自称白帝，故以名城。城立高山，形势险要。三国时为蜀防吴重镇。刘备为吴将陆游所败，临终曾托孤诸葛亮于此。“行”从地起，可谓开山见山。

“朝”，显言起程时分——“早发”。似也有朝气蓬勃隐。诗人突然遇赦，意气风发，岂非朝气蓬勃乎！一个“朝”字，劈头盖脑，便见诗人心中不同凡响的“喜”。

“彩云间”，状白帝城高耸入“云”，为下面飞舟直下、船行如飞作铺垫。似也有山光水色、五“彩”缤纷隐。沿途风光绮丽，岂不更见诗人心中之“悦”。下句还更见“悦”。

“江陵”，在湖北南部，沙市附近。距白帝城约 1200 里。“千里”是概量数词。即便今天，乘巨轮出峡，一日内，恐也难以从白帝城抵江陵。在当时情况下，“一日还”显系夸张形容。夸张，也见诗人心中之“悦”。觉船行如飞，岂非痛快淋漓。

况“千里”，“一日”，一空间概念，一时间概念。而“千”和“一”，又系悬殊数词。以“千里”之遥，聚“一日”之短，岂不更见船行之“速”。以“速”言“行”，较之前面夸张形容，心中之“悦”岂不更痛快淋漓。

还有句尾的这个“还”字，似也不无“悦”感。诗人非江陵人，家也不在江陵，何以言“还”！亲切、温暖感外，恐还有“归心似箭”隐。“归”，发配僻远之人，何其愉悦的向往！

辞（朝辞）中“悦”，景（“彩云间”）中“悦”，速中“悦”，归中“悦”，诗人隐展“悦”术，何其高妙！

有发有至（朝发夕至），有起有落（白帝城起，江陵落），有行程（千里）有时耗（一日），诗人返江陵之行，至此，按说已倾诉得够周全了；诗人遇赦后的浓浓喜悦情，亦可谓淋漓殆尽。至此，诗人还会有什么余音未尽呢？按说也不会再有什么绕梁余韵了。可令人想不到的是，在诗人的生花妙笔下，下面却又出现了飘逸隽永的吟咏。

“两岸猿声啼不住，轻舟已过万重山。”

这又是两句怎样的诗呢？

有释者言，两句系补写诗人返江陵途中见闻，意在进一步彰显船行之速和诗人心中之“悦”。

补写，倒叙，确如言。但其意仅为进一步彰显船行之速和诗人心中之悦吗？恐又不尽然。否则，岂不会令人有画蛇添足嫌。伟大诗人是不会有如此赘笔的。两句诗必有深邃于其间。深邃者何？恐就在“猿……啼”和“轻舟”中。

长江三峡，两岸多猿。猿声凄厉，令人哀楚。可诗为志喜作，何以会有凄切声？有人说，这“啼”非“凄啼”，而是“欢悦啼”，“更见诗人心中之悦”。可笔者遍查身边所有辞典、字典，未见有“啼”和喜相连的。古诗词中，也未见有以猿啼志喜者。相反，诗人此前还写过一首咏经瞿峡登巫山的诗（《自巴东舟行经瞿塘峡登巫山最高峰晚还题壁》），后四句是：“月色何悠悠，清猿响啾啾。辞山不忍听，挥策还孤舟。”显言猿声凄厉。同是三峡，同是猿啼，怎么会截然相悖！“欢悦啼”显系牵强。

笔者细味诗人当时情况认为，“猿啼”声极可能是诗人以返程时所见之实景，影射当时政坛有关诗人本人的种种噪音和杂音。这有诗人当时史实可考。

据载，诗人为李璘幕僚时，当时政坛、文坛，不少人由于对李入永王府时之情况和用心（李当时以为永王真要率师北上抗敌）不够理解，种种非议声不绝于耳；李被捕入狱和被贬夜郎后，非议声愈炽。获赦后，外界所云，虽暂不得而知，但也可肯定会杂音不断。此前此后种种噪音和杂音，岂不宛如两岸之猿声，声声不绝于耳，令人烦腻！

这里，还需特别提及的是，李白其人，虽生性狂放不羁，但图进用世之心和“定寰宇”、“济苍生”、“安黎民”之志，却始终未泯。毛泽东曾就李白在《古风》之三中，对秦始皇的批评，调侃李白：“尽想做官。”另一面也说明李其人，确有雄心壮志。在当时社会，想要做大事，不做大官，是肯定不行的。何况是“定寰宇”、“济苍生”这样的大事。此前，他入永王府为幕僚，其实就是为了将来能做大官。甚至直到他去世前一年，他听说天下兵马副元帅李光弼出镇临淮，竟还不顾年高病弱，前往请缨为官，领兵杀敌。诗人图进用世之心，何其强烈！

蒙冤被贬夜郎，壮志无法施展，诗人自不会徒有奢想。可此时，幸获大赦，实现宏愿岂不又有了可能。于是，此时此刻，诗人的雄心壮志便又膨胀开来。他获赦后大喜过望，迫不及待地立即起程返江陵，恐原因也在这里。

此前此后的噪音和杂音，其实质皆为妄图阻止和迟滞诗人图进、前行脚步，诗人自会厌烦反感之至。然而，在雄心壮志如天的伟大诗人面前，这如猿啼般的噪音和杂音，又怎能阻挡诗人前行的脚步呢？看，这不，“轻舟已过万重山”了。

“轻舟”？何云“轻舟”，难道仅指诗人返江陵之所乘么？可舟船乃舟船制造者按照一定规程所造，它本身并无轻重之别。之所以有轻有重，完全由舟中所载致成。而诗人返江陵所乘之舟显非载物之舟，那轻和重便只能由诗人自己致成了。可诗人又非瞬间胖瘦之人，何以会有“轻”言呢？盖“轻”与重相对，也与微、松、散等相通。如轻微、轻松、轻便等等。诗人蒙冤贬夜郎，心情何其压抑、沉重！突然获赦，一切压抑、沉重皆抛至九霄云外，岂非浑身轻松乎。“轻舟”，诗人轻身之隐，似也有如鸿（鸟）展翅之象。

“万重山”，千山万水，崇山峻岭，融于三字，既见船行之速（一日过万重山），又见旅程之艰，行路之难。联系全句，则使人有如置身一令人震撼的壮美奇观中——

在那浩渺、绵长，而又无比崎岖、险峻的长江水道上，一饱经沧桑、饱受磨难的诗人（伟大诗人李白），驾一叶扁舟，顺流而下，飞一样的穿行在惊涛骇浪中，瞬间便越过千山万水、崇山峻岭、急流险滩，驶向茫茫的彼岸……

目睹此情此景，使人不由得又会想起他在《行路难》中的那两句名诗：“乘风破浪会有时，直挂云帆济沧海。”这是他在被唐玄宗“赐金放逐”后决心突破艰难险阻，实现“济沧海”宏愿的两句豪言。此时此刻，诗人何尝不又是当年的情怀和心志！此时，他身轻如燕，志豪如鸿，跃跃欲试，似乎又要“直挂云帆济沧海”了，多么令人鼓舞！显然，诗的这后两句，非仅志喜吟，更有展志咏。这恐也是《早发》这诗更具意境之所在。

由于时代、历史等方面的原因，诗人的济世宏愿尽管不会变成现实，但他那百折不挠、至死不渝的超强雄心和壮志，也足以令后世后人由衷景仰。伟大诗人不但文章“光焰万丈长”，其精神、品格、意志，也是“光焰万丈长”的。永恒的伟大诗人！

《望庐山瀑布》，基本是一首写景诗。写景，离不开平实质朴的描绘和叙述。可这诗的描绘和叙述，又别具奇巧和极富特色。寓形象描绘于质朴的写实中，寓夸张形容于人们司空见惯的浅近比喻中，寓奇思妙想于自然而然的幻想和幻觉中，寓绚丽美、朦胧美、飘逸美、恢宏美于最接地气的自然美、率真美和浑然天成中。可以毫不夸张地说，这简直是一首集百美于一诗的言景杰作，令人百读而不厌。诗如后。

日照香炉生紫烟，遥看瀑布挂前川。飞流直下三千尺，疑是银河落九天。

庐山，我国名列前茅的名山。座落在今江西省九江市南，北临长江，东南傍鄱阳湖。古称古障山。相传秦末有匡俗兄弟七人，庐居于此，故名庐山，又名匡山。风景幽美如画，游人如蚁。诗人晚年有退隐此山念，故有上作。诗为两首，上为第二首。此前诗人还写过一首《庐山遥寄卢侍御虚舟》的诗，尾联“先期汗漫九垓上，愿接卢敖游太清”，便见退隐意（本书上卷中已赏读）。

但上面这诗并非言庐山全景，而言庐山瀑布。这瀑布在庐山香炉峰附近，名开先瀑布。诗人显是站在远处眺望瀑布风光，故诗题首云“望”。全诗四句，皆远眺获得的感知，并非只有第二句有“遥看”字样才是遥看所得。

“日照香炉生紫烟”，首句便是远望感知的景观。值得注意的是，这句中三个实词：“日照”、“香炉”、“紫烟”均系实景。“日照”，太阳高照；“香炉”，即庐山香炉峰，“在庐山西北，其峰尖园，烟云聚散，如博山香炉之状”（乐史《太平寰宇记》）；“紫烟”，也是实景。香炉峰上之山石多为紫褐色，兼有云母页岩，山头常是云雾升腾，在阳光照耀下，云蒸霞蔚，气象万千，远远望去，便有“紫烟”缭绕感。实景实录，按说已够美艳了。可诗人似不满足，又在其中添加进一“生”字。“生”入句中，那景观便更见神奇了。

能“生”紫烟，那香炉峰岂不真的就幻变成了一个偌大的香炉。在太阳巨能的强烈照射下，炉膛剧热生烟。一团团紫烟从膛内涌出，缭绕迷漫山间，那景观何其幽美！

不过，上还是瀑布背景，并非瀑布奇观。后三句才见瀑布奇观。可这又是怎样的奇观呢！

“遥看瀑布挂前川”。

“前川”，恐指山峰和瀑布下面的水流。在山峰和瀑布前，故云“前川”。

“瀑布”，从河流纵断面陡坡或悬崖处倾泻下来的水流。水流何以云“挂”？这里，诗人显是将人们见到瀑布时的第一印象——白色，将瀑布比作白布，远远望去，岂不像是人“挂”上去似的。也隐见人驾驭自然的魅力。诗人以如此浅显比喻入诗，也见诗人遣词用语的接地气。

好一匹又宽又长的白布呀！可随着第一印象的消失，一个更见神奇的景观出现了。

“飞流直下三千尺”。

突然，这又宽又长的“白布”竟“飞”了起来，气势汹涌，水花四溅。这何止是“飞流”，简直就是“飞龙”了——又宽又长的“白布”变成了巨型“飞龙”。这“飞龙”横空出世，瞬间，又俯身急驶，“直下三千尺”，砸落在地下，砸落在山下的急流中，多么神奇而磅礴的气势！

“飞流”，瀑布凌空而出、喷涌飞溅貌；

“直下”，既见瀑布岩壁之陡，又见水流下泻之急；

“三千尺”，夸张形容，极言山高。瀑布从陡峭的山壁高处飞流而下，岂不更见气势磅礴。“三”在数字中有“多”意，“三千尺”非实数。

三词一句，将瀑布的非凡气势和壮丽景色概括一尽。庐山瀑布之“望”，亦可谓尽饱眼福了。然而，令人想不到的是，后面还更有神奇的景观。

“疑似银河落九天”。

一个“疑”字，便将人带进了一个令人恍惚迷茫的世界。

这或许是诗人观赏瀑布出神时的情景吧——

诗人站在瀑布前，仰头久久凝望着瀑布的壮丽景观，越看越出神。看着看着，神情便恍惚起来。接着，脑海的思维也开始漂浮起来。慢慢地由地下（瀑布上）飙升到天上。但见，那又宽又长的“白布”变成的“飞龙”，此时似乎又落在了天上的银河上，变成了金光闪闪的银河。忽然，一个更神奇的幻景出现了：这哪是什么“白布”、“飞龙”，简直是天上的银河从九天之上落下来了呀！多么令人惊心动魄的奇观！

上面所言，究竟是不是诗人当时观赏的瀑布的实景，似乎并不重要。重要的是，诗人笔下上面的那句诗，简直把观赏者观赏瀑布出神时那种恍惚神情，那种变幻莫测的情思，那种海阔天空的奇思妙想，演绎得如见如现，非常到位，真是难得！

一个“疑”字，不但把人带进了恍惚世界，时而迷蒙漂浮，时而升腾致幻；而且把天上、地下；瀑布（“白布”、“飞龙”）、银河连在了一起，生发出令人难以想象到的奇观。“疑”字之用，何其妙绝！舍此字，恐难有其他字能够取代。

“银河”，白色。金光闪闪，气势磅礴，用来比喻瀑布，恐也是最恰切不过了。

“九天”，即九重天。古人认为天有九重，九天是天的最高层。银河从九天落下，那气势之恢宏和磅礴，不是伟大诗人，又有谁能想象的出！

这里还需提及和指出的，上面这极尽夸张的吟咏。前有“香炉生紫烟”为先导，中有“遥看”、“飞流”的铺垫，句首还有“疑”说，便使人毫无突兀、生硬感。自然而然地渐入佳境，浑然天成，岂不更见伟大诗人言景手法之高妙和成就奇观手法之卓越！好一首集百美于一诗，然而也是极具平实质朴美的杰作！

五、别致美

诗贵清新。

新从何来？别则新。别，别致，不雷同，不落窠臼，不随凡俗等，在一定意义上，和新是同义语。

别致美，作为诗词中的一种艺术美，它既是实践“清水出芙蓉，天然去雕饰”的内在要求，也为达成“一语天然万古新，豪华落尽见真淳”的高格诗风所必须。是诗词出奇、出新、出彩，能引人入胜和得以脍炙人口的必由之路。

古诗词海洋，别致何其多！

别致写景，别致言情，别致话人，别致叙事，别致怀古，以至别致交友、会客、送别，别致自画像（如苏轼的《自题金山画像》），等等，写作内容和写作题材方面的“别致”，如繁花朵朵，不胜枚举；

别致起兴，别致构思，别致意境，别致比喻，以及别致的谋篇布局，别致的开头结尾等，写作方法和写作技巧方面的“别致”，则更是多姿多彩，层出不穷。

一个“别”字，催生出“新”字，幻化出“奇”字，浓织出“美”字，派生出“彩”字，尽纳古诗词“烟飞云动，心游万仞”的神奇工夫，尽展“玲玲如振玉”、“累累如贯珠”的绮丽风采，真是奇妙无比。下面仅就别致状景、别致言情、别致话人（美女）三层面，聊赏诗具别致美的神奇风韵。

（一）别致状景

——苏轼《饮湖上初晴后雨》

别致状景，古诗词中最常见，也最多见。风花雪月，山水雨露，亭台楼阁，村寨旷野，名胜古迹……在诗人别致的生花妙笔下，莫不异彩纷呈，各具特色。即便同一美景，同一名胜，由于诗人观察和关注的角度不同，运用的别致手法各异，也会呈现出不同美色，给人以不同的美的享受。

杭州西湖，我国名胜之著者。古往今来，讴歌吟咏之佳作，也不胜枚举。

本书上卷赏读的《钱塘江春行》，便是曾在杭州任过刺史的大诗人白居易咏西湖早春的佳作。那“几处早莺争暖树，谁家新燕啄春泥。乱花渐欲迷人眼，浅草才能没马蹄”的诗句，何其给人以新感！

白氏还有首赞西湖春景的诗：《春题湖上》，也颇引人入胜。诗云：“湖上春来是画图，乱峰围绕水平铺。松排山面千重翠，月点波心一颗珠。碧毯线头抽早稻，青罗裙带展新蒲。未能抛得杭州去，一半勾留是此湖。”

宋代杨万里还有首专赞西湖六月荷花盛开的诗：《晓出净慈寺送林子方》：“毕竟西湖六月中，风光不与四时同。接天莲叶无穷碧，映日荷花别样红。”“无穷碧”，“别样红”，而且“接天”“映日”，美景何其别致！

然而，在吟西湖的佳作中，最能给人以新感，最脍炙人口的，恐又非苏轼的《饮湖上初晴后雨》莫属了。诗如后：

水光潋滟晴方好，山色空蒙雨亦奇。欲把西湖比西子，淡妆浓抹总相宜。

题为《饮湖上初晴后雨》，显系诗人饮酒湖上边饮边赏西湖美景之作。那么，此时此刻，诗人在湖上又观赏到了什么风光呢？诗的前两句似为诗人眼中当时所见之实景。可如果细心品味，似又不完全是实景，而是诗人经过精心构思、巧妙组合的两幅别致的风景画！一幅，“水光潋滟晴方好”；另一幅，“山色空蒙雨亦奇”。

“水光”，显言西湖水的光彩和色泽。水本无色，色泽由光而成，故也可言水光。

“潋滟”，水满荡漾貌。《文选·木华（海赋）》：“潋滟潋滟，浮天无岸”。

雨后初晴，湖水溢涨，艳阳高照，波光粼粼。放眼湖上，一碧万顷，岂不是“晴方好”吗！“方好”，正好意。

好一幅西湖雨后初晴图！

“山色”，言西湖山的颜色。

“空蒙”，一作“涳濛”，细雨迷茫貌。

初晴后雨，“山色有无中”。时隐时现，若有若无。远远望去，朦胧玄妙，岂不更见神奇！“雨亦奇”，“亦”，也可作“更”讲。

又何尝不是一幅西湖初晴后雨图！

两幅图画，并列一处，交相辉映，又会给人以怎样的观感呢？

“西湖美”，恐也只有这三字能概括了。

古往今来，诗人笔下的西湖，多为某个时节、某种景观或某一景点的景色和景貌，不见或少见在一首诗中有对西湖全景或多景的吟咏和讴歌。致西湖美在人们心目中，也只有若干局部美的感染，少有全局美的享受。

《饮》，也是就一个特定时间段（“初晴后雨”）的景色起兴。可透过这时间段景色的别致吟咏，却又使人有一种西湖全景全貌美的感悟，真令人叫绝。

尤值得赞赏的是，上两句，在全面讴歌西湖美景的构想中，还极尽宏观微观融合之能事，彰典型生动画面（“潋滟”，“空蒙”）于全景中，并以“好”、“奇”二字，升华西湖美于极致。此手法，在以往言景诗中，似也并不多见。

然而，尽管如此，诗人似仍不满足。他似乎总觉得，西湖如此之美，仅眼前所见，恐仍难尽展西湖美的别致神韵。似还应有什么更美、更佳的物象或形象与之相衬比，方能烘托其美于巅峰。他忽然想到了我国历史上最负盛名的美女西施。他寻思，西湖的“初晴”和“后雨”，如果和西施的“淡妆”“浓妆”相衬比，恐也是最恰切不过了。于是，在诗人的生花妙笔下，两句旷古难觅的绝唱，便又堂而皇之脱颖而出：

“欲把西湖比西子，淡妆浓抹总相宜。”

“总相宜”，即总相适合。“相宜”即相适合。

古诗词中，以花和美景喻美女，比比可见。《诗经·桃夭》，开创了以桃喻美女之先河。李白《清平调三首》：“云想衣裳花想容”，“一枝红艳露凝香”，是以名花牡丹喻杨贵妃。但以美女喻美景，《饮》前未见过。《饮》开创了以美女喻美景的先河。

以西施喻西湖，有外表的有缘。两者同处古越地，同有一“西”字。其内核是，一是女中之至美，一是景中之至绝。以至美喻至绝，强强互映，相得益彰，岂不能益增美的姿致和颜色。况以西施的“淡妆”、“浓抹”喻西湖的“初晴”和“后雨”，不但使西湖的天候、景象拟人化，更能如见如现；而且赋予西湖以生命的灵气和善于装扮自己以取悦游人的媚态和娇态，益增西湖美的迷人风采，何其具有诱人魅力！如此状西湖，恐怕也只有苏轼这极富天才艺术想象力的天才诗人才能想的出来。难怪此诗一出，顿为众多诗人和普通读者称奇赞绝。西湖也因此而增一美名：西子湖。

“欲把西湖比西子，淡妆浓抹总相宜”，两句诗的内涵，就仅为状西湖美吗？恐又不尽然。

西湖和西施，虽同为绝色，但并非同类。一是景（西湖），一是人（美女），两者按说是连不到一起的。何以能互比？因为有共通的东西在。这共通的东西就是“美”。美景，美女，冠头的都是这个“美”字。

世上凡是美的东西都是值得崇敬和为之讴歌的。况西湖、西施这样绝顶的美景和美女。“欲把西湖比西子”，固是以美女状美景，又何尝不是在讴歌人间之至美。讴歌美，恐也是《饮》这诗更见深邃的主题和深意。

不过，又使人思忖的是，诗人素喜朴实无华，此时何以对“美”又情有独钟？以至要在《饮》中串联二美（美景、美女）以言美，这又不能不使人会有想到诗人自己当时的情况和处境。

《饮》作于诗人主动请求外放、被通判杭州任上（宋神宗熙宁二年，即1069年）。请求外放，固系诗人自愿，但也为时势所迫，不得已而为。但在当时，诗人并未丧失对自己的自信（诗人生性旷达，其实也从未丧失过自信）。他坚信自己非等闲辈。暂时外放是为缓和当时朝中的激烈冲突，不久还会回到皇帝身边，为君王所重用的。他还认为，真才实学是金子，放在哪里都会闪光。外放也会大有作为，见证卓越，成就辉煌。《饮》恐就是在上述思想、观念支撑下，经诗人自己精心构思而吟成的杰作。其中心思想是对“美”的讴歌，也是诗人在当时情况下心中仍存坚强自信情怀的隐示。“欲把西湖比西子”，诗人自己何尝不是当时政坛、文坛的“西湖”和“西子”；“淡妆浓抹总相宜”，恐也是隐言诗人自己：无论在朝（在皇帝身边工作）在野（在州府地方工作）、为文为政，都能大有作为。诗人一生的经历及其在朝在野、为文为政创建出的骄人业绩，也足以证明诗人的这种自信并非虚诞，尽管他一生磨难不断。

《饮》，西湖美别致而拟人式的吟咏，也是别致言美的哲理诗，还是诗人坚强自信的颂歌——别致言景诗的典范。

（二）别致言景

——韩愈《春雪》

别致言景，奥秘多多。下面这首小诗，似更见别致言景之妙。

> 新年都未有芳华，二月初惊见草芽。白雪却嫌春色晚，故穿庭树作飞花。

题为《春雪》，便见别致。

雪，在一般人心目中，多和冬相连，这里却是春雪。

冬雪，一般说，是寒冷、严酷的象征，尽管也有“银装素裹”的美丽；而春雪，则和温暖、希望、美好相连，尽管也有“春寒料峭”。

新年（这里指农历正月初一，亦即春节）到了，可田野上并不见盛开的芬芳鲜花（“芳华”即芬芳鲜花）——春，显然迟了。直到二月，才惊喜发现，小草萌发了绿芽——春，确已降临人间。可奇怪的是，白雪似乎还嫌春来得太晚，竟在庭院的树上穿来穿去，留下了许许多多雪片，似乎是要以此作为春天盛开的花朵，证明春确已到来。

四句诗尽管趣味浓浓，幽默多多，可循字面释解，似也无太多深奥的奇思妙义。可如果潜心细味，却又发现，这诗实在是太神奇、太值得玩味了。它围绕“春雪”这复合意象，竟将人和春、春和雪、雪和花演绎的如同五彩缤纷的万花筒，让人眼花缭乱，扑朔迷离。而就在这迷离恍惚中，却又使人不由得受到了春的强烈感染，奏出了喜春、迎春和美好春天的希冀之歌。题为《春雪》的这诗，实也是一首地地道道的思春、迎春曲——春之歌。

且赏这浪漫妙笔掇成的诗：

春歌之一，人和春——激越的人思春图进之歌。

“新年都未有芳华”。诗起，一个“都”字，便见诗中人对春的姗姗来迟，怀有某种焦躁和埋怨心绪。这是诗中人思春心切的心绪。可第二句，“二月初惊见草芽”，一个“惊”字，又见诗中人对春即将到来的讯息——“草芽”，感到由衷喜悦。这更是思春心切的表露。一个怨，一个“惊”，将诗中人对春的无比眷恋之情表露得何其到位呀！可第三句，“白雪却嫌春色晚”，一个“却”字，又见春“晚”。说是雪“嫌春色晚”，雪会嫌春晚吗？还是人嫌春晚。刚有惊喜，又生“嫌”和怨，岂不奇怪！奇怪中更见奇观：“故穿庭树作飞花”。原来诗中人是想用雪花作真花，以证明美好的春天确已到来。诗中人对春的追求到了何种执着地步，可想而知。

四句诗，一句怨，一句“惊”，一句“嫌”，一句假作真，将诗中人对春的眷恋和执着追求之情描绘得再真切入微不过了。

“一年之计在于春”。春，是美好的象征，也是昂扬向上的象征。诗中人对春的执着追求，又何尝不是在追求卓越，图谋进取！这恐也是

《春雪》这诗所以巧构春歌的深意所在。

春歌之二，春和雪——顽强的飞雪迎春之歌。

题为《春雪》，可前两句并不见雪，而只有嫌春晚之怨和见“草芽”之“惊”。春和雪，按说是连不到一起的。可诗人在见到“草芽”后却突然推出了“白雪”，显是故意要将雪和春相连，让雪为春效力，为春添色增彩。果然，“白雪”出现，不是嫌春早，而是嫌春“晚”。“白雪”用武之地岂不不言自明了。“故穿庭树作飞花”，原来诗人就是要让这雪扮作真花迎春的呀，真是奇思巧构！

“飞雪迎春”，本是人们惯常的吉祥语。主要就时间的巧合而言，也有严冬过后暖阳春意。这里，“故穿庭树”，赋予了雪以迎春的“故”意和在庭树上空穿来穿去、不肯停歇、顽强拼搏的艰辛，这吉祥语之蕴意，岂不更见深邃！顽强的飞雪迎春之歌！

春歌之三，雪和花——美好春天希冀之歌。

“新年都未有芳华”，究竟是有花还是无花？是心中有花，眼前无花。“有”和“无”，交织在一起，何其别致！“二月初惊见草芽”，有草无花。可花草同生，似乎也在隐示：繁花怒放，也为时不远了。“白雪却嫌春色晚，故穿庭树作飞花”。庭树上空，“飞花”漫天飘舞，多么令人兴悦！可遗憾的是，这花非真花，而是雪花，是假花，又何其令人扫兴！不过，真也好，假也好，只要是花，就有美好的希冀，假花说不定能引出真花来。飞雪可以迎春嘛！真花假花，花有花无，诗人巧弄花谜，为美好春天注入生机和活力，岂不更见艺术手法之高妙！

人和春，春和雪，雪和花；思春图进之歌，飞雪迎春之歌，美好春天希冀之歌。朴实无华的四句诗，包含着多么丰满、深刻且饶有兴味的内容呀！诗人别致言景工夫，何其令人折服！

诗人字退之，河南河阳（今河南孟县）人，唐宋八大家之首。官至吏部侍郎，故又有韩吏部称。为人正直。任监察御史时，为天旱民饥，曾上疏请免百姓徭赋，指斥朝廷，被贬为阳山令。为刑部侍郎时，又因激谏迎佛骨，触怒皇上，几被杀戳。他对自己未获重用常耿耿于怀。他的名作《进学解》，叙弟子笑先生教诲之言，实是借弟子之口，婉发朝廷对他不公之怨。上面这首短诗，恐也是他自己当时处境下种种复杂心情的流露。一方面，总觉得朝廷对他重用不够，嫌春来“晚”，有埋怨意；另一方面，有时似乎又能看到一点朝廷要重用他的“苗头”，有惊喜情；但更多的是希望——希望自己能有朝一日，时来运转，“飞雪迎春”，铸造人生辉煌。种种复杂感情，汇于自然景观，“春雪”，显是最具丰满的意象了。诗人以此为题，婉抒心中之思，显也最恰切不过了。

《春雪》，别致言景诗的又一杰作。

（三）别致言情

——刘禹锡《秋词》二首

“诗缘情而绮靡，赋体物而浏亮。”（晋・陆机《文赋》）

情与景，古诗词中构建意境的两个基本要素。情景交融，也是诗具意境美的显著标志之一。不过，这是就一首诗而言。在浩如烟海的古诗词中，也有以情胜和以景胜之别。以景胜者，当为言景作，如上面赏读的诗，尽管景中会有情；以情胜者，自为言情作，情中也会有景。

别致言情作和别致言景作，在绝对数量上，究何者数量多，似无人考计过。但人们在日常吟咏中会感觉到，别致言情作之脍炙人口者，似较别致言景作，要多和丰满些。不知是不是因为情和景在客观表征上的差异（一般说，情较景似更具隐秘性和复杂性），反映在诗词创作上也存在某种差异的原因（一般说，隐秘、复杂的事物，往往更富表达的空间和余地，更能巧展诗人精深造诣的神奇工夫)。

本书上卷中赏读的许多诗词，便极具别致言情风采。其中，又特别是李白的几首送别怀友诗：《黄鹤楼送孟浩然之广陵》，《闻王昌龄左迁龙标遥有此寄》，《赠汪伦》等；王维的《送元二使安西》、《九月九日忆山东兄弟》等；贺知章的《回乡偶书》、王昌龄《芙蓉楼送辛渐》等，莫不有精彩绝妙的言情佳句和感人至深的友情、亲情、乡情细节于其中，均堪称别致言情作的典范。

尤值得注意的是，上述诸多不朽作，不但为别致言情树立了情趣浓浓的样板，还以各具特色的吟咏，为别致言情的写作和欣赏，开拓了多姿多彩和极具魅力的思路。细味上面每首诗，几乎都可见独特的别致言情，都能给人以简直是独一无二的“情”的享受。为领略别致言情风采，下面不妨再略作回顾。

“孤帆远影碧空尽，唯见长江天际流。”李白《黄鹤楼送孟浩然之广陵》的后两句。

孟，李挚友。“风流天下闻”。因怀才未遇，要“辞黄鹤楼”而去。李把酒话别，在情理中。可诗中并不见把酒话别情，只有送别时间、地点和被送人将去之地——扬州。再就是上面两句临别时所见：孤帆消失，江水悠悠。一个“尽”，一个“流”，将诗人对时局的忧伤，对友人的深切眷恋情，以及对自己前程的思虑，全都囊括其中，多么崇高而浩荡的情呀！——高情远韵式的言情。

“我寄愁心与明月，随风直到夜郎西。”李白《闻王昌龄左迁龙标遥有此寄》的后两句。

王，也是李的挚友。因“不护细行”致祸，被贬夜郎。夜郎，时为蛮荒地。穷山恶水，瘴历流行。友人独陷其中，诗人思念有加，可又不能前去陪伴。怎么办？诗人自有神奇妙招：那就将我这心——愁心，托付给朗照乾坤的明月，再借助于江上的清风，让清风、明月一同发力，把我这颗心直送到夜郎西，让它去陪伴友人，和友人一同去经受那荒野流放的煎熬吧！多么炙热而浪漫的情呀！——炙热、别致而浪漫式的言情。

“桃花潭水深千尺，不及汪伦送我情。”李白《赠汪伦》的后两句。

汪，安徽泾县人，一说是乡中隐士。为人尚豪义，喜结交，好饮酒。李游桃花潭（在安徽泾县西南40公里青戈江边的翟村），系应汪邀。据袁枚《随园诗话》载，汪邀李信上说，此地有“十里桃花，万家酒店”。李欣然而至。可到后，却只见水深数丈、清澈见底的桃花潭，不见桃花，也不见酒店。便问汪。汪答：十里外有桃花渡口，潭西有百姓酒店。李大笑不已。但汪对李款待甚周，常整日领李漫游风景。由此结成了深厚友谊。李离桃花潭时，汪“踏歌”（用脚为歌打拍子，当地一种唱歌方式）相送。李感汪情深，特作上诗答谢。可诗中也不见汪对李的周到款待之情，也不见李在桃花潭期间两人交往之实，倒像在事后有人提起游桃花潭时，诗人不经意地说出了一个很小的细节：“将欲行，闻歌声”；打了个很浅显的比喻：汪伦待我情比桃花潭水还深。可就这样一个很小的细节和并不起眼的比喻，却将一个伟大诗人和一个普通村民之间的友谊，抒发得淋漓殆尽，情真意切，分外感人。诗人言情手法，岂不更见高妙——别致细节和别致比喻式的言情。

“劝君更尽一杯酒，西出阳关无故人。”王维《送元二使安西》的后两句。

安西，唐六都护府之一的安西都护府所在地。故址在今新疆维吾尔自治区库东县。这里属荒漠干旱地带，长年不雨，沙石滚滚，气候灼热。据说唐玄奘赴两域取经时，过此，连人带马，五天昏厥在沙漠中。这里，境内各派争斗激烈；境外，东突厥、吐蕃、大食等势力也常入侵，干戈不断。出使安西，在当时自为重要和艰苦差事。诗人客舍置酒相送，自有个中缘由。可在这诗里，既未见有关出使事，又未见两人在客舍如何殷切话别。全诗就只有送别地、时、景，再就是上面两句再寻常不过的劝酒话语：朋友，再干一杯吧，不然，到了安西那边，可就没有陪你喝酒的朋友了（大意）！可就这两句，千百年来，人们赞不绝口。原因恐就在于，将千言万语浓于最能表露复杂感情的寻常举作和话语（送别时劝酒）中，何尝不是高明的别致言情——浓情于常（常举、常语）式的言情。

“儿童相见不相识，笑问客从何处来。”贺知章《回乡偶书》。

贺，唐著名诗人，会稽（今浙江绍兴）人。武则天时进士，官至太子宾客、秘书监。为人旷达无羁，晚年尤放诞嗜酒，自号“四明狂客”。天宝初，上疏求为道士，获准，遂还乡，归隐镜湖。上诗即还乡时作。

久客他乡，突还故里，自会萌发久客伤老情。可诗中除“乡音无改鬓毛衰”外，似无更多伤感语。伤感就在后两句儿童眼中的“不识”和儿童口中的“笑问”中。“不识”将久客伤老之情从天真无邪的儿童眼中变成了现实；“笑问”又将这严酷的现实转化为笑，使人在严酷现实面前不感到过分悲伤和凄楚。“不识”和“笑问”，两个画面，在一般人眼中，往往不会介意，可诗人却将其作为诗的主体，浓墨重抹，隐抒心中之思。诗人的言情手法，又何其深巧别致——妙趣横生式的言情。

王维《九月九日忆山东兄弟》，王昌龄《芙蓉楼送辛渐》等，也皆有独特的别致言情，碍于篇幅，恕不一一赘述。

上面回赏的诸多脍炙人口的不朽作，尽管在别致言情方面各具特色，可在诗的创作风格方面，又有相同相似处。皆随手拈来、脱口而出的浑然天成作，极具平实质朴美。别致言情，还有许多令人难以尽述的风格和吟咏。笔者涉猎中感到，以反、奇致胜，似也为许多诗人青睐并惯常采用的一种别致言情手法。所谓反，即反思维，反立论，反着笔，还有正话反说，真情反叙；至于奇，则包括奇笔别荡，奇峰突起，奇思巧构等。反、奇联袂，别致言情则更呈异彩，更见风光。下面赏读的这诗，便是这类诗作中尤具异彩者。

秋词二首

唐·刘禹锡（之一）

自古逢秋悲寂寥，我言秋日胜春朝。晴空一鹤排云上，便引诗情到碧宵。

诗当作于唐永贞元年(805 年)、“永贞革新”失败、诗人被贬朗州(今湖南常德）后。诗中情，似和“永贞革新”有关。

“永贞革新”，如本书第二部分二章赏读诗人《酬乐天扬州初逢席上见赠》中言，系唐顺宗即位初，针对当时唐皇朝长期存在的宦官专权、藩镇割据和朋党政争等严重弊端，由皇帝亲自发起的一场自上而下的革新运动。由于种种原因，这运动仅百天便以失败告终。诗人是当时这场革新运动的主将之一，运动失败后自会蒙冤遭贬。和他一同遭贬的还有柳宗元、韩愈等人。诗人被贬朗州。上诗便是诗人谪朗期间作。

1. 诗题“秋词”，便见反笔奇观

古往今来，在人们心目中，特别是诗人和文人笔下，秋，经常扮演的角色，除季节时序概念外，莫不和人的感情，其中又特别是和人的忧愁悲戚情相连。

“悲哉秋之为气也，萧瑟兮草木摇落而衰。憭栗（凄凉）兮若在远行，登山临水兮送将归。”这是战国楚宋玉《九辩》的开篇语。

“秋风起兮白云飞，草木摇落兮雁南归。”（汉刘彻《秋风辞》）

“秋风萧瑟天气凉，草木摇落露为霜。”（三国魏曹丕《燕歌行》）

历史上两帝王笔下的“秋”，也是萧瑟而凄楚。

古诗词中，还有许多如上作，是以“秋词”或类似“秋词”为题的篇章，究其内涵，也皆以秋愁、秋悲、秋愤等为情韵基调。如——

王昌龄《长信秋词五首》，便是借班婕妤（汉宫嫔妃，因赵飞燕僭而失宠）事咏失宠嫔妃的不幸遭遇，悲情自见；

杜甫《秋兴八首》，诗人晚年漂泊夔州（今四川奉节县）时作。战乱之凋零，流落他乡之悲苦，暮年多病之凄凉，尤其是对国家安危之忧虑，交织一处，谱成了一曲因秋而发的哀歌，令人频频心悸；

孟郊《秋怀》15 首，咏年老多病、生活困顿和不满世事的种种悲愁，其思想内涵虽无明显超越，但那奇绝的惨情惨况，在独到语言艺术包装下、给予人的震撼似更浓烈。

如上等等。可令人颇生奇的是，刘上面这时，虽也以“秋”名题，却不见半点忧、愁、悲、怨影子。相反，它给予人的感染，即便对四句诗未作过细赏读，也会强烈感到，是一种昂扬向上的振奋情致：一种展翅高翔、直上云霄的豪情；一腔气贯长虹、可撼九天的凌云壮志。

这里，还需特别提及和指出的是，作为上诗出笼的背景——诗人被贬中所表露出来的情怀和情致，似又和四句诗传递出的情怀、情致相似：皆无忧愁悲凄情，皆具昂扬振奋气。

据载，诗人被贬时，年仅 24 岁，竟毫无惊恐，毫不气馁，不肯低头。被贬中，更是神志昂扬如故。经常赋诗作词不断，且内容多为讥讽、诅咒朝廷反动统治和群丑的。如《昏镜词》、《养鸷词》、《聚蚊谣》、《白舌吟》等。九年后，诗人被召还京都，因玄都观题诗触犯当权者，又被贬连州(今广东连县)。14 年后返京都，又书《再游玄都观绝句》：“种桃道士归何处？前度刘郎今又来”，公然向当权者挑战。甚至在被贬21年后，当友人（白居易）赋诗对其处境表示同情、慰勉时，他非但不伤感，还在诗中发出了人间旷达的最强音：“沉舟侧伴千帆过，病树前头万木春。”豪旷情洋溢天外。

四句诗和四句诗出笼背景中的人如此昂扬振奋，诗人又何以要用“秋词”这种明显具有悲凄情愫的词语为题呢？笔者寻思，极可能和诗人出身匈奴后裔、性本傲戾有关，恐也和他是唐代著名唯物主义者的思想理念分不开。唯物主义者懂得世上事物是相互联系的、具有同一性和可以“相反相成”的道理。身处逆境，最需要和最可贵的是勇气。从反面着笔，用反笔扬正气，往往更能达成极展英雄豪气之目的。他的许多诗作就有这种以反言正、以反匡正的妙笔。

古诗词中，反立论，反着笔，正话反说，真情反叙，比比可见。但故意命反题，用反题唱反调，此前似少见过，这诗应属首创。这恐也是上面这诗以反奇致胜、“反”笔奇观之端——反命题，值得重视。

2. 四句诗则更见反笔奇观和反奇致胜

“自古逢秋悲寂寥，我言秋日胜春朝。”首联便是“二律背反”式的反立论。

“二律背反”，本是德国哲学家康德的用语，指两个相互排斥但同样是可论证的命题之间的矛盾。

上联，一个“逢秋悲寂寥”，一个“秋日胜春朝”，显也是互相矛盾的两个命题。

矛盾是可以统一的。两命题皆言“秋”（“逢秋”、“秋日”），自当首先统一于“秋”。但“秋”是时序，是季节。时序季节怎么会有“悲”和“胜”的情愫呢？一个“自古”，一个“我言”，便又见这相互矛盾的两个命题统一在人的感情认知上。“悲寂寥”是古人对“秋”的感情认知；而“胜春朝”则是“我”亦即诗人自己对“秋”的感情认知。古人对“秋”的感情认知，源于秋的凄凉和“草木摇落”的凄楚；可诗人自己，何以会有“胜”、特别是“胜春朝”感呢？其原因恐还如前面所言，是因为身处逆境，不肯屈服，不甘自馁，故意以反笔扬正气、增豪情、抑暮气所致。这也说明，上两句诗的思想内涵和诗题“秋词”中蕴嵌的思想内涵是一致的。首联两句实是诗题“秋词”深刻蕴含的直白和裸示。

不过，这里尤需指出的是，诗起的“自古”二字，其深刻内涵，恐还不只是古人那样简显和单一。似还有更能发人缥杳遐思的时间和空间。这就是千百年来人类社会的历史，其中自然包括无数生活在其中的人，自然也包括众多诗人和文人。“自古逢秋悲寂寥”，则显是说，“悲寂寥”这命题，是千百年历史和无数生活在其中的人，包括众多的诗人和文人，在长期生活实践中形成的共识和得出的结论。这共识，这结论，无疑是极具权威的，是毋庸置疑和不可动摇的。

而“我”，诗人自己，是个人。“胜春朝”，只不过是诗人自己一人之“言”。

相对于千百年历史和无数生活在其中的人，诗人自己是何其渺小和微不足道呀！可令人不敢想的是，就是这个微不足道的“我”，竟毫无畏惧地向千百年来的历史和无数生活其中的人，包括众多的诗人和文人，在长期生活实践中形成的共识和得出的权威结论，提出了严峻挑战，断言“秋日胜今朝”，这是何等巨大的勇敢呀！简直不可想象。

更不可想象的，这挑战还不是在一般情况下发出的，而是在诗人自己在政坛上惨遭失败、被一贬再贬的逆境中发出的，这勇气，这胆量，岂不更令人震撼！

显然，《秋词》这前两句，特别是后一句：“我言秋日胜春朝”，既是叛逆式吟咏，也是豪雄旷绝式壮歌。说到底，是诗人大无畏精神在诗中最坦诚，最直白的展示，是最值得赞赏的。

3.“秋日胜春朝”，那么，这“胜”又胜在何处呢？

上联似不见景，也不见实情。下联奇峰突起，奇笔别荡，便立见“秋日”奇观。

“晴空一鹤排云上，便引诗情到碧霄。”

好一个天高气爽、天朗气清，晴空万里的秋日，多么令人心旷神怡！

可奇怪的是，不知从哪里突然飞来了一只鹤。但见，这鹤如晴空神奇精灵，正排云拨雾，扶摇直上蓝天（“碧霄”：蓝蓝的太空，亦即蓝天）。

目睹此情此景，诗人不禁心潮澎湃，顿时诗兴大发。诗随鹤转，也被鹤带上了高高的蓝天。

这又是怎样的诗呢？《尚书·尧典》：“诗言志”。原来还是诗人在逆境面前雄心未泯、壮志弥坚的诗呀！何其令人振奋！

然而，细味两句，其深刻内涵，似又不完全在诗上，更在“鹤”上。“鹤”的出现，便更见“诗”的神奇。

那么，这凭空而至的“鹤”，又是怎样的“鹤”呢？它的出现，象征什么？

鹤有美德：

“鹤寿千年”：生命的顽强和意志的坚定往往成正比；

“鹤立鸡群”：喻才华超群，人品出众。诗人何尝不具有鹤的品格！以鹤自喻，何其恰切！

还有，仙鹤，黄鹤，传说中仙人登天的坐骑。“昔人已乘黄鹤去，此地空余黄鹤楼”（崔颢《黄鹤楼》），便言传说中的仙人在武昌黄鹤楼上乘鹤登天而去。不过，这里，诗人显然不是要乘鹤登天而去。他不是要辞别红尘，而是要“排云上”“到碧霄”。“排云上”，排云拨雾，便是顽强拼搏，决心排除万难；“到碧霄”，则是要攀登高峰，直达云霄。这又不禁使人会想到“大鹏一日同风起，扶摇直上九万里”（李白《上李邕》），还会使今人想到“鲲鹏展翅，九万里，翻动扶摇羊角”（毛泽东《念奴娇·鸟儿问答》），更见诗人心胸寥廓的凌云志。以鹤自居，展翅鲲鹏，岂不更见诗人别致言志的雄豪风采。这恐也是诗人在这诗里精心营造的真正深意所在！

反命题，反立论，奇峰突起，奇笔别荡，刘氏《秋词》，无与伦比的雄豪壮志歌！

（四）别致话美

——李白《清平调》三首

别致话人，在古诗词中，也常有所见，多有所见。

别致话人，和前面的别致言情，两者按说很难截然分开。因为，别致言情，离不开人的情感和感情；而别致话人，包括话人的品格、秉性、功过、是非等，其中最核心、最具决定意义和起支配作用的，还是人的思想、意识和感情。不过，两者又毕竟不同。一个（情）属思想意识范畴，看不见，摸不着；而另一个（人），是实实在在有血有肉的实体。跳动的脉搏，紧连着激腾翻滚的心。因之，在赏读诗具别致美的佳作中，分而味之，应该说也是合适的。

不过，别致话人，也非易事。人有古人今人、男人女人之分，还有肤色、职业、文化档次等的不同，不可笼而统之讴歌和吟咏。只能着眼其特点，吟咏其个性，方能尽展人的绮靡风采。

纵观古诗词中为数众多的别致言人作，其中最能展示别致话人风采的，莫过于话美女之美了。我国历史上最著名的四大美女，其中两位：西施和王昭君，本书第二部分在赏读王维的《西施咏》和杜甫的《咏怀古迹》其三（“群山万壑赴荆门”）中，已有别致吟咏。不过，两诗皆非言美女之貌美，而是咏“艳色天下重”(西施）和深沉的去国之怨(昭君)。古诗词中，真正话美女之美，最生动感人、脍炙人口的，恐又要推李白的《清平调》三首莫属了。

这三首诗都是话贵妃貌美的，自然也是话唐明皇对贵妃之宠的。但重在话美。估赏之。诗如后：

云想衣裳花想容，春风拂槛露华浓。若非群玉山头见，会向瑶台月下逢。

一枝红艳露凝香，云雨巫山枉断肠。借问汉宫谁得似？可怜飞燕倚新妆。

名花倾国两相欢，长得君王带笑看。解释春风无限恨，沉香亭北倚阑干。

随着对三首诗的吟咏，一个天上地下，古今往来，无与伦比的绝色美女形象，便亮丽地展现在人们面前，令人啧啧称赞。这便是我国唐代、被唐皇“三千宠爱在一身”的“天生丽质”杨贵妃。三首诗对杨贵妃美貌的描绘，简直到了无以复加地步。

可也有人说，《清平调三首》，并非“直接写杨贵妃”，而是“歌颂牡丹花的”，是借牡丹花“暗暗地赞美杨贵妃”（上见《文史知识》2015年第 7 期《穿越千年的仙音妙曲——李白〈清平调〉三首赏析》)。

还有人说，这诗的最大特点，就是“将花与妃子融合在一起”，“咏花即咏妃子，咏妃子即咏花”，“很难把它分拆开来”。

果如上说么？笔者不以为然。

笔者认为，《清平调》三首，恰恰是直接状杨贵妃的，不是咏牡丹花的。特别是前两章，可说完全是状贵妃貌美的，无描摹牡丹的吟咏。只不过，由于诗的出笼背景是唐明皇携贵妃赏牡丹，才使牡丹花成为比喻、形容和包妆贵妃貌美的喻体。喻体非主体。只有第三章，才将“名花”（牡丹）和“倾国”（贵妃）两者捆绑在一起，实叙明皇携贵妃赏牡丹之艳事，隐见君王之忧。也非专咏牡丹花。

笔者上面的认识，主要来自对上面三首诗原原本本的赏读，也和三首诗出笼的背景密切相关。为准确把握诗的内涵和更好地领略诗的吟咏风采，有必要先对三首诗出笼的背景和出笼时的主要情况作简要回顾。

> “汉皇重色思倾国，御宇多年求不得。杨家有女初长成，养在深闺人未识。天生丽质难自弃，一朝选在君王侧。回眸一笑百媚生，六宫粉黛无颜色。春寒赐浴华清池，温泉水滑洗凝脂。侍儿扶起娇无力，始是新承恩泽时。云鬓花颜金步摇，芙蓉帐暖度春宵。春宵苦短日高起，从此君王不早朝。承欢侍宴无闲暇，春从春游夜专夜。后宫佳丽三千人，三千宠爱在一身。金屋妆成娇侍夜，玉楼宴罢醉和春……”

上是白居易《长恨歌》起始的一段。

《长恨歌》虽成于李白《清平调》后百余年。但上面这段诗，却将唐皇新得贵妃时的喜悦之情，特别是对贵妃宠爱之甚，概述得再清楚不过了。唐皇携贵妃赏牡丹，恐就是当时唐皇无数宠妃艳举之一，自然也是《清平调》三首得以出笼的原因和背景。赏读此诗，似只有立足在这背景基点上，方能求得对诗的内涵有准确把握和理解。

至于唐皇携贵妃赏名花和李白三首诗之经过，《乐府诗集》引《松窗录》（晚唐书韦叡著）的记载是：开元中，禁中木芍乐花（即牡丹）方繁开，帝乘照夜白（马名），太真妃以步辇从。李龟年以歌擅一时之名，手持檀板，押众乐前，将欲歌之。帝曰："赏名花，对妃子，焉用旧乐词焉！"遂命龟年持金花笺，宣赐李白急进《清平调》辞三章。令梨园弟子略抚丝竹以促歌。帝自调玉笛以倚曲……

细味上记载，似又可得出下面的认识：

唐皇携贵妃赏牡丹，主要为取悦贵妃。"赏名花，对妃子"。唐皇当时的心思全在贵妃身上，"赏名花"只不过是取悦贵妃一艳事。李白是伟大诗人，生性聪颖，不会不懂得皇帝的心。他奉命作新词，也绝不会不将皇帝最宠爱的贵妃作为赞美主体，而去歌颂只能作为观赏物的牡丹花。

"旧乐辞"和"新词"有定说。

唐皇说，"赏名花，对妃子，焉用旧乐辞焉"。"旧乐辞"，显非歌赞贵妃的辞。因贵妃进宫不久，不会有歌赞她的"旧乐辞"。"旧乐辞"只能是往昔歌唱牡丹或其他方面的辞。歌唱贵妃的辞，明皇也绝不会说是"旧乐辞"的。

唐皇命李白进新词——《清平调》词三章，只能是歌赞贵妃的辞或是赞皇上携贵妃赏牡丹的词。在当时，离开对贵妃的歌颂和赞美，哪怕写得再好的词，恐也不会赢得皇上的欢心。可据载，李进三章后，帝即"令梨园弟子舞丝竹以促歌"，且"自调玉笛以倚曲"，说明皇上对李诗是满意的，更见诗系歌赞贵妃无疑。赏三首诗，似不可模糊此重心。

原原本本赏读三章，则更见诗人话美女——贵妃的高超吟咏技巧和贵妃非凡的别致风韵。且赏三章。

1.“云想衣裳花想容，春风拂槛露华浓。”

首章，诗起便见贵妃貌美如花。

“云想衣裳”，也有人考，较早的版本，“云”是“叶”，后来不知谁改的，变成了“云”。笔者认为，“云”和“叶”，无不可。“云”，是用天上虚无缥缈的云彩衬比贵妃衣裳之飘逸，颇有霓裳羽衣倩影；而“叶”，则是用红花的绿叶衬比贵妃衣的艳雅，和下面的“花想容”连在一起，一花一叶，红花绿叶，更见诗人以花状贵妃之貌美。

那么，这花又是什么花呢？无疑，是唐皇和贵妃正在观赏的牡丹花。“赏名花，对妃子”，唐皇本意，在用名花取悦贵妃时，恐也有用名花衬比贵妃貌如牡丹意。诗人自也会用眼前的名花来盛赞贵妃的貌美。在这里，牡丹显不是诗人歌赞的主体，而是包妆主体（贵妃）的客体即喻体了。喻体非主体。仅此首章首句，说《清平调》三首是歌咏牡丹的，似有偏颇。哪有用名花赞名花、用牡丹赞牡丹自己的，那岂不等于不说。再说，如果硬说这首句是咏牡丹的，那首句中的两个“想”又作何解？还用得着“想”吗！

首句以花赞贵妃，那接下来这句：“春风拂槛露华浓”呢？

“春风”，自然界的春风，确是万物生长最具活力的催化剂。“春风拂槛”，百花盛开。朝露凝结在花瓣上，在阳光照耀下，闪烁着晶莹的光辉，那岂不是“露华浓”吗！从这角度，说上面这句诗是咏牡丹的，似还有点道理。

不过，不要忘了。诗人是在奉命作新词咏唐皇携贵妃赏名花，不是在游山逛景，怎么会去歌颂自然界的春风呢？

值得注意的是，在古诗词里，“春风”还常用来比喻帝王的恩泽。“春风拂槛”，“始是新承恩泽时”，“三千宠爱在一身”，那岂不更是“露华浓”

嘛——贵妃在皇帝“春风”雨露滋润下，更见华美无比，以至“六宫粉黛无颜色”。“华”，花通，也见华美、华丽、华贵意。

显然，上句还是赞贵妃貌美的。只不过，首句是用自然界的花——眼前的牡丹赞贵妃貌美，这句则是赞皇帝恩宠下的贵妃美，贵妃更见妖艳了。

下两句，还更见对贵妃美的盛赞：

“若非群玉山头见，会向瑶台月下逢。”

“群玉山”，传为西王母所居的仙山。《穆天子传》：“征东还至于群玉山。”

“瑶台”，传说在昆仑山，西王母居住的宫殿。屈原《离骚》：“望瑶台之偃蹇兮，见有娀之佚女。”

笔者不知道天上的牡丹和地上的牡丹有什么不同，也未见过有哪篇文学作品说过仙苑的牡丹和人间的牡丹有何区别。只知道——在笔者读过和看过的所有文学作品，包括现代影视中，只要是天上和仙苑的女娇娃，没有一个不是美奂绝伦、美艳无双的。美若天仙，便是世人对人间美女的极赞。上诗这后两句，诗人何尝不是按照世人对美女的习惯赞誉，将贵妃从地上拽到天上，从人间推到仙境，极言贵妃这样的美女，只有西王母娘娘所居的仙山，所在的宫殿，才能见到，才能相逢；在地上，在人间，是见不到，逢不上的。似也有仙女下凡隐。显然，两句诗说的还是贵妃，不是牡丹花。牡丹花不存在见到见不到、逢上逢不上的问题。西王母宫中的牡丹，也不见得会比唐宫中的牡丹更妖艳和美丽。

2. 从地上到天上，从人间到仙境，首章对贵妃美的赞誉，可谓到了极致。然而，就物质运动的形态说，这极致也还只是空间。是空间的广袤性。物质运动还有过程的持续性和岁月的绵长性，这就是时间。伟大诗人是极具深刻思想内涵的卓识者。对贵妃美的审视，自也不会只着眼于广袤的空间，而不顾或忽略了漫长的时间。否则，对美的认识也不会是全面的。

那么，在漫长的历史长河中，在数不清的如云美女中，贵妃又会享有怎样的声誉，具有怎样的身价呢？下面这第二首诗，便更见对贵妃美的浪漫畅想和浩渺遐思。

“一枝红艳露凝香，云雨巫山枉断肠。”

也有人说，这首句也是言牡丹的。“一枝红艳”即指牡丹；“露凝香”，状牡丹凝露而香。

笔者仍不以为然。

笔者仍认为，这首句还是言贵妃的。“一枝红艳”，状贵妃雍容华贵，红美艳丽；“露凝香”，言贵妃在皇帝雨露滋润下，“华浓”且香。

“云雨巫山”，典出宋玉《高唐赋序》，说的是楚襄王和宋玉游云梦（春秋战国楚王的游猎区）事。原文见本书第一部分（《情之韵》）“男女婚爱情”中赏读的白居易的《长相思》中。本为古汉族神话传说中巫山神女兴云降雨事。后人曲解其义，将其搬进风月场，乃至成为男欢女爱、男女交合的代名词。

这里诗人显用来指巫山神女。可何以又“枉断肠”呢？原来，据《襄阳耆老传》载，该女系赤帝女姚姬，未行而卒，葬于巫山之阳，故曰巫山女。楚怀王游高唐，昼寝，梦与神遇，自称巫山女，王因幸之。遂置观于巫山南，号为朝云。

巫山女尽管是神女，可比起贵妃来，又能怎样呢？还不是只能为帝王尽“荐枕席”之愿。而贵妃“三千宠爱在一身”，巫女哪有这样的福分呢！相较之下，岂非“枉断肠”乎！“枉断肠”显是对贵妃身价的极赞：即便是神女，也难与贵妃抗衡。

不过，神女毕竟非红尘女子。神女虚无缥杳，自难与贵妃实际比美。莽莽红尘中的美女，又有谁能和贵妃抗衡呢？诗人自有更能令人信服的遐思。

“借问汉宫谁得似？可怜飞燕倚新妆。”

一声“借问”，便将岁月由春秋战国向前推进了200多年，推到我国历史上最辉煌的封建王朝——汉代。诗人显是要在汉宫里寻觅与贵妃的“似”者。

诗人要在汉宫寻觅贵妃“似”者，按说也是可理解的。这是因为：其一，汉唐两个朝代尽管相距近千年，中间隔了好几个朝代，但两个朝代联系最紧密，甚至在唐诗人中，唐帝也多以汉皇称。“汉皇重色思倾国”便是。其二，历史上出名的美女，数量也以汉朝为最，尤其是西汉。而且其中不少是美、德、才三馨，形象光彩夺目。我国历史上最著名的四大美女，除贵妃外，也皆出自汉。尽管貂蝉并非实有其人。

令人颇费解的是，诗人要在汉宫寻觅贵妃“似”者，何以不在美、德、才三馨的宫妃中遴选，偏要推出一个在历史上颇有污名的汉成帝的宠妃赵飞燕呢？况此女后来被废为庶人，自杀而亡。

“飞燕”，即赵飞燕，本名宜主，西汉最著名的舞蹈家，“身轻若燕”。据说能在宫人手托的水晶盘中歌舞，故有“飞燕”代原名之称。据载，此女淫荡成性，朝野莫不秽其名。

诗人所以偏举飞燕与贵妃“似”，有人说，乃故意而为。意在刺贵妃宫闱不检（据传，安史乱前，贵妃曾与安禄山有暧昧关系）；也有人说，意在用“燕瘦”讥“环肥”（“环”即杨玉环，即贵妃）。

上两说和传说的唐宦官高力士后来为报李白作诗时命他脱靴之辱，向贵妃进的谗言同，似有实据。可笔者仍认为，上两说并不靠谱。

时，李白刚入长安，好容易才在他人举荐下谋得一翰林院学士的头衔。他也明知皇上令他作新词有考察他真才实学意，怎么会在这关键时刻惹是生非呢？显不大可能。

再说，明皇非愚顽辈，他也精通文学。李诗中真要暗藏针刺，他肯定会听得出来。真要听出来李在诗中针刺宠妃，那李岂不要招致杀身之祸。这危险，李自己也不会没有掂量。可后来，帝览诗后，非但未恼，还即令梨园子舞丝竹以促歌，自调玉笛以倚曲。岂不可见李诗并无大碍。

后来高力士进谗，那是因为李有令其脱靴之辱、蓄意罗织出的罪名。不能作为李诗有暗刺的根据。李后来被明皇“赐金还乡”，很可能还有别的原因，如李放荡不羁，难以驾驭等。

可诗人究何以偏举燕与杨“似”？笔者寻思，极可能两女确有诸多相似处。同为美女，一瘦一肥，世人尚以“燕瘦环肥”并称，将其连在一起，岂不顺手；同擅歌舞，“掌中轻”和霓裳羽衣舞，吸引人眼球的，何尝不都是“缓歌慢舞凝丝竹”；同富邀宠君王的魅力，两美的迷人风采，岂不更可并联并咏。只不过，飞燕的美，较之著名四美之一的贵妃来，自会多有逊色。“倚新妆”，飞燕如何巧妆打扮，史书虽无记载，但意在褒贬，也足见玉环之娇。

3. 诗的首章，以物（花）状人，将贵妃由地上引到天上，由人间推至仙境，贵妃宛若天仙尘世；二章，诗人又心飞楚、汉，让贵妃傲比神女、娇娃，更见贵妃尘世无双。两章极赞贵妃美，岂不真可谓到了无以复加地步。

然，贵妃毕竟是现实中人，唐皇携贵妃赏牡丹，也是现实中事。现实人，现实事，回归现实，方为正道。诗三章，便见这回归现实的吟咏。

“名花倾国两相欢，长得君王带笑看。”

诗至此，才见唐皇携贵妃赏牡丹艳事中之“名花”（即牡丹花）、“倾国”（即杨贵妃。“一顾倾人城，再顾倾人国。”汉乐工李延年诗。本为咏汉武帝宠妃李夫人，这里引“倾国”二字代言贵妃）和“君王”（即明皇）连在了一起。而“名花”、“倾国”之所以能“两相欢”，则完全得于“君王”常能“带笑看”。两句诗不但将唐皇携贵妃赏牡丹之喜悦欢笑场面展示得如见如现，其乐融融；而且似乎在一定程度上揭示了唐皇当时的统治生涯，已由开元初期的励精图治，完全转到了奢侈荒淫、追求享乐的腐朽生活上了。不然君王怎么会“常”带笑看呢？不过，这揭示又完全是依唐皇携贵妃赏牡丹之实情实景而言。诗人不见得是有意讽刺；唐皇当时心在情中，情在景中，也不会觉得有什么问题。不会在意。

欢乐的对立面是忧愁。有欢乐也必会有忧愁和怨恨。这也是事物发展的根本法则和规律。那么，此时，唐皇心中又会有什么忧愁怨恨呢？诗中无显示，可奇怪的是，诗的后两句，却又突然冒出了一个“恨”字，而且是“无限恨”，这就不能不引人认真揣度了。

“解释春风无限恨，沉香亭北倚阑干。”

“解释”，消解，化解，释化。

“春风无限恨”。自然界的春风，有什么“无限恨”的；又不是人，有喜怒哀乐感情。也有释者说，是恨春风吹拂之不常，致名花有零落之日，美人有迟暮之时。那岂不就不是春风无限恨了，而是人无限恨了。再说，那和“解释”又有何联系？春风吹拂之不常也能化解吗？上说也未免牵强。

笔者认为，恐还是如首章第二句，在这里，“春风”，也还是君王的代称。只有人，才有忧愁怨恨呀！

至于唐皇当时心中之怨和恨，诗中虽无显示，但从李白写作上诗前，唐皇在金銮殿初见他时，令他写“和番书”和此后唐朝爆发的安史乱推测，似也可敲定，当时唐皇心中，既有外患之忧，又有内忧之患。内忧外患重重，岂非“无限恨”乎！

“无限恨”如何化解？一心沉迷宫廷享乐的唐皇，此时恐也只能是“沉香亭北倚阑干”了。

“沉香亭”，在当时唐兴庆宫龙池东面。亭为沉香木建筑，故名“沉香亭”。时，这里栽种许多名贵牡丹。花开时节，姹紫嫣红，各具特色，煞是美观。唐皇携贵妃赏牡丹即于此。

不过，那还是唐皇“带笑看”的时候。“带笑看”，兴高采烈，自然是一副手舞足蹈、神色飞扬的模样。可此时，“无限恨”笼罩心头，恐也就手舞足蹈不起来了，只能是“倚阑干”。

“阑干”即栏杆；“依阑干”，或凭栏观赏，或倚栏沉思。

值得注意的是，凭栏、倚栏，在古诗词中，又多用于有伤感情怀的吟咏。如五代李煜《浪淘沙》：“独自莫凭栏，无限江山”；宋张孝祥《卜算子》：“独自倚危栏，欲向荷花语。无奈荷花不应人，背立啼红雨”；宋辛弃疾《鹧鸪天，代人赋》：“情知已被山遮断，频倚阑干不自由”等，皆伤感无奈情愫。

上面诗的这尾句，显也是悲伤、无奈情愫在唐皇（恐还包括贵妃）观赏名花时的凄楚内心和外在表现。为“无限恨”而忧，思“解释”（化解）之策。然而，这又有何用呢？被名花、美女包围而不能自拔的君王，最终也必然会被掩埋在那美丽、温柔、浪漫，然而又极其残酷的鲜花丛中。“此恨绵绵无绝期”，那是以后的事了。

《清平调》三首，如果说确有某种隐刺于其中，那恐不是对贵妃的刺讽，而是对君王的隐醒。只不过，色迷心窍的君王，冥顽失灵，对美誉中的诤言难以觉察罢了，更不要说能够猛醒。致有后来的“长恨”之悲。

从地上到天上，从人间到仙境，从物质运动具有广袤性的空间，到岁月绵长的时间，从虚无缥缈的畅想回归到现实的吟哦。既有历史的真实可读可忆，又有浪漫情怀和绮靡文采可吟可咏，《清平调》三首，别致话美的风采，岂非高情远韵，无与伦比了。好一首话我国四大美女之一——杨玉环貌美之歌！

六、奇幻美

奇幻美，其实也是一种别致美。只不过，它不是一般意义上的别致美，而是一种更见神奇，更见别致，甚至是一种具有神奇魔幻特色的艺术美。其显著特点就是两个字：奇和幻。

德国大哲学家黑格尔有名言：“真正的创造，就是艺术想象的活动。”想象是诗的翅膀。缺少想象，诗神将无法飞翔。

而想象，又贵奇特。超越时空，超越客观现实，超越客观条件许可，超越常人固有思维，海阔天空，纵横驰骋，方能奇韵别出，妙趣横生。

诗贵新，也贵真。而真与幻，在文艺创作中，又非截然对立之矛盾范畴，而有其必然的内在联系。《老子》言：“道之为物，惟恍惟惚。惚兮恍兮，其中有象（形象）；恍兮惚兮，其中有物（实物）；窈兮冥兮，其中有精（精气神）”（《老子》21章）。这“恍”，这“惚”，就是幻。幻中有象，有物，有精。文艺创作不能没有幻。没有幻，便不能充分、能动、丰富多彩地再现现实生活之真、之美。《诗经·蒹葭》，“伊人”“在水一方”，看似无情、寡情，实则情更浓更炽。《西游记》，神妙诡谲，看似与现实无关，折射出的却更见现实生活本质的真。文艺作品中的幻，本质是对真的追求，绝非可有可无之附加物。

（一）宋曾公亮《宿甘露僧舍》

古诗词中之奇幻美，奇幻多多。最常见和多见的恐又是，诗人以神奇畅想之笔，巧弄主客（观）、物我、实虚、真幻、有无于一炉，极展诗人心中之思，在扑朔迷离中升华和深化人的感情，引发人的缥缈遐思。首章赏读辛弃疾《青玉案·元夕》和李商隐的《嫦娥》等，似皆具此艺术美特色。下面要赏读的宋曾公亮的《宿甘露僧舍》，似又别具这艺术美风采。估赏之。诗如后：

枕中云气千峰近，床底松声万壑哀。要看银山拍天浪，开窗放入大江来。

曾公亮，字明仲，晋江（今福建泉州）人。出身名宦世家。他家在宋朝曾先后出过四个宰相和一个状元。有“曾半朝”和“一门四相”称。

曾本人，少有抱负，且气度不凡。为人“方厚庄重，沉深周密”。历任知制诰、史馆修撰、翰林学士、给事中、参知政事、枢密副使、吏部侍郎、同中书门下平章事、集贤大学士、昭文馆大学士等职。居官清正，一心致力革弊兴利，强国安民。知越州会稽时，曾巧治镜湖，泄水曹娥江，终解湖区深受水涝之苦。天圣年间，西夏叛乱，朝廷议而无决。他上“征怀书”，仁宗采纳，西夏怀柔而服。庆历时，国是呈弱，他又上书“择将帅”，加强武备。王安石变法，他是支持者之一，曾引起保守势力不满。他还是北宋著名军事家和军火家。他和端明殿学士于度承旨编撰的《武经总要》，凡40卷，是我国古代第一部军事百科全书。

诗人如此朝廷显赫，当时何以会突然出现在甘露古寺（在江苏镇江北固山后峰），且夜宿僧舍，还有上作。诗人当时究竟遇见了怎样的情况，心中产生了怎样的思绪，不得而知。但知当时北宋皇朝，形势严峻而复杂。朝内，王安石变法，反反复复，斗争异常激烈；境外，与契丹通好已八十年，近期却频生事端。契丹要求割地划界，如何处置，朝中分歧难断。神宗皇帝诏诗人与韩琦、文彦博等妥处事端。诗人当时是否就因为这些烦心事才潜入古寺、清心静绪的，诗中无明文显示，自不可贸然定语，但可潜心寻味。

《宿》这诗，尤使人感觉迷朦恍惚、难辨其真的，又是诗中的离奇吟咏，四句诗，字面看，俨然言景作。“云气”，“松声”；“千峰”，“万壑”；“银……浪”，“大江”等，皆自然界之风物和风景。可这是何处风景？释者多认为是诗人当时夜宿甘露寺座落的北固山之风景。可到过这里的人都知道，北固山并不高，仅 52 米；山的跨度也不大，只百十米。哪来的“千峰”、“万壑”，还有“云”雾缭绕，“松”浪涛涛呢？说夸张形容，也没有这么夸张的呀：将一山说成“千峰”，无壑说成“万壑”。

再说，从诗的吟咏语气看，诗人似在伸手不见五指的黑夜，在幽暗阴森的僧房里，而且似乎是睡在枕上（“枕中”）、躺在床上（“床底”），在默默诉说室外的风光。诗人时身在甘露寺，他要讴歌北固山风光，又何以不白日观赏、白日放歌，而偏要在伸手不见五指的暗夜，还要躺在床上，默默沉思，回忆，而后落笔成诗的哩？这又有何必要！

还有，如诗人确欲讴歌北固风光，那诗中起码应有能显示北固特色的吟咏。如北固地形险要，三面临江。当年，韩世宗曾截击金兀术于此。辛弃疾《京口北固亭怀古》，字里行间还隐约提到孙权、刘裕曾在这一带起兵、用武、建功、创业。可曾这诗，既无北固具有特色的现实情，又无北固历史痕，而只有大自然随处可见之风景——“千峰”“万壑”等，怎么会是北固风光呢？显然不是。而只能是广袤大自然无比绚丽的风光和风景。可诗人夜宿甘露寺，又何以要泛泛讴歌广袤大自然之风景？岂不更令人费解！

迷蒙恍惚，必有深意于其中，离奇吟咏，会更有幻中真。细味四句，便可见诗人心中那精深而别致的用心和用意。

“枕中云气千峰近”。

“枕中”，“云气”，“千峰”，还有“近”，能连在一起吗？如系实景，那是很难连在一起的。这里，诗人显言睡中之思：在云雾缭绕中，要将自然界那万千奇峰都拉入自己正在睡眠的“枕中”，让它们和自己亲近，或置于自己的主宰和管控之下。这是何等气势呀——诗人心中的浩荡之气。

“云气”，“千峰”，皆自然景观。在这诗里，似还有他隐。云雾缭绕，在古诗词中，常用来形容社会形势复杂、迷蒙。这里是否和当时北宋形势有关，不可断然定肯，但也不能绝对排除。“千峰近”，这个“近”字，似又可见，“千峰”乃可亲可近之实体。

同样，“床底松声万壑哀”，如系实景，句中三词语恐也难连在一起。这里也显言诗人在睡眠中，想到那广阔原野上松涛滚滚。此时，也俨如在睡眠的“床底”，听到了“万壑”中发出的哀鸣。“壑”，深谷；“万壑”，似又有生活在底层的万民之隐。

至于“万壑哀”，语出杜甫《诸将》五首之五：“巫峡清秋万壑哀”。那是杜甫安史乱中由成都至夔州，痛悼严武（镇蜀将领）死，惋治蜀乏人，致万壑生哀句。诗人引此语入诗，似更有深意。

仅上两句，便见，《夜》这诗，显非纯言景诗，而是借景抒怀、以景言情。两句诗的深刻蕴涵，直白便是要拥抱大自然，拥抱“千峰”“万壑”。联及当时北宋之时势，联及诗人的显赫身世和身份，恐就不仅是拥抱大自然和“千峰”“万壑”了，而是要拥抱世界、拥抱当时之社会了。国家的危亡，社会的动乱，黎民之疾苦，恐都在诗人的深情关切中。

上说是否有牵强嫌，后两句似更见诗人心中那无与伦比的豪情和胸襟。

“要看银山拍天浪，开窗放入大江来。”

“银山拍天浪”，何物？应是汹涌澎湃的滔天巨浪。“银”，白色；浪，也是白色。巨浪拍天而上，岂不俨然“银山”。“银山”喻何其贴切！诗人“要看”这神奇景观，心胸又何其浩荡和激越！

更神奇浩荡的恐又是尾句：“开窗放入大江来”。

杜甫有名句：“窗含西岭千秋雪”（《绝句四首》其三）。其深邃意境是，山（西岭）在窗中，“千秋雪”在窗中；山和“千秋雪”——浩瀚的宇宙乾坤和绵长的人类历史，都在窗中，在诗人杜甫当时心中。上句中的“开窗”二字，又何尝不意味：水在窗中，“大江”在窗中；水和“大江”都在诗人我心中。

如果说，诗的前两句：“枕中云气千峰近，床底松声万壑哀”，是由近（“枕中”，“床底”）及远（“千峰”，“万壑”等），推远入我心中；那这后两句，则是以小（“窗”）引大（“大江”），推大入我心中。四句诗连在一起，岂不是将自然界的万物万景都拉入了我心中——“万物皆属于我”。诗人心胸之寥廓，岂不更可想而知。

这里，尤需提及的是“放入”二字。

“放入”，谁“放”？那自然是“要看”银山奇观的诗人了。“大江”，神奇的巨龙。诗人夜宿的僧房，窗口虽小。可这巨龙能不能“入”，让不让它“入”，它自己说了不算，须经诗人肯准才行。一个“放”字，便见诗人在这巨龙面前，在大江大海面前，无可争辩的主宰者气魄！诗人用字，何其功夫！

有“放”必有“入”。这“入”字，似又给这巨龙——浩渺长江，披上了一件极富灵性、极具灵动品格的神奇外衣。似乎它也能像孙悟空那样，可以摇身一变。一下就变成了纤细而神通广大的小飞物，不为人注意，便能从细小的窗口飞进来。

自然，这只能是遐思、畅想。其实呢？这“大江”无论怎么灵性，它是变不成小飞物的，更不可能窗口飞进屋里来。可又令人心生疑窦的是，这尾句的“入”字后面，又明明有个“来”字，何也？

看来，只能有一种解释，一种可能，那就是，诗人要“放入”的，并非“大江”的实体，而是“大江”的灵魂——“大江”那汹涌澎湃、浩浩荡荡、奔腾不息、一泻千里的雄姿、气魄、气派和气势。这是一打开窗户便会扑面涌来的神奇之物，是最能荡人胸怀、激人奋进，最能使人焕发无穷伟力的核原子基因。诗人“要看银山拍天浪”，不就是“要看”这最能刺激自己神经和灵魂的神奇物吗？他要“开窗放入大江来”，自然也是要把这最能震撼自己心灵的核原子基因放进来，让它进入自己的头脑和躯体，作用于自己的灵魂和言行，多么超凡脱俗的冥想和遐思！

不过，还需指出的是，诗人乃朝廷举足轻重的命官，他之所以如此寻思，自然也不会是因为自己和家庭有什么烦心事，需来这甘露古寺求神祈福。四句诗也不见有求神问卜事，而只有非凡缥缈情思。可见他当时心中之思，他的执着追求，不是家事、私事，而是国事、社稷事。他要“开窗放入”大江“魂”，显是要以“大江”的雄姿、气魄、气度和气势，驾驭和旋转国家和社稷的安危存亡事。读者从诗中尽管不知当时的北宋皇朝（应是晚期）究竟面临怎样的严峻形势，也不知诗人究竟能否挽狂澜于将倒，但诗人这种以国事为己任的炽热情怀，似也足以令人高山仰止。这种虚无缥缈式的言情、述志、抒怀吟，也更见诗具奇幻美风采。

诗具奇幻美，更见于那超越时空，超越凡尘，超越现实，海阔天空，亦真亦幻的别致吟咏中。

提到这别致吟咏的诗词，又不禁使人会想到那千古脍炙人口的绝唱——我国古文学史上伟大作品之一，我国古诗词中最长的抒情诗：《离骚》。

这首由屈原创作的楚辞，长达324句2460字。诗中，诗人反复申诉自己远大的政治思想，诉说自己横遭迫害的愤怒，批判黑暗现实社会的污浊，表达自己对远大理想的执着追求和对祖国、人民的深沉的爱，不但集百感于一炉，融百情于一诗，而且各种艺术手法并举。自传式写实，浪漫式抒情，超越时空式怀古，虚无缥缈的神话，寓实于行式的记行，加上“东一句，西一句，天上一句，地上一句”（刘熙载《艺概·赋概》）的开阔抑扬之变，汇身世情、现实情、远古情、神明情、广宇情、江河情于一辞，组成了一幅天上地下、古往今来、上下左右、四面八方，同戚同悲的忧国忧民画卷，令人咀嚼回味无尽，岂不堪称诗具奇幻美的旷古绝作。限于篇幅，这里恕不作详赏读。

本书首卷赏读的白居易的《长恨歌》，在历述唐明皇荒淫误国和杨贵妃以色祸国后，借方士之口，将唐、杨之爱由地上推到天上，由人间延伸到仙境。也是一首超时空、超凡尘、超现实的诗具奇幻美杰作。就在那“虚无缥缈间”的“海上……仙山”，诗人艺术再现了那人间罕见的赤忱之爱，谱写出了由“恩爱绝”到“日月长”，由“有时尽”到“无绝期”的长恨悲歌，令人震撼。这种将民间故事传说和真实历史相连、亦虚亦实、又真又幻式的言情，岂不也堪称诗具奇幻美绝唱。

（二）李清照《渔家傲》

在超时空、超凡尘、超现实、亦虚亦实、又真又幻的古诗词中，能和上两千古绝唱相媲美的，恐不会太多。但也有些诗词，以梦幻或梦呓形态吟诗。或翱翔于茫茫天宇，或遨游于神奇方外，动辄与天帝交谈，与神仙方士对语，将实和虚、真和幻、人和神、天和地完全地融合在一起，巧妙地展示诗人自己的心路历程，似又别见诗具奇幻美风采。女词人李清照的《渔家傲》，恐便是这样的一首寄身天国、情系天宇的精彩梦幻作。这里先赏其风采。

天接云涛连晓雾，星河欲转千帆舞。仿佛梦魂归帝所，闻天语，殷勤问我归何处。

我报路长嗟日暮，学诗谩有惊人句。九万里风鹏正举。风休住，蓬舟吹取三山去。

词系女词人南渡后作。

时，女词人丈夫赵明诚病逝。国破，家亡，夫逝，女词人当时心中承受痛苦之甚，可想而知。况此时女词人自己也身体欠佳，自觉来日无多(女词人1084年生，约1151年去世。仅在世47年，时年约为44)。“路长嗟日暮”，恐是她当时境况的真实写照。

可我们的女词人，又是一个性格开朗、性情豪爽、柔中有刚、不甘现实生活束缚的奇女子。她不会甘心就此了却余生。她还总想着能有朝一日，时来运转。能突然飞到另一个世界，过那无拘无束、自由自在的生活。可此时此刻，走投无路，美好愿望又怎能变现呢？看来只有寄希望于梦了。这词原有一副题：记梦，可见确为梦作。只不过，这梦中情，梦中事，背景都在天上。算是天梦吧！

“天接云涛连晓雾，星河欲转千帆舞。”

诗起显言拂晓晨景。晨景系梦中所见，应是梦中天国晨景。

"天接云涛"，还连着"晓雾"。云雾缭绕，曙色朦胧，岂非梦中仙境乎。

"星河"即银河。银河波涛汹涌。整条河就像要翻转过来似的。河道中那众多的帆船，在汹涌波涛的涌动下，使劲颠簸，就像在银河中跳舞一样。舞姿虽美，可随时都有被波涛打翻，被洪水淹没的危险。

这是天国风光，何尝不是人间风景。诗人当时面临的境况，和这梦中的所见何其相似：朦胧，迷茫，颠簸，翻转，危险。尽管作为自然风光，也有美丽、神奇的一面。

面对此情此景，诗人不由得便神情恍惚起来："仿佛梦魂归帝所"。

"帝所"，即天帝居住所在，亦即天宫。

诗人神情恍惚，此时不但梦到天国，而且"魂"和梦相连，也到了天国，到了天宫。"魂"，灵魂，通常指能够离开人体而存在的人的精神。

可何以是"归"呢？一个"归"字，似更见诗人当时心中之思。

原来诗人显是觉得，自己本应是天上的人，不应到这人间来受苦，应该回到天上去。故有"魂归帝所"语。下面还更见诗人这心中之思：

"闻天语，殷勤问我归何处。"

"天语"，即天帝语。能够直接和天帝对话，岂不更见诗人原来就和天帝非常熟悉，而且天帝对她非常关心，致有问她"归何处"的"殷勤"之问。这"殷勤"二字，似又和诗人当时在人间受到的冷漠、歧视，以及到处碰壁的艰难处境，构成鲜明对比，也是对黑暗社会的有力讽刺和鞭笞。

有问必有答。词下阕便是诗人对天帝问语的回答。回答似更见诗人那渴望自由、一心追求美好光明前景的意志坚定不移。

"我报路长嗟日暮，学诗谩有惊人句。"

屈原《离骚》有"欲少留此灵琐兮，日忽忽其将暮……路漫漫其修远兮，吾将上下而求索”句；《史记·伍子胥列传》也有“吾日暮途远，吾故倒行而逆施之”句。皆言壮志未酬，前途尚远，不能停留，要继续奋斗。

这里，诗人显取上引屈原、伍子胥语回答天帝的关切，但也有愤懑和牢骚！在人间经历了漫长而艰苦的挣扎，现在已到了日暮穷途的时候了；再说，自己在诗词创作方面虽然取得一些成绩，偶尔也有令人惊喜之句。可这又有什么用呢，还不是落到了现在悲惨的地步！

“谩”，通“慢”，怠慢，轻视，也有枉然、徒然意。“谩有惊人句”，显言诗人自己在诗词创作方面取得的成绩并不为当时社会所重视，是牢骚语。女词人才华横溢，词坛成就高，不为世所重，牢骚，不满，完全可以理解。

可诗人下一步究“归何处”呢？是留在天上还是回到人间？生性豪旷的女词人，自有常人想不出和不敢想的寥廓情怀和胸襟。

“九万里风鹏正举。风休住，蓬舟吹取三山去。”

《庄子·逍遥游》：“北冥有鱼，其名为鲲。鲲之大，不知其几千里也。化而为鸟，其名为鹏。鹏之背，不知其几千里也；怒而飞，其翼若垂天之云。”“鹏之徙于南冥也，水击三千里，抟扶摇而上者九万里”。

鲲鹏展翅，在诗人笔下，历来都是用来作为比拟和形容胸怀大志者的豪言和壮语。诗人言“归”，何以会突然想到“鹏”，而且是“九万里风鹏正举”？似可断言，女词人当时思想深处，占主导地位和起支柱作用的，恐还是鲲鹏志。这和她是一个有理想、有抱负的奇女子以及具有豪旷进取品格相契合的。不过，她不是要扶摇直上九万里，而是要到“三山”去。

“三山”，即传说中的蓬莱、方丈、瀛洲三座神山。传为神仙所居，在渤海中。

可女词人胸怀大志，又何以要去仙山呢？莫不是又突然想到前进路上荆棘丛生、“路长”兼“日暮”，想退避三舍，要到仙山上去了此余生吗？可纵观她此前此后吟哦出的大量诗作，尽管有许多，甚至诸如《声声慢》“寻寻觅觅，冷冷清清，凄凄惨惨戚戚”那样的言愁吟恨作，却不见有心灰意冷、想退隐山野或“江海寄余生”等一类的纯属消极情怀的吟咏。尤值得注意的，就在此词前不久，她还怒吼出了一首极具雄豪情怀、甚至可以说是顶天立地的杰作——《夏日绝句》：“生当作人杰，死亦为鬼雄。至今思项羽，不肯过江东。”有如上情怀的女中豪杰，又怎会生发出退隐仙山的意念呢！那肯定是不会的。

女词人之所以要去“三山”，恐完全是基于对黑暗社会的愤怒。她要去仙山寻觅一个像桃花源那样没有战乱、没有压迫、没有欺诈，可以自由驰骋的理想社会。陶渊明写《桃花源记》，也不是要退隐桃花源，而是对理想社会的呼唤。

且看女词人怎么去三山吧！

她简直像在给大鹏下命令，要大鹏将它在起飞时卷起的羊角旋风不要停止，好把她乘坐的那轻如蓬草的小舟吹到三山去。

这里，还有个字似乎值得注意：“取”。词尾句是吹“取”三山去，而不是吹“到”三山去。“取”，取走，取得；“到”，到达，来到。一字之差，含义有别。那么，女词人究竟要从三山取走什么呢？是不是如上言，是没有战乱、没有压迫、没有欺诈，可以任人自由驰骋的理想社会的精髓呢？诗中未明言，读者似可在女词人虚无缥缈的梦幻中漫天遐思。

诗人是“婉约派”正宗词人。上词以含蓄蕴藉见长。语言精致而清新，情思曲折而真切，词坛上被列为“婉约派”代表作；但此词又以豪旷豁朗称著。思绪开岩而辽阔，想象奇特而丰富，充满梦幻浪漫色彩。

集婉约、豪旷于一庐，也是这词的显著特点。仅此，似也足以说明，婉约、豪旷两词风，并非水火不相容，完全可以并蒂交辉于一诗。婉约、豪旷，皆构建诗具奇幻美不可或缺的宝石。

（三）李白《月下独酌》

诗具奇幻美，似还有更神奇的吟咏。比如有这样的诗——

诗人可能出于既能舒展自己心头之郁积，又不致使他人在读这诗时过于伤感，竟在自己精心设置（也可能是无心而为）的场景——月下独酌中，用近似变“戏法”和玩魔术手法，巧浓心中之思，巧织方外之景，导演出了一幕又独又不独、又不独又独，且有歌有舞，有醒有醉，有欢有散的活剧。就在这活剧中，将诗人秉性中那无与伦比的旷达情怀和心中对当时社会由衷的愤懑表现得淋漓尽致。情景水乳交融，极具魔幻特色。说诗具魔幻美，似亦无不可。

这诗的作者就是我国的伟大诗人李白，诗是他的名作之一——《月下独酌》。这里权以奇幻美佳作趣赏之。

> 花间一壶酒，独酌无相亲。举杯邀明月，对影成三人。月既不解饮，影徒随我身。暂伴月将影，行乐须及春。我歌月徘徊，我舞影零乱。醒时同交欢，醉后各分散。永结无情游，相期邈云汉。

诗起，一个繁花似锦的美丽花园便展现在读者面前，这恐就是诗人导演活剧的场地。花园的花间还摆着一壶酒，连同后面的月和影，恐也是诗人导演活剧的道具了。

明月夜，花香扑鼻，酒香迷人，多么沁人心脾的观花、赏月、醉酒的去处呀！

可没想到，刚要举杯开饮，一股无名的孤独感突然向诗人扑来：身边无人陪伴，只能孤身独酌，多么凄凉和令人扫兴呀！

上是活剧的起头，似也是诗人当时处境的缩影。

时，诗人刚入长安不久。经人举荐，好容易才谋得一宫中差事——待职翰林。在皇帝身边工作，出入宫廷，诗人当时所处环境，岂不也如美丽花园一般，幽美无比。可诗人自己呢？当时并不为皇上所重用，朝廷上下又举目无亲。诗人心中萌生出某种孤独感，也完全可能。

然而，我们的诗人，是不会甘心于这眼前的寂寞的。他会想方设法，变“独”为不独。

一个“举”（“举杯”），一个“邀”（“邀明月”），便将天上的明月弄到了自己身边。再加上明月朗照在自己身上倒映在地上的身影，顿时，那孤苦伶仃的“无相亲”，便一变而成情同手足的“三人”，“独”岂不就变成不独了——举手间的魔变达成了由“独”到不独的飞跃，多么神奇！

不过，话还得说回来。月，毕竟是无情物，不能和诗人共饮——“月既不解饮”；影，也非真人，只能随身而动——“影徒随我身”，也不能和诗人对酌。似此，“独”变成不独，又有何用呢？一个“徒”字，便又见诗人无限感慨。

不过，感慨中也有宽容：

“暂伴月将影，行乐须及春。”

那就把它们——月和影暂且都当成自己的伴友吧，以便能和它们共享这美好的春天，也满足自己及时行乐的需求。多么得体的宽容！

然尽管如此，恐还是一厢情愿。月亮远在天边，高高挂在苍穹之上，再宽容，也不能和诗人同酌共饮；影，虽近在身旁，再宽容，也不能和其真正交流。此时此刻，诗人的内心，恐还是孤独和寂寞的。

这和诗人当时的境况似也有相似处。

当时，诗人急于取得皇帝信用，可皇帝高高在上，并无真心重他意。像影子般围在他身旁的好友和真正看重他超强才华的人，真心希望他能飞黄腾达，可也无能为力，只能站在远处默默为他祈祷、祝福。

“停杯投箸不能食，拔剑四顾心茫然。欲渡黄河冰塞川，将登太行雪满山。”诗人被迫离开长安后喷吐而出的《行路难》，正是他当时心情、心境的真实写照。此时此刻，落实在诗人身上，显还是一个字：“独”。

独，不独，又独，诗人巧弄月和影，将“月下独酌”之“独”，演绎得何其到位！

“独酌”，自离不开酒。

酒，对斗酒“诗百篇”、“天子呼来不上船，自称臣是酒中仙”的李白说，简直是须臾不可离开的灌肠之物。对他来说，其实不管有没有人（包括月和影）和他同酌共饮，他总会“将进酒，杯莫停”的。这不，此时他正在开怀畅饮。饮着饮着，酒兴大发，便不由得歌之舞之、足之蹈之起来。

“我歌月徘徊，我舞影零乱。醒时相交欢，醉后各分散。”

“徘徊”，来回行走貌，陶潜《饮酒》：“徘徊无定止，夜夜声转悲。”这里，究竟是月徘徊，还是诗人心随月徘徊，恐难截然分开。

“零乱”，影因舞散乱貌。诗人当时心中之思，是否也如影一般散乱，诗未明言，不可武断。但可肯定，诗人当时心扉，不会是平静的。尽管又歌又舞。

多饮必醉。有醒有醉，也是饮者常态。问题是，“醒时共交欢”，与谁“交欢”？眼下只能和无情物——月影“交欢”，这岂不是更大的悲！“欢”中悲，也是苦中悲呀！

“醉后各分散”。“分散”即分离。和谁分离？和月分离。那可是“长安月”呀！难道诗人真要离长安而去，离唐朝这政治、文化中心而去？可诗人刚入长安，非凡才华还未得到充分施展，现在又要马上离开。诗人心中又会是怎样的悲呢？可以想象得到。诗成于唐玄宗“赐金放还”前，这句诗，连同前面诗中的那个“暂”字，似也说明诗人早已预见到这悲惨结局必然到来。诗人的预见性也真难能可贵。

诗，前八句，诗人巧弄月、影玄虚，将“月下独酌”之“独”，演绎得令人眼花缭乱，扑朔迷离；上四句，又以饮和酒为导引，将月、影串连一起，导演出了更精彩的活剧。这活剧，不但有歌有舞，有醒有醉，还有欢有悲，有聚有散。更甚者，这歌，这舞，这醒，这醉，这欢，这悲，这聚，这散，又皆和“独”相连，由“独”而生，因“独”而展。显然，这不是一般的活剧，而是“独”的活剧。再加上前面的又独又不独，又不独又独，《月下》这诗，展现在人们面前的，岂不是一个“独”的王国！诗人展“独”之工，也真无与伦比。

不过，这里还需指出的，“独”，在一般人眼里，又多为孤苦伶仃、茕茕孑立的影象。诗人如此展“独”，难道仅为极展个人孤身之苦闷吗？恐又不尽然。伟大诗人心胸寥廓，不会仅为个人孤而悲凄纠结。他还会有更深沉的思绪。诗尾两句，似又可见诗人心中的浩渺情思。

“永结无情游，相期邈云汉。”

“无情游”，固言“月下独酌”游。月、影、酒，皆无情物。可此时诗人心中，最感“无情”的，恐又非仅为“月下独酌”，更有初入长安。

“仰天大笑出门去，我辈岂是蓬蒿人。”曾几何时，诗人雄心勃勃，“仰天大笑”进长安，满以为从此可遂“济苍生”、“安黎元”的凌云志。未料，进得门来，步履维艰，壮志难酬，致有这“月下独酌”之窘。下一步还极可能会被驱长安（此诗后不久，诗人果被唐玄宗“赐金放还”）。

似此，这初入长安游，岂非地地道道的“无情游”乎！“无情”见无道。唐皇朝趋向衰落的征霓，在这“无情”中岂不也显然可见。这恐也是《月下》这诗的锋芒所指和深刻思想内涵所在。赏读这诗，似断不可忽略这“无情”二字乃《月下》之诗眼。

可何以又言“永结无情游”呢？原来这“永结”之“结”，也有二义。一是缔结、构结、结交；二是了结、结束。“月下独酌”，游虽寡情，但有明月、清风和酒相伴，诗人自会有“永结”之雅兴；而初入长安游，心酸凄楚，则只有从速了结而后快。不过，无论是缔结此“无情游”还是了结此“无情游”，“相期邈云汉”，都是此时诗人心中之向往。

“云汉”，《辞海》的解释是银河，也指云霄。这里，顾题思义，应是云雾飘渺的江河湖泊的广袤天地，亦即诗人一旦离开长安将要栖身落脚之地。

“邈”，远。《楚辞·九章·怀沙》：“汤禹久远兮，邈而不可慕。”

目睹朝廷之腐败和当时社会（应是官场）之无情无义，诗人实在不愿继续此长安之“无情游”了，那就投身到广袤大自然中去吧，投身到江河湖泊的广阔天地中去，在那浩渺长空，和那清风、明月“相期”，自由自在，无拘无束，何其惬意！

诗人后来离开长安，长期漂泊在江淮、吴越、燕赵、荆楚等地江河湖泊中，固是唐玄宗“赐金放还”和当时朝廷对其残酷迫害所致，恐也是他“邈云汉”旷达情怀的必然，是对唐皇朝妒贤嫉能社会制度的挑战和控诉。

李白的一生，豪旷飘逸的一生，也是备受磨难、孤凄寂寞的一生。他一生“独”不离身。《月下》是他早年的“独”唱。这“独”唱，尽管孤，尽管“独”，也还有喜有乐，又“独”又不独。故这“独”，可谓是旷达之孤，旷达之“独”。而本卷卷首赏读的那五言诗：《独坐敬亭山》，那情形就大不一样了。那是他晚年的“独”唱。那“独”，不但不见半点愉悦影子，连“孤云”也“独去闲”，唯一能见到的就只有诗人和山“相视两不厌”。那显然不是旷达之孤、旷达之“独”，而是地地道道的旷世之孤、旷世之“独”了。更见悲惨！“冠盖满京华，斯人独憔悴！”（杜甫《梦李白》）。诗人艰苦卓绝一生，换来“千秋万世名”，特别值得世人崇敬。

《月下独酌》，诗人巧借月、影和酒作“道具”，导演出一幕又“独”又不独、又不独又“独”的活剧，生动展示出了诗具奇幻美和魔幻美的风采，令人啧啧称赞。

（四）李商隐《夜雨寄北》

不过，诗具奇幻美和魔幻美，似也不见得非有“道具”导演活剧不可。古诗词中，似还有这样的诗：诗中非但没有像上诗（《月下独酌》）那样，有自然景物、影像和实物作“道具”，而且连有关景物、景貌的描绘也笔墨无多。诗中从头至尾就只有那一个个极普通的汉字方块字组成的词和语，可能就因为这字、词、语配伍得当，组合巧妙，加上奇思巧构，也吟成了情浓意蜜、内涵极丰，极富奇幻美，甚而有某种魔幻感的佳作。李商隐的《夜雨寄北》，恐就是上面所言的这种类型的诗，估再赏之。

君问归期未有期，巴山夜雨涨秋池。何当共剪西窗烛，却话巴山夜雨时。

这诗究是写给爱妻的，还是寄给挚友的，文坛上无定论。

一般认为是写给爱妻的，主要根据是，诗题中有“寄北”二字。“北”，一作内。内人，古代泛指妻妾、眷属。

可有人考，诗系唐大中五年（851 年）诗人在荆东节度使柳仲郢幕府（在今四川三台县）任书记时作。其时，其妻已亡故。

可又有人考，其妻虽死于诗人巴蜀任职时，但其时妻在长安家（李本怀州河内，即今河南沁阳人，后任职长安，故有长安家）。长安距巴蜀近千里。且其时，巴蜀为荒僻“凄凉地”，交通极度不便，信息难通。妻新亡，诗人不会很快得知。不知情况下赋诗致意完全可能。诗在转递途中妻亡，也未可知。

还有人说，诗人在川东柳府任职前，还有过“徘徊江汉，往来巴蜀”的经历，诗是那时写给爱妻的，也不无可能。

可能由于诗为寄妻作难以完全认定的原因，有人便依诗之近似基因，认为诗为寄友人作。可细味诗中缠绵柔婉之脉脉温情，似又和挚友间的高雅情致不完全契合。

在无确凿史实判定其准确定位前，笔者认为，依诗之可解内涵，特别是诗中传递出的柔婉情致，认定诗为寄妻作，应是恰切合适的。故下面权以夫妻情爱作赏之。

可这又是怎样的一首夫妻情爱诗呢？读来也真奇妙。有情有意，有往有来，有问有答，有分有聚，有忧有喜，有苦有甜，时而“巴山夜雨”，时而“共剪西窗”，既扑朔迷离，又如见如现，好一幅阔别日久、相距千里的恩爱夫妻相思图！且赏四句。

“君问归期未有期，巴山夜雨涨秋池。”诗起便见奇妙。

“君”，通常称谓，人君皇帝外，多为对男人的尊称，如王君、张君等。这恐也是有人疑这诗为寄友(男性）作的原因。可这里显非言友人，而是指爱妻。

爱妻何以言“君”？原来在我国古代，也有称上层高贵妇女为“君”的。如汉武帝外祖母臧氏，就曾被尊称为平原君。其姊号为修成君。见《史记·外戚世家》。

诗人妻是曾为岭南节度使，后为河阳节度使（岭南节度使治所在广州；河阳节度使治所在今河南孟县）王茂元女儿，不但身价高，且才艺俱佳。称“君”似无不可。仅此，便见诗人对妻子的敬重，也见夫妻恩爱情深。

“君问”，即妻问。问什么？“问归期”。“归期”即丈夫回家时日。丈夫远在他乡，妻子书信问候，在情理中。也见诗人此前曾接到过妻子来信。妻子不问丈夫身体健康状况若何，也不是问工作是否顺意，而是开门见山，问何时能“归”。一个“归”字，便见妻子盼丈夫回家团聚心情之切。隐在后面的情况极可能是，丈夫外出的时间实在太长了，妻子在家痴心等待，天天想，夜夜盼，盼丈夫回来团聚，可就是等不回来。妻子实在等得不耐烦了，于是写信去，干脆什么都不问，就问他什么时候能回来。这“问归期”的问，显比问身体、问工作更见妻子对丈夫爱恋之切，感情之深。诗人接读来信，自会益增对爱妻感情之激越。

有问必有答。妻问自会是夫答。答“未有期”。“归期”，“未有期”，两个“期”植于一句，会给人以怎样的思感呢？

如果说，前一个“期”（“归期”），还使人在茫茫中存有某种美好希冀的可能；那后一个“期”（“未有期”），则使人在茫茫中更感茫茫无期了，这对一心盼“聚”的恩爱夫妻言，该是多大的扫兴和凄楚呀！

诗人何以会有“未有期”之答？下句：“巴山夜雨涨秋池”，似见这“未有期”的缘由。

“蜀道之难难于上青天”。昔日的巴山蜀道，“使人听此凋朱颜。”时，又值秋雨滂沱，河水猛涨，大河小河，一片汪洋。诗人身处泽国，又怎能知道何时能归？“未有期”，完全可以理解。

不过，笔者揣摩，这句诗的内涵，恐还非仅上面所指，似还有他意。

如本书前面赏读李诗时言，诗人一生不幸。刚入仕途，便卷进了当时唐皇朝激烈的牛、李党争中。诗人先是以文才见知于牛党，获重用；继而又为李党骨干、时为岭南节度使王茂元所青睐，并以女妻之，这样一来，就必会得罪牛党。果然，李党失势后，诗人便再也得不到重用了。处境维艰。诗人两年前之所以随柳仲郢入蜀，便为当时在京城不得重用的时势所迫。“三年苦雾巴江水，不为离人照屋梁”（《初起》），是他入蜀后心情、心境的真实写照。据说，有段时间，他几乎和外界断绝了一切交往。独自孤苦度日。据此推断，他当时的行踪去向，恐也不会是想来就来、想走就走，完全自主的。“未有期”，是否也有这方面原因，恐也不能排除。这方面原因不便明言，托言“巴山夜雨”，含蓄中似更能发人遐思。

漫漫长夜，秋雨连绵，久客他乡，妻问归期“未有期”——久客羁旅之愁，欲归不能之忧，夫妻恩爱难圆之苦，交织一处，无论出自何种原因，恐都是叫人难以承受的。这恐也是上两句诗，特别是第二句诗传递出的最主要的感情心扉。其基调是悲。

然而，我们的诗人也是旷达情怀之人。他不会甘心于总是沉浸在上面的悲凄忧愁中。他自有化忧为喜、化苦为甜的神奇妙笔。

“何当共剪西窗烛，却话巴山夜雨时。”

一个“何当”，一个“却话”，诗人便像乘上了不知从哪里飞来的神奇飞船，瞬间便穿过了那秋雨连绵的茫茫夜空，穿越了那“难于上青天”的巴山蜀道和千山万水，飞到了日思夜想的爱妻身边。和爱妻“共剪西窗烛”，共“话巴山夜雨时”。

“西窗”，相对东窗言。“东窗从容”。“闲来无事不从容，睡觉东窗日已红……富贵不淫贫贱乐，男儿到此是豪雄”(程颢《秋日偶成》)。“东窗事发”，传为秦桧和其妻东窗下密谋杀害岳飞事暴露。可见，文人笔下的“东窗”，乃男儿展露豪、奸的窗口。而“西窗”，包括西楼、西厢，则是儿女情爱缠绵纠葛的场所。

而在《夜雨》这诗里，“共剪西窗烛”，又会是怎样的一种情景呢？那定是——

夫妻二人，或对坐于窗前，或同眠共枕在床上。窗前床头，一红烛灯光闪烁。就在这灯光下，夫妻二人，情意绵绵，窃窃细语，或倾诉心灵默契，或交流感情心扉，或……多么温馨浪漫的图画呀——恩爱夫妻团聚和相亲相爱的图画！

至于“却话巴山夜雨时”，这“巴山夜雨”恐还非仅为前面提到的“巴山夜雨”，似还有更丰更广的内涵。诗人巴蜀的日日夜夜，以及夫妻两地切切思念之情，恐都在这“却话”中。

然而，令人遗憾的是，这温馨情景，这浪漫图画，并非真情实况，而是诗人的浪漫遐思。“何当”，不能确定之时日。究何时能“当”，始终是个谜；地点，并非妻子所在地长安，而是自己远在千里外的巴蜀。似此，又怎么能“共剪”、“却话”呢？“共剪”、“却话”，只能是诗人虚无缥杳的浪漫和一厢情愿的遐思——遥遥无期的浪漫遐思！如确如前言，其妻在诗人巴蜀任职时亡，那这浪漫遐思则无疑是远在千里外的夫君冥冥中的悼亡吟咏了，岂不更悲！

好一个千里外的四寄语，将一对阔别日久、相距千里的恩爱夫妻相爱之痴、相思之切之情，演绎得何其真切到位、纤细入微呀！有来有往，有问有答，有分有聚，有忧有喜，有苦有甜。诗具奇幻美、魔幻美，岂不皆见异彩。四寄语何以有如此魅力，究其诀，既又不见景物描摹之功，也不见兴比、用典和华丽辞藻之巧。最使人感到神奇玄妙的，恐还是那一个个汉字方块字的别致运用、精巧组合和异妙配伍之功。一个“君”字，便见对妻子的敬爱情深溢于言表；一句“问”语，相距千里的广袤上空屯架起一座可来可往、有问有答、时分时聚的情桥。两个“期”，“归期”，“未有期”，同植于一句，频增辛酸和凄楚；两个“巴山夜雨”，一客居，一“西窗”，皆见“秋风秋雨愁煞人”。“何当共剪西窗烛”，尽管是“何当”，也见诗人心中之喜，想中之悦；“却话巴山夜雨时”，一个“却话”，又回到了现实，更见凄风苦雨，茫茫无期。《夜》这诗，汉字方块字之用，何其乖巧！诗具奇幻美、魔幻美，说到底，还是要靠神奇的汉字方块字发力。这恐也是赏读《夜雨寄北》这诗能获得的最重要启迪！

七、神韵美

古诗词中的艺术美，确不胜枚举。上六美外，还值得特别提及的，是一种更见神奇、也更具风韵的艺术美，这就是神韵美。

“神韵”二字，早见于文。不过，明以前多用以言画。一般是指和创作上的形似相对的神似或气韵。明人胡应麟《诗薮》中始用以论诗。主要指思想感情与诗歌形式相结合而产生的美学效果。清人王士祯被认为是“神韵”说的主倡者。他的“神韵”理念是指蕴藉含蓄，清淡平远，不即不离，只可神思意会，无法指实言传的那样一种艺术境界。实是皎然、司空图、严羽等人求含蓄、重韵味，反对把诗写得太实、太执着理念的延伸和发展。“如空中之音，相中之色，水中之月，镜中之象，言有尽而意无穷”（南宗严羽《沧浪诗话》）、“状难写之景如在目前，言不尽之意见于言外”（欧阳修《六一诗话》）等，应是诗具神韵美的形象表述。

（一）孟浩然《春晓》

古诗词中，似还有这种情况。一方面，从字面看，似无新奇玄妙。

诗句，完全是朴实无华的口语，甚至简直像是不经意间随口吐出的几句白话，如本卷第四章“平实质朴美”中赏读的诗；可另一面，却又有令人想不到的丰富内涵和深远、深邃的思想意境于其中。或别出奇思，思连广宇；或诗情隽永，妙化生辉。或大气包举，旷达为怀；或心胸寥廓，又有伤感。或妙语双关，贵在取舍；或意蕴诗中，神余言外。如此等等，不一而足。细味其中之韵，还可见，这类诗词中，不但有浓情密密于其中，还有令人赏心悦目、能引人百读而不厌的“美”于诗外。这又是怎样的一种美呢？恐也就是神韵美了——神奇而别具韵味的美。

本书赏读的李白的《静夜思》，可谓这类诗的代表作。致这诗在国人中流传最广，妇孺皆能诵。被李白誉为“风流天下闻”的盛唐诗人、李的挚友孟浩然的《春晓》，恐是仅次于《静》而在国人中流传最广的诗具神韵美的杰作。其内涵之丰，意境之美。抑或写作构思之巧，较《静》似也并无逊色。那朴实无华、自然天成的风情，那行云流水、曲曲婉婉的意韵和意境，读之，简直如饮醇醪，不觉自醉。可以毫不夸张地说，这也是一支纯乎天籁的神曲。故于本章：神韵美首篇赏之。

春眠不觉晓，处处闻啼鸟。夜来风雨声，花落知多少？

诗的前两句，展浮在读者眼帘的，恐是春晨之美和喜。

“大梦谁先觉，平生我自知。草堂春睡足，窗外日迟迟。”那是刘备三顾茅庐，诸葛亮午睡醒来时，随口喷吐而出的一首五言诗，悠然自得之情跃然纸上。《春晓》这首句，只用“不觉”二字，便将春眠醒来时的愉悦之情和盘拖出，何其神妙！

“不觉”，似也隐示诗人的醒是被外面的鸟鸣声叫醒的。

诗人究竟是自己醒来的还是被鸟吵醒的，似乎并不重要。这里值得注意的是，接句“啼鸟”前面的“处处”二字和一个“闻”字，似包涵有丰富内容。

“处处”，说明在外面啼鸣的鸟不是一只两只，而是许多只，无数只，而且到处都有。而有鸟，必有花，有草，有树……鸟多，花、草、树等，也必会多而繁茂。那么，这外面世界——广袤的原野，又会是怎样一种景观呢？百鸟争鸣，百花齐放，芳草鲜美，落英缤纷，树木葱茏……多么绚丽多彩的春之图呀！一幅生机勃勃、盎然向上的春之图！

不过，也会有人说，这诗的字里行间，并不见这绚美的春之图呀！不错。那是因为这绚美的春景隐在“闻”中，不光“闻”，还有“想”——联想，推想。诗人刚刚醒来，还未来得及外出。他是否从“闻”（“闻啼鸟”）中推想出了这绚美的春景图，不得而知（应是推想知的，不然不会有这句诗）；但读者从“处处闻”中，是完全可以推想出这无比绚美的春景图的。

一句只有“闻”、没有“见”、不见景的五言诗，竟将广袤天地间如此俊美的春景全都囊括其中，让人如临其境，像是能亲眼看见、亲身感受到春的讯息，春的美丽，春的勃勃生机和活力。诗人神奇的造景功夫，何其高超别致，岂不可想而知。

不过，这还是诗的前两句。这前两句，尽管造景新奇，也还能推想而知，且只在景上。诗的后两句便更见神奇了。它不仅将春美推向更美，还能使人从春美的别致吟咏中感悟出诗人那独特的心情和心境，更见《春晓》的别致神韵。且赏这后两句。

“夜来风雨声，花落知多少？”

诗人早晨醒来，还在被窝里，便从鸟鸣声中推想出了外面广袤天地间无比绚丽的春晨美景，并吟成佳句：“处处闻啼鸟。”按说，春之美已尽展无遗了。可诗人并不满足。一个“夜来”，明媚的春晨便又魔术般地被推到了黑夜。这是春天的黑夜。不但有淅沥的“风雨”，还有“花落”的倩影。明媚的春晨，漆黑而“风雨”交加的暗夜，花开“花落”，交相辉映，岂不更见春的绚丽和幽美。

欧阳修有名文:《秋声赋》，那是赋秋悲;《春晓》这诗，何尝不是一首“春声赋”！只不过这是赋春喜。听！前面，春晨，“处处闻啼鸟”；这里，春夜，淅沥“风雨声”。鸟鸣，悠扬婉转，轻柔悦耳;“风雨声”，淅淅沥沥，声声入耳。悠扬婉转，淅淅沥沥，和广袤天地间繁茂幽美的花、草、树木交织在一起，那又是怎样的一种景观呢？这美好的春天，岂不是整日整夜都笼罩在一种有声有色，有动有静，有情有景，又明又暗，五彩缤纷的奇妙王国里！多么令人心旷神怡！

两句诗将春之美浓缩到了何等迷人地步啊，岂不更令人赞绝。可在赞绝中也不无疑问:春美既如此迷人，诗人何以又突然会想到“花落”了呢？再说，诗人早晨醒来，从鸟鸣中联想到的“夜来风雨声”，应是微风细雨的淅沥声，不会是狂风暴雨的倾盆声。谁都知道，春风春雨是哺育万物生长的乳汁。春雨连绵，诗人醒来时，马上想到庭院的花朵可以理解。可令人不解的是，他不是想到花朵在春风春雨的滋润下，开得更加鲜艳、更加绚丽，而是担心“花落”了“多少”，岂不有悖常情！

自然，春风春雨，尽管不会像狂风暴雨那样，会给万物，包括花朵带来致命摧残，但也会或多或少地给那柔弱的生命，比如细嫩的花瓣，带来某种伤害。但那毕竟是不值得特别关注的物像。可诗人却在这只有四句的诗中，竟用后两句（这后两句，特别是“花落”句，在上诗中，又显然是诗人特别关注的重心所在)，浓墨重抹，巧注心机，岂不更令人费解。

诗人是唐代从陈子昂到李白、王维这过渡时期最有成就的诗人。他言诗素字斟句酌，谨严有度。断不会轻率用笔。再说，上两句又历来为世人所称道，被公认为“神来之笔”。笔者甚至还认为，《春晓》这诗，最令人感到韵味无穷的，恐就是“花落知多少”这句。假如没有这句诗，或是将这句诗换成不是问“花落”的任何一句诗，那这诗的韵味恐就会大减而特减了。那这诗能否流传至今也难说。

可何以会使人有悖常情和令人费解感呢？恐源于对诗人当时微妙而复杂的处境和心思，以及为诗之道，贵在超常思维、反常出新的写作构思技巧缺乏细心体察所致。

笔者海阔天空，遐思畅想，似又见诗人心中那既喜春、爱春，又惜春、怨春（怨春将归去）；既赞花开，更怕花落那样一种矛盾的心情在诗人头脑里激腾翻滚。而这心情和心态，似又和诗人的身世以及当时的处境攸关。

诗人生长于盛唐。他对当时社会，包括对当时的最高统治者皇帝，并无太多怨恨和不满。因而在他的诗作中，极少抨击时弊的愤懑之作，而多清新绚丽的山水情。他是继晋谢灵运后唐代大量写作山水诗的第一人。开王维写作山水诗之先声。他也颇有用世之心。曾一再表示：“魏阙心常在，金门诏不忘”。可他却一生不得进仕，致“西辞黄鹤楼”而去。说是游仙、“下扬州”，实是“弃轩冕”、“卧松云”，浪迹天涯。年仅 51 患疽而终。

《春晓》应为“西辞”后作。“春晓”，“处处闻啼鸟”，似有唐朝盛世之隐；而“花落知多少”，似又有自身不得志和哀落之叹。既喜春、赞春，又怕“花落”，显然也是他当时心情、心境、心绪的反映。此说是否有牵强嫌，但舍此似难解上诗前后有悖之窘。

这里，还值得一提的是，就在不久前，全国发行的《老年文摘》报的一篇文章：《这些唐诗我们读错了吗？〈春晓〉，题目错了？》（见《老年文摘》2016年4月25日第12版)，还拿出了几个收集有这诗的古诗词版本(宋朝的和明朝的古诗词版本)，证明这诗的题目“春晓”系“春晚”之误。并说，“从诗意本身来看，‘春晚’比‘春晓’更合适”。还说“孟浩然的‘春眠不觉晓’是伏笔和铺垫，他最关心的是‘春晚’，是春天不知不觉地离开。这才是‘诗眼’。”

《春晓》的诗题究竟是“春晓”还是“春晚”，笔者以为也并非最重要问题。因为诗题只不过是诗的名称，名称完全可以有多种选择。与诗的内容相一致的，相反的，明的，隐性的，甚至“佚名”、“无题”，或以诗的前二字、前三字和首句代题的（如《诗经》的《采薇》、《蒹葭》，古诗《上山采蘼芜》等），只要于诗的意境无损，似均无不可。不见得非要严格按照诗的内容命题不可。有些别致诗题往往更具风采。

至于古诗词版本的记载，那应是最具权威的。不过，漫漫岁月，古诗词版本层出不穷。诗词频繁转载，讹误在所难免。以讹传讹更常有所见。况“晓”“晚”字形酷似，更难免会有差池。故也不可皆以“古”为准。但上面《老》文中提到的《春晓》这诗，孟最关心的是“春天不知不觉地离开”和这才是‘诗眼’说，笔者认为，倒是很有见地的。似应从这方面去体味和感悟诗人心中的真实之思，方能准确把握诗中的真实内涵。笔者沉吟孟上诗，笔下不由得冒出了下面几句口语和白话，顺书于后：

春，是美好的——无限美好；然而，
春，也是易逝的——稍瞬即逝。
爱美的人，请关爱这美好的春天吧！
不要让它在有情和无情的风雨中悄然消逝，
花开花落是常事，
花开时更要关心和提防花的凋零。

上几句话，似也可作为《春晓》这诗的潜台词和画外音。一首好诗，应给人以更丰富和更富哲理的感染和启迪。这恐也是诗具神韵美的神韵所在——《春晓》神韵美之所在。

（二）杜牧《清明》

杜牧的《清明》也是一支纯乎天籁的神曲。只不过，这诗既蕴涵厚重，纤秾隽永；又冲淡灵空，若即若离，含蓄飘逸。更富诗具神韵美特色。诗如后：

清明时节雨纷纷，路上行人欲断魂。借问酒家何处有？牧童遥指杏花村。

诗题便知，诗为清明作。

清明，我国民间传统节日，唐起成为法定节日，相沿至今。我国人民素有“饮水思源”美德。古时，每到清明这天，不论达官贵人，还是普通百姓，都会去上坟、扫墓、祭祀，表达对先人的敬重和怀念。现在这习俗还在延续。只不过纪念的不光是亲人、祖宗，还有为国建立殊勋的英雄、功臣和烈士。清明踏青，郊游，也是古时流传下来的习俗。

古诗词中，吟咏清明的诗作，也比比可见。其中，流传最广，最脍炙人口的，恐又为杜牧的这首《清明》莫属了。

据上海《新民晚报》1922 年 4 月 23 日载，香港文化机构 20 世纪 90 年代初评选“十佳”唐诗，杜牧上面这首《清明》，竟荣获“十佳”第二，足见国人对这诗喜爱之甚。

一首看似并无新奇、完全像是脱口而出的诗，何以会赢得香港国人如此钟爱？其魅力究何在？笔者曾将其和同题材(包括以寒食节为题材)的诗作比较，看到，这诗确有其他同类作难及的独到处。

同类题材的诗作，多是感叹清明时节的孤寂和凄楚。不是“无花无酒过清明，兴味萧然似野僧”（宋王禹偁《清明》）；便是“寂寂素身双下泪，悠悠伏枕左书空”（杜甫《清明二首》）；再不然就是“白下有山皆绕郭，清明无客不思家”（明高启《清明呈馆中诸公》）、“湖上小桃三百树，一齐弹泪过清明”（清郭麐《积雨》）。自然也有清明踏青，绿野寻芳，翠柳闻莺的。“日暮汉宫传蜡烛，轻烟散入五侯家。”韩翃借寒食讽宦官得宠，则可谓清明诗中之别致者。

而杜牧的这首，既有清明祭祀之哀（“欲断肠”），又有借酒浇愁去哀之情，还有“牧童遥指杏花村”之乐，之美，之迷人隐趣。哀、悲、乐、美、趣集于一诗，诗的丰富内涵、幽美意境自毋需言；一扫言清明便使人感到沉重和压抑，开清明诗清新雅逸之新风，恐也是这诗之所以能赢得国人喜爱的原因之一。

笔者还将这诗和古诗词中众多不同题材的精品佳作对照，还看到，那“惊风雨”“泣鬼神”、“玲玲如振玉”“累累如贯珠”、“写物图貌，蔚为雕画”、“不著一字，尽得风流”的千古绝唱，自难说皆项背其后，但这诗也确有诸多令人赞绝的神奇妙笔，让人愈吟愈觉诗情隽永、韵味无穷。其妙笔似又有三：

一曰巧借“路上行人”之泛称，将诗人自己处境之忧，融于国人清明祭祀的巨哀中，益增愁的浓度、广度和深度；

二曰巧发“借问酒家”之“虚”问，将诗人化愁去忧之夙愿，寓于“借酒消愁”的浪漫情怀中，更见诗人感情之浓烈和激越；

三曰巧构“牧童遥指”之妙作，推出一个无比神奇幽美的人间胜境——“杏花村”，在虚无缥缈中升华、升化人的崇高感情。

巧借，巧发，巧构，这三巧攫成的诗，自隐趣无穷，估细赏之。

“清明时节雨纷纷，路上行人欲断魂。”

这是一个令人伤感的日子。

“雨纷纷”，应是当时气候的真实写照，恐也有祭扫人泪如雨下的意境。下面的“欲断魂”便是佐证。

问题是，这“路上行人”究系谁人？清明是国人祭扫的日子。“路上行人”给予人的第一印象，应是人来人往的祭扫大军。“欲断魂”，应是祭扫者对先人的悲悼景状。

可令人费解的是，接下来两句，似又不见人来人往的祭扫事，也不见悲悲切切的祭扫情，而是“借问酒家”和“杏花村”。

哪有祭扫大军不去祭扫而只想去饮酒或踏青寻芳的！只说是祭扫大军，显于情理不合。可也有释者说，那是因为下雨，需要躲雨，顺便借酒浇愁。这说未免有失皮相。

“路上行人”，不用说，是行走在路上的人。它包括祭扫大军，也应包括这天路过的和行走在路上的其他人。但从后面“欲断魂”和“借问酒家”看，似又可断定，诗人当时关注的焦点，是一个离家日久的远方游子。

这游子长年累月，奔波域外，清明时节也不能回去祭祖，于是便一个人来到野外，独自徘徊在这偏僻的小道上。天下着毛毛雨，细雨纷纷，飘落在头上、脸上，积成水珠，顺着脸流下来，就像眼泪掉下来一样。清明，孤寂，雨水，泪水（悲伤的眼泪），混在一起，岂不更增节日之忧！“欲断魂”，恐就是这远方游子当时心情、心境的真实写照。

不过，又据考，诗成于唐开成二年（837 年）。时，诗人为朝廷监察御史，分司东都。时，诗人正在宣徽一带(即今安徽东南一带）视察。时值清明，诗人顾自生情，有感，便有上作。

人们不禁要问，上面那远方游子，为何此时也在宣徽一带逗留，连清明节也回不去祭扫呢？而且诗人对这游子当时的心情、心境了如指掌，描绘得那样真切？人们不由得会想到，那远方游子，是不是就是诗人自己？是诗人自己的化身。从当时情况、诗人身世，特别是诗人当时的境遇分析，上推断恐又非凭空臆造。

原来——

诗人出身官僚世家。远祖杜预，西晋著名政治家兼学者；曾祖杜希望，玄宗时边塞名将，也好文学；祖父杜佑，中唐著名政治家、史学家，且先后任德宗、顺宗、宪宗三朝宰相，博古通经；父杜从都，官至驾部员外郎，早逝。

诗人自己，不但文才出众，在文坛上享有盛名；且通晓军事和治乱之道。对当时处置中央和藩镇、汉族和吐蕃的关系，尤富真知灼见。是难得的栋梁之材。可当时朝廷，对他并不重用。监察御史，名义上掌“分察百僚，巡按郡县，斟视刑狱，卫建朝仪”（《唐六典》）之责，实则“权限广”而“品秩底”，无实职实权。身处逆境，心雄才高志广的诗人，又怎能心情舒畅而不辛酸凄楚呢！清明时节，忆及祖辈辉煌，思及自身凄凉，“欲断魂”，恐也完全合乎情理。

诗人巧借“行人”织浓愁，手法何其高妙！

不过，说浓愁，诗人当时心中之愁究有多浓，也还需掂量说。“欲断魂”，前面这个“欲”字，便说明，“断魂”之“断”还未到特别悲惨时，还有化解和转机的可能。诗人此前还写过一首登齐山（即齐云山，也在今安徽东南一带）的诗，似也可从一个侧面印证上面这“欲”的意念。诗云：“尘世难逢开口笑，菊花须插满头归。但将酩酊酬佳节，不用登临恨落晖。”（《九日齐山登高》）。希望之情跃然纸上。

酒，历来是国人、特别是文人、诗人化解忧愁烦绪的最佳杯中物。

尽管“举杯消愁愁更愁”，善饮者仍乐此不疲。这不，此时此刻，诗人心中想的还是这杯中物。可清明路上，哪有酒呢？他到处打听。凑巧，一牧童骑牛过路，诗人便急去询问：“小兄弟，你可知道，此地哪有卖酒的呀？”牧童未正面回答，而是顺手举起手中的牧鞭，晃了晃，接着便朝远方指去，说：“看，那不是杏花村吗！那可是饮酒最好的去处哩！不过，离这里，还有好远的一段路要走啊！”“遥”，远意。

清明时节，细雨纷纷，茫茫旷野。一牧童横骑牛背，手里高举牧鞭，晃晃然指向远方；距牛和牧童不远处，一年屈而立、不惑间的中年男子、诗人（时，诗人年35岁），神情恍惚，仰头望着牧童——他是在向牧童问路，顺着牧童手中牧鞭指的方向望去，又见，远处，那郁郁葱葱的密林深处，一美丽的村庄掩映其中，上面，似还隐隐升起一股浓浓的酒香，沁人心肺……

多么迷人的图画！“借问酒家”图。其实，上面那“路上行人”，也是一幅别致图画：“路上行人”图。只不过，那是“欲断魂”的悲愁忧凄图；而这“借问”，则是一幅寻求化愁解忧良方的求化图，或曰希冀图。

至于酒，说到底，是化不了愁也解不了忧的。诗有“酒家”之问，可后并无饮酒之实，说明诗人也并未将化愁解忧的希望完全寄托在酒上。故“借问酒家”之问，也只是“虚”问。可在这“虚”问声中，诗人急于化愁解忧的执着情怀，也一览无余。

然而，细味《清明》这诗的内涵，其所以能赢得国人（不仅香港国人）如玑似珠般酷爱，恐主要还不在巧织浓愁和巧展诗人化愁解忧的执着情怀上。更能拨人心弦、引人神驰向往，以至如痴如迷的，恐又是诗的后两句，其中又特别是尾句，那足以令一切忧愁烦绪烟消云散、化为乌有的神奇吟咏。

不过，诗忌浅露。这神奇吟咏在两句诗中的表象，又非坦扬其外，而是隐嵌在诗的巧妙构思和离形得似的别致词语中。只有对两句诗作精细探微，方能感悟蕴藏其中的缥缈神似般的神韵美。

如上言，诗无饮酒之实。可何以会有“酒家”之问？岂不令人纳闷。再说，既有“酒家”问，又有“牧童遥指”，还有“杏花村”去处，这“问”的主人，又何以不去把酒浇愁、踏青寻芳呢？岂不更令人费解。

又，“牧童”。这牧童究系谁家稚子？那样俊雅灵通！清明时节，祭祖踏青，人来人往，何其熙攘！诗人“借问酒家”，何以不去问大人、成人，却非要去问一个稚野牧童不可呢？难道只有这牧童才知道哪里有酒卖、才知道去杏花村该怎么走不成！可诗中并未提及他人，唯一出场露面的就只有这牧童，让牧童“遥指”，岂不更令人有感蹊跷！

尤令人备觉玄虚的是这“杏花村”。

据考，全国有四个地区有实名杏花村的村庄。山西汾阳杏花村和安徽贵池县杏花村是闻名遐迩的，且皆以产酒著称。山西汾阳杏花村的汾酒是我国最著名的佳酿之一。湖北麻城和江苏南京市（古金陵）据说也有杏花村，只不过不很出名，知道的人不多。诗中的杏花村，如系实指，那应是安徽贵池（古池州）的杏花村无疑。因诗人曾在池州任过职，据说还曾真的去过杏花村。而其他几个有杏花村的地区，则少见有诗人来往的足迹。但《清明》这诗，非言实诗。因而也不能坐实诗中的杏花村就是池州杏花村。自然也不能认定是其他几个地区的杏花村。那这“杏花村”又是何方神村圣土，岂不更令人满头雾水。

诗人言诗，素想象奇特，立意高新，神韵独具。他咏“赤壁”，讽周瑜侥幸获胜不说，还居然置二美女（大乔、小乔）于铜雀台上，以张扬曹胜吴败之果；他夜泊秦淮，闻商女歌《后庭花》，便浮想联翩，巧笔直抒，婉唐朝趋亡。《清明》这诗，何尝不是奇思巧构：

清明路上，“借问酒家”，看似要借酒浇愁。实则“醉翁之意不在酒，在乎山水之间也”。“不对芳春酒，还望青山郭”（谢朓《游东田》），山水多情。青山不老，绿水常新，置身其中，一切忧愁烦绪，岂不皆可抛至九霄云外。

诗人笔下的“牧童”，恐也非普通的牧童。横骑牛背，扬鞭，“遥指”……又何尝没有神话传说中神话人物牛郎的风采！

“牧童”——牛郎“遥指杏花村”，那非实名杏花村的“村”，又会是怎样的一种风景呢？

“满阶芳草绿，一片杏花香。”（宋刘彤《临江仙》）；

“绿杨烟外晓寒轻，红杏枝头春意闹”（宋宋祁《玉楼春》）。

“春物相妒杏最娇。”

杏花是最美的花朵。杏还是情种，素有风流树之称。那“杏花村”显是最美的人间胜境了，说是陶渊明《桃花源记》中桃花源式的“人间仙境”，似也不为过。

清明时节，细雨纷纷，“行人欲断魂”，而醉翁之意又不在酒，那就将化愁去忧的美好希冀，一齐付诸那绿水青山，付诸那“牧童”（牛郎）“遥指”的“杏花村”，在那虚无缥缈的人间仙境，去升华、升华人的崇高感情吧！这恐也是古人，特别是身处逆境的古诗人、古文人当时立身处世、善渡时艰的最佳选择了——旷达情怀和坦荡胸襟的选择。诗人当时的处境，当时的情怀和胸襟，何尝不是和诗中的吟咏如出一辙。面对人生路上的艰难，他还是那样心胸寥廓，飘然潇洒应对——诗的缥杳意境所在。

“人生不满百，常怀千岁忧。”（汉·乐府古辞《西门行》）忧愁与生俱来，无时不有。诗人的“清明”情怀——化愁解忧的旷达情怀，又何尝不是对后人的有益醒示。这恐也是《清明》这诗，千百年来，人们爱不离口，愈吟愈觉意味深长，以至茶楼酒舍，到处可见这诗后两句的缘由。

港人之重，在情理中。

（三）张继《枫桥夜泊》

古诗词神韵美，其神韵之妙、之绝，确难尽述。下面这诗，似尤见卓越。

月落乌啼霜满天，江枫渔火对愁眠。姑苏城外寒山寺，夜半钟声到客船。

这诗的作者，张继，字懿孙，襄州(今湖北襄阳市）人。中唐诗人。但在唐诗人中，他不是大家，恐怕连名家也够不上。《全唐诗》收录他的诗仅 30 首。《唐诗品汇》将他的七绝列在“接武”一级。“接武”，语出《礼记·曲礼》:“堂上接武。”武，足迹。前后足迹相连，隐言步幅小，行走慢。后借喻为继法前人。可见对其诗作评价不高。如果不是上面这诗，今天人们很可能连他的名字也想不起来。

这诗初被选入《中兴间气集》，题为《夜泊松江》(松江，吴淞江古称。流过上海的这一段，现称苏州河)。后，历代诗选，皆选入此诗。直到《唐诗三百首》成为唐诗名篇之一。此后，便受到越来越多的人的喜爱。其在国内和国外（主要是亚洲）产生的影响，远远超过许多脍炙人口的名篇佳作。据说，在日本，此诗已家喻户晓，连小学课本也皆选入此诗。日旅游者来华观光，枫桥，寒山寺，几乎成为他们游览观光地之必选。枫桥，寒山寺，本是不出名的小镇和寒山寺。现已成为世界旅游名胜景点，游人络绎不绝。其名片就是《枫桥夜泊》。有人说，《枫》创造了两个世界：美不胜收的诗歌世界和游人如织的旅游世界，恐非虚语。

《枫》何以如此魅力？其成功秘诀，恐非三言五语所能尽。似也有三巧！一曰巧浓密集意象于忧愁，江中更见愁中愁；二曰巧改“松江”为“枫……泊”，“枫叶荻花秋瑟瑟”；三曰巧鸣“钟声”于“夜半”，“夜半”益浩古今情。

1.“月落乌啼霜满天，江枫渔火对愁眠。”

诗的中心要旨恐还是一个“愁”字——羁旅愁。

诗起六意象，三环宇，三江中，皆言愁。

“月”，天上月。秋月皎洁。可“月落”，岂非广袤天地间，一片漆黑乎！漆黑织浓愁。漆黑中又有“乌啼”。“乌啼”凄楚，岂不益增愁绪。况这秋夜，还有寒霜满天，令人砭骨，浓愁更见——愁满乾坤。

那么，诗人此时正在江中呢？江岸，“江枫”瑟瑟；江面，“渔火”点点；舟中，不眠人愁思滚滚。三者交相衬映，岂不更见——愁漫江中。

两句诗将不眠人当时心中的愁倾诉得何其到位呀！不由得不令人与其同戚同悲！

可也有人提出，上六意象，似多与实景不符——

诗尾句，“夜半钟声到客船”，显见诗中所咏乃午夜发生事。可午夜，怎么会“月落”呢？还有“乌啼”！霜华在地不在天，说“霜满天”，似也欠准确。“枫桥”本名封桥，此地系江南水乡，河道纵横，两岸杨槐夹古津，哪来的“江枫”？“江枫”，“渔火”对“愁眠”，这个“对”字，似也略欠恰切。

这里，首先需指出的是，诗歌是文艺创作，不是科普读物，更非科学著作，不能用科学标准来要求和衡量。况诗词写作还有诸多自身规律：重意境，喜含蓄，贵合理想象，允许夸张形容。“妙在含糊，方见作手”；亦真亦幻，尤富诗情。过实，太真，则易失于执板而消减诗味。

时值上弦。上弦月升的早，落得自然也早。半夜落合乎天理；月落乌惊乌鸣，也不无可能。人们习惯，常“天”“地”合称、混称，霜华在地似也可言“霜满天”，关键是霜浓霜重，寒气逼人。“江枫”，似和地名有关。“枫桥”言“枫”，似好理解；即使无“枫”（树），以“枫”代树，似也无不可。“对”，相对，朝着，向着，也是作伴，不存在不切合问题。

尤需指出的是，六意象密集于一处，不但令愁的浓郁氛围从天上（月）、空中（乌）、地面（霜），亦即整个广袤宇宙间，一齐向羁旅人扑来，达成了愁的重压度；而且使愁直击人的视觉（月落）、听觉（乌啼）和感觉（霜满天），频增愁的侵彻力。兼以“江枫”、“渔火”这一静一动、一木一火两种景物，一同伴舟中“愁眠”之人，这舟中不眠人心中愁情之激越，岂不会膨胀到无以复加地步。诗人缜密周至织浓愁，足见诗人当时心中惆怅之甚。

2. 如前述，《枫桥夜泊》原题为《夜泊松江》，无“枫”。非但题无“枫”，诗的第二句也非“江枫”，而是“江村渔火对愁眠”。（据说，当地和枫桥隔江相对的还有座桥，叫江村桥。故有“江村”语）“枫”，显系后改而来。而且是诗面世很长一段时间后才改的。不然初收入此诗的诗题不会是“夜泊松江”。这也说明诗题和诗中“江枫”之改，系反复推敲、深思熟虑而为，非轻率、随意举。

可诗人又何以非有此改不可呢？

一千二百多年前，诗人当时改诗之真意，自难准确揣度。似也不宜以后人之主观揣度强加于古人。但从改后拔地而出的两个“枫”字，却又使人不由得会想到古诗词中那众多有关枫林、枫叶和枫树的吟咏。细味咀嚼，似又可从中约略感知诗人当时改诗的用心所在。

“停车坐爱枫林晚，霜叶红于二月花。”这是杜牧《山行》中的后两句。他用“霜叶红于二月”亦即春天的“花”，极赞枫林美，却将秋之美渲染到了极致。“枫”展秋美，既见时，又见色，何其神妙！张继改“松江”为“枫桥”，改“江村”为“江枫”，是否也有巧言时令，巧咏凉秋羁旅、夜泊寒江之隐呢？恐也不能排除。

不过，在古诗词中，在诗人笔下，巧展秋美，恐还仅是“枫”的神奇功能之一；古诗词中“枫”的神奇，更多和更脍炙人口的，恐又在隐织和隐展人的浓愁上。

屈原《招魂》：“湛湛江水兮，上有枫。目极千里兮，伤春心”——“枫”织浓愁于“伤春心”；

白居易《琵琶行》：“浔阳江头夜送客，枫叶荻花秋瑟瑟”——“枫”展浓愁于“夜送客”；

张志和《渔父歌》：“枫叶落，荻花干，醉宿渔舟不觉寒”——“枫”浓浓愁于“醉卧渔舟”；

张若虚《春江花月夜》“青枫浦上不胜愁”——干脆，“枫”咏浓愁于“不胜愁”。

如上等等，不一而足，皆惆怅吟咏。

张继改“夜泊松江”为“枫桥夜泊”，改“江村”为“江枫”，其精细用心和用意，恐也在织浓愁上。“枫桥夜泊”（包括“江枫”）无论意境之丰，抑或循字表层含意而思实景，能让人品味出的愁的炽热度和浓郁度，似均较原诗题“夜泊松江”要厚实厚重得多。这诗面世初期，反响并不强烈，故《唐诗品汇》将他列入接武一级。后来人们对其喜爱程度日渐提升，是否有改诗题为“枫桥夜泊”之功，恐也不能排除。

“枫”织浓愁于“泊”中，应是诗成功的重要原因之一。

3. 然而，纵观全诗，这诗的重心，诗的最精彩，最脍炙人口部位，如上诗《清明》，恐也是诗的后两句，其中又特别是尾句：那神奇而又神秘的“夜半钟声”。

“姑苏城外寒山寺，夜半钟声到客船。”

钟，悬于架上，搥击发音的古击乐器。钟声，虚与实、动与静，圆融统一发出的音响，不仅能创造出一种绵邈空灵的音乐世界，而且能幻化出一种隐隐迢迢、亦真亦幻，被西方人称为“声音风景”的想象世界。古诗人，特别是唐诗人，很少不擅长用钟声抒情的。“疏钟”、“远钟”；“晚钟”、“暮钟”、“晨钟”；“霜钟”、“清钟”……几乎遍及唐诗许多脍炙人口的优秀篇章。只不过，这钟声的出现，又常常和人的感情，其中又特别是和人的忧愁怨恨情发展到极致相连。上面这“夜半钟声”，便是诗人（亦即羁旅者，不眠人）在愁情激越时，突然听到的来自远方的“空中之音”。

“月落”，“乌啼”，“霜满天”……此时，诗人躺在那“水波不兴”的小船上，仍辗转不能成眠。他在想什么？何以这般惆怅？有人说，是因为科举落榜。非也。据《唐才子传》卷三载，张继“天宝十二年（754年）礼部侍郎杨淩下及第”。“及第”即考取进士，并非落榜。不过，未落榜也不见得能进仕。因为进仕还需被选，就像现在大学毕业还要经过选拔才能进入公务员队伍一样。由于种种原因，张当时虽进士榜上有名，但并未被选入仕，还得回去等待被选。可恰在此时，安禄山叛乱，很快便陷唐东都洛阳。正在洛阳的文人学士，慑于叛军残暴，便纷纷南逃避难。张继是逃难者之一。他于次年（357年）春沿汉水、长江至钲江入南运河，漂泊流离于吴越一带。《枫》便是流离苏州时作。故这诗实也是他逃难中集国难、己愁、时局忧于一身的惆怅情怀作。此时，他正在愁中，又在不眠中，故曰“愁眠”。“愁眠”二字，也是诗人的创造。

愁，本质上是一种相对静谧的心理活动；“愁眠”，更是一种在静寂氛围笼罩下的愁肠表征。万籁俱静。突然，莽莽长空传来了悠扬而沉稳的钟声。时已半夜，怎么会有钟声呢？这钟声究竟是从哪里发出的呢？有人会心生疑窦。就连大文豪欧阳修也曾提出非议，谓“三更不是打钟时”。大文豪出生在700多年后的宋朝，他对唐时苏州那里寺庙的习俗缺乏认真考究，不知道唐时苏州那里（恐还不仅是苏州）的寺庙确有三更鸣钟的寺规，贸然提出非议，确有失轻率。但也不能因此就说人家大文豪是少见多怪，以至群起而攻之。欧文豪的问题主要是未考虑到诗的作者当时就在苏州，而且在苏州那里延宕过多日。他信奉佛教，也肯定去过寒山寺。对寒山寺的情况，包括三更鸣钟的寺俗，会了如指掌。所以当在河中听到钟声时，第一时间，就知道是从寒山寺来的。他不但知道是寒山寺的钟声，还知道寒山寺就在苏州阊门外。所以在“夜半钟声”前，就有句明明白白指明钟声来源的诗：“姑苏城外寒山寺”。应该说再清楚不过了。

上说“夜半钟声”并非虚构，退一步说，这“夜半”二字，即便纯属虚构，作为文艺作品，似亦无不可。“夜半钟声”，较之“晨钟”、“暮钟”、“疏钟”、“远钟”……似情韵更悠扬，更能发人浩渺遐思。用于传递羁旅惆怅情，似更令人彻骨。不能用“夜半”会不会有钟声来评判和取舍其在诗中的特殊风采和意义。

不过，尤需指出的是，上面那句诗，其中蕴含之深意，恐又远非钟声来源，而有其更能发人浩渺遐思的情和韵。只不过，这情和韵又皆和钟声来源有关。

诗人“愁眠”闻钟声，首先想到的就是这寒山寺——情系寒山寺。

寒山寺，坐落在苏州阊门外原封桥镇（后改枫桥镇），始建于南北朝梁天监年间，初名妙利普明塔院。相传，唐贞观年间，高僧寒山、拾得来此主持，遂更名寒山寺。寒山、拾得，皆诗人。寒山有诗 300 首，后人辑为《寒山子诗集》。寒山子即寒山。寒山何以会出家为僧，不得而知。唐诗人中，不得志和处世不幸者，隐身禅寺，并非个别。诗人张继，时，举而不仕，又兼国难时艰，只身流离，他是否有仰慕寒山、皈依佛门念，也不确知。但他的另一诗：《归山》，似又可见他那不得不“独还”之窘。该诗云：“心事数茎白发，生涯一片青山。空城有雪相待，古道无人独还。”

寒山寺的钟声，据说却也颇神奇。钟声袅袅，经久不绝。无论远近，但闻钟声，皆可免一年内所有灾难。只可惜，这钟早已失传。明嘉靖年间仿旧重铸之寺钟，传说也已流入日本。现寺内大钟，系光绪三十年（1904 年）重建寒山寺时新铸。寺内大殿右侧，另悬一钟，乃日本人士募铸。钟声朗朗，“涛声依旧”，只是不见了“当初的夜晚”，当年的风景，憾！

由寒山寺上溯牵引出的是“姑苏城外”。

“姑苏”，《辞海》（上海辞书出版社 1979 年版）注，为“苏州市的别称”，还有“山名”和“台名”。可遍考苏州历史，并不见“姑苏”称谓。既不见“姑苏”城，也不见“姑苏”州、府、郡。只有姑苏山和姑苏台。姑苏山就在苏州西南，又名姑胥，姑余。姑苏台是姑苏山上一高而平的建筑物，系春秋晚期吴王阖闾筑，为瞭望和游观用。其后，吴王夫差又筑春宵宫于台上，为长夜之饮。越攻吴，吴太子战败，遂焚其台。今已不存。

不过，这苏州称谓，确和“姑苏”有关。原来，苏州，春秋时属吴，故曰吴州。隋开皇九年（589 年），就因境内有姑苏山，故改吴州为苏州。大业初复为吴州，后又改为吴郡。唐武德四年，又改为苏州，其后，历朝历代，改来改去，多有其名。新中国成立后置苏州市，显然还是延续了隋唐时命名的构想。

问题是，诗人言寒山古寺之方位，又何以要用非实际称谓的“姑苏”，而不用当时已经延续了几个朝代的苏州？细味诗人当时心中之思，恐又在这“古”字上。“姑”见古。“姑苏”其名，便见当时改吴州为苏州之古意，更见苏州建城之古远。情接古远，“姑苏城外”之玄音。

前面，情系寒山寺——寒山古寺；这里又情系姑苏，情接古远。

情系寒山寺，即情系宗教神明。这是古人基于当时对世界的认识而铸就的最高精神灵圣，也是诗人逢凶化吉、去愁解忧的精神寄托所在；

情系姑苏，情接古远，亦即情系古历史，情接古文明，则更是古人，特别是古诗人、古文人心胸寥廓、超然物外的神奇魔方。

古寺，古远，古历史，古文明，一齐乘“夜半钟声”而来（“到客船”），驾“夜半钟声”而飘荡到九霄云外。浩渺长空，岂不更见情涛滚滚，情浪滔滔，情韵悠扬。这是人生人世永恒之歌，也是世人承载、消弭忧愁惆怅之歌。“夜半钟声”的神奇魅力，何其浩荡！难怪世人对两句诗顶礼膜拜，钟爱有加。

纵观四句诗，显也如上诗（《清明》）：前两句，漫天凄楚之浓愁，人生常怀千岁忧；后两句，化愁去忧唯旷达，飘逸寥廓万年春。《枫桥夜泊》，古韵“泊”中传情之极品——“接武”诗人传世之珍品。

（四）唐王翰《凉州词》

古诗词中的神韵美，常见于纯乎天籁的神奇吟咏中；也多见于奇思巧构，妙笔生花的别致佳作中。既有蕴意厚重，思涵深邃的隽永篇章；又有造句奇特，神采飞扬，含蓄朦瞳，别具意境的杰作。只要具有神韵美本质特征的，似皆可以神韵美诗作赏之。

下面不妨再赏一首在思想倾向性方面存在歧见的诗具神韵美的佳作。

葡萄美酒夜光杯，欲饮琵琶马上催。醉卧沙场君莫笑，古来征战几人回？

这是一首讴歌唐边塞征战生活的诗。

唐时，我国边境硝烟弥漫。卫国戍边是神圣而光荣的差事。基于此，许多关心国事的诗人，也都满腔热情地投入了讴歌边关战事的创作中，推出了许多光彩夺目的边塞诗歌。

就在王翰上面这首《凉州词》前，著名诗人王之涣也曾推出过一首讴歌边防地理形势和边防将士思想感情的《凉州词》(《凉州词》，又名《凉州歌》，乐府《近代曲》名。原为凉州即今甘肃武威一带的歌曲。唐诗人多用以作歌词，描写西北塞上风光和边防战事)。其中前两句是:“黄河远上（一作‘黄河直上’）白云间，一片孤城万仞山”，将当时边塞的荒凉和艰苦卓绝以及戍边将士的孤苦凄凉处境描绘得无以复加；后两句:“羌笛何须怨杨柳，春风不度玉门关”，又将当时唐朝最高统治（“春风”，和风，温暖的风，在古诗词中也常用来比喻帝王的恩泽）根本不关心边关将士疾苦，和将士对朝廷怨恨之极，以至对朝廷根本不抱任何希望（春风“不度”）之情，揭示得淋漓殆尽。这诗面世后，很快传遍四方，被推为绝唱。

王翰这首《凉州词》，面世后，在诗坛和社会上引起的反响，可大不一样了。诗的前两句:“葡萄美酒夜光杯，欲饮琵琶马上催”，赞美声还颇热烈。“饱蘸激情的浓景”，“铿锵激越之强音”，“奇丽耀眼的词语”，“巧弄欢宴之妙笔”，等等，不一而足。可后两句:“醉卧沙场君莫笑，古来征战几人回”，赞誉声就显得疲软和扭捏多了。

“作旷达语，倍觉悲痛”，蘅塘退士评两句；

“故作豪饮之词，然悲感之极”，清名士沈德潜评语，见《唐诗别裁集》卷19。

“作悲伤读便浅，作谐谑语读便妙。在学人领悟”。清人施补华《岘佣说诗》评语。

更有甚者，有释者还以低沉、消极等语言之。就连《唐诗三百首详析》（喻守真编注），在该诗的“做法”中，也说这“是一首反战的诗”。

一首诗的内涵，应是完整和谐的统一，怎么在一些人眼里，会有明显欠和谐感？

再说，王翰这诗，说是咏边关情事，其实，在众多边关活动中，诗人就只抓取了大战前的一项活动，一项举作——边关盛宴，极尽精心刻画之能事，再现边关战事之激越，以及边关将士英勇无畏、不怕牺牲的卫国戍边精神。同一活动、同一举作的四句诗，在一些人眼里，何以会有两种截然不同的吟咏（前两句，欢宴；后两句，悲凄。前两句，强音；后两句，低沉）；在一些名士和诗评家笔下，会出现两种不同评说（前两句，盛赞；后两句，疲软而扭捏）呢？笔者寻思，极可能源于对王上诗，特别是对上诗后两句，缺乏更深入、更细腻的体察和更准确的把握所致。尽管名士和诗评家们皆评坛的真知灼见者。

为能准确，理解和把握诗的深刻内涵，也为更好地感悟诗人诗中的高超艺术技巧，下面不妨循四句诗之吟咏，进入诗中所描绘的场景的真情和实况：

“葡萄美酒夜光杯，欲饮琵琶马上催。”

一个“杯”，一个“酒”，便见边塞盛宴。

可这是怎样的盛宴呢？

“葡萄美酒”，西域（汉以后对玉门关即今甘肃敦煌西北以西地区的总称）盛产的名酒。

“夜光杯”，相传是周穆王时代，西胡（古代对西域各族的泛称）以白玉精制而成的酒杯，有如“光明夜照”，故称“夜光杯”。

最有名的美酒，配以最精美华贵的酒杯，那盛宴档次、规格之高，可想而知。

可边关战事频仍，何以要举行这样高规格、高档次的盛宴呢？是庆祝胜利的辉煌，还是以宴誓师，以迎接将要遂行的新的、更严峻的作战重任？诗中并未明言，但从接句、特别是接句尾的这个“催”字中，却又可见这盛宴确和新的作战任务攸关。

“欲饮”，显是盛宴将要开始而尚未开始之时。恰在这时，传来了琵琶声。

“琵琶”，本作“枇杷”，拨弦乐器。“本出于胡中，马上所鼓也”（汉刘熙《释名·释乐器》）。当时边防部队是否用以作为军用的某种信号，不得而知。但后面的这个“催”字，却又不能不使人发问：“催”什么？“催”饮酒？显无必要。因前面已有“欲饮”二字，用不着“催”了。只能是催上战场，催出征。由此又会使人想到，当时的边关，大战在即。大战关头，军中举行盛大酒宴，誓师杀敌，古往今来，并不少见。

两句诗以战前盛宴之实，再现边防战事之频，之紧张，之激越，这种寓大于小、寓庄于谐、寓大战于欢宴中的手法，也堪称妙笔。

不过，妙笔虽妙，也还是推而能知的。可接下来这两句：“醉卧沙场君莫笑，古来征战几人回”，就不是推而能知了。而需潜心寻味了。

大战在即，盛宴在进行中，怎么会突然冒出两句既像诗又不像诗、既严肃又近似戏谑的诗呢？难道是将士们在战前宣誓表决心不成？可宣誓表决心也没有这么个表法呀！说什么“醉卧”，还有“笑”不“笑”的。

显然不像是将士们在宣誓，在表决心。可也不是有人在讲什么大道理，或是有意无意地流露某种对战事厌倦、哀怨、伤感的消极情绪。

那么，那又是怎样出来的两句什么样的诗呢？笔者循诗思宴，又随宴园情，意识到，最合理、最恰切的解释应是，面对即将到来的如火如荼的战斗，将士们在欢宴中一个个意气风发，豪情满怀，跃跃然欲大展身手。他们一面猜拳行令，敬酒劝酒；一面随口而出，喷吐出了许许多多有关英勇杀敌的豪言壮语。诗人置身其中，受到强烈感染。便在这首记叙边塞生活的诗中，将经过精心挑选，也可能是用心概括出的两句最能反映边关将士心声的话语，原原本本地放进了诗里，作为诗的最后两句。这就是上面的“醉卧”两句。笔者甚至还推测，很可能就是因为有这两句话，诗人才下决心写作此诗的；如果没有这两句，诗人会不会写作此诗，也难说。两句诗虽是诗的后两句，却是诗的重心所在，是《凉州词》的“诗眼”。

也可能有人会说，两句诗近似戏谑，思想性并不高呀！特别是尾句，似还有厌战、反战嫌。

笔者不以为然。

试想，当时是什么时候？大战在即，生死抉择就在眼前，谁还能戏谑起来！两句诗（也是两句话），虽是酒宴中猜拳行令的话语，但绝不是戏谑语。这种话语，在当时情况下，是绝不会随便能出口的。两句诗（话）肯定是将士们真实感情的流露，是战前严肃心声的表白。

两句诗的内涵，其核心是前面四个字：“醉卧沙场”。说的再直白点就是战死疆场，就是英勇牺牲。“君莫笑”，谁“笑”来着？根本不存在“笑”的问题。“君莫笑”，在这里，其实就是要人们不要把死和牺牲看得过重，不要太在意“醉卧沙场”。英勇无畏，不怕牺牲，视死如归等思想内涵就全包括在其中了，而且轻松坦然之至！多么丰富而崇高的意境，哪有半点消极影子！

至于后一句：“古来征战几人回”，则是用战争可能会出现的惨况和战争的残酷性作为开拓语，以极展将士们不怕牺牲的豪旷情怀，用以强化英勇杀敌的意志和决心。并不存在有人在计算，在古来征战中，究竟有多少人战死在疆场，有多少人安全回来了。就像“人生自古谁无死”，不会有人在计较谁死谁不死一样。犯不着因为有这句极言战争残酷性的话和诗而感到悲哀，以至说这句诗有反战、厌战的嫌疑。

两句诗，集中展示的是边关将士为国戍边英勇杀敌、不怕牺牲、视死如归的精神风貌和英雄气概，这恐也是这诗得以流传千百年而不衰的原因所在。

“浪淘尽，千古风流人物。”浪淘尽，千古不朽诗篇。凡是经千古流传而不衰的作品，似也不可轻易以片言只语的不解或误解而贬，这恐也是赏读古诗词中值得注意的问题。

责任编辑：张伟珍
装帧设计：周方亚

图书在版编目（CIP）数据

韵海拾珠：中国古体诗词独特神韵赏析 / 萧秀 著 . — 北京：东方出版社，2019.9

ISBN 978 – 7 – 5207 – 1047 – 3

I. ①韵⋯ II. ①萧⋯ III. ①古典诗歌 – 诗歌欣赏 – 中国②词（文学）– 诗歌欣赏 – 中国 – 古代 IV. ① I207.2

中国版本图书馆 CIP 数据核字（2019）第 111238 号

韵海拾珠

YUNHAI SHIZHU

——中国古体诗词独特神韵赏析

萧 秀 著

人民出版社 出版发行

（100706 北京市东城区隆福寺街 99 号）

环球东方（北京）印务有限公司印刷 新华书店经销

2019 年 9 月第 1 版 2019 年 9 月北京第 1 次印刷

开本：710 毫米 ×1000 毫米 1/16 印张：49.25

字数：504 千字

ISBN 978 – 7 – 5207 – 1047 – 3 定价：148.00 元（上、下卷）

邮购地址 100706 北京市东城区隆福寺街 99 号

人民东方图书销售中心 电话（010）65250042 65289539